钱大王 大清

①

草根的进阶

萧盛◎著

北京联合出版公司
Beijing United Publishing Co.,Ltd.

世人只知胡雪岩，岂道云南有王炽

胡雪岩、王炽都是那个时代的翘楚，从商人的角度讲，他们都是伟大的。然而，同样伟大的两个商人，一个世人皆知，一个鲜有耳闻，不免令人惋叹。

本文作为一个序言，只是想通过胡雪岩引出王炽，并且想发出这样一种声音：胡、王二人都是我们民族文化的一笔宝贵财富，如果世人只知胡雪岩，不识云南有王炽，从某个角度来讲，也是一种悲哀。

我不是云南人，自无义务为云南的地方文化摇旗呐喊。下面我想从文化传承以及王炽的经商智慧这两个角度，来谈谈挖掘这个历史人物的必要性。

首先来说王炽的出身。他生于一个农民家庭，父亲亡故时他不过十四岁，许是家道中落，读不起书的缘故，母亲变卖了陪嫁的首饰给他去学做生意。

说到这里，我想摆出一个问题：如果换作普通人，当我们得到了一笔有限的资金后，首先想到的是什么？

我想很多人想到的是出去找一个可靠的地方打工，把这笔有限的资金作为生活费。作如此想的人肯定占大多数，当然这也无可厚非，世上没有一种生意是稳赚不赔的，它是有风险的，万一把母亲用首饰变卖来的钱赔得血本无归，以后的日子该怎么过呢？

人生的道路便是如此，不同的想法成就了不同的人生道路。王炽身处晚清政局最为动荡、资本主义空前发展的时代，他看到了希望，老老实实地利用有限的资金，用一根扁担挑着货物，走街串巷做买卖，不辞辛劳地积攒一百多两银子后，便开始利用动乱的时局，从中获利，一步一步走向成功。

世上每一个人的成功背后，其实都是一部血泪史，其中之辛苦不言而喻。那么，王炽究竟是如何成功，凭什么成功的呢？

王炽总结了一条经商的法则：

说我，羞我，辱我，骂我，毁我，欺我，骗我，害我，我将何以处之？

容他，凭他，随他，尽他，让他，由他，任他，帮他，再过几年看他！

第一句话说的是，在社会上遇到各种问题甚至羞辱后，将如何处之，是一个问句，因此下一句便是答案，也是王炽的处世方略。细细体会，令人心神为之怡然，这种"鸡汤式"的经典语言，不只对经商者有用，于普通人亦有莫大帮助。

为此，我不由想起了布袋和尚的一句名言，同样经典，含义也是相差无几：

大肚能容，容天下难容之理。

开口常笑，笑天下可笑之人！

如此大肚之人，世上真的有吗？特别是作为一个生意人，我们都知道，所谓的生意人都是将利益放在首位，无利何为商呢？王炽倘若当真如此"顺势而为"，他又是如何成为钱王，被誉为清廷之国库的呢？

当然，圣人并非是与生俱来的，而是靠后期的修炼，王炽亦然。在达到这样的一个境界前，必须经历人生的风风雨雨，甚至可能会做一些不该做的事，经历得越多，可能悟得就越透。

王炽在积聚财富做各种善事之前，首先就是要把生意做大，没有钱资何来做善事之本呢？总的来看，王炽在生意场上的理念可分为两步：第一步是"官之所求，商无所退"。

有读者看到这里，也许会心一笑，这不就是贿赂嘛！

其实不然。"官之所求，商无所退"不是贿赂，而是一种策略。举个例子，法国攻打清廷驻越的部队，中法战争爆发，当时清廷国库空虚，根本拿不出钱去国外打仗，云南巡抚岑毓英愁白了头发，没办法，去找王炽商量。王炽听了后二话不说，拿出了六十万两银子，给岑毓英做军饷，支援他出关。

这相当于雪中送炭啊，岑毓英自然会感激他，甚至跟他做朋友，如此一来，政商关系自然而然就成立了。政商关系一旦成立，一切也就好说了，这是生意上的策略还是贿赂？

到了后期，王炽的经商理念，逐渐从"官之所求，商无所退"过渡到了"人弃我取，人需我予"的境界。用现代的话说就是，人家不要的我去拾取，人家需要的我会给予。

可能会有读者觉得奇怪，这是做善事还是做生意？

其实善事也可以做成生意，关键在于怎么做。

这里同样用一个例子来说明。光绪初年，唐炯奉命督办川盐，改善川盐的生产。可任何一样改造都需要钱，偏偏当时的政府没钱，盐茶道的官员同样是急白了头发，到处找人筹集资金。然而很多商人认为，一件商品从改造、生产再到投入市场，需要很多年时间才能见成效，甚至有可能会亏本，所以当时没人愿意花钱去投资。有些盐商为了降低风险，欲以合资的形式去拿下这个项目。

就在这时候，王炽先一步出手了。

当时王炽的同庆丰票号刚刚成立，实际上他也没多少钱，拿出这笔钱给唐炯后，有可能他自己就身无分文了。但是大生意人都具有大胸怀，王炽还是千方百计地筹足了十万两银子，交到了唐炯的手上。

为什么要这么做呢？这里面有个玄机。

票号相当于现在的银行，一家银行要想吸引客户来存兑，你得有信用度和知名度，没有这两样东西，就算浑身是嘴去游说，人家也只会把你当传销。王炽的银行刚开张不久，两者都不具备，他就看准了盐茶道需要钱的这个时机，花十万两给自己做了个大大的广告，向世人宣告，同庆丰是有实力的！

这是做生意还是做善事？

还有一个例子，也颇为经典。八国联军入京的时候，慈禧太后仓皇而逃，京城的达官贵人或有些家底的百姓更是人心惶惶，争相离京逃难。可是人可以逃，大批的家产如何带得走？丢弃吧舍不得，变卖吧洋人都入京来抢劫了，哪个敢收？

偏偏王炽又出手了。发电报给北京的同庆丰分部，要求他们，只要是百姓来变卖之物，无论多少，照单全收。

做这等违背常理之事，得有多大的气魄和勇气！后来，八国联军离京，慈禧还都后，王炽将乱时所收之物出手变卖，获利颇丰。

这就是人弃我取，人需我予，虽是乱世时的经商理念，但是换个思路，在任何一个时代都是行得通的。义乌的小商品何尝不是如此，在二十世纪七十年代中期，义乌人便挑着货郎担子，走街串巷，用糖换取鸡毛以获微利。

那时候我还是小孩子，常常拿家里的鸡毛或者废弃物去换糖。彼时宁波一带的人自以为优越，颇看不起义乌、象山那一带的人，谓之"讨饭"，即像乞丐一样的人。而此时呢，义乌人并未以利小而不为，而是敢为天下先，毅然闯出了一条被他人嗤之以鼻的经商之道，成就了如今世界上最大的小商品市场。

言归正传，王炽在达到了这样一种境界，并成为晚清举足轻重的巨商后，就把目光放在了国家和民族的高度上，可以说他的一举一动，牵涉清廷之命运。他花巨资从洋人手里买回了矿产的经营权，又出大价钱与官府合资兴办云南铜、锡矿业，使地方工业免遭洋人染指……

这是政治，但也是生意，大生意人做的大生意。

可能不少人会认为，这不过是官商合作的老套路罢了！其实每件事都有两面性，每个人都会为自己的利益去努力奋斗，关键是你在逐利中做了什么，又在得到了利益后做了什么。有些人为了逐利不择手段，而有些人在利己的同时又能利人。说白了，没有人生下来就愿意去当坏人，走什么样的路，不是人品问题，而是策略和智商问题。

以上所说的事情，我都会在小说里提到。说到此处，我想足以让诸位去了解王炽，了解这位无论是名望还是地位都不亚于胡雪岩的一品红顶商人。那么就让我们一起走近王炽，走近这位赫赫有名的大清钱王！

［目 录］

第一章

川蜀马帮遭劫　滇南山寨临危　　　　　　　　　　　　　　001

王炽看了眼马昭通，说道："所谓重赏之下必有勇夫。您现如今要是有千把两银子，都把它散出去，说是但要能杀乱军一人者，便赏一两银子。您老试想一下，到时全城百姓争先恐后地奋勇杀敌，那千把两银子便是敌军千把个人头。您想，乱军统共也就两千余人，都死伤过半了，还不落荒而逃吗？"

第二章

杀族人亡命天涯　建马帮重整生意　　　　　　　　　　　　017

王炽在广西州花了三天时间，把各村镇都走了一遍，得知这些情况后，灵机一动，现在身上有从弥勒乡马昭通处赚来的五百余两银票。这银票是晋商票号的，全国通兑，随时都可以把它兑换成银子，如果将广西州囤积的农产品廉价统一收购，再卖到其他乡镇去，必是可以大赚一笔的。要是还能从其他乡镇再收些生活必需品，卖到广西州来，这一来一回，利润可是不小。

第三章

广西州乱中取利　茶马道义结金兰　　　　　　　　034

　　王炽道："所谓交换，形同交易，交易的前提是有利可图。昔日马如龙攻打弥勒乡，一城之代价何止千金，因此那是笔利于千倍百倍的大生意，在下自然会毫不犹豫地去做。如今的形势却大有不同，你的三弟在我手里，这位姑娘又是起义军统领辛作田的亲妹妹，只要我俩在此待上一个时辰没有下山，便会有人去通报辛作田，到时起义军一到，你这山头弹指间就会被灭。适才席大哥所说的交易，无利可图，在下为何要做这赔本的买卖？"

第四章

马如龙再袭弥勒乡　王兴斋散财救乡民　　　　　　052

　　到了此时，王炽也不知该怎么办了。他甚至在想，在明知必败的情况下，是开城投降好，还是誓死抵抗，直拼杀到最后一人好？就在此刻，突传来一声熟悉的娇笑，那笑声悦耳动听，亦带着倔强任性。王炽禁不住抬头望下去，恰好辛小妹亦朝他望来，两厢眼神交汇之下，王炽惊异地发现，辛小妹此刻的眼神与往时大有不同。

第五章

全民皆兵官渡苦战　王炽趋险再谋生意　　　　　　067

　　王炽摇了摇头，说出了一番让辛小妹终生难忘的话："陶朱公累十九年之家产，聚财百万，却视作粪土，仗义疏财，三次以布衣之身，经商积财，又三次散尽家产，资助乡民，实为我辈从商者之楷模！"

　　"每个人心中都住着个英雄，而在我心里，陶朱公便是当之无愧的英雄。"王炽的眼里闪着光，"今生能做到陶朱公的万分之一便足矣。"

第六章

三路大军进逼滇省　　两位少将蒙冤受难　　　　　　　　082

　　王炽愣了一愣，猛然省悟一般，抬头望向辛作田和马如龙两人。眼前是两条人命，且那两人均对自己有恩，到了这时候，还有什么可犹豫难决的？思忖间，他将目光投向李耀庭，当看到他那一身的书卷气息以及满脸的正气时，王炽突然有一种无地自容的羞愧感："我错了……"

第七章

恒春总督府赴难　　王四树林内请罪　　　　　　　　　103

　　王炽愣了会儿，抬头时看到泪眼汪汪的辛小妹，她通红的眼里充满了恨意，那原本俏皮可爱的脸蛋上再也没了昔日的神采，心里莫名的一疼，挣扎着撑起身，又跪在地上，提着一口气，道："小妹，辛大哥之死，我无可辩解，是我小看了杜文秀，不了解他的为人便鲁莽行事，终酿成无法挽回的后果。日后你便是杀了我，拿我的人头去祭奠你的哥哥，我也毫无怨言。但是如今昆明百姓危在旦夕，你我恩怨可否容日后再算？"

第八章

昆明城两强豪赌　　茶马道刁难遇险　　　　　　　　　127

　　"富则强，强则盛，不管是国家还是个人，只有富了方可图事。"王炽起身，在辛家兄妹的坟前鞠了一躬，道："辛大哥、小妹，并非在下图财，人生一世，草木一春，如此短短几十载，若不能将一件事做透了、做绝了，几不可成事。故在下只是想成就一番事业，在有生之年报效国家，望两位地下有知，莫要怨我！"

第九章

总督府设计擒龙　　杜文秀兴兵压城　　　　　　　　　　　　154

王炽只觉得脑子里轰的一声，顿时一片空白。昆明城危，也就意味着虎头山的席茂之等人，已难逃被剿的命运！他茫然地看了眼城内乱糟糟的局面，家国安危和个人恩怨一起袭上心头，并在心中交织，一时间心乱如麻，手足无措。

第十章

全忠义少将受封　　了恩怨春城斗法　　　　　　　　　　　　174

王炽笑道："有句话叫作奇货可居，李春来要负责六万斤军粮，他一个卖药材的如何能拿得出这么多粮食？若是向其他粮行购买，他们本身就肩负着四千斤的粮食任务，还要留出一部分供应百姓所需，怕是无此能力，那么他只能向你购买，如此一来，你手里所握的粮食岂非就是奇货？在特殊时期，粮食是特殊商品，就昆明眼下的局势来看，它就是无价的，你即便是漫天要价，也是情由之中，有什么打紧？"

第十一章

报私仇军前施威　　走西北兄弟入川　　　　　　　　　　　　194

"剿匪本身没错，可你在这时候去剿却是错了。"王炽道，"何为匪？值此大乱之世，上上下下贪得无厌，大官大贪，小官小贪，老百姓活不下去了，才上山为匪，说到底那都是大清的百姓。朝廷要去管本身没错，可你与济春堂勾结，将我打入大狱，出兵攻打虎头山，你敢说你仅仅是为了剿匪吗？你跟桑春荣、李春来一起联起手来，是要将我等一竿子打死吧？"

第十二章

祥和号小金县罹难　桂老西绵州府入狱　　　　　　　　　　208

　　　　王炽拱手一拜，道："原来是知府大人，在下有眼不识泰山，冒犯了！
在下到了重庆后，一路走来，看到此地水陆交通便利，商贸繁荣，是个名副其
实的商业大都市。可商业发达了，难免泥沙俱下，各色人等混在其间取利，其
中亦不乏洋人。祥和号此举固然有错，可一旦将如此一个大商号取缔了，市场
会在短时间内留出一块空白，倘若让洋人趁机占据了这块空白，其后果不堪设
想。因此在下以为，取缔祥和号弊大于利。"

第十三章

唐炯出重拳反受其害　王炽谋计策抢占商机　　　　　　　　　230

　　　　王炽看着两位地方长官那吃惊的脸，不由得笑了："两位大人，天下之人，
生而平等。不管我们是大清的老百姓，还是那黄头发、蓝眼睛的洋人，都是爹
娘所生，只长了两条胳膊两条腿，为何你敢封祥和号、山西会馆，一说要去动
洋人却露出这等神情？"

第十四章

百姓争利益衙前示威　商人抢生意重庆生乱　　　　　　　　　253

　　　　天渐渐黑了下来，王炽一人一骑茫然地行走在空旷的荒野上，望着这夜
幕笼罩下的秋色，内心掠上一抹荒凉感。凭良心讲，他并不贪财，这所做的一
切，只是为了心中的梦想，做一个像陶朱公那样有良心、慈悲心的伟大商人，
在适合的时候去取，亦懂得在合适的时机去舍，于取舍之间，纵横商海，潇洒
地游走人间。作为一个从山寨里出来的穷小子，他也曾想过，要想实现这个梦
想是极其困难的，需要付出极大代价。可不知道为什么，走到今天这一步，他
有些迷茫了。

第十五章
毛坝盖山两虎相争　重庆城外双强恶斗　　　　　　　　　　272

　　王炽毫不掩饰地道："所谓无利不成生意，在下一介贩夫，走这一趟买卖，自然是要图利的，但不管是行商还是为人，咱们不能不讲道义，不能为了利益置他人性命于不顾。而且如果这批货不能及时运到，洋人也会从中作梗，我们自个儿窝里斗，却让洋人得渔人之利，那就得不偿失了。"

第一章

川蜀马帮遭劫　滇南山寨临危

鸦片战争爆发后，中国国内的政治局面发生了天翻地覆的变化。洋人大批涌入，随之西洋的思想、文化、资金亦流入中国，他们想控制中国的经济，甚至欲以此渐渐地侵吞这个国家的疆域。从此之后，这个古老的国度开始沦为半封建半殖民地社会。

这样一种状态好比是两位武林高手的生死对决，相互牵扯、抵制着，都欲拼尽全力想将对方压倒。国与国的相斗，对老百姓来说却是极其痛苦，甚至是万般耻辱的，他们固然痛恨洋人的侵略，可更恨清廷的懦弱无能，带着这样的痛恨，国内百姓纷纷擎旗起义。在诸多的起义军中，规模最大、影响最深远的便是太平天国的起义军。

太平天国农民起义仿若一股风潮，迅速刮遍全国，各地各民族的义军趁机跟进，举旗抗争，清政府陷入了前所未有的危机，我们的整个民族亦被推到了最为危险的时刻！

在云南省红河州北部的弥勒乡，因为此处多山地，属于山高林密的丘陵地带，故当我国沿海地区受到西洋经济和文化的冲击时，这里似乎并没有受到多大影响，大部分山民依旧过着悠闲自得的生活。

然而有人的地方便是江湖，是日午后，金顶山下的一处丛林里，埋伏着二十来个山匪。他们手里或提着钢刀，或握着木棍，目不转睛地注视着西南方向的山道，神情肃然。领头的是个二十岁上下的年轻人，看上去身子瘦小，许是长期营养不良的缘故，脸色泛黄，看上去浑身上下没几两力气。但他的目光却是炯炯有神、极为有力的，在目光转动之间甚至带着抹凶光。

没有多久，车声辚辚，从山道上走来一支马队，约有七八匹马。马背上都驮着货物，前后共有十五人护着，在中间的一匹马上插着一杆三角形的小旗子，上书"川中祥和号"等字。

丛林里埋伏的那年轻人眼里寒光一闪，苍黄的脸上泛起抹激动的红潮，正要起身冲下山去，突被后面的一人拉住，不由得回头轻喝道："你做什么？"

那拉他的是个三十余岁的中年人，长着一脸的络腮胡子，皱了皱眉头道："姜兄弟，那是祥和号的货，是不是考虑一下再下手？"

年轻人怒道："强龙不压地头蛇，在咱自己的地盘上，你这地头蛇反倒是先怕了！你要是不敢动手，回家给你婆娘暖床去，我不会强拉着你！"说话间，挥了下刀，带着其他人冲下山去。中年人没办法，也只得咬咬牙跟着往下冲。

山下的马帮都是惯走江湖的老油子，这种事情见多了，也不怎么吃惊，一行人迅速散开，把马匹和货物围在了中间。领头的那马锅头[1]是川中祥和号的老伙计，也是在茶马古道[2]上走了一辈子的老江湖，名叫桂老西，虽有五十余岁的年纪了，却依然老当益壮，精干得很。他打眼望了下那些冲下来的山匪，最后把目光落在那领头的年轻人身上，双拳一抱，道："老夫是川中祥和号的桂老西，不知足下是哪座山上的好汉，不妨报上名来，交个朋友！"

"川中祥和号，哟，这是大商号啊！"年轻人嘴上虽夸着对方，眼里却依然含着杀气，"我叫姜庚，并不是哪座山上的什么好汉，只是这弥勒乡十八寨[3]的一个无名小卒而已，桂大哥真愿意与我交朋友？"

桂老西一看这姓姜的就不是个善茬儿，便笑道："在这茶马道上行走，干的是拎着脑袋讨饭吃的行当，靠的是道上兄弟的情面，不然的话，我桂老西十

---

[1] 马锅头：马帮领头人。

[2] 茶马古道：中国西南、西北地区的民间商贸道路，在这一带百姓的心中，西南的这条茶马古道无异于西北大漠上的丝绸之路。

[3] 十八寨：今弥勒县虹溪镇。

个脑袋也没了。只要这位小兄弟愿意给个情面，我桂老西求之不得。"

姜庚把刀柄一转，抱拳道："桂大哥这话说得在理，其实大家干的都是拎着脑袋讨饭吃的营生，多一事不如少一事。这样吧，只要桂大哥今日能给我们这些兄弟打发些烟酒钱，从此之后，只要是桂大哥的马队经过此地，我等绝不为难！"

"好，小兄弟果然是爽快人！"桂老西回身从身后的一匹马上拿过个包袱，取出个钱袋子来，向姜庚丢了过去。

姜庚接过，两个手指头一捏，便知里面是些碎银子，估摸着十两左右，当下脸色一沉，冷笑道："桂大哥莫非是嫌我们这地方小，拿要饭的标准来打发兄弟吗？"

"嫌少？"桂老儿黑乎乎的脸色也是一沉，"小兄弟，你看我们这次运送的东西，也不过是些土烟日杂货物，能值几个钱？而且这一路打点过来，这趟生意怕已是赚不了钱了，望小兄弟包涵，下次有机会大哥再奉上，可好？"

桂老西嘴上虽还在说好话，但脸色已经不怎么好看了。在这条道上行走，交情固然重要，可也不能一味地奉承讨好，不然的话让人骑到头上来，一辈子也休想混出头，必要的时候还得用拳头来说话。

姜庚看着桂老西的脸色，手一抬，又把钱袋子扔了回去。桂老西伸手一接，接在手里。是时虽是五月初夏，山中天气闷热，可这时每人的脊梁骨都觉得阵阵发冷。

桂老西强笑道："小兄弟不要这银子是什么意思？"

"要货。"姜庚从牙缝里吐出这两个字后，刀头一迎，率众便杀了上去。

桂老西也不甘示弱，与姜庚斗作一团，喝道："川中祥和号是魏老爷子的商号，他的货你也敢劫，胆子够大的啊！"

姜庚为人凶狠，狞笑道："在十八寨这地方，就是我姜庚的天下，皇帝老子来了也照劫不误！"

两方人马斗不许久，就已分出胜负。桂老西的马帮虽说都是老江湖，但毕竟势单力薄，且姜庚的人个个都是好手，就将这批人连同货物都扣了下来，唯独桂老西一人逃脱。

姜庚劫下了这批货物，十分高兴，让弟兄们收拾收拾连人带货一起押去寨子里。可那络腮胡子中年人依旧是一副愁眉不展的样子，走到姜庚跟前说道：

"姜兄弟……"

姜庚一看他那副嘴脸，怒从心起，喝道："我说曾胡子，你又担心什么呀？"

别看这曾胡子长得粗糙了些，想得却要比姜庚深远，说道："祥和号在川蜀是响当当的商号，财大气粗。这批货拿是拿到手了，怕是很难吞得下去。"

姜庚冷冷一笑："刚才我跟你说过了，强龙不压地头蛇。我料定不出几天，那魏伯昌肯定带着银子来赎人。"

桂老西从金顶山逃出来后，一路往西北方向跑，走了半天后，天色将黑，便找了个地方坐下，拿出干粮来吃。他一边吃一边寻思：这次魏伯昌运的是丝绸、皮革和药材，将这些货物在这边脱手后，要再运些云南高山的普洱茶及山货回去，所以此番这一来一去就是单上千两银子的大单子，现在不仅货丢了，连人都让山贼扣了去，要是两手空空地回去，魏老爷子非把自己生吞活剥了不可。

想到这儿，桂老西两道灰白的眉头一蹙，开始发愁了。

马帮分为两种：一种是单干的，自己招人买马、组织马队，来回倒卖货物，相当于个体经营户，亏了、赚了都是自个儿的事，颇为自由，但也极为危险，毕竟这年头盗匪肆虐横行，且茶马道上都是些崎岖的山路，单干的马帮队伍若没什么靠山，很容易出事；另一种是跟人合作的马帮，相当于桂老西的这种，有自己的马队，投靠个后台较硬的商号，行走时打出这商号的名头，路上的山匪大多会买面子，多少打发一些钱财，就可以一路畅行无阻了。

桂老西打着祥和号的牌子，行走茶马道多年，基本没出过什么事，这一回偏遇上了个不怕死的主儿，着实把他给难住了。

待吃完了干粮，桂老西思来想去，想到了一个人，此人叫作李耀庭，也是个山贼。然其与一般的山贼不同，太平天国起义后，云南也爆发了杜文秀所率的回民起义，李耀庭组织乡民抵挡起义军，后又与清军合作，屡战屡胜，在迤东道[1]一带威名赫赫,且此人与魏伯昌有些交情,若是他能出面,这事就好办了。

---

[1]　迤东道：云南东南部的行政区名，辖区约有曲靖、东川、澄江、昭通、镇雄、广西六府、州。

既想到了办法，桂老西不敢懈怠，连夜就赶去曲靖见李耀庭。

　　桂老西并没有见过李耀庭，这次跑去见他，凭的不过是魏伯昌的关系，到了地头，见到李耀庭时，桂老西顿时就傻眼了，原来这个名满滇南的大人物竟是个二十岁左右的毛头小青年！他不由得心生感叹，好你个小子，果然是英雄出少年，小小年纪就已是一方之霸主了！

　　其实不光桂老西吃惊，此时谁也想不到，在不久的将来，这位意气风发的少年将军，将成为享誉西南的巨商。

　　李耀庭虽为领军之将，但骨子里颇欣赏生意人，听说桂老西是魏老爷子的人，就请他在客厅奉茶。此时，再好的茶桂老西也是喝不进去，客套了两句后，就把此行的来意说了。

　　李耀庭一听，秀长的眉头一皱，满是书生气息的脸掠上了抹不自然的表情。桂老西见状，心里"咯噔"了一下。

　　李耀庭心里想的是，他现在充其量不过是个率领乡勇抵御起义军的头目，非官非民，身份很是微妙，虽道在军中有些威望，可也无法去管乡里的事情。再者听桂老西说那个叫姜庚的山匪很是凶悍，天王老子的面子都不买，万一自己出面要不回来那批货，下不了台，难道要派兵去讨伐不成？

　　正在左右为难之际，门外跑来个兵勇，在李耀庭身边耳语了两句。李耀庭一听，俊秀的脸变了一变。桂老西看在眼里，心里更是不安了，心想，这中间到底有什么缘故，让他如此为难？他不由得起身问道："怎么了？"

　　没想到，李耀庭回头看了他一眼，说道："我陪你走一趟。"

　　李耀庭先是为难，现又答应得如此痛快，此等突兀的变化让桂老西着实捉摸不透。转念一想，只要他答应了，这事就算不成问题了，便问："我们什么时候动身？"

　　"事不宜迟，今晚便动身。"

　　桂老西闻言，彻底蒙了，他显然没有跟上李耀庭态度变化的节奏，瞄了眼李耀庭的脸色，见他神态略有些紧张，觉得不太对劲儿。那货物毕竟不是他李耀庭的，且跟他八竿子打不着，为何他显得比自己还要紧张？正要相问，李耀庭却没给他机会，急步走了出去。

夜色如洗，墨蓝色的天空繁星点点，甚是璀璨。

夜色中，在一块空地上齐刷刷地站了几十排人，个个持枪擎刀，脸色肃穆，略带着股杀气。

桂老西虽走了一辈子江湖，但毕竟没见过这等阵仗，看得他心头突突直跳，心想，这李耀庭有些小题大做了吧，姜庚那二十来个山匪用得着派兵出去吗？桂老西转头看了眼李耀庭，见他也是一脸肃穆，丝毫没有开玩笑的样子，就走上两步，悄声道："李……李长官，那……那姜……"

桂老西本来想说，那姓姜的不过是个山匪，没必要如此劳师动众，可没等他往下说，李耀庭回过头来，寒星般的眼里精光乱射，生生把他的话给逼了回去。

"我出兵不是为了你的那批货，但我们要去的地方正是弥勒乡。"站在三军面前的李耀庭脸色严峻，书生气淡了许多，连语气也变得生硬了起来，"你随我们走吧，到时候顺便把你的货要回来便是。"

"那……那边出事了？"桂老西倒吸了口凉气，如果真的打起来，他的货还能找得回来吗？

弥勒乡十八寨里火把晃动，整个寨子灯火通明，且不时传来吆喝声，成年健壮的男人成群结队地往祠堂赶。

王家祠堂内，一位须发雪白的老阿公坐于上首，略见混浊的眼扫了一遍祠堂内的众人，眉间一动，眉头那里打了个结，沉声道："那些个起义军反朝廷、反洋人，咱们管不着。可他们为了攻城略地，居然打到弥勒乡来了，过不了几天就会到咱们十八寨来。诸位想一下，只要起义军一来，清军就会来平叛，你来我往，扰了咱们的生活不说，咱们种的庄稼不就被糟蹋了吗，以后哪还有清静日子过？"

"阿公说得在理，咱们十八寨不是谁想来就来的，他要是敢来，咱们就让他吃不了兜着走！"

老阿公点了点头道："今晚招大伙儿来，就是这个意思，不管是官兵还是起义军，谁也休想来十八寨作乱。这样吧，今晚咱们就分派一下，守住寨子的各个入口。"言语间，往人群里巡视了一番，问道："为何不见王阿四？"

“据说是去弥勒乡了。”

老阿公吃惊道：“哪儿乱他就往哪儿闯，这时候他去那边做什么？”

“这小子精得很，十数日前便收购了不少粮食，这时候去弥勒乡，估摸着是兜售粮食去了。”

老阿公抚须苦笑：“弥勒乡打起仗来，粮食自然就会紧俏，可兵荒马乱的，也危险得紧。这小子的胆子端是不小，拎着脑袋的买卖他居然也敢做！不等他了，我们来商量下由谁负责来守。”

“本来就不用等他！”老阿公话落间，姜庚嘴里咬着根草，摇摇晃晃地走进祠堂来，“十八寨有我姜庚在，怕什么？来一个打一个，来一双揍他一双！”

老阿公抬起混浊的眼，望了姜庚一眼：“起义军有上千号人，你有把握守住？”

姜庚眼里寒星一闪，嘴里“噗”的一声，把草吐在地上：“我有批火药放在家里，本想卖出去，既然有人来捣乱，那就不去卖钱了，招呼那些个龟孙子就是了。火药你们知道吗？只要这么一小撮，就可炸得人哭爹喊娘、屁滚尿流！”

姜庚的脾气十八寨的人都知道，这小子天生就是块杀人的料儿。大家听他这么一说，也就放心了。老阿公道：“你既然有这好物什，那守寨的重任就托付给你了，反正寨子里的人随你指派。”

姜庚哈哈一笑：“阿公只管放心，起义军只要敢来，我保准炸得他们魂飞魄散！”

夜渐深了，沉沉的夜色笼罩着弥勒乡。

城内的百姓家家户户关门闭户，生怕起义军突然打进来，街上清静得连狗都见不到一只。

城外与城内却是两番景象。起义军兵临城下，有两千余众，个个手持大刀鸟枪，杀气冲天，火光映得城头似若白昼。

率领起义军攻城的叫马如龙，年纪不大，只有二十四岁，却是个智勇双全的主儿，据说这一路杀过来，攻城略地，所向披靡，无人能挡。此人体形魁梧，生得一副浓眉大目，骑在一匹高头大马上，宛如天神一般，威风凛凛。

单看起义军的气势，就让城楼上的清兵心里发怵，尽管他们拥有火枪和一门红夷大炮，心里却依然不踏实，站在城头上强自装出一副临危不乱的样子，实际上个个都胆战心惊。

事实上攻打此城，马如龙确实是十拿九稳的。弥勒乡并非什么大城，以他的作战经验来说，拿下这座城池，不过是弹指间的事儿。是时，他一马当先，微眯着双虎目，睥睨着城池以及城头上的清兵，脸上甚至流露出一股不屑之色。

两千多义军在城门前静静地肃立着，城内城外除了火把燃烧的滋滋微响外，似乎再也听不到任何声音了。所有人都以为马如龙会很快下令攻城，但他迟迟没下达作战命令。

马如龙在等。

他试图用这样的气势压垮清军，让乡绅马昭通出来投降，甚至是向他跪地求饶。

这个时候，乡绅马昭通家里乱作了一锅粥。这位老爷子读了一辈子书，也考了一辈子，及至垂暮之年，也未能考得一官半职，后来还是朝廷怜悯他，给了他个管理弥勒乡的职权。虽说这乡绅的名衔，属于半朝半野、非官非民，身份有些尴尬，但只要手里有权，不管这权有多大，多少还是可以捞些好处的。因此这些年来马昭通好歹置办了些家产，倒也能安生度日。现在倒好，起义军一来，辛辛苦苦赚下的家产，带又带不走，撇下家产逃命去吧，又觉得不甘心，一时急得若热锅上的蚂蚁，不知是走好还是不走好。

就在这当口，来了一位少年人，生得副国字脸，周周正正，再加上长着双浓眉大眼，颇有些气概，见了马昭通就忙着请安。

马昭通见了这少年人，连连叹气："乱军都打到家门口来了，还安什么安啊！"

少年人不慌不忙，往他的屋里打量了一番，见其家眷均在堂内，且个个都收拾了细软，便已猜到了个大概，问道："马老伯这是要走吗？"

马昭通重重地叹了口气，颌下灰白的胡子随之一阵晃动："王四啊，你是有所不知啊，老夫在这里住了一辈子，眼看就要入土，舍家别里，委实舍不得。

可不走吧，又怕累及一家老小，一时委决难下。"

这王四便是十八寨老阿公提起之人，名炽，字兴斋，祖籍在应天府[1]柳树湾石门坎，其祖上曾是明朝开国年间的将领，后世代为官。到了王炽之父王勋业这一辈时，家道早已衰落。及至王勋业过世时，留下生母张氏、二妈姜氏，以及四个孩子，家里更是窘迫不堪。四个孩子中的三个相继病死，只留下老四王炽继承王家香火。

亏的是这王炽从小就生得聪明伶俐，十几岁辍学后，张氏卖掉了陪嫁过来的首饰，给他去学做生意，不想这小子天生就是块做生意的料儿，在乡里收购土布去外地卖，又从外地采购红糖、盐这些生活必需品回乡来卖，一来二去来往倒腾，没几年就积下了百多两银子。

这一次他看到义军四起，在各地全面开花，就料定了这仗一定会打到弥勒乡来，早早地便开始收购粮食，想借此大赚一笔。今日下午进城后，让雇工们把运进来的粮食安顿好，薄暮时分正要来找马昭通，不承想街上突然一阵大乱，说是起义军来围城了。

王炽跑到城门一看，果然城门已然关闭，大批的清军不断地往这边赶过来。他心下暗暗叫苦，这会儿让乱军围在了城内，无论如何也出不去，岂不是要与此城共存亡了吗？

心念转动间，索性一不做二不休，反正已然被困在城里了，按照原计划来找马昭通，先把这批粮食卖出去再说，好歹不白跑这一趟。可是他做梦也没想到，马昭通居然想携家带眷逃跑，如此一来，他收购的那一大批粮食卖不出去，非得赔个血本无归不可。

王炽边试探着马昭通的口风，边在心里想着法子，见这老儿吓得面如土色，急得在屋里团团乱转，一时计上心来，说道："马老伯，这时候您逃是逃不出去了，如果您坐视乱军打进来，您这家产八成也是保不住的，非被他们占了不可。小侄倒是有一计，不知老伯愿不愿听？"

马昭通闻言，如同抓到了救命稻草，两眼一亮，忙问道："何计啊，快些

---

[1] 应天府：今南京。

说来！"

王炽问道："您家中可有现银？"

马昭通愣怔了一下："应有几百两。"

王炽低眉想了一下，突然叹道："可惜了！"

马昭通急了，抓住王四的肩膀道："我的大侄儿，都到这时候了，还有什么不能说的，你是要急死老夫不成？"

王炽看了眼马昭通，说道："所谓重赏之下必有勇夫。您现如今要是有千把两银子，都把它散出去，说是但要能杀乱军一人者，便赏一两银子。您老试想一下，到时全城百姓争先恐后地奋勇杀敌，那千把两银子便是敌军千把个人头。您想，乱军统共也就两千余人，都死伤过半了，还不落荒而逃吗？"

马昭通听完，脸现潮红，颇是激动，但旋即又黯淡了下去："这主意是好，可老夫一时着实拿不出这么多现银啊！"

王炽朝马府的家眷们看了一眼，笑道："您老是没有，可您这些家人多少藏了些私房钱的，大家在一起凑一凑，我看也差不多了。"

马府那些家眷一听，一个个都慌了。那马昭通是考场上的老油条了，晚年才得来管理弥勒乡这个差事，因此平素里抠门儿得紧，给家眷们的赏钱或生活用资都十分少，他们身上的私房钱可以说是从牙缝里省下来的，看得比性命还重要，听了王炽的主意，不免都心里发慌。

王炽是个机灵之人，一看这些人的脸色，就已猜到了他们的心思，便朝马昭通小声道："散得一时财，换得一世安，这是笔稳赚不赔的买卖，您就不要再犹豫了。"

马昭通把那几颗稀疏的黄牙一咬，朝家眷们道："把你们的私房钱都拿出来吧，留得青山在，不怕没柴烧，只要我们的家业还在，怕什么呢？王四说得对，这是笔稳赚不赔的买卖。你们也不要再犹豫了，都拿出来吧，不许藏着。"

众家眷无奈，都把私藏的银子捐献了出来，放了满满一桌子，再加上马昭通自己的银子，刚好凑足了一千两。

王炽见计谋得逞，心下大喜，又道："您现在就派人抬着银子敲锣打鼓地往街上去招呼，城内绕一圈后，再把这一堆白花花的银子往城头一放，待战事结束后，按人头发放银子，保管弥勒乡平安无事。哦，对了，打完仗后，您再请乡亲们吃一顿，如此明面上说是为庆祝，实则这是个收买人心的好机会。您把老百姓们安顿好了，还怕他们日后不为您卖力吗？粮食、酒肉我都备好了，就放在城内，到时候您支给我银票便可，无须现银。"

马昭通一听，心疼得要命，平时节衣缩食省下来的银子，一夜之间便全花出去了。他也终于明白，这王四真正的目的是想在他这里兜售粮食，可现如今除了走这条道外，也着实没有更好的办法了，当下又把老牙一咬，命几个大汉抬着银子到街上吆喝去了。

约在子时初，马如龙发起了攻城之战。这位少年将军满以为拿下区区一座弥勒乡根本不在话下，哪里知道战斗刚刚打响，城门突然洞开，城内的军民像疯了一样往外冲，争相抢着要砍起义军的人头。

所谓两军相逢勇者胜，面对这一拨又一拨不要命的军民，起义军顿时就慌了。马如龙倒是没慌，但是他蒙了，是什么力量驱使着这一群人，玩命地作战？眼看胜负已无悬念，马如龙不敢硬撑，率着剩下的一千多人拔腿就跑。

逃出弥勒乡后，马如龙还是没回过神儿来，为什么稳操胜券的一场战斗会演变成这样，这中间到底有什么玄机？他百思不得其解，遂遣一人混入弥勒乡去打探，看看到底是怎么回事，旋即率众愤愤不平地继续往前走。

马如龙派人去弥勒乡调查，其实是心里不服气。想他马如龙是何等人物？从小习得一身好武艺，乡试武举头名武生，要不是在咸丰元年杀了几个清廷官员，现如今他必是朝中大将。即便如此，他加入杜文秀的起义军后，这些年来也是战无不胜、攻无不克，什么时候栽过跟头？

如此思来想去，马如龙决定暂不回营，他想要挣回这个颜面。

夏日的午夜，凉风习习，天上的繁星依然不曾淡去，闪着晶莹的光芒。

马如龙抬头望着星空，思索着下一步的计划。是时，月光照着他魁梧的身材，他紧紧地握着手里的那口刀，蓦然虎目中精光一闪，似乎有了主意，轻身跃上了马，喝道："去十八寨！"

大队人马在马如龙的一声轻喝中，掉了个方向，小跑而去，不消多时，便隐没在夜色之中。

马如龙把矛头指向十八寨，当然自有他的一番算计。现如今弥勒乡既然打不下来，那么就换个作战思路，将其所辖的村寨一个个拿下来，最终实现孤立弥勒乡，从外围包围弥勒乡的战略目的。

只是他此时此刻做梦也不会想到，在十八寨的遭遇会比弥勒乡更加惊心动魄。

天色破晓的时候，马如龙的队伍已到了距十八寨不到两里地的一座山下。

晨曦透过树林的隙缝照射进来，把林子映射得斑驳陆离。五月的晨风夹着植物和泥土的清香，拂过众人身边时，众将士只觉得昨晚一夜的疲惫化解了许多。马如龙仰起头深吸了口这清新的空气，脸上的英武之气又焕发出来。转头之间，只见一匹快马从队伍的后面赶将上来，仔细一打量，正是昨晚派去弥勒乡打探之人。

马如龙一勒缰绳，战马低鸣一声，停了下来。及至那人奔近时，便迫不及待地问道："可有查到什么消息？"

那人道："启禀将军，昨晚弥勒乡军民疯了一样抵御我军攻城，是一个叫王四的人所为。"

"王四？"马如龙浓眉动了一动，在脑海里搜了遍有名有姓的人物，对这个名字却毫无印象，不由诧异地道，"没想到弥勒乡还隐藏着这等高人！"

那人又道："此人名炽，字兴斋，就是十八寨人，因在家中排行老四，故人称王四。"

马如龙的脸立时变得如听见了件不可思议的事一般，看了那人一眼，又望向不远处的十八寨："你说他是十八寨的人？"

"没错。"那人道，"那王四说动马昭通拿出了一千两银子，鼓动军民，说是只要杀敌军一人者，便可得一两银子。我军败退后，此人的事迹已传遍了弥勒乡的大街小巷，所以绝对不会有错。"

马如龙不由得苦笑道："一千两银子便保住了一座城，好一桩买卖！"顿了一顿，把钢牙一咬，又道："今日本将定要活捉那王四，把昨晚的耻辱讨回来！走！"

姜庚站在山头，望着浩浩荡荡而来的起义军，苍白的脸涌起了股红潮。

旁边站着的曾胡子有点儿害怕，脸色发白地望向姜庚："姜兄弟……"

姜庚见人高马大的曾胡子那胆怯的样子，鄙夷地道："怎么，又怕了吗？"

曾胡子道："他们有一两千人，且手里还有鸟枪……姜兄弟，那鸟枪可不是打鸟的啊，打起人来一打一个准，十分厉害。"

姜庚把手里的一根草放到嘴边，舌头一卷，卷到嘴里，慢慢地咀嚼起来，眉宇间漫起股淡淡的杀气，以及杀敌立功的决心。

姜庚是有野心的，他一直想做十八寨的头号人物，然后想要在这乱世中，带领十八寨的人闯出一片天来。然而在这里有个人时时压着他，无论他怎么努力，都无法超越那人，随着时日的流逝，这件事便成了他心里的一根刺，怎么拔都拔不出来。

那人便是王四。那小子凭借着一些小聪明，在十里八乡做生意，这些年着实赚了些银子，很受乡亲们的喜爱。许多人甚至说，生儿当如王兴斋，人穷志不穷，硬是在这穷乡僻壤闯出了一片天地。

这让姜庚十分不舒服，他压根儿就看不起王四那斤斤算计的嘴脸。什么是生意人，什么是商人？那便是无利不起早，无商不奸，那种人不仅趋炎附势，更是投机取巧的下等人，即便是上山做土匪也比生意人来得光彩，至少活得像个男人的样子！

姜庚"噗"的一声，吐掉了嘴里嚼烂了的草，眼里寒星一闪，他今天就要做给十八寨的人看看，在这里只有他姜庚才能保护十八寨，在这乱世中，只有像他姜庚这样的人，才能做出一番大事。

姜庚咬了咬牙，今天就是他压倒王四的日子！他把头转向曾胡子，恶狠狠地道："我最后警告你一次，今天这一战，老子打定了。如果你怕了，趁早给老子滚蛋，别在这里给我丢人现眼。"

曾胡子没读过一天书，且天生胆子小，也没什么魄力，自然就不是做生意的那块料儿了，除了跟着姜庚混口饭吃，别无出路，当下便狠了狠心，道："姜兄弟既然下决心要与乱军决一死战，兄弟跟着你拼命便是！"嘴上虽如此说，心里却依然忍不住打鼓。

姜庚冷哼一声，往后面的弟兄道："可准备停当？"

后头有人答道："火药已经在各个入口埋好，弟兄们也都在附近埋伏完毕。"

姜庚满意地点点头，届时只要火药一炸开，这里的上千村民就会出其不意地杀出去，给乱军来一个迎头痛击。

他对这样的安排很是放心，认为这一战赢定了。

李耀庭带着队伍赶到弥勒乡时，马如龙的起义军早已退走了，他略微有些失望。

每个人都想在属于自己的舞台上做出一番功业来，李耀庭也不例外。那马如龙是杜文秀军中最杰出的将领，且年龄与他相当，他很早就想会会此人，哪怕要面对的是一场生死之战。然而，当他闻知马如龙是被一个叫王四之人打退时，文静的脸上露出抹惊异之色。

不消多时，马昭通领着王炽迎出城来。双方寒暄了几句，李耀庭问道："不知哪位是王四？"

王炽走上两步，抱拳道："正是在下。"

李耀庭上上下下打量了番此人，见他天庭饱满，目如朗星，年纪不大，脸上却罩着丝淡淡的沧桑之色，使其身上多了分英武之气，不由得暗暗叫了声好，也抱起拳道："王兄弟巧施计谋，退却乱军数千，令在下佩服！"

双方谦让了一番后，马昭通道："李将军今日来得正好，为了庆祝胜利，答谢王四兄弟和众军民打退乱军，老夫特设宴庆功，宴请大伙儿。李将军既然来了，进城去喝一杯如何？"

李耀庭出身书香门第，骨子里便带着书生意气，一是一、二是二分得十分清楚。这场胜利他未立寸功，甚至连战斗都没赶上，打心里不愿参加这庆功宴，可当着这么多人的面拒绝吧，又觉做得太没人情，正左右为难之时，突见远处一匹快马迎着朝霞急驰而来，没多时，就到了众人面前。

王炽见了此人，连忙上去问："如何？"

那人喘了两口粗气，道："乱军去了十八寨，这会儿应该已经到那里了！"

原来，击败了马如龙之后，王炽觉得不放心，就暗中支使一人去打探乱军的动向。听了这消息，王炽的脸变得若纸一样白，眼神不由自主地朝李耀庭望将过去。

在王炽心惊胆战的时候，当中有一人却是暗中欣喜不已，此人便是桂老西。

他所押送的那批货现在还在十八寨，如果李耀庭的队伍去了那边，那不正好可以把他的货给讨要回来了吗？在王炽的眼神看向李耀庭时，桂老西也迫不及待地看向他，眼里饱含着期许。

李耀庭正愁不知如何脱身，听了这消息，反倒是心下一喜，秀气的眉头扬了扬，道："这帮乱军，好大的胆子，我们这便去十八寨！"

王炽闻言，连忙答谢道："若李将军能救我父老，王四感激不尽！"

"客气了！"李耀庭翻身上马，与王炽、桂老西一道，领着众军奔向十八寨。

一行人赶到十八寨时，马如龙还不曾发起进攻。

这倒并非马如龙不想杀进去，而是这里的气氛让他觉得十分怪异。整个寨子的外围看不到一人防守，乍一看就像是个空寨子一样，别说是人了，连狗都看不到一只。

太静了，在大敌入侵的时候，十八寨的这种宁静给了马如龙一种不安的感觉。

十八寨既然有王四那样的高人，决计不可能不战而逃，平白把地盘腾出来给他，那么这里面一定有阴谋。

究竟是什么阴谋呢？马如龙的浓眉紧蹙着，抬头往山上看了一眼。山上树枝摇曳，树叶婆娑，却看不到一星半点儿的人影。

姜庚摆下的阵势难住了马如龙，但是此时此刻，山上的姜庚也不好受。他在山上望见了另一支部队，且在这支部队里有两个他不想见到的人——王炽、桂老西。

山上的弟兄们看到这支部队时，都喜上眉梢，因为这股生力军一到，马如龙便如一只煮熟的鸭子，就算借他一双翅膀，前后夹击之下，也难逃一死了。然而在姜庚看来，那帮人的到来可能会是一场灾祸。

桂老西的货是他抢的，马如龙死后，摆在他面前的只有两条路：一是乖乖地把抢来的货交出去，然后当着众人的面给桂老西道歉，大家和好如初，这事就算了了。可如此一来，他姜庚的脸日后往哪里搁，从此在这十八寨可还有他姜庚的立足之地？二是拒绝交还货物，硬是将其吞没了。这样做的后果是，双方都找不到台阶下，一旦动起手来，马如龙死后，第二个死的人就铁定是他了。

曾胡子显然也想到了这一层，当初他就劝过姜庚，抢了这批货后，如何消化？现在问题果然来了，眼神不由自主地往姜庚脸上瞟过去。

姜庚的脸表面上看去苍白得没有任何表情，实际上心头正自咚咚直跳。

第二章

杀族人亡命天涯　建马帮重整生意

　　望着马如龙和李耀庭的两股人马，姜庚突然觉得自己走到了人生的十字路口。

　　如果说马如龙败亡后，第二个死的就是他姜庚的话，那么在这个时候趁机与马如龙联手，则是最好的选择，不仅可以保全劫来的那批货，而且可避免在众人面前受辱。

　　可转念一想，如此做是违背道义和道德的，那马如龙毕竟是乱军，是来讨伐十八寨的，如果他投靠了乱军，那不就成乱民了吗？从此之后，他的整个人生道路都将改变。

　　姜庚的脸色阴晴不定，显然他在纠结着到底该如何抉择。

　　曾胡子终于忍不住了，皱了皱眉头道："姜兄弟，现在逃是逃不过去了，你想怎么办？"

　　姜庚看了眼曾胡子，又回头看了看身后那几位跟着他的弟兄，迟疑了会儿，突问道："我想问兄弟们一句话，一会儿如果出现了不可预知的状况，你们还会不会跟着我？"

　　大家你看看我，我看看你，相互看了几眼后，其中一人道："姜兄弟，那批货是我们大伙儿一起劫下来的，既然有福能够一起享，那么祸也得一起担着。不管发生什么事，弟兄们都会跟着你，听你号令行事。"

姜庚闻言，感动不已，朝大伙儿招了招手。一伙人围过来后，姜庚眉头一动，说道："从现在的情况来看，我们与外面的那些人合作，杀了那些乱军易如反掌。可大家想过没有，桂老西和王阿四为什么会出现在军中，这支部队来此的真正目的又是什么？如果乱军败亡，我们的下场又会是如何？"

曾胡子看了大家一眼，紧张地道："我们都知道后果。"

另一人道："所谓树活一层皮，人活一张脸。到了现在这个地步，已经不是还不还那批货的问题了，要是给他们一吓唬，我们就乖乖地把货交出去，日后还怎么在道上混？"

姜庚扫了眼众人，苍黄的脸上露出股狠劲儿，眼里寒星一闪："男子汉大丈夫活的是一口气，他王阿四算什么东西，以为带着兵就能让咱们屈服，骑在咱们头上。这次咱们给他来个狠的，打他个措手不及，出了这多年来的鸟气！"

这帮山匪都是狠角色，听了姜庚的话，纷纷点头称是。

曾胡子闻言，吓得身子颤了一颤，连那一脸络腮胡子亦抖了一抖："怎么打呀？"

姜庚道："给你个练胆的机会，下山去找到那乱军的头领，跟他说明利害，然后让他上山来。"

"让……让他上……山……山……"曾胡子吓得瞪大了眼睛，"万……万一我一现身，他……他就把我杀……杀了呢？"

姜庚瞪着曾胡子，直瞪得他浑身冒冷汗，他这才磨磨蹭蹭地往山下走。

山下的马如龙正没做理会处，突见有人出现，手里的刀一扬，警惕地轻喝道："什么人？"

曾胡子连忙道："别……别着急动手，自……自己人！"嘴里边说着，边走了过来。

马如龙虎目里杀气盈然："你可是十八寨的人？"

"是……是十八寨的人。"曾胡子一紧张，舌头就打结了，"但……但咱们现在……在是自己人。"

马如龙往山上望了一眼，眉宇间跃上一股喜色，心想，他们果然埋伏在山里！手臂一振，翻手间刀锋便已抵在曾胡子的脖子上，道："他们藏在哪里？"

"哎哟！"曾胡子惊叫一声，将眼下的形势结结巴巴地说了个大概，见马如龙脸色逐渐缓和下来，这才暗松一口气，又道："眼下我们就算是一路人了，姜兄弟叫你上趟山去，合计合计。"

马如龙生怕这是个阴谋，朝旁边一人使了个眼色，那人会意，飞奔而去。不消片刻，回来禀报说，外头果然有股人马，快到十八寨了。马如龙闻言，这才相信曾胡子所言不虚。他当即把刀放下，说道："既是如此，那姓姜的为何不下山来与我谈？"

曾胡子道："将军，性命攸关，您也就别计较这些小节了。再者说，我们大不了把劫来的货物归还原主，而您呢，关系到身家性命，跑一趟又有何妨？"

马如龙少年英雄，骨子里难免有些倨傲，心里极不情愿听命于一个山匪，奈何现在身陷两军夹击之险，若是去计较这些小节，到时候就说什么都晚了，只得带了一名随从，跟着曾胡子上山去。

两方见了面，姜庚也是个眼高于顶的主儿，瞅了马如龙一眼，就开门见山道："你既然上山来了，就说明愿意与我合作，那我就把丑话说在前头，在这次的行动中，你必须听我的命令。"

马如龙一听，自尊心受到了挑衅，浓眉一扬："你有什么资格命令我？"

"什么资格？"姜庚冷冷一笑，把头转向山的另一边，"就凭你快要死了！"

金顶山是十八寨最高的山头，方圆十里，尽收眼底。马如龙顺着姜庚的方向望过去，只见李耀庭所率的人马距此不足一里地，且足足有三千以上的兵力，顷刻即到，不由得暗暗地倒吸了口凉气。他心想，那三千人加上姓姜的这小子的人马，前后夹攻之下，我必死无疑！

姜庚瞟了他一眼："你可考虑好了吗？"

马如龙沉着脸问道："你想要我怎么做？"

"我把火药埋在了寨子的各个出入口，只要这些火药一炸开，埋伏在暗中的人就会一窝蜂地杀出来。"姜庚那苍白的脸上浮出抹凶狠之色，"现在寨子里的人不知道哪方面是乱军，不明敌友，你呢就与我一同去寨里，就说你们才是来平乱的军队，现在乱军即将逼近寨子，你要与全寨百姓一起抵御乱军。届时火药一炸，你就率众杀出去，打他个措手不及，那支部队必灭！"

马如龙眉头一动，道："好计！"

王家祠堂内，老阿公听说姜庚带了马如龙的军队闯进寨子里来，心里"咯噔"一下，顿时就慌了，皮包骨头的脸全无血色，抖动着颌下花白的胡子，颤声道："那小畜生，竟敢做出此等忤逆之事！"

堂下一名壮汉道："当初选他当抵御乱军的头目，真是大错特错。不过咱们寨子里好歹也有一两千人，现在重新组织起来，共同对敌，未必会输。"

老阿公道："组织人手，随我去会会那小畜生，我看他敢不敢动我！"说话间，他激动地把拐杖往地上敲了一敲，急步往堂外走。

刚到祠堂门口，便看到姜庚带着马如龙走了过来。老阿公见状，瘦弱的身子微微一颤，随即两手紧紧地拄着拐杖，气愤地看着姜庚，只等他过来。

姜庚看在眼里，不慌不忙地走到老阿公跟前，恭恭敬敬地施了一个礼，道："大伙儿不要紧张，这是一场误会！"

老阿公朝马如龙看了一看，见此人果然没有杀气，讶然道："是何误会？"

姜庚道："这些人啊，其实不是乱军，而是来帮助咱们寨子驱逐乱军的。"

老阿公闻言，半信半疑地望向马如龙。马如龙情知眼下处境危险万分，便也上前朝阿老公施了礼，说道："这位姜兄弟所言非虚，眼下外面的乱军顷刻即到，在下定竭尽全力，保十八寨不受乱军侵占！"

众乡亲听了这话，都暗中松了口气。老阿公的脸色亦缓和了下来，喜道："看来果然是场误会，既如此的话，劳烦将军了！"他顿了顿语气，又吩咐姜庚要好生配合马如龙作战。姜庚见计谋得逞，暗中冷笑不已，满口应承着老阿公，随后就带着马如龙去寨子口上应敌。

及至寨子口后，众人在姜庚的安排下，都隐藏了起来，只待李耀庭的人马到来。

事实上如此安排，单从谋略上来讲，是不错的。只要对方的人一到，火药一炸开，趁乱冲杀出去，在短时间内的确可以冲垮对方的防线，能起到意想不到的效果。然而，不管是姜庚还是马如龙都忽略了一个重要的环节。

这个环节，姜庚和马如龙一时间没有察觉到，却让李耀庭发觉了。

在李耀庭的队伍即将抵达十八寨的时候，他率先派出探子来这边打探消息，这是行军时每位将领都会做的一个步骤，可是当探子回来将十八寨的情况说了之后，李耀庭的眉头顿时就蹙了起来，随后将手举起，做了个停止前进的手势，三军立时止住了脚步。

其实探子到了十八寨外围后，什么也没看到，安静得像个无人村。但就是因为太安静了，让李耀庭察觉出了异常。他回头看了一眼王炽，说道："可否将你先前派去跟踪乱军的那人叫过来？"

王炽本就是机灵之人，听了此言，也意识到了不对头，就将那人找了来，郑重地问道："你当时确实看清了乱军往这边而来？"

那人答道："千真万确。"

王炽眉头一皱，道："他们会不会中途又掉方向了？"

李耀庭低头想了一想，道："乱军在弥勒乡攻城失败了，转而奔向十八寨，应该是想拿下周边的村镇，达到孤立弥勒乡的目的，因此他们既然往这边来了，应该不会临时改变主意。"

王炽道："寨子里没有打斗的痕迹，所以也不可能被攻占了，那这股乱军会去了何处呢？"

"这事怪就怪在这里。"李耀庭皱着两道秀长的眉毛，突地眉头一动，"莫非……"

李耀庭的骨子里是个书生，心思比较缜密，但说到这里的时候，他还是被自己的想法吓着了，连忙回头朝桂老西招了招手，待他走上来后，问道："你说劫你那批货的人就是这十八寨的人，他叫什么名字？"

桂老西忙道："那人叫姜庚。"

"是他！"王炽神色一动，很快便明白了李耀庭的意思，"你说他……"

李耀庭眼里精光一闪："你对此人应是知根知底的，你觉得他会否做出此等事来？"

王炽沉默了。在每个人的心里都有一种非常纯粹的乡情，有时候即便是知道家乡或家乡的人风气不好，在外人面前也不想承认，这是每个人天生便具有的自尊。在王炽的内心里，同样十分不情愿去接受这样一个事实。与此同时，他也很清楚，这样的事情姜庚是极有可能干得出来的。

十八寨这个地方虽说不大，男女老少加起来统共也就两三千的人口，却有两个大姓，王姓者住在东门街，姜姓者住在西门街。别看这两个家族住在同一个地方，可一直在明争暗斗、相互攀比。特别是王炽做生意赚了些钱财之后，姜庚的心里就一直不舒服，在王炽组织了一支五六人的马帮后，姜庚便组建了支二十来人的队伍，专门打劫过往客商，想在气势和财力上将王炽比下去。

现在他劫了桂老西的货，而桂老西恰恰找到了李耀庭当靠山，此时此刻，当他看到桂老西随着李耀庭的部队而来，他心里会做何感想？

王炽的脸色越来越难看，他明白姜庚是个好强之人，他不想输，更不想当着王炽的面认输，在这样的一种处境下，姜庚是极有可能做出非常之举来的。

李耀庭目不转睛地看着王炽，他似乎已经从王炽的脸色里读出了信息，沉声道："看来现在的十八寨就是一个陷阱，等着我们去跳。"

王炽望了眼十八寨，突然觉得自己的心胸有些小了，人家李耀庭毕竟是来帮十八寨平乱的，你在这时候包庇姜庚是何道理，莫非要将十八寨的父老置于死地而不顾吗？想通了这一层，他两眉一扬，道："李将军莫急，待我先进去看一看。"

李耀庭一想，他是寨子里的人，让他去查探虚实自然是好的。但是如果真是那姜庚联合了乱军，在里面埋伏好了等我们入套，那么他进去之后把姜庚惹急了，也是极度危险的。他当下道："你一人进去怕是十分危险。"

王炽道："寨子里出了这等事，由我去探个虚实，乃天经地义的事，届时你在后面为我策应，相机行事便是了。"

李耀庭也想不出更好的办法，只得默许，临行时摸出一把匕首，送给王炽防身。王炽接过匕首，说了声谢，转身往十八寨走去。

这边的姜庚、马如龙潜伏在寨子口边上的草丛里，眼巴巴地望着李耀庭的部队出现，不承想左等右等只看到不远处的路上，有一人摇摇晃晃地朝这边走过来。稍一会儿，走得近了，姜庚把眼一瞅，着实吃惊不小。

旁边的马如龙见他脸色不对劲儿，便低声问道："怎么了？"

姜庚盯着走过来的王炽沉声道："那来人叫作王四，是咱们寨子里的人。

在山头的时候，我看到他跟着外面的那支部队而来，为何此时只见他一人？"

"原来是他！"马如龙一下子就来了精神。弥勒乡一战，要不是王炽这小子从中作梗，此刻他只怕早已坐在马昭通府上了，如今在这里遇上了他，可真是冤家路窄。可是他转念一想，这事透着古怪，"莫非他是来探虚实的？"

"倘若真是来探虚实的，那就要坏事了！一旦让他见到老阿公，把事情捅破了，你我都得死在这儿！"姜庚眼里凶光一闪，"老子去做了他！"言语间，也不待马如龙回话，提了口刀，猫着身子往前移动，在路边不远处的一个草丛里停下，只等王炽近身。马如龙本想派个人去帮他一把，最终还是打消了这个念头，去的人多了惊动寨子里的人，就大大的不妙了。

王炽自然不知道前方正有人杀气腾腾地等着他，只管一直往前走。

姜庚紧握着手里的刀，见王炽与他相近了，正要起身动手，突听前面有人喊："王兄弟，等一等！"姜庚定睛一看，只见是桂老西大步跑了过来，忙又蹲下身去，咬牙切齿地暗道，那桂老西身手不弱，只我一人怕是很难得手！

王炽回头见是桂老西，问道："桂大哥，你来做什么？"

原来桂老西因那批货让姜庚给劫了，心里着急，想去看看货现在到底如何了，便央求李耀庭要与王炽一同入寨。李耀庭心里也颇担心王炽的安危，想着桂老西精悍勇武，说不定可助王炽一臂之力，便应允其前来。

"我一来是着急那批货，想看看如今怎么样了；二来万一有什么危险，我也好帮衬着些。"桂老西边喘着气边道。

王炽笑道："如此多谢桂大哥了。"便与桂老西一道继又往前走。

草丛里的姜庚眼睁睁地看着他们从眼前经过，眼里似乎要喷出火来，脑子里不停地转动着，想着如何阻止那两人进寨的法子，可思来想去兀自没有良策。他本是凶狠之人，将他逼得急了，没什么事是他做不出来的，当下把钢牙一咬，跳了出去："王阿四！"

王炽突听得后面有人叫他，回身去看时，不由得吃了一惊。桂老西一看是姜庚，忙道："便是此人劫了我的货！"

姜庚把刀放在肩头，冷笑道："王阿四，你我虽有怨隙，可你帮一个外人来向我讨要货物，如此做法却是不地道了。"

王炽转过身去，边留意着姜庚的神态，边道："你为了那批货，把乱军引进寨子，置全寨父老于不顾，莫非就地道了吗？"

姜庚闻言，内心暗暗一怔，同样也凝视着王炽的神色，想要从他的脸色中看出此乃臆测之词，还是果真知道了马如龙便在不远处埋伏着。怎奈王炽为人沉稳，天生便有处变不惊的胆识。姜庚看了片刻，未能从他的神色中看出半点儿端倪，嘿嘿怪笑道："所谓无商不奸，果然不虚！十八寨从来就没来过什么乱军，你想在桂老西那里讨些好处，何需如此污蔑我？"

"若是没有乱军，那是最好的。"王炽冷冷地看着姜庚，"你敢与我一起去见老阿公吗？"

"为了区区一批货，有必要去惊动他老人家吗？"

"如果是为了一批货，自然没必要去打扰他老人家。"王炽道，"但我怕有乱军混入寨里去了，须请他老人家派人去查一查。"

姜庚情知这一关是蒙混不过去了，一时起了杀心，嘴角一斜，笑道："既如此，我同你一道去，确定了有没有乱军后，咱们再私下解决那批货的事，可好？"边说边向王炽走过来。

桂老西走了一辈子江湖，似已嗅出了姜庚身上的杀气，低声道："小心他下杀手。"

不想姜庚走了几步，突又停了下来，朝着寨子的方向蓦地低喝道："你们是谁？"

王炽、桂老西都是吃了一惊，回头去看，却是连个人影都没发现，心下意识到不妙时，陡然听得背后劲风飒然，本能地往后退了几步。

王炽毕竟不是练家子，动作没那么快，右臂被锋刃划了道血槽。桂老西身手敏捷，躲开后，回身见姜庚又是一刀往王炽砍去，而王炽这时候身子尚未站稳，根本无法躲得开，心里一急，右手一扬，泛起一片精光，迎了上去。

"当"的一声金铁狂鸣，两人各自退了两步，不分上下。姜庚苍白的脸上泛起一股红晕，眼里满是杀意："你这是找死！"呼呼的两刀，朝桂老西招呼上去。桂老西在年龄上虽与姜庚差了一截，力气上亦不及对方，但临敌经验极为丰富，与姜庚斗在一处，一时间不相伯仲。

在不远处埋伏着的姜庚的一帮弟兄见此情况，心都提到了嗓子眼儿上，要知道，如此打斗早晚会惊动寨子里的人，到时他们与乱军合谋一事必会被揭穿，那就真正的死无葬身之地了。心念转动间，大家相互看了一眼，均欲快刀斩乱麻，先把王炽杀了再说，只要王炽死了，死无对证，到时候随他们怎么说都行。众兄弟想法一致，交换了个眼神后，一同起身，朝打斗处奔袭过去。

王炽看到草丛处又蹿出二十来个人，着实吓了一跳，心想，这帮人见财起意，是非要置我于死地了！

桂老西喝道："王兄弟，快走吧！"王炽情知凶险，转身就跑。桂老西也不敢恋战，趁着那二十来人未到之前，虚晃一招，脱身出来，拉了王炽的手就跑。

就在这时，前方尘土大起，仔细一看，竟是李耀庭带着队伍过来了！

王炽见状，面色大变，想要阻止却已是晚了。从姜庚的表现来看，那股乱军八成就在寨子里，至于乱军为何能混入寨子，寨子的父老为何不曾阻止，这些问题王炽之前一直没想明白，当看到李耀庭带队过来时，突然明白了其中的关窍。

如今的世道，到处都兵荒马乱，义军、乡勇四处乱窜，他们皆非朝廷的正规军，衣着服饰自然也都是不统一的，谁能分得清哪股是乱军、哪股是乡勇？再者说，不管是义军还是乡勇，不过都是为了各自的利益在活动，究竟谁好谁坏，谁又能分得清楚？特别是对老百姓来说，只要不去骚扰他们的生活就可以了，管他是哪方面的军队呢！因此从这个角度来看，当姜庚带着乱军进寨之时，乡亲们是不会仔细去分辨他们是哪一路人马的，再被姜庚一番说道，也就没有了敌意。

问题的严重性也就在此处，乡亲们既然敢把乱军留在寨里，无疑就是将李庭耀视作来扰乱寨子的乱军了，换句话说，李耀庭这一出现，真正是踏入了姜庚和乱军设下的圈套！

果然，只听姜庚一声大喊："乱军来了！"边喊边往寨子里头跑去。

王炽站在李耀庭和姜庚之间，顿时就蒙了。他本是来平乱的，如今角色翻转，一下子变成了引乱军入寨子的不肖子孙了，而且在这样一种情况下，你身上就算长了一千张嘴，也是说不清楚的！

形势急转而下，在这一瞬间，王炽的脑海里转过了无数个念头，突地朝李耀庭大喊一声："放枪，打死他！"

事实上，李耀庭也被姜庚的这一喊，喊得心里一阵发慌，听得王炽一喊，顿时回过神儿来，迅速地估量了下形势，鸟枪的射程不过三十余步，姜庚的距离已不在射程范围之内，忙不迭喊了弓箭手，下令射杀姜庚！

三名弓箭手疾步跑前几步，搭箭挽弓，"嗖、嗖、嗖"，三支箭挟着劲风疾射出去，均射中姜庚后背。姜庚的身体趔趄了一下，倒在地上，溅起一地的沙尘。

曾胡子大叫一声，也不知哪儿来的胆，居然率先往回跑到姜庚的倒地处，慌乱地摸了摸他的鼻息，见已无气息，张嘴一声悲呼，眼泪落下粗糙的脸颊，竟是哭了起来。其余兄弟亦纷纷赶过来，望着姜庚那已无生气的脸，人人脸色悲愤。

听到曾胡子的悲呼时，王炽的心里霍地传来一阵刺痛，他转过身，远远地望着姜庚已无生气的躯体，怔怔出神。无论如何，那毕竟是二十几年的同乡，是光着屁股一起长大的伙伴，有那么一瞬间，王炽甚至觉得自己错了，不该让李耀庭射杀他。不就是一批货吗，再怎么值钱，如何抵得了一条活生生的人命？

曾胡子的哭声让伏在暗处的马如龙胆战心惊，也惊动了寨子里的人，不消多时，便见老阿公带着寨里的男女老少急步赶过来。姜母乍见儿子的尸首，惊叫一声，便昏厥了过去。老阿公干枯的脸阴沉沉地看着众人，低喝道："是谁干的！"

曾胡子抹了把泪，手指着不远处的王炽道："是他！他引了乱军来，还叫乱军射杀了姜兄弟！"

一片云朵隐去了阳光，天色一下子阴沉了下来，在这一刹那，连空气亦似乎停止了流动，忽然凝固了。

老阿公朝着王炽对视了片晌，突地又是一声低喝："是你杀了他吗？"

王炽双腿一屈，直直地跪了下去。一旁的桂老西见状，大吃一惊，道："王兄弟……"

王炽低着头，以一种命令式的语气说道："你走吧，让李将军马上带人离开！"

桂老西做梦也没有想到一批货竟会牵扯出这么大的事来，心里一慌，一时没了头绪。他看着王炽低着头一意伏法的样子，又不忍撇下他离去，努了努嘴又道："王兄弟，你留下来必死无疑，跟我一起走吧。"

王炽道："此事与你无干，快些去告诉李将军，叫他带人离开，不然事情会越闹越大。至于你的那批货，要是我能逃过此劫，自会帮你想办法要回来。"

桂老西没想到此时他还想着自己的那批货，不由得鼻子一酸，重重地叹了一声，回身走向李耀庭。

李耀庭听了桂老西的传话，心想事情发展到现在这个地步，在这里待下去，怕会与乡民发生冲突，只得下令撤退。

这边李耀庭撤退的命令刚下，那边蓦地传来一声大喝："杀啊，杀光乱军，给姜兄弟报仇！"

听到这一声喊，李耀庭周身一震，回头看时，只见马如龙率部冲了过来。十八寨的乡民因自己寨里的人被杀了，心里本就有气，见马如龙冲出去了，纷纷加入这股流动的浪潮，往前涌了上去。

如此一来，李耀庭怕伤害无辜的乡民，更加不敢打了，率众仓皇而逃。马如龙存了心要把未攻克弥勒乡之气撒出来，追出两里多地，砍杀了李耀庭的百余众，这才作罢。

歇下来后，马如龙开始作难了，是回去侵占十八寨，还是就此趁机离开？

马如龙追随杜文秀起义，其目的与杜文秀有本质的区别。他本是忠良之后，只不过是阴差阳错，一时气愤杀了清廷官员，这才被迫加入了起义军。后来随着义军南征北战，建立了不少功勋，发现即便是在义军里，也是能实现抱负的，便死心塌地地留了下来。换句话说，他加入义军纯粹是为了实现领军打仗的理想，不负了所学的这一身本事罢了。因此在领着起义军四处攻城略地的时候，始终坚守着"只欲报仇，不敢为逆"的信条，从不为难老百姓，也不会对敌军赶尽杀绝。

看着十八寨的乡民，以及从他们眼里所传递出来的那种信任的目光，马如龙的心里甚至产生了一种满足感。领兵打仗为何啊，不就是为了得到百姓的支持和拥护吗？既然他们已完完全全地信任了你，你又何必再去侵占他们，多此一举呢？

想到此处，马如龙心中释然了。然而不知为何，在此时竟想起了那个叫王炽的人，此人只用一千两银子就保住了一座城池，绝非等闲之辈，此番他本是要抓了此人来泄愤的，可是当桂老西、李耀庭逃走后，他不但没逃，还甘愿留下来承担后果时，也许是英雄惜英雄的缘故，马如龙突然担心起了他的安危。他当下便向乡民打听道："寨子里会如何处置那王四？"

有村民答道："他勾结乱军，杀害同乡，估计是要被处死的。"

马如龙闻言，浓眉一沉："走，我们回去吧。"

入暮的时候，天气变了，空中乌云滚滚，铅云低垂，似乎随时都会落下雨点儿来。

王母张氏提着只竹篮走进这间柴房，她应该是刚刚哭过，眼睛像杏桃似的，又红又肿。她的头发也很是散乱，头上的发簪吊着，随着脚步的移动来回轻轻晃动着。前额虽让刘海儿遮去了部分，但依然可以清晰地看到，她的额头红了好大一块。

王炽本蹲在柴房的一处角落里，见一个瘦弱娇小的身影走来，此时虽一盏冷灯如豆，整个柴房都晦暗不明，但他依然能看得出那是母亲的身影。

王炽缓缓地站起身，一股难言的愧疚亦同时漫上心头。母亲老了，比同龄的妇女要老了许多，父亲和三位兄长的病故叫她伤透了心，她如今活着的唯一希望就是王炽能平平安安地活下来。谁承想今日一场变故，让他犯了死罪，当她听到老阿公说要处死王炽的时候，她几乎崩溃了。

王炽望着母亲憔悴的、苍老的脸，望着她那红肿的额头，他的心里一阵刺痛，"扑通"跪在地上，泪如雨下："娘，不孝儿子不值得你这么做！"

张氏走到王炽的跟前，摸了摸他的头，叹息道："四儿啊，为娘对不起你死去的爹啊，你是王家的独苗，娘无能，没能保住你！"

王炽抬起手抚摩着张氏红肿的额头："是儿错了，儿死不足惜，只是让娘受苦了。"

张氏蹲下来，看着王炽，怔怔地流着泪："这世道，谁对谁错谁又能分得清呢？娘不怪你，娘相信四儿不会做伤天害理的事，娘只是心疼四儿……"

母子俩抱头哭了会儿，张氏抹了把泪，从竹篮里拿出三样菜，分别是清炒苦菜、饵块和一只竹筒鸡。张氏一一在地上放好，让王炽好生吃些。

王炽知道，这可能是他这一生最后一次吃母亲做的菜了，看着这几样平时自己最喜欢的菜，一时竟是难以下箸。

母子俩正自沉默时，柴房外人影一闪，又来了个人。王炽抬眼一看，神色便沉了下来。张氏见正是那位带兵的马如龙，以为是来提他儿子去斩首的，变色道："不是说明天才送四儿上路的吗？"

马如龙倒是十分客气，拱手给张氏行了个礼，反倒把张氏弄得有些莫名其妙。王炽明知他是乱军，但因其进了寨子后并未扰民，因此脸上也没有敌意，只是冷冷地看着他。

马如龙看着王炽的冷脸，微露着笑意，道："很奇怪我会来看你，是吗？"

王炽依然冷冷地看着他，没有开口，算是默认了他的话。马如龙好整以暇地道："我并无他意，只是想来问你一个问题。姜庚死后，你明明有机会逃走，为何不逃？"

王炽道："逃得了和尚逃不了庙，我母亲在此，莫非要她替我受这罪不成？"

"你可曾想过，万一你死了，你母亲也会生不如死？"马如龙的这句话戳到了张氏的痛处，禁不住皱了皱眉头。

王炽眉头一动："你此行就是为了来看我的笑话的吗？"

马如龙虎目中星光一闪："若是我说此行为救你而来，你可相信？"

王炽冷笑道："不信。"

马如龙嘴角一弯，微哂道："就因为我是乱军？"

"道不同不相为谋罢了。"王炽道，"若你真有意帮我，就去把那批货还给桂老西吧，王四便感激不尽。"

马如龙不由得笑出声来："死到临头了，却还惦记着人家的区区一批货物，好不可笑！"

王炽道："大丈夫一诺千金，答应他人之事，自当全力而为。"

马如龙上下打量了下王炽，说道："你起来准备一下，一会儿我带你出去。"

王炽一怔："去何处？"

"大丈夫一言九鼎，我说出的话自然也是作数的。"马如龙似笑非笑地看着王炽道，"救你出去。"

张氏闻言，连忙跪在地上道："多谢壮士救命之恩。"

本以为必死，现在忽然有了活路，王炽的心里自然也是高兴的，但更多的是意外："为何救我？"

"你以为乱军便是魔头吗？"马如龙神色严肃地道，"要说是魔，这乱世之中可谓人人是魔，各种势力都在为自己的利益而争杀，犹如乱魔狂舞，即便是清廷又何尝不是如此呢？但你要明白，世道越乱，天道良心便越是明显，如果你连民心都争取不到，起义的意义何在？"

王炽没想到眼前这位五大三粗的汉子，竟能说出如此一番有见地的话来，不由得对他另眼相看，起了身拱手便是一礼："如此多谢了！"

马如龙道："先不忙谢，我现在先去安排一下，顺便去把桂老西的那批货弄来，待夜深时，我再来救你。"

张氏道："如此甚好，我也去家里准备一下，给四儿找几件衣物备上。"

马如龙道："大娘小心些，千万不可让乡民觉察到。"

议定之后，张氏和马如龙先后离去。是晚子时，马如龙如约而至，把王炽带了出去。在寨子口与张氏拜别后，王炽背了个包袱，在马如龙的护送下，悄悄地离开了十八寨。

岂料刚出了寨子，不远处有个黑影一闪，在一个草堆里一闪而没。马如龙艺高胆大，轻喝道："什么人？出来吧！"

喝声一落，草堆那里人影一动，站出来一人。是时夜黑风高，看不清究竟是什么人，便各自抽出兵器，一步一步往前移动。

待走得近时，那黑影小声道："是……是王兄弟吗？"

王炽一听这声音，心下一喜，问道："前面可是桂大哥？"

"哎哟，果然是王兄弟！"桂老西低声欢叫一声，跑了上来，"吉人自有天相，你果然……"说话间，忽然发现马如龙也在旁边，不由得神色一变，"他……

他如何……"

原来桂老西行走江湖，为人甚讲义气，白天王炽自己留下来担罪，让他们逃走，思来想去心中极是过意不去，再加上那批货还在十八寨，便想趁着夜深摸黑过来看看，不想竟在这里遇上了。

王炽微微一笑，便把事情大概讲了一下，又道："你的那批货和马帮兄弟，马将军也给你带出来了。"

桂老西显然没想到事情会如此圆满地结束，又惊又喜，朝马如龙道了谢，又朝王炽道："王兄弟此番想去何处？"

王炽叹道："心中慌乱，一时间也没想好去何处落脚。"

桂老西道："要不然随大哥去四川做些生意，彼此也好有些照应？"

王炽道："多谢桂大哥。奈何家母在此，不便远行，日后若有机会，再去拜会桂大哥吧。"

几人又闲聊了几句，便分道扬镳。王炽转身望了眼十八寨，夜色中的寨子十分宁静，风吹着寨子口的树叶和草丛，发出沙沙声响，却也带着一派祥和的氛围。

也许这就是家乡带给你的感觉，它能让你的心静下来。王炽想到马上就要作别生养他的地方了，心里微微发酸，叹息了一声，转身继又往前走，边走边想，盘算了下前程，决定往昆明方向而去，到省城去碰碰运气。

却说这一日，到了广西州[1]，临近城门时发现，城卒并非是清廷兵勇，而是穿了身老百姓衣服的起义军，看来广西州已让起义军给打下来了。

战争的意义在不同人的心里，会产生不同的价值。对将领而言，攻城拔地是为成就一世之功名，而对于商人来讲，战祸一起，商机亦会随之而来，比如物资紧缺，当地的土特产会囤积而卖不出去等。王炽也曾听一位晋商讲起，说陕甘一带打仗的时候，当地的牛奶卖不出去了，农户便用牛奶喂猪，着实是暴殄天物。王炽在城门前犹豫了一下，起脚往城内走去。

---

[1] 广西州：今云南泸西县。

是时正是五六月稻谷成熟之时。这些起义军进城之后，将广西州下面所辖城镇的富豪、地主、乡绅的家财都抄没了，抄没了这些人的家产本不打紧，却是苦了老百姓，因为没了他们，乡民们种出来的稻谷及农副产品根本没处销售，一个个愁眉苦脸的正没做理会处。王炽在广西州花了三天时间，把各村镇都走了一遍，得知这些情况后，灵机一动，现在身上有从弥勒乡马昭通处赚来的五百余两银票。这银票是晋商票号的，全国通兑，随时都可以把它兑换成银子，如果将广西州囤积的农产品廉价统一收购，再卖到其他乡镇去，必是可以大赚一笔的。要是还能从其他乡镇再收些生活必需品，卖到广西州来，这一来一回，利润可是不小。

主意打定，次日一早就挨家挨户去联络农户。那些农户正愁着种出来的东西卖不出去，连田租都交不了，更别说养家过日子了。经王炽一说，都将他当作救命恩人一般，表示只要王炽肯收，他们必全力配合，哪怕是价钱低一些，也总比卖不出去好，甚至无偿贡献些劳力，也是心甘情愿的。

王炽一听这话，心里踏实了，便在第二天，在一个酒馆里叫了十来桌的菜，并贴出告示，邀各农户来此吃饭，说是凡是愿意与他合作的，都可以来免费享用。

农户们听到这个消息，都高兴坏了，此事一传十，十传百，很快就传扬开去。及至午饭时分，来了两百来号人，王炽只得吩咐店家再新增几桌。

待大家吃了七分饱，王炽便开口说话了："今日请乡亲们来，一来是想表达我王四的诚意，但凡是广西州乡亲们种出来的东西，不管是哪个村镇，我王四照单全收。二来呢想跟大伙儿商量一件事，广西州下面有五六个乡镇，届时收购上来的货物必是不少，这么多东西运送出去，是件麻烦事。"

农户们闻言，都听出了王炽的意思，问道："可是想弄些骡马运货？"

王炽道："不只是骡马，我还想就地组织一支马帮队伍，来帮我运送货物。当然，马帮工人的工钱照出，绝不会亏待了乡亲们。"

除了能把种出来的东西卖出去，还能赚些闲钱，农户们自然是没有异议的。当下便从每个村镇里选出两名精壮汉子，总计十人，临时组建了一支马帮队伍。

对于这样一个结果，王炽是十分满意的。此前在十八寨时，他也有一支五六人的马帮，翻山越岭，往各地供销货物，且因了那几年的生意经验及资源，他也不怕在广西州收上来的东西销不出去。这一日忙完之后，王炽回到旅馆正打算睡觉，谁知祸事来了。

所谓树大招风，王炽在酒馆大张旗鼓地请农户吃饭，自然是少了往来跑腿的麻烦，也增加了农户对他的信任度，却也招来了一些眼红的小人。

王炽刚刚脱了衣服上床，便听到外面一阵短促的脚步声传来，听那声音至少也得有五六人，须臾又听到一声断喝："那叫王四之人，可住在你处？"

王炽心头"咯噔"一下，心想会是什么人来找我麻烦？思忖间，翻身起床，抓起放在旁边的马褂和长袍，边穿边往门口走。岂料没走出几步，房门"砰"的一声被人踹开，一群人呼啦啦拥了进来！

第三章
广西州乱中取利　茶马道义结金兰

王炽吓了一跳，定睛一看，冲进来的人一个也不认识，且一个个气势汹汹，料来是起义军无疑，当下略定了定心神，问道："敢问各位是什么人，找我王四何事？"

领头的那人借着火把的光，上上下下地看了王炽几眼："你便是王四吧？我等奉辛统领之命前来寻你，跟我等走一趟吧！"

王炽见他们这等神态，便知这一去没什么好事，问道："敢问是哪位辛统领？"

"自然是这里的最高长官辛作田统领。"领头那人凶神恶煞般地道，"废什么话，让你去见，你去了便是。"不由分说，几个人强行将王炽带了出去。

到了一座府邸时，见一位身若铁塔、脸色黝黑、长着虬髯胡子的大汉，雄赳赳地坐在堂前正首的一张太师椅上，敢情便是辛作田了。他见王炽让人带了进来，铜铃般大的眼睛里射出两道精光，沉声道："你便是那个叫王四之人？"

王炽瞄了两眼此人，一看就是草莽出身的，这种人的蛮力一般都要高于脑力，且多半讲情面好面子，特别是习武之人，更是义字当头，比较讲私情。王炽毕恭毕敬地抱拳行了一礼，道："在下正是王四，大人日理万机，深夜召见在下，不知有何吩咐？"

辛作田听了这话，脸色略为缓和了些："看你也是识相之人哪，如何会做出不识相之举呢？"

王炽何等伶俐之人，一听这话便听出了弦外之音："大人恕罪，王四并非不懂规矩之人，只是初到贵地，虽有见大人之心，奈何身份低微，不敢贸然来见。"

辛作田冷哼一声："既然如此，那就好说了。你在广西州做生意，我不拦着，但需要交纳的税金还是要交的。"言语间，吩咐一个书生模样的年轻人道："姚生，此事就交由你处理，凡从广西州出去的货物，一律按百抽十的税金抽取。"

王炽一听，脸色变了一变。即便是清廷也不过是百抽四的税率，要是在广西州就给他抽去了百分之十，那么加上运出去后的中途转运费、异地卸货费，以及各关卡打点和马帮人工的工钱等费用，这生意哪还有利润可言？

思忖间，王炽抬眼瞟了辛作田一眼："大人，义军乃因不满朝廷，愤而起义之军，换句话说便是要给老百姓做主的军队，想那马如龙马将军与我也有几分交情，为人更是十分讲义气，大人何苦为难在下？"

王炽故意将马如龙抬出来，一来是吃准了辛作田这等人讲义气的特点；二来是辛作田跟马如龙都是义军头领，想来他们多半是认识的，说不定借着这层关系，辛作田能给他行些方便，因此边说边偷偷地留意他的神色变化。谁知他刚刚把马如龙的名字说出来，辛作田的脸色反而沉了下去："你真的认识马如龙？"

王炽看不出他究竟是喜还是怒，心里有些发虚，迟疑了一下，应道："是的。"

话音甫落，右侧的门帘一动，气冲冲地跑出来一个人，劈头盖脸地朝王炽斥道："那姓马的在何处？"

王炽定睛一看，见来的是个十八九岁的姑娘，长得倒是眉清目秀，小脸蛋也是光滑细嫩，且左脸颊有个小酒窝，十分可人，但此时杏目圆睁、柳眉倒竖，一副恨不得将王炽撕了的模样，直把王炽吓得惊了一惊，一时间竟不敢搭话。

那姑娘见他不答，更是恼火，握起只粉拳做出要打的样子，娇喝道："本姑娘问你，那姓马的在何处？"

王炽见这等阵势，心里暗暗叫苦，本想将马如龙抬出来，好替他挡过这一关，如今倒好，也不知这姑娘是什么来头，与那马如龙有什么深仇大恨，把事情弄得越来越麻烦了！他当下硬着头皮道："回姑娘的话，那马如龙在下认识是认识，可他毕竟是领军打仗的将军，现在去了何处，在下确实不知。"

话刚说完，就看见那姑娘一扬手，"啪"的一声，一个巴掌落在王炽的脸上，直把他打得眼冒金星，偏生上头坐着个凶神恶煞般的辛作田，发作又发作不得，为免再遭受这无妄之灾，便退后了几步，好歹离她远点儿。

"小妹，你打他又有何用呢？"辛作田起身走到那姑娘跟前，安抚了她两句，回头看了眼王炽，突然吩咐道："来人，先把这小子押下去关起来！"

"且慢！"王炽没想到会无端引来这等灾祸，把牙一咬，豁出去了，决定赌一把，"你们要找到那马如龙，是不是？"

"正是！"那姑娘道，"你果然知道他在哪里，是不是？"

"我现在虽还不知道他确切的位置，但也大概知道他会在哪几处地方活动。"王炽看着辛作田道，"我与你做笔生意如何？"

未等辛作田开口，那姑娘迫不及待地道："可是要我哥哥免了你的税金？"

王炽见辛作田虎背熊腰，那姑娘娇小可人，没想到竟是兄妹，心下不由得暗暗纳罕，但嘴上却正经地应道："正是。"

那姑娘大声道："这有什么难的？只要你能找到那姓马的，免了你的区区税金又有何妨！"

辛作田虽长得凶神一般，但在这姑娘面前，却是一点儿办法也没有，听了这话，只皱了皱眉头，却未阻止。

王炽暗喜，道："姑娘只管放心，在下过几天就要运一批货出去，到时一定替你找到那姓马的。"

"不行！"那姑娘想了一想，道："你们这些生意人常常言而无信，阴险得紧。我要跟你一起去，免得你说话不作数。"

辛作田惊道："你一个姑娘家，夹在马帮中间，成何体统？"

"什么叫体统？那都是你们男人搞出来的东西，本姑娘偏要去！"说话间，她把小嘴一嘟，气呼呼地看着辛作田，只等他答应。

辛作田叹了一声，道："罢了罢了！我派十几个人，一路护送你这小祖宗就是了！"

王炽闻言，心想，这倒是因祸得福了，不但免了税金，还平白多了十几个护卫，看来这一趟出去，路上没什么人敢为难了！

三日后，在那姑娘的催促下，王炽指挥着将货物扛上骡马，领着十个马帮工人和起义军的十二个护卫，出广西州城门而去。那姑娘则骑了匹马，走在马帮的最前面，不明就里的还以为这姑娘便是马帮的马锅头。

出了城约走了两三里路后，就走上了崎岖的山道，山石嶙峋，道路狭窄而易滑，连马匹都是举步维艰。太阳出来后，温度一下子就升高了，没走多久，众人已是汗流浃背。那姑娘看上去娇小柔弱，性子却是倔得紧，皓齿微咬着朱唇，跟着马帮一路爬坡，愣是没吭一声。

王炽虽被她扇过一个耳光，终归没什么深仇大恨，心中不忍，便故意落后两步，待她走过来时，递过个水壶去。那姑娘瞟了他一眼，接过水壶就咕噜咕噜地喝将起来，浑没一丝女儿态。

王炽颇欣赏她的这股野劲儿，接过水壶时，笑道："姑娘，咱们现在好歹也是结伙同行的伙伴了，可否告知芳名，日后打招呼时也方便。"

"我叫辛小妹。"那姑娘说了姓名后，看着王炽道，"你要是帮我找到了姓马的，日后我自会求哥哥照顾你，要是找不着，你就自求多福吧。"

"是是是！"王炽嘴上答应着，心里却想，这姑娘泼辣得紧，要是找不到马如龙，这生意怕是做不下去的。他当下便试探地问道："小妹，你与那姓马的有何过节儿，如此憎恨他？"

辛小妹柳眉一蹙，瞪了王炽一眼："我说过与他有过节儿吗？"

王炽吃过她的亏，吓得不敢再问，转身径直往前走。

中午时分，过了一座山，至一个阴凉处时，王炽吩咐大家吃点儿干粮，稍作休息。安排停当后，他回头看了那辛小妹一眼，特意挑了个肉饼，走过去拿给她吃。

辛小妹也不客气，拿起便是咬了一大口，边嚼边道："平时吃这肉饼，也没觉得怎么好吃，今日发觉味道特别好！"

王炽笑道："人必须得吃过苦后，才会知道食物的美好。"

辛小妹略作沉吟："你这话说得倒是在理。"说话间看了眼那些马帮弟兄，又道："他们吃的是什么？"

王炽道："自家带的素馍就着咸菜。"

辛小妹柳眉一竖："我现在是马帮的一分子，怎能特别对待？去，给我拿个素馍！"

王炽呵的一声笑："你这姑娘果然与众不同！"说话间，拿了个素馍过来，给她包了点儿咸菜。

辛小妹接过咬了一大口，边吃边笑道："这味道也是不错的！"众人闻言，俱皆笑了起来。

王炽第一次看见她笑，嘴里含着食物，两边腮帮子鼓鼓的，笑起来煞是可爱，不由得心中一阵荡漾。

待吃完东西，大伙儿都坐在树荫下歇息。辛小妹走到王炽身边坐下，打眼瞅着他。王炽只觉鼻端香风飘拂，淡淡的甚是怡人，不觉转过头去看她，见她用奇怪的眼神看着自己，也不知其是喜是怒，心里一怔，问道："你要做什么？"

"我且问你，这一次你究竟要带我去何处找那姓马的？"

"我是这样安排的，我们先到澄江，要是在那里把货都卖了呢，我们便转道弥勒。要是在澄江没把货卖完，我们便还得去趟江川，再绕道去弥勒。"王炽认真地道，"我敢保证，在这一路上我们一定能遇到……"

没待王炽把话说完，便觉眼前掌影一闪，一个大耳光子打了过来，饶是他机警，及时把头闪了开去，脑袋却还是没逃过一劫，结结实实地被拍了一掌。王炽摸着脑袋回头看时，只见辛小妹杏目圆睁，气呼呼地道："你这是把我当猴耍吧，牵着到处乱遛！"

在场的马帮弟兄和辛作田派出来的护卫，多少都了解这位大小姐的脾气，皆忍着笑在一边旁观，谁也不过来相劝。王炽心里着实恼怒，但一来她是辛作田的妹妹；二来有辛作田的人跟着，即便是挨了打，也不敢把她怎样，便忍着怒气道："大小姐，在下是跑生意的，讨些营生何其不易，自然要走了东头走西头，你以为我们是陪你出来游山玩水的啊！"

正自争执间，突听到山上一阵沙沙的响动，打眼看时，林中树木不停晃动着，也不知是人是兽，疾速地往这边移动过来。众人一看，都是脸色大变，辛作田的护卫纷纷起身，跑过来将辛小妹围在了中间。

王炽虽也惊慌，却没乱了分寸，吩咐马帮弟兄把货围起来。

马帮兄弟抽出随身携带的兵器，围在骡马的周围，神色紧张地望着山上，随时准备应战。

马如龙是时正在距江川不远处的青龙镇，他离开十八寨没多久，就攻下了青龙镇，欲以此为据点，逐一拿下弥勒乡下面的各村镇，实现最终合围弥勒乡的目标。

这一日中午，刚刚用过饭，手底下人送来一份急函。马如龙打开一看，脸色顿时就沉了下来。

这道急函是杜文秀发过来的，云贵总督恒春奉朝廷旨意，扫清云南的乱党，现已派出三路大军，急往各地平乱。杜文秀要求各地的起义军即刻撤出来，秘密朝昆明集合，趁着昆明空虚，发起总攻。

从策略上讲，马如龙比较赞赏这招釜底抽薪的打法，省城一旦攻下，无异于控制了整个云南。但是从个人情感上来讲，马如龙极不情愿就此撤离。他参加义军只是为了实现个人抱负，并没想过要推翻清廷，现在弥勒乡没有拿下，去昆明集结后，一来难免受到杜文秀数落；二来更会被其他将领轻视，无论是哪一种待遇，都不是马如龙想看到的，即便要走，也得是在拿下了弥勒乡后，载誉离开。

马如龙放下急函，心里开始盘算眼下的局势。杜文秀的召命违背不得，但晚五六日再去赴命，应该不是问题，也就是说，他有五六日的时间来攻打弥勒乡。

想到此处，马如龙的眉头一蹙，眼前不由得浮现出王炽的身影来。如今虽说他已然亡命天涯，不可能再回来，可他那套一千两银子护城的战术留了下来。万一到时马昭通依葫芦画瓢，故技重施，领着全城军民杀将出来，凭他手里的这些兵力，还是对付不了。

思忖间，马如龙踱步出了庭堂，来到庭前的落院里。是时红日高照，热辣辣的很是晒人，空气也是闷热的，有点儿让人喘不过气来。马如龙微眯着眼看着墙根儿下的一株牡丹，眼神变得迷离起来。

那牡丹花与普通的牡丹花不同，花瓣是紫白色的，花蕊金黄色，在花瓣上面散落着一点一点的深紫色斑点，因此唤作紫斑牡丹。五六月份并非牡丹开放的旺季，看上去有些蔫儿了，但依然十分有特色。

马如龙看着那紫斑牡丹，眼前慢慢地浮出一个人影来。

那是个少女，她头上包着块花布，娇小的身子若蝴蝶般穿梭在一片花海之中；她娇笑着，如同花仙子一样妩媚动人……突然一伙逃窜的清兵出现在花海之中，他们的身后追赶着一支起义军，在起义军的步步紧逼下，清兵抓了那少女来威胁，那义军头领却不曾顾及少女的性命，兀自带人往上冲……

少女倒在了花丛中。那年夏天，他十八岁，她十六岁。

马如龙仰头深叹一声，他知道辛作田的军队就在广西州，在这个时候，请他一起攻打弥勒乡是最好的选择，可他无法忘记那年夏天的痛，甚至不想看到辛作田那粗俗的凶神般的脸。

当现实和理想发生冲撞的时候，这位略有些骄傲的少年将军迷惘了，不知何去何从。

一阵沙沙声响过后，从茂密的草木中蹿出一伙山贼来，足有二十五六人之多，呼啦啦上来就把马帮给围住了。

辛小妹一看这阵势吓坏了，向王炽看了一眼。王炽年纪虽不大，但也算得上是老江湖了，很快便镇定了下来，抬手抱拳道："在下滇南王四，所谓四海之内皆兄弟，在这里遇上了，那便是缘分。咱们坐下来好好谈，如何？"

众贼匪里走出来一个矮矮胖胖的中年人，整个脸又大又圆，与大饼无异，偏留了两撇稀松发黄的鼠须，看上去很是滑稽。他摇摇晃晃地上前走了两步，把眼看了下王炽，又转首看了眼辛小妹，抬首笑道："你小子出门还带着个婆娘，这穷山恶水的也不怕赔了夫人又折兵？再说出来走江湖的，哪个不知道到处都是窑子，闷得发慌时也花不了几个钱，你偏生带着夫人，这让我说你有贞节好呢，还是节俭的好？哈哈！"

辛小妹一听这话，顿时就怒了，一时忘了畏惧，脱口便骂道："你这不长眼的东西，端的是狗嘴里吐不出象牙来，你哪只眼睛看出来我是他的夫人了？"

"哟！原来不是家里的？"那矮胖中年人小眼一眯，笑道，"莫非是窑子里带出来的？怪不得……"

"住嘴！你知道本姑娘是什么人吗？"辛小妹气得脸色发白，"我哥哥叫辛作田，是起义军的头目，日前刚刚占领了广西州，你要是再敢放肆，我便让他剿灭了你的山寨！"

"是官商？"矮胖中年人半信半疑地看着王炽，"如此说来，你所押的这批货定是值钱得很了！"

王炽知道这种占山为王的人都是亡命之徒，皇帝老儿也未必会放在眼里，忙解释道："这位大哥别信她胡诌，她的确是我从窑子里带出来的。我所押的也不是什么值钱的货，都是些刚收上来的粮食，不信你瞧瞧？"

王炽正要解开一只布袋让那人看个究竟，辛小妹却又骂了起来："你娘才是从窑子里带出来的，你大娘、二娘、三娘都是从窑子里带出来……"

王炽情知她再闹下去，场面不好收拾，喝道："快把她的嘴给老子堵上！"边喝边往她身边的护卫使了使眼色。那些护卫平素都比较怕这位大小姐，你看看我，我看看你都不敢下手。可转念一想，现在是非常时候，在人家的地盘上，一旦动起手来，捅了山匪窝，要是再冒出一批山匪来，那可真不是闹着玩儿的。护卫中领头的那人一咬牙，撕下一块衣襟，塞在了辛小妹的嘴里，为防止她将嘴上的布扯下来，两人一左一右将她的手扣了起来，不叫她动弹。

辛小妹没想到会遭到这样的待遇，嘴里呜呜叫着，恨不得上去把王炽撕成碎片。

王炽这个时候哪有心思去理会他，解开一只袋子，让那人查看里面的货物。那矮胖中年人一看，果然是粮食，显然有些失望，说道："这位兄弟，你做这些小生意也不容易，咱们兄弟一天到晚在山上候着，其实也不好过。我看就这样吧，你好歹拿些银子出来，好让我这些兄弟分一分，然后把你那从窑子里带出来的姑娘也留下，供弟兄们乐乐，可好？"

辛小妹一听，眼里似要喷出火来，虽嘴里说不出话，心里早已经把王炽十八辈祖宗一一拜访了一遍。

王炽本是想少些麻烦，随意一扯，不想反而扯出麻烦来了，苦笑道："这位兄弟，在这茶马道上走的，都是拎着脑袋讨饭吃的人，何苦这般为难呢？再者说我们这里也有二十几号人，要是真动起手来，难免两败俱伤。"

"兄弟，这就是你的不是了，为了一个从窑子里带出来的姑娘拼命值得吗？你要是想比谁的人多，那你可打错算盘了，这山上被我们三兄弟占着，有几百来号人，要是真打起来，保准你毫无还手之力。"这矮胖中年人话音一落，把食指往嘴里一凑，吹了声口哨，山上顿时又冒出二十多人来。

王炽见状，着实吓了一跳，暗叹时运不济，竟然遇上了一帮悍匪。那矮胖中年人眼睛一眯，得意地笑道："我从来不说大话诓人，这些只是咱们其中的一小帮兄弟，大部分都还在山上。"

王炽斜着眼瞟了眼辛小妹，朝那矮胖中年人道："你当真要她？"

那矮胖中年人道："虽说是窑子里出来的，但好歹长得不错，有几分姿色，勉强收下了。"

辛小妹闻言，险些气晕过去，奈何被两名护卫扣着，嘴里又塞了东西，只有呜呜叫着的份儿。

王炽讪笑道："既然兄弟你如此喜欢那位姑娘，我要是执意不肯，便显得我小气了。但人毕竟是我带来的，可否让我去跟那位姑娘打个商量？"

矮胖中年人点头道："这个自然是可以的。"

王炽道了声谢，慢慢地往辛小妹走去。矮胖中年人的眼神随着王炽移动，只见他走到辛小妹跟前，俯身在她的耳边说了几句话。辛小妹初时还是一副想要吃人的样子，听了那几句话后，脸上略显得缓和了些，眼神往矮胖中年人狠狠地一瞪，就别过头去，再没其他动作，想来是答应了。

果然，王炽回过身来，笑道："兄弟好艳福啊，她已经答应了，你这便来领她走吧，从此后就是你的人了。"

矮胖中年人哈哈一笑："如此甚好！"说话间摇摇晃晃地走上来，要把辛小妹带走。就在他走近时，辛小妹身后的两个护卫几乎同时出手，一个把刀抵在其腹部，另一个则将刀架在了他的脖子上。

矮胖中年人显然没想到他们会出此奇招，愤然道："你够狠啊，小子！"

"得罪了！"王炽抱拳道，"实在是没办法，才出此下策。此地是兄弟你的地盘，我等不敢久留，不过还需要兄弟送我等一程。"话落间，给扣着辛小妹的两人使了个眼色，那两人会意，将其放了。辛小妹情知现在身在虎穴，还没到找王炽算账的时候，只瞪了他一眼，不曾发作。

王炽叫人将那矮胖中年人押着，吩咐马帮工人拍马动身。

一行人刚刚动步，便听到山上有人亢声道："站住！如果你就这样把我的三弟带走了，叫咱们兄弟日后还怎么在茶马道上混呢！"

这会儿马帮里的人都如惊弓之鸟，听到这声音，内心均是吃惊不小。王炽抬头一望，倒吸了口凉气。不知何时山上又冒出了百来号匪寇，在一块凸起的岩石上，站着两条汉子，年纪均在四十岁开外，其中一人长着张马脸，人亦如竹竿一般又高又瘦；另一人则生着张紫糖脸，颔下一蓬浓密的胡须，颇有些气势，适才发话的便是此人。

王炽忙拱手道："两位大哥莫怪，在下着实是被逼无奈，才出此下策。"

那紫糖脸的汉子道："足下做事，颇有胆识，不知如何称呼？"

"在下滇南王四。"

紫糖脸的汉子闻言，眉头一沉，略作沉吟后又问道："可是在弥勒乡以一千两银子护城的王四？"

王炽没想到此人居然听说过自己的事情，笑道："不敢，正是在下。"

"果然是英雄出少年！"紫糖脸的汉子微微一哂，"在下席茂之，忝为山中头领，身边这位叫俞献建，是山里的二头领，被你所抓的便是我们的三弟孔孝纲。我等兄弟三人在这山中已有些年月，不过像王兄弟这般的少年英雄，倒是头一次遭遇上，可愿赏在下个薄面，来山中一叙？"

王炽一怔，心中委决难下。席茂之似是看透了他的心思，仰首一笑道："王兄弟可是怕我引君入瓮，到时连人带货一起劫了？"

王炽也是哈哈一笑，坦言道："正是有此担忧。"

席茂之道："王兄弟很是实诚，那么在下也不妨告诉你，我等占山为王，不过只为求财罢了，不想多惹事端。只要条件谈成了，你放了我三弟，我放你过路，可好？"

王炽看这席茂之并非像阴险狡诈之徒，便道："如此在下叨扰了！"回头吩咐众人把货物和那孔孝纲看守好，便要抬脚上山。不想辛小妹突然走到他身边，道："我陪你上去。"没等王炽答应，又朝那护卫头领道："一个时辰后，若我俩还没有下山，你就派人去找我哥来。"那护卫头领恭身领命。

王炽见她这般安排，心下感激，朝她报以一笑。辛小妹却抛给了他一个冷眼，仰首走上山去。

马如龙在庭院里站了许久，想着前尘往事，不觉已是汗流浃背。帐下参将杨振鹏办事回来，见马如龙站在烈日下，不觉吃了一惊，走上去道："将军，进去吧，属下有好消息与你说。"

马如龙回过神来，看了杨振鹏一眼。这个少年人跟着自己出生入死，因性情相投，又能揣度其心思，很得马如龙赏识，他说有好消息，料来不虚，便走到一个阴凉处，问道："是什么好消息？"

杨振鹏道："属下在街上打听到，此镇东头有一座青龙山，有个管虎之人，占山为王，帐下有五六百人，很是厉害。"

"没想到在这小小的青龙镇还有这等人物！"马如龙道，"但是，他厉不厉害与我何干呢？"

杨振鹏微微一笑，如此这般将他想到的计策说了出来。马如龙闻言，叫了声"大妙"！两眼发亮，兴奋地道："你马上去准备三百两银子，备些厚礼，随我去会会那管虎！"

杨振鹏称好，便下去准备了。

王炽、辛小妹到了山上后，走进了一座寨子，在大堂里分宾主落座后，双方都不知从何说起，瞬间的沉默，使这里的气氛一下子紧张了起来。辛小妹更是生平头一遭遇上这种事，只觉心头突突直跳，不由得向王炽看了一眼。

王炽似乎依然很平静，甚至略带笑意地端起茶杯喝了口茶。

席茂之乜斜着眼看着王炽，见他好整以暇一副泰然自若的样子，心下暗想，这小子不过二十来岁的年纪，竟有这般气势，着实不简单！

王炽喝了口水后，抬头道："席大哥让在下上山来谈，不妨开门见山吧。"

席茂之笑道："小兄弟是痛快人，我也不绕圈子了。你曾以千两银子救了弥勒乡，豪气干云，叫人佩服！现如今你自己被困在了此处，倘若将你自己比作一座城，你将如何与我交换？"

王炽摇头微微一笑："此话席大哥怕是说得不太恰当。"

"哦？"席茂之诧异地看着王炽。

王炽道："所谓交换，形同交易，交易的前提是有利可图。昔日马如龙攻打弥勒乡，一城之代价何止千金，因此那是笔利于千倍百倍的大生意，在下自然会毫不犹豫地去做。如今的形势却大有不同，你的三弟在我手里，这位姑娘又是起义军统领辛作田的亲妹妹，只要我俩在此待上一个时辰没有下山，便会有人去通报辛作田，到时起义军一到，你这山头弹指间就会被灭。适才席大哥所说的交易，无利可图，在下为何要做这赔本的买卖？"

那马脸的瘦高个儿俞献建沉声道："如此说来，足下并无谈判的诚意了？"

"俞二哥此话却也是错了。"王炽道，"何为商人？商人不只是做生意之人，更需要懂得人情世故，所谓行商，所行的不过是交情罢了。有句话叫作四海之内皆兄弟，对商人而言，诚然如此，只有兄弟遍天下，方能做大生意。今日有缘，在此遇上了各位大哥，在下愿以这趟生意净利的一半献与众兄弟。"

此话一落，反倒把席、俞二人听得愣了一愣，要知道如果王炽在这里献出一半净利，加上沿途关卡的税钱及工人工钱等琐碎花销，他这趟生意便会只赔不赚。席茂之讶然道："如此一来，你岂非亏本？"

王炽却笑道："这次亏了，下次便是赚了。"

"小兄弟的心胸足以令众多商人望尘莫及！"席茂之道，"你这个朋友我等兄弟交下了，日后只要是小兄弟的货在此经过，我等绝不为难！"

辛小妹没想到一场祸端就这样消弭于无形了，油然对王炽多了份敬佩之意。

当日，山下的马帮众人都被迎上山头，与山匪称兄道弟地吃喝了一番。是晚，因天已将晚，席茂之便留王炽等在山上住了一晚，次日才上路。

送走了王炽等一干人后，席茂之吩咐孔孝纲再去巡山。孔孝纲嘟囔了句："又让咱去巡山。"摇晃着矮胖的身子出去了。

那孔孝纲出门没多久，见一名喽啰进来，递上一封书信。席茂之打开来一看，紫糖色的脸微微一变，旋即把信交给俞献建看。俞献建看完后，马脸一拉："这是让我们去打仗？"

席茂之站起身，来回踱了趟步："是打仗，也是笔买卖。"

俞献建道："可这是笔提着脑袋的买卖，漫说此去有多大的风险，一旦我们答应下来，便是公然反叛朝廷，是大逆之举！"

席茂之叹息了一声，道："二弟，大哥知道你也是忠良之后、书香门第，如今做这打家劫舍的勾当，已是事出无奈从权为之，更别说让你去公然反抗朝廷了。可你想过没有，如今太平军、洋人肆虐，各地的起义军每天都在冒出来，已然是家不成家、国不为国，这个国家什么时候会倒下去，将来会由谁来主宰，我们谁也吃不准。家国飘零，百姓更如浮萍一般，活着就是唯一的希望。"

俞献建低下头去，仔细想了一想，道："大哥也是出身名门，大哥能放下，小弟还有什么可顾忌的呢，一切听凭大哥吩咐便是。"

席茂之道："我们先准备准备，明日出发吧。"

王炽一行人辞别席茂之，下了山之后，便又徐徐上路了。

到了官道上，憋了一肚子气的辛小妹瞅了眼走在前面的王炽，突地一咬牙，挥起玉臂，便是一巴掌拍了下去。

王炽自从下了山后，时刻留意着这位大小姐的举动，因此早就有了防备，就在辛小妹一个巴掌拍过来的时候，他身子一矮，堪堪躲了过去。辛小妹见没打着，挥手又要打，却将王炽惹怒了，陡然喝道："住手！"

辛小妹被他这突如其来的一声喝，吓得愣了一愣，随即眼圈一红，竟是落下泪来。这下反而把王炽搞得心慌了，他完全没想到这位大小姐平素那么野蛮，居然如此经不起惊吓，连忙上去赔不是。

辛小妹红着眼看了王炽一眼，突地抡起粉拳在王炽胸前捶打，王炽不敢躲，由她捶着。辛小妹出了些气，幽怨地看着王炽道："以后不准你再说！"

王炽尚未反应过来，被她说得莫名其妙："不准说什么？"

"不许再说我是从窑子带出来的！"

王炽这才明白，原来她又哭又闹为的是这个。转念一想，确实也是自己过分了，想她一个未曾出嫁的黄花闺女，让人说成是窑子里的妓女，心里自然是不好受的。他当下道："那是我情急之下胡说的，以后不再说了。"

辛小妹抹了把眼泪："以后再情急也不能说了，死也不能说！"

王炽郑重地点点头道："死也不说！"

辛小妹破涕为笑："这次便饶了你！"头一仰辫子一甩，往前走去。

是日晚上，一行人已到了澄江镇外的抚仙湖，此处距离青龙镇、江川镇均不过半日路程。王炽交代大伙儿加快点儿脚程，入了镇头后好卸货歇脚。众人应一声好，纷纷打起精神赶路。这时后面突然传来一阵杂沓的脚步声，回头看时，只见一支百多人的队伍正赶上来，均穿着平民的衣服，手里都拿了兵器，分不清是起义军还是山匪。

王炽怕又是来劫货的，心头陡然吃紧，连忙交代众弟兄要小心谨慎。不想那些人从他们身旁小跑过去时，竟连看都没看他们一眼，径直跑了过去。

王炽皱了皱眉，心想莫非前面又要打仗了吗？思忖间，只听辛小妹冷笑道："今儿可是奇怪了，狗不吃肉了！"

王炽讶然问道："此话何意？"

辛小妹道："那是一群山匪，我以为又遇上劫货的了，不想竟连看都没看我们一眼。"

王炽道："你如何知道他们是山匪？"

"起义军虽也穿的是平民的衣服，但他们都有明显的标志，或头上包了块布，或肩膀上系块丝巾之类的。刚才那些人没有起眼儿的标志，定然就是山匪了。"辛小妹眨了眨眼，问道，"莫非山匪也下山抢劫吗？"

马帮里有人笑道："要是抢劫，我们现在还能在此讨论吗？"

辛小妹一想也是："那可就奇了，除非前面有更值钱的东西吸引他们去了。要不我们跟上去看看吧？"

王炽摇头道："兵荒马乱的，发生什么事都不奇怪，去蹚那浑水做什么？赶紧去镇里吧。"

辛小妹骂了声无趣的家伙，跟着众人往澄江镇而去。

及至入了镇头，找了家客栈，待将货卸了安顿好后，便安排来客堂吃饭。二十几人分三桌子坐好后，刚刚上了酒菜，还没有动筷子，就看到外面又来了二十几人，一个个手拿兵器，凶神恶煞似的，进入客栈后，便大喊道："快给老子上些酒食来，吃饱了好赶路。"

店家见这些人都不是吃素的，岂敢怠慢，忙不迭地招呼小二上酒菜。

辛小妹轻轻地咬了口馒头，向那些人瞟了一眼，回过头来时朝王炽轻轻地挑了挑眉毛，意思是说这又是帮山匪。

连续看到两批山匪在此出现，王炽也不觉好奇起来。上山为寇的以劫人钱财为生，这些人下了山后，对财物视而不见，莫非真如辛小妹所说，前面有更值得他们去抢的东西？

王炽边吃东西边留意着那些人的言语，可他们似有防备一般，只是闲谈，并未提到任何事情。匆匆吃完后，领头的结了账，招呼一声，大步走出店去。

待那些人一走，辛小妹就迫不及待地向店家打听："店家，这附近可是出了什么宝贝？"

店家招待南来北往客，自然也看得出那些人是山上的匪寇，见辛小妹问起，会意地一笑："我们这穷乡僻壤的，哪有什么宝贝！"

辛小妹闻言，显然十分失望，托着腮帮子想了会儿，忽然嫣然一笑，左脸颊上的小酒窝分外明显，"哎，王四，不如我们去瞧瞧吧！"见王四犹豫，生怕他不答应，又道，"反正现在是晚上，也不急着出货，当是出去走一趟，如何？"

王炽朝辛小妹旁边坐着的护卫头领看了一眼，见他并没反对，正要点头答应，突又听到外面传来一阵脚步声，七八个人急步往这边走来。

店家笑道："嗨，今晚真是奇了！"

说话间，那七八人已然走进了店里，也是急着赶去救火一般，吩咐店家快些上菜，吃完了还要赶路。须臾，店小二上了酒菜后，一个个都闷头吃了起来。

辛小妹往王炽挑了挑眉，使了个眼色，突地把桌子一拍，大声道："他奶奶的，让本姑娘下山来，就为了这么点儿破事，越想越是恼人，本姑娘不干了，这就上山去，还去当我的山大王！"

王炽起初并没会意她那眼色是什么意思，听了这话，这才明白过来。见她说着粗话，且装得匪气十足，不觉暗暗好笑。是时王炽亦被这些山匪的异常举动勾起了好奇心，便配合着辛小妹演戏，装出一副着急的样子，也跟着大声道："哎哟，我的姑奶奶，您这下都下来了，再回去就是不讲道义了，难免让江湖中人耻笑。您看那帮兄弟，不也急着赶下山来了吗？"

那七八个正闷头猛吃的汉子闻言，不由得都回过头来。辛小妹见果然起效果了，便来了劲儿了，抬起玉臂，一巴掌拍在王炽的脑袋上，打得王炽龇着牙咝咝作响："都是你这个王小四，非要蛊惑本姑娘。你好奇心这么大，怎么不去月亮上瞅瞅有没有嫦娥住着啊！"

王炽知道这小妮子是公报私仇，趁机搞打击报复，被打得心下恼火，但这戏既然演了，只得陪她继续演下去，皱着眉摸了摸脑袋道："姑奶奶，我也是为了咱山寨着想啊，毕竟这趟下来也是好事啊，不信您问问那些兄弟，要是没一点儿好处，他们同咱们一样急着赶路做什么呢？"

那七八个人之中领头的那人转过身来问道："请问你们是哪座山头的？"

王炽怕辛小妹不熟悉这里的地形露了馅儿，抢着道："我们是平顶山的。"

那人道："哦，平顶山离这里有些路程，想必你们也是急着赶过来的吧？"

王炽正要接话，不想头顶上掌影又是一闪，"啪"的一巴掌落在他前脑门儿光秃秃的脑袋上，只打得他脑门儿嗡嗡作响，只听辛小妹道："你个死王小四，这里有你说话的份儿吗，给姑奶奶滚一边去！"王炽吃了暗亏，却又没办法发作，只得起身离她远一些。

辛小妹抱了抱拳道："我手底下的人不听使唤，让各位兄弟见笑了。实不相瞒，下山至今我还是有些稀里糊涂，不知诸位兄弟心里有数吗？"她边试探性地套话，边小心翼翼地留意着那些人的脸色。不想给她歪打正着，那人眉头一皱，说道："看得出这位姑娘是爽快人，我等也就没什么好顾忌的了。不瞒姑娘，其实我等心中也没底。"

辛小妹一拍桌子，柳眉一竖，道："既然如此，那还去他奶奶的去做什么，姑奶奶我不走了，你们也都回山里得了！"

那人一惊，道："这可使不得！要是不给青龙山的管老大面子，把他惹恼了，咱们在这一带如何还混得下去？再说那个马如龙也是不好惹的主儿，又岂能驳了他的面子？"

"马如龙……"辛小妹一听到这个名字，顿时就兜不住了，脸上那装出来的匪气荡然无存。王炽看到她的神色，只怕这戏要演砸了，慌忙上来打圆场："马如龙将军的面子的确是不能不给的，但是呢……"王炽何等机灵，心中已然隐隐地猜出了马如龙请这些山匪的目的。为了证实自己的想法，便又继续套话，瞅了眼那人的脸色，他又接着道："此行还是有一定风险的。"

那人点点头道："风险肯定是有的。不过咱们都是拎着脑袋讨营生的人，那马如龙出的价钱不低，也不算是亏待了咱们。"

说话间，那些人已然吃完了，起身要走。王炽虽尚未套出他们此行究竟是去做什么，但好歹心里有些底了，便拱手道："我们人多，待他们都吃完了再动身，各位兄弟就先行一步吧。"

待送走了那帮人，辛小妹便迫不及待地道："原来他们是去与那姓马的会合的，我们为何不跟着一起去？"

王炽把脸一沉："你知道他们是去做什么的吗？"

辛小妹一愣，道："莫非你知道？"

王炽瞟了她一眼："你想知道？"

辛小妹看了眼他的脸色，意识到自己刚才下手有些重了，而且还拍了他两次，连忙上去摸了摸王炽光秃秃的脑门儿，道："我看你的辫子有些乱了，要不我给你重新编一个吧！"

王炽见她如此献殷勤，气也就消了，说道："记住了，男人的头和脸是打不得的！"

辛小妹这时候不敢得罪他，老老实实地应了声是，道："对，打不得，今后不打了！"

王炽道："我接触过马如龙，对他的脾性多少有点儿了解。他召集这么多人，估计是要攻城，至于攻哪座城池，我一时还没想到。"

辛小妹问道："你上次见他，是在何处？"

"在十八寨……"说话间王炽突然似想到了什么，惊呼道，"不好！"

辛小妹被他吓了一跳："怎么了？"

王炽的脸色发白，在心里仔细地盘算了一下，突地一拍桌子："定是如此！"

辛小妹急了："到底怎么了？"

"他要打弥勒乡！"王炽紧张地道，"上次听李耀庭讲，马如龙打十八寨的目的，是要拿下弥勒乡周边的城镇，从外围一步一步包围弥勒乡。估计是后来有什么事把他惹急了，因此召集了附近山头的山匪，要向弥勒乡发起总攻！"

辛小妹诧异地道："姓马的要打弥勒乡，你为何如此紧张？"

王炽道："我家在十八寨，弥勒乡要是被拿下了，我家如何还能幸免？说不定到时乡民们一反抗，弥勒乡方圆几里内便会血流成河！"

第四章

马如龙再袭弥勒乡　王兴斋散财救乡民

辛小妹怔怔地凝视着王炽，朱唇微启，左脸露着浅浅的小酒窝，许久没有说话。向来泼辣的她突然沉默时，王炽十分不习惯，甚至以为她又在想什么坏主意，直看得他心里有些发慌，不由道："你如此看我作甚？"

"我突然发现你这人蛮重情义的。"辛小妹认真地道，"你真要救你的那些乡民吗？"

王炽道："同乡有难，我岂能袖手旁观？"

"好！"辛小妹突然嫣然一笑，神情又恢复了常态，"你是生意人，那么我便与你做笔交易如何？"

王炽闻言，神色一振："莫非你有打败马如龙的办法？"

辛小妹嘿嘿一声怪笑，把她的小拳头一攥，道："那姓马的小子便如我手掌心的一只蚂蚁，我想在三更捏死他，决计活不到五更。"

王炽听了这话，反倒愣了一愣，半信半疑地问道："你有什么法子，说来听听。"

"天机不可泄露。"辛小妹得意地卖了个关子，"但你必须答应我一件事，到时候我负责抓那姓马的，你负责袭击他的队伍，杀他个落花流水，一定要把他打得哭天抢地，哭爹喊娘，往死里整他，可又不能把他整死，要叫他生不如死。"

王炽看着她笑里带着股狠劲儿，不由得心里发毛，想她不辞辛劳跟着出来，口口声声说要找到那姓马的，原来是为了报仇，当下问道："你到底与他有什么深仇大恨？"

辛小妹哼的一声，道："这个你就无须多问了，我只问你答不答应？"

王炽犹豫了。在他的心里，马如龙虽是乱军，但不管是乱军也好、乡勇也罢，只是目的不同，或者说是理想不一样罢了，说到底马如龙的为人还是不错的，要是没有他的帮助，他王炽只怕早已死在十八寨了。

辛小妹见他不吱声，说道："我原以为你是个敢说敢做的男子汉，没想到如此胆小。"

王炽道："并非我胆小怕事，马如龙救过我一命，如今虽说立场不同，必须在战场相见，但归根结底，私下里并无仇怨，你要我在背后向他捅刀子，这事我做不出来。"

"又没说要他的命，你紧张什么？"辛小妹嗔怒道，"既然你不想做，就当我没说过这些话，到时候你的家乡血流成河，也与我没半点儿关系！"言落间，就气冲冲地转身要离开。王炽伸手将其拉住，道："罢了罢了，只要不害马如龙的性命，我答应你便是了。"

辛小妹转怒为笑，道："事不宜迟，今晚我们就出发吧。"

王炽道："今晚不行，须明日一早方可动身。"

"为何？"

"今晚我须去与买家谈好，把这批货卖出去。然后再叫马帮的弟兄们回广西州，将那边剩余的货再运去弥勒乡，与我会合。"

辛小妹闻言，给了他一个鄙夷的眼色："到底是商人，无利不起早，见钱眼开。都要死人了，你还在想着如何把货出手。"

王炽也不争辩，与马帮的弟兄如此这般交代一番，就转身出去了，至亥时方才返回客栈。辛小妹问他谈得如何时，王炽说好歹把货全部抛出去了。

次日一早，天刚蒙蒙亮，王炽便吩咐马帮的弟兄们返回广西州，再去运一批货来，去弥勒乡与他会合。安排停当后，他便带着辛小妹及其十二名护卫，一路往弥勒乡方向而去。

这一路上，王炽想方设法要套出辛小妹对付马如龙的计策，但这小丫头机灵得很，半点口风也没透露出来。

是日晚上，到了弥勒乡时，见城门紧闭，城楼之上清兵秩序井然，王炽这才松了口气。辛小妹却显得有些失望，道："莫非那姓马的没来弥勒乡？"

王炽胸有成竹地道："他那边要等山匪聚齐后才能走，估计是现在还没到。"

辛小妹瞄了他一眼："最好你猜对了，不然给本姑娘小心点儿！"

王炽无奈地笑笑，带着众人往城门走去。城上的守卒见突然出现了十余人，顿时警觉起来，喝问道："城下何人？"

王炽道："在下滇南王四，有要事须见马大人！"

自上次弥勒乡一战后，滇南王四的名号已是家喻户晓。守卒听是王四，忙下来开门，毕恭毕敬地把他迎了进去。

辛小妹显然没想到王炽的面子居然如此之大，不由得乜斜着看了他一眼，心想，这小子虽然脑袋钻在了钱袋子里，满身的铜臭味，倒是真有些本事！

是时，夜虽已深了，可马昭通依然不曾睡下，苦着张脸正在堂上冥想。听到家丁禀报说王四求见，马昭通神色间陡然一振，忙不迭让人将王炽请进来，笑道："哎呀王四，你真是活菩萨啊，我一有难你便出现了！"

王炽听了这话，暗自一怔，问道："莫非你已得知乱军来攻城的消息了？"

"正是哩！"马昭通抖动着花白的胡须，清瘦的脸满是惊恐之色，"杀千刀的乱军盯上了这座城，上次没让他们打下来，此番又来了。据探子回报，他们从青龙镇出发，一路东来，势如破竹，已拿下四座村镇。最晚明日午后，便可到这里了。"

王炽闻言，倒吸了口凉气，心想，怪不得我们比乱军先到了一步，原来他们是一路打过来的！他便问道："可知有多少人马？"

"有四五千人哩。"马昭通蹙着眉叹道，"王四啊，你是有所不知，那些个杀千刀的乱军，把你的那招学了去，因此才能一路高歌猛进。"

王炽一愣："学了我的哪一招？"

辛小妹切的一声，鄙夷地看着他道："你有很多招数吗，不就是那招拿银子蛊惑人心的伎俩吗？"

王炽瞪大了眼望着马昭通，见马昭通点了点头，恍然道："怪不得一路上遇见的那些山匪不劫财物，只管赶路，原来是马如龙下了重金来攻城！"

辛小妹不冷不热地道："人家这是以其人之道还治其人之身。"

马昭通苦着脸道："要说比财力，咱们可比不了，你说现在如何是好？"

王炽看了辛小妹一眼，心想，她如此胸有成竹，总不至于是恶作剧逗我玩吧，再不济应也能挡一挡马如龙，我自己再去召集些乡勇来，即便是拼了性命，也断然不能让马如龙进得城来！思忖间，他朝马昭通道："马老伯放心，世道再乱也不能让铁蹄践踏这片土地。我出资去招募乡勇，以增加守城的兵力，你再破费准备一千两银子，最好是换成银豆子，用箩筐装好，到时有用。"

马昭通看到王炽那张沉着的脸，以及他指挥若定的样子，慌乱的心终于平静了下来，虽说要再破费一千两银子，不免有些心疼，但人家王炽也说了要出资招募乡勇，你这一城之主，拿一千两银子保得全城百姓的平安，又有何不可呢？如此一想，马昭通的心便好受多了，说道："我连夜让人去兑换银豆子。"

王炽又道："此外，明天一大早，你借我十人，帮我去招募乡勇。"马昭通连连称好。

次日寅时，王炽带着十名兵勇，踏着清晨的星光走上了街头。是时天还没亮，除了街头卖早点的小贩外，几乎所有的人还沉睡在梦乡里。

王炽令兵勇拿着昨夜写好的告示，沿途张贴过去，鼓励乡民守城，并承诺但凡参加守城者，他王四一律按八旗步甲军饷的待遇，一次性发放一个月饷银。

清兵入关后，自顺治以降两百余年间，军饷按批甲、马甲、步甲、教育兵四个等级发放。批甲每月俸银三两四分、米十五石，马甲每月俸银二两、米十石，步甲每月俸银一两六分、米七石。不管是哪种等级，皆可保一家五口以上人生活无忧。但是到了咸丰年间，特别是鸦片战争爆发后，国库日渐空虚，八旗的军饷时有拖欠，甚至连打仗的时候都发不出饷银犒军。在这样一种情况下，王炽承诺以八旗步甲兵的待遇，发放给临时招来的乡勇，相当于让老百姓享受了盛世时官兵的待遇，是相当优厚的。

及至破晓时分，招募乡勇的告示已贴满了弥勒乡的大街小巷，花花绿绿的，随处可见，给这个晴朗的早晨，平添了几分战前紧张的气息。

约到了辰时，马府前聚集的人越来越多，这中间不乏来瞧热闹的妇孺，但绝大部分是来报名参加守城的热血男儿。王炽命人负责登记，登记好后，就可以把银子和粮食领回家了。

辛小妹在一旁左顾右盼地看着，眼神不时地随着王炽忙碌的身影移动，见他满脸带笑地把白花花的银子和大米分发出去，心里突然对此人产生了一股敬意。

的确，他很多时候都将脑袋钻在了钱袋子里，时时刻刻都想着如何做生意赚钱，即便大战在即，他还是将马帮遣回广西州去运货物，来回往返做生意。可他并不像那种唯利是图的小人，更不是见钱眼开的奸商，他有一腔热血，在他的骨子里甚至有一种英雄情结，在危急时刻，不惜将赚来的银子统统拿出去，来保卫他的家乡。

他是商人，也是英雄。辛小妹浅浅一笑，梨颊生微涡，浅笑嫣然。

时值午时，乡勇基本招募完毕，一下子多了三四百的守城生力军，好歹让弥勒乡多了几分保障。当然，召集了这些乡勇之后，王炽的积蓄也没有了，甚至还向马昭通借了些银两，这才补齐不足的饷银。

忙完之后，王炽累得坐在大门前的石阶上，突见眼前移过来只茶杯，正要伸手去接，眼角的余光瞧见送茶之人竟是辛小妹，着实把他吓了一跳，心想，这小妮子突然这般献殷勤，莫非又有什么坏主意？他连忙挪挪屁股，坐开去一些，不可思议地看着她。

辛小妹因钦佩他的为人，这次是真心诚意给他端茶送水的，不想看到他这副嘴脸，顿时什么好心情也没有了，"啪"地把杯子一摔，杯碎水溅："本姑娘给你端茶送水，你给我这副嘴脸是什么意思，怕我给你下毒吗？"

王炽吓得一跳跳将开去，掸了掸衣服上溅到的水："大小姐送水，在下无福消受啊！"

"我看你是犯贱，你看看你天生就一副贱相！"辛小妹没好气地道，"下次本姑娘不送水了，还是送大耳光子为好。"

王炽道："上次我们说好了，再不打我脑袋了，莫非你忘了不成？"

辛小妹斜着眼角看着他道："忘了！本小姐什么都好，就是记性不好！"

王炽苦着脸道："要不在下给你去端杯水，给大小姐消消气，可好？"

两人正自拌嘴间，突有人来报，说是乱军到了。王炽眉间一紧，严肃地对辛小妹道："我这边一切就绪，你到底用什么方法抓住马如龙，现在可以说了吧？"

辛小妹的神色也严肃了起来："送我出城去。"

王炽大吃一惊，大声道："你到底要做什么？"

辛小妹冷冷地道："我要让他求着我，饶他条狗命！到时候我擒下他时，你便按照我们约定的做，冲出城去，杀他个片甲不留。"

王炽怔怔地看着她，他实在想不明白，到底是什么样的仇恨，驱使她敢如此犯险。然而辛小妹没留给他再次询问的机会，招呼了那十二个护卫一声，径直往城门而去。王炽也不敢停留，会同了马昭通等人，一起往城门方向赶。

上了城头后，王炽看到好几筐银豆子已准备好，再看城外，不远处尘烟滚滚，旌旗招展，蹄声踏破了乡间的宁静，远远地传来。这隐隐的蹄声仿如战鼓一般，瞬间使城头上的人都紧张起来，两千来个守城的将士手中都紧紧地握着兵器，随时准备战斗。

马昭通看了等在城门里边的辛小妹等人一眼，朝王炽道："王四，那姑娘究竟要做什么？"

王炽皱着浓眉，道："我也不知道她的脑袋瓜子里究竟在想什么。"

马昭通小声道："依老夫之见，还是不要放她出去为妙，免得白白送了性命。"

王炽瞟了眼城下的辛小妹，道："不，开城门，放她出去。"

马昭通神色一变，叹了口气，喊一声"开城门"，放了辛小妹等人出城去，一脸担忧地看着她走出城。

此时此刻，王炽虽也颇为她担心，但他相信再怎么危险也不至于危及她的性命。她的哥哥辛作田也是起义军的头领，即便是与马如龙不相熟，可在这十里八乡内活动，肯定是听说过对方名头的，因此马如龙还不至于要取她性命。让王炽放心不下的是，这小妮子是火暴性子，到时万一做出什么出格的事情，在混乱中让乱军给杀了，那麻烦可就大了，辛作田非把他给活剥了不可。

思忖间，只见辛小妹出了城门后，向一条偏僻的小径走了过去，隐没在一处草丛里。

看到辛小妹的这个举动，王炽的心里"咯噔"一下，她不会是想要偷袭吧！但是此时已容不得他细想，马如龙的大军转瞬即至，他不得不投入城内的战前准备中去。

此番前来，马如龙是势在必得。所谓重赏之下必有勇夫，那王炽能以一千两银子护住一座城，他相信同样也能用银子去攻下这座城。

这一次他利用青龙山管虎的号召力，召集了附近山头的匪徒，两三天之内啸聚了近三千人。如果说攻打弥勒乡是一场空前豪赌的话，那么这将近三千人便是嗜血的赌徒。他们一个个都是拎着脑袋行事之人，平时打家劫舍、抢劫过往马帮便从不手软，如今马如龙许诺一颗人头一两银子，对他们来说，这无疑是史上最好赚的一笔买卖，一个个还不杀红了眼？

马如龙骑着战马，一马当先，在滚滚沙尘的笼罩之下，依然难掩他眉宇间那股必胜的自信，虎目里发着光，似乎已然看到了胜利的光芒。

及至城门下，马如龙一声断喝，大军即时停止了行进，一股杀气从这支信心十足的队伍中传将出来，立时弥漫在了城池内外。

王炽看着城外那支杀气腾腾的队伍，心里不免也紧张了起来。他回首向马昭通看了一眼，见他连脸色都变了，便走过去道："马老伯不用怕，别看他们人多势众，实际上不过是一群乌合之众。待他们开始攻城后，着令二十人将这些银豆子一把一把撒出去，那些山匪都是见钱眼开之辈，见了城下满地的银子，必然大乱，届时趁乱杀出去，我军必胜。"

马昭通对王炽自然是有信心的，但看到城下那密密麻麻的敌人，还是难免心虚，不安地点了点头。

马如龙到了城外后，目光一瞥间，突然看到王炽居然也在城头上，心下暗吃了一惊，当日救他出来后，不是已亡命天涯去了吗，如何又出现在了弥勒乡？

思忖间，他浓眉动了一动，嘿嘿一声怪笑，喊道："真是人生何处不相逢啊，十八寨分别后，居然又在此相遇了！"

王炽站到城头前，向马如龙抱拳道："马将军救命之恩，我王四永铭在心，时刻不敢相忘。但如今我脚下所站的这片土地，是生我养我的地方，身为土生土长的弥勒乡人，我决计不会让这片土地遭到践踏，决计不会让这里的百姓惨遭杀戮。马将军之恩情，在下只祈来日再报了！"

马如龙眼里精光一闪，道："好，我敬你是条汉子，咱们今日不谈私情，与你公平一战！"说话间，拔出腰际的佩刀，要下令攻城，就在这时，突听得背后"嗖"的一声，劲风大作。马如龙大吃一惊，急切间身子在马背上一弯，整个胸脯贴于马上，堪堪躲了过去，回头定睛一看，只见一把雪亮刺眼的匕首插在了离他不远处的一名士兵身上。

马如龙大怒，喝道："哪个在偷袭！"回身过去看时，只见一位俏生生的姑娘领着十余人，从草丛里走了出来。马如龙见到那姑娘时，神情一愣，脸上的火气不知不觉淡了。

那姑娘自然就是辛小妹，她柳眉倒竖，好像马如龙欠了她八百两银子似的，恶狠狠地瞪着他，娇喝道："姓马的，可还认得本姑娘！"

马如龙似见了瘟神一般，眉头紧紧地皱在一起："你到这里来做什么？"

"算账！"辛小妹在马如龙不远处停下，一手叉腰，朝他招了招手，道："你敢下马来吗？"

马如龙道："大战在即，我无心与你说话，你我之事待战后再说。"

辛小妹把杏目一瞪，怒笑道："今日若不与本姑娘说清楚，这仗你便打不得！"话落间，带着那十余护卫大摇大摆地走到三军阵前，又道："除非你的人马从本姑娘的身上踩过去！"

马如龙瞪着眼看了她一会儿，咬咬牙下了马，走上前去，在辛小妹的身前站定，问道："你究竟要做什么？"

辛小妹瞟了他一眼，把手一抬："抓了！"旁边的护卫闻言，冲将上去，不由分说就把马如龙抓了起来。

辛小妹三言两语就把马如龙抓了，不仅让起义军震惊万分，连站在城头的王炽等人也是惊异莫名。

从眼下的情形来看，他俩之间肯定是熟悉的，而且还有些纠葛。但究竟是什么样的纠葛，会让马如龙如此被动呢？混在起义军里的那些山匪自然会想到，诸如霸王硬上弓后对人家不负责任之类的事情。这自然是比较庸俗的想法，可换个思路一想，男女之间还有高雅的事儿吗？连王炽也认为，这阵势多半是男女之间那些扯不清的事儿。

马昭通见状，紧张的神色一下子就缓和了下来，说道："看来这辛姑娘果然没说大话，三言两语就把马如龙制住了，可谓是不战而胜啊！"

王炽紧紧地盯着马如龙，见他脸上的杀气越来越盛，不禁心头怦怦直跳，想那马如龙是何等人物，此时虽说双手反剪让人给抓住了，但以他的力气和本事，要想挣脱出来怕也不是难事！

辛小妹与马如龙近在咫尺，显然也感受到了来自对方的杀气，但她自恃身边有人护着，根本没将他放在眼里，冷哼一声，挥手就是一个大耳光子打在马如龙脸上，道："我来做什么？你怎么不问问自己做了什么？不声不响、不明不白地就走了，好端端地给本姑娘玩失踪，你以为本姑娘是由着你玩的人吗？今天你要是不给我说出个是非黑白来，我就让黑白无常来勾了你去，让你下地狱！"

那一巴掌清清脆脆地落在马如龙脸上，直把在场的起义军和山匪都看得心惊肉跳。马如龙少年英雄，心高气傲，定然不可能在这个小姑娘面前就成了小花猫，乖乖地由着她打，因此都怔怔地看着马如龙的脸色，看着这幕好戏高潮的来临。

果然，马如龙眼里似要喷出火来，霍地一声断喝，铁塔似的身子动了一动，抓着他的那两人不曾防备，被他甩了出去。紧接着只见他身子一晃，猿臂一伸，便将辛小妹抓小鸡一般抓在了手里，浓眉一挑，大喝道："谁敢过来！"旁边的护卫脸色大变，虽一个个凶神恶煞一般，但谁也不敢上去抢人。

队伍当中的山匪有人哈哈笑道："这小妮子泼辣得很，要不在这里给你们搭个营帐，让你们洞房得了！"此话一出，人群中传来一阵大笑。

辛小妹又气又急，怒道："有本事你把我杀了！"

马如龙将她带到军中，冷冷地道："如果你让我查出与那王四是一伙的，联合起来对付我，今日怕谁也救不了你！"

此话一落，在路上见过王炽与辛小妹在一起的山匪突然想了起来，亦警觉起来，纷纷大声道："没错，这小妮子与城头上的那小子是一伙的，我们曾在客栈里遇到过他们！"

马如龙仰头一声大笑，笑声中带着股浓浓的火药味，抬头朝王炽道："王四，我敬你是条汉子，没想到你竟然想要以女人来取胜，不嫌太卑鄙了吗？"

王炽确实与辛小妹达成了协议，但他没想到辛小妹竟然以这样的方式出现在阵前，更没想到会是这样的一个结局，现在马如龙说他利用女人，他亦无话可说，只觉脸上一阵燥热。

"怎么，我与另一个男人联合起来对付你，让你脸上无光了吗？"辛小妹怒笑道，"不妨告诉你，若论卑鄙，他没法跟你比，你比他卑鄙千倍万倍。我还要告诉你，今日除非你杀了我，不然的话我定然不会让你顺利攻城。"

马如龙眼里寒光一闪："如此说来，你要拿命护着他？"

"是又如何？"

"你当真以为我不敢杀你吗？"马如龙手一摊，喝声："拿刀来！"待一名士兵将刀递过来，马如龙手一扬，挥刀便砍。

城楼上的王炽、马昭通等人见状，着实吓得不轻，面白如纸。

就在这时，陡听有人喊道："且慢！"

王炽把眼一望，见军中走出一位紫糖脸的中年人，身后跟着两人，一位又矮又胖，一位又高又瘦，正是席茂之、俞献建、孔孝纲三人，徐徐走将出来。

马如龙斜眼看着那三人，沉声道："原来我军中还有王四的人！"

席茂之微微一笑，道："将军这话却是说错了。我等兄弟的确与王四有些交情，但有交情并不代表就是他的人，将军不也与他有些交情吗？席某以为，战争是男人的事，在三军面前公然杀害一个女人，将军就不怕天下英雄耻笑吗？"

此时，马如龙虽说正在气头上，但毕竟是少年英雄自负甚高，不想在三军面前折了英雄本色，便喝道："把这泼妇给我押下去，好生看管！"

辛小妹嗔怒道："你娘才是泼妇，有种你就把我杀了！"

话头刚落，突地蹄声大作，城外一里之处尘土大起，另一支人马急奔而来。

尘土遮天蔽日，根本分不清是哪方面的人，但可以肯定的是那股人马的数量不在少数，一时间令城门内外两方人马的心都提了起来。

不出片刻，那支人马已然到了近前。领军者是位黑脸虬髯的大汉，雄赳赳地坐于马背之上，带着杀气的眼一扫，凶光四射，把在场人等看得都是心里发寒。

此人王炽和马如龙都认得，正是刚攻下广西州的辛作田。广西州距青龙镇和弥勒乡都并不远，此番马如龙大张旗鼓地召集山匪，惊动了辛作田，亦让他警惕了起来，派人一查竟然是马如龙所为，后又打探到他是要攻打弥勒乡。辛作田得知此消息后，想到妹妹正在那一带寻找马如龙，如果在这当口让她与马如龙相遇，以其妹的性子必惹出祸端来，因心里放不下，便带了人马来，正好叫他赶上了。

马昭通不识得辛作田，但瞧他那架势，已隐隐感到不妙，再看王炽，只见他的脸色发白，眼神之中甚至还带着丝恐惧，更是印证了心中所思，颤抖着声音问道："那人是谁？"

王炽看了他一眼，道："此人叫辛作田，也是乱军头领。"

"那……要是……要是他们联合起来……我们……"

王炽看着吓得语无伦次的马昭通，点头道："不错，如果他们联合起来，我军毫无胜算。"

马昭通双手扶着城墙，身子微微颤抖着。王炽目不转睛地盯着那两股人马，脑子里飞快地盘算着脱困的办法。

马如龙目光如电，看着辛作田嘿嘿笑道："辛将军，咱们之间向来井水不犯河水，不知此番前来，是来助我还是来害我？"

辛作田沉着脸道："是助你还是害你，全凭足下一句话。"

马如龙道："此话怎讲？"

辛作田的眼睛往辛小妹身上一扫："放了她，我便助你攻城。"

此话一落，站在城头的王炽不由得倒吸了口凉气，心想这下完了，此番弥勒乡铁定保不住了！

再傻的人也不会在这种时候去舍弃一个合作者，树立一个对手。尽管此时马如龙被掌掴过的脸上依然火辣辣的作疼，但他不是傻子，冷冷一笑，道："这有何难？"手一挥，命人将辛小妹放了。

随着马如龙放人命令一下，城内外的气氛一下子就紧张了起来。如果说此前马如龙的队伍还是一帮混着山匪的乌合之众的话，那么此时加上辛作田的人马，就是一支非常可怕的力量。即便是王炽撒银豆子，怕是也难免弥勒乡倾城之祸。

马昭通的脸白得吓人，哆嗦着道："怎么办？"

到了此时，王炽也不知该怎么办了。他甚至在想，在明知必败的情况下，是开城投降好，还是誓死抵抗，直拼杀到最后一人好？就在此刻，突传来一声熟悉的娇笑，那笑声悦耳动听，亦带着倔强任性。王炽禁不住抬头望下去，恰好辛小妹亦朝他望来，两厢眼神交汇之下，王炽惊异地发现，辛小妹此刻的眼神与往时大有不同。

如果说辛小妹往日的眼神是单纯的、任性的，那么此时除了任性之外，还多了一种复杂的神采，有幽怨亦似乎有一种柔情，把王炽看得愣了一愣。

辛小妹看了王炽一眼后，转过头去，面朝辛作田道："你们要合起来打是吗？"

辛作田没领会她的意思，道："我义军便是要与清廷争地盘，为何不打？"

"打可以。"辛小妹弹指欲破的清秀的脸上浮起抹毅然之色，"把我杀了，然后你们的马从我的尸体上踏过去。"

马如龙冷笑一声："辛将军，令妹的性子你是知道的，你去劝劝她吧。"

辛作田平时虽疼着、惯着这个妹妹，但三军阵前却也容不得她胡来，他把脸一沉，断喝道："小妹，休得胡来，战场上岂是你胡闹之地，快给我过来！"

王炽看着辛小妹那倔强的样子，似乎慢慢地懂得了她方才眼神里的内容，心头微微一震。

辛小妹看着她的哥哥，突然凄然一笑："哥哥，你自以为你疼着我、惯着我，是十分爱我的，对吗？"

辛作田眉头一动，不知为何，当看到她那楚楚可怜的样子时，心里的火气全然消了。

辛小妹微微一叹："可你是否知道小妹心里的苦？"

辛作田神色一震，依然没有说话，黝黑的脸上浮出抹内疚之色。

辛小妹道："当年你追杀清兵到临安[1]，至西庄的一座山里时，被逼急了的清兵抓了一位叫温玉的姑娘威胁。后温玉不幸被杀，你为了给人家做补偿，把你的小妹许配给了人家。那时候你可知道小妹的心情？你可知道你这一厢情愿的做法，对小妹的伤害有多大？"

辛作田微微抖动着虬髯胡子，气愤地看了眼马如龙。

辛小妹红着眼，怨恨地看着马如龙道："你把我嫁了也就罢了，毕竟你是我的哥哥，长兄如父，我不怨你。可恨的是那不长眼的东西，竟然把所有的怨气都强加在我的头上，虚情假意地与我拜堂成亲，再当着所有亲人的面将我抛弃，以此来报复他失去情人的痛恨，这是一个男人所为吗？他简直就是禽兽，是人渣！"

马如龙低下了头去，似乎不敢去面对辛小妹那泪水汪汪的眼。辛作田的胸口剧烈地起伏着，嘴里呼呼喘着粗气。

"今日你们要联合攻城我不拦着，凭我区区一己之力，也拦不住你们几千大军，但我绝不允许你们一而再、再而三地来伤害我！"辛小妹突地把头一撇，望向城头的王炽，"本来我还不想说这事，因为我现在尚不清楚究竟爱不爱他，但我知道那个唯利是图的商贩是个英雄，是个真正的男人，他比你们之中的任何一人都强，我不允许你们中的任何一人去伤害他。"

这一番话落后，不仅马如龙和辛作田震惊了，王炽更是诧异不已，他甚至不敢相信这个老是拍他脑袋打他脸的姑娘，其芳心之中竟然有他的一席之地！这突如其来的爱情，让王炽在错愕的同时，亦感到一丝丝欣喜。他们相处的时日不长，但细想起来，辛小妹后来对他的态度确实有所改变，只是让王炽没想到的是，那些细微的甚至是不易让人察觉的情感变化，她竟以如此热烈、决绝的方式呈现出来！

显然，辛小妹的话震惊了在场的所有人。辛作田到弥勒乡，不过是担心小

---

[1] 临安：今云南建水县。

妹的安危，恰逢其会罢了，对他来说攻不攻这座城池本就无关紧要，听了辛小妹这一番言语后，便打消了攻城的念头，往马如龙看了一眼，阴阳怪气地道："你与小妹的恩恩怨怨也该做个了断了。"

辛作田的意思很明显，城上那人是辛小妹的心上人，他是无论如何也不会动手去伤害他的。如果你马如龙非要攻城，那也可以，前提是必须与辛小妹做个了断。换句话说就是，你该把欠小妹的还了。

这世上什么债都好还，唯有情债难还。如果说非要了断两人之间的恩怨，那便是原谅抑或放下。而此时此刻对马如龙来说，他要放下的不只是一段情，还有眼前的这座城。

马如龙始终皱着眉头没发一言，他的心在情感与事业之间纠结。此番组织攻城，他费了九牛二虎之力，对弥勒乡这座城池势在必得，倘若就此放弃了，必然不甘心。可如今细想起来，当年温玉之死确实与辛作田无关，她是清兵杀的。退一万步讲，即便温玉乃因辛作田而死，那也跟辛小妹无关，当初他确实不应该拿婚姻去伤害她，把她当成宣泄怨恨的出口。既然如此的话，放弃一座城池，放下一段恩怨，又有何不可呢？

马如龙瞄了眼辛小妹，此时她柳眉倒竖，杏目圆睁，虽说看上去一副蛮狠的样子，然其眼神之中，依然能够看得出有一种令人心疼的柔弱。马如龙心头一震，望了眼持枪拿刀的三军，相形对比之下，此时此刻辛小妹娇小的身子，犹如群狼之中一只楚楚可怜的羊羔，显得是那样脆弱，那样令人疼惜。

是啊，这乱世本来就是男人的舞台，争战杀伐本来就是男人的事，何苦把一个娇弱的女人卷进来，又何必将一腔的怨恨发泄在她的身上？

马如龙把牙一咬，还刀归鞘，看了眼辛作田道："我们昆明见！"跃身上马，大喝一声："撤！"大军退出了弥勒乡。

见马如龙的队伍不战而退，避免了一场你死我活的血战，马昭通提到嗓子眼儿上的心这才放了下来。王炽似乎依然没回过神儿来，怔怔地站在城头出神儿。辛小妹见状，霍地喊道："你个死东西，吓傻了吗，还不快下来？"王炽回过神来，慌忙走出城去。

辛作田打量了王炽两眼，说道："也不知是你小子几辈子修来的福气，竟让小妹看上了你。今日她也算是帮了你一个忙，解了弥勒乡之危，如今我也托你一件事，算不得过分吧？"

王炽忙道："辛将军只管吩咐！"

辛作田道："我这就要赶去昆明，估计到了那边后，定是场恶战，因此我将小妹托付于你，记住，须好生待她。"

王炽正要答应，只听辛小妹道："哥哥，走之前给我八百两银子。"

辛作田愕然道："你要这么多银子做什么？"

辛小妹瞟了王炽一眼，道："这小子为了备战，把家底都搬出来了，还欠了人家几百两银子。我想给他赎身，把他买过来，留在身边好使唤，这样哥哥你也不用担心他会欺负我了，只有我欺负他的份儿。"

辛作田哈哈一笑，情知小妹是想帮扶王炽一把，却也不说破："哥哥予你一千两，待昆明的战事平息后，再来接你。"

辛作田交代一番后，让人把银票交给小妹，便上马领着队伍走了。

辛小妹拿银票在王炽面前晃了晃，道："本姑娘告诉你，现在我虽看你有一点点顺眼，但还并不喜欢你，日后你要是哄本姑娘开心了呢，我就把你扶正了，收你做个正室；若是伺候得本姑娘不满意呢，就收你做个偏室，好歹给你个名分；要是惹恼了本姑娘，就收你当个下人使使。日后何去何从，你可要想清楚了。"

王炽知道这位大小姐不好惹，再者她刚刚帮了一城百姓脱离危险，也便没与她顶嘴，只笑了一笑，随众人入城去。

第五章

全民皆兵官渡苦战　王炽趋险再谋生意

咸丰六年八月，这个秋天对昆明的老百姓来说，是黑色的、恐怖的，是一个离别的季节。

杜文秀的各路起义军从四面八方集结，逐渐向昆明靠拢，战前的紧张氛围一下子笼罩住了昆明城。老百姓纷纷囤积食物，以备战争爆发后度日。而地方官员们则一个个心急如焚，胆子小的甚至是彻夜难眠，上书云贵总督恒春出兵，护卫各城镇。

恒春是满族人，借着祖宗荫恤，一路摸爬滚打，在咸丰四年出任山西巡抚，两年后升任云、贵两省总督，提督军务、粮饷和两省巡抚的事，好歹混了个封疆大吏的官做做，也算是对得起祖宗了。谁知总督的位置屁股还没坐热，乱军就来了，且来势汹汹。据说乱军分作三路，分别从官渡、陈家营、大板桥而来，每路有万余人马。最让人担忧的是杜文秀独率五万大军压后，替那三路大军压阵，大有一举攻克昆明、占领云南之野心。

恒春只是一个文臣，是没有打过仗的。如果将此时的云南比作一个浑身长满烂疮的病人，那么恒春就是不懂医术的江湖郎中，看着这一身烂疮的病人，他不知道从何下手。

看着战报雪片一样地传来，恒春慌了。

这时候幕僚给他出主意说，单靠官兵抵御，昆明无论如何也守不住，必须依靠外部力量，协同官兵一同驱赶乱军才行。

恒春忙问道："有哪些外力可借？"

幕僚说道："李耀庭、岑毓英都是在野的一时豪杰，他们所率的乡勇虽无官兵的装备，但作战神勇，鲜有败绩，在滇、川、黔一带皆有声望。"

恒春的眼神一亮，道："快去请他们来，只要能守住昆明，我一定向皇上请奏，许他们官职。"

曲靖县府衙门内，李耀庭皱着对秀气的眉，凝神看着手上的一张急函，看完之后，转身去了挂在东墙上的地图前，细细地查看起来。

一旁的参将也是位少年人，见李耀庭看完急函后不发一言，心下有些急了，便走上去小声说道："将军，乱军号称九万大军，直逼昆明，势在必得，我们到底出不出兵？"

李耀庭还是没有说话，只是把眉头皱得更紧了。参将叹了口气，李耀庭有书生的爱国情怀，有武将的胆略气魄，他向来行事缜密，却从来不是贪生怕死之辈，他今日这般模样，参将心里明白，这次是遇上大麻烦了。

正自思忖间，见门外有士兵进来，说是岑毓英求见。参将闻言，忙转过身去看李耀庭，问道："见是不见？"

李耀庭沉默了片晌，抬头道："让他进来吧。"

岑毓英与李耀庭一样，也是能文会武，据说其四岁便会认字，五岁进了私塾上学，因十分刻苦上进，其父岑苍松担心他累坏了身子，便请了武师，教他习武。即便是习武后，亦丝毫不曾荒废学业，后乡试、州试均考第一。

咸丰元年，太平天国的起义军开始席卷全国。岑毓英以一腔报国之心，自己出资组织乡勇招兵买马，抵抗乱军。这五六年间，也可谓是南征北战，立下了不少战功。广西巡抚念他功绩，给他弄了个候补县丞，虽说县丞是正八品，可候补与布衣无异，但不管怎么说，好歹也算是混上了仕途。因此在云南形势紧张的情况下，岑毓英就率兵入滇，好给他的前程再捞点儿资本。

岑毓英刚好年长李耀庭十岁，已到了而立之年，所以他比李耀庭更为现实，要说来云南是为国为民、保家卫国，着实有点儿抬高了岑毓英，他此次入滇作战就是为了晋升。

李耀庭与他见过几次面，再加上局势紧张，因此两厢会面后也没多少客气话，相互见了礼后，他便给岑毓英泼了桶冷水："岑大哥，这一仗怕是打不得。"

岑毓英呷了口茶，似乎对李耀庭之言并未感到意外，把那圆溜溜的眼一瞟，瞄了眼李耀庭，微哂道："就因为乱军势众吗？"

"非也。"李耀庭道，"这是一个死局。"

"哦？"岑毓英神色间微微一怔，"为何说是个死局？"

李耀庭将岑毓英引到地图前："你看，乱军三路大军分别向陈家营、官渡、大板桥奔袭而去，形如一只大勺子，而随后压阵的杜文秀部便是这只大勺子的把柄，控制着全局。在他们往前推进的时候，无论哪方面有情况，杜文秀的勺柄都会动，他指东打西、指南打北，谁插进去，谁就会被吃掉。"

岑毓英两眼一眯，脸色慢慢地变了："你是说这个阵势是互为犄角，能随时相互策应，以保证顺利向昆明推进？"

"不错。"李耀庭看着岑毓英道，"依小弟愚见，此时我们去不得。"

岑毓英沉默了，眼下的形势很明显，那的确是个死局，谁贸然上去谁就会被吃掉。可此次他是主动请缨过来的，到了这里后不打了，不但没去抵御乱军，还在一旁隔岸观火，那这事就大了，要是一层一层上传上去，他岑毓英的前途便也毁了。思忖间，他眉头一皱，道："昆明乃一省之中心，昆明一下，整个云南便也保不住了，兹事体大，无论如何也不能袖手旁观啊！"

李耀庭道："岑大哥所言甚是，昆明乃一省之中心，倘若昆明被围，自然是全民皆兵，与朝廷一起拼死捍卫城池，这便是所谓的众志成城。"

岑毓英两眼一亮，嘴角微微露出一抹笑意："兄弟是说，我们直接去昆明，等着乱军的到来？"

李耀庭点了点头："与其单独与乱军死拼，不如在昆明死守，胜算更大。"

马如龙与辛作田一路，负责攻克官渡，大军一路南下，几乎是攻无不克，战无不胜，没遇上什么困难。然而到了官渡城外之后，遇到了前所未有的抵抗。这座县城的军民似乎意识到了，这场战争会带给他们怎样的伤害，清廷再无能、再懦弱，至少是一个完整的政权，而一旦让乱军控制了云南，就将陷入无政府、无秩序的大乱境地，那种状态是无法想象的。

官渡的军民为了保住自己的家园，自发地参与到护城之战中，牢牢地把起义军挡在了城外。无论他们的攻势如何凶猛，亦难越雷池半步。

半天下来，双方各有损伤，城池内外，触目所及，到处都是尸体以及猩红醒目的鲜血。到了中午，战场被阳光一照，就好像是一座被暴露在太阳底下的地狱，空气中时时都弥漫着叫人作呕的血腥气味，触目惊心。

打了半天，折损了上千人，且未建寸功，辛作田显然有些急了，黝黑的脸涨红着，那虬髯胡子根根乱竖，圆睁着眼望着官渡城道："杜元帅只给了我们一天的时间，下午要是还拿不下来，咱俩都得吃不了兜着走。"

言落间，站在旁边的马如龙并没反应，只是蹙着眉头，一副若有所思的样子。辛作田见他这副德行，心中生气，便提高了声音道："马将军，弥勒乡失利，杜元帅对你已有微词，今日若还拿不下官渡，破坏了整个战局，我看你如何向杜元帅交代！"

马如龙愣怔了一下，从沉思中醒过神儿来，道："辛将军可有破城之良策？"

"打了半天，死了上千弟兄，还能有什么良策！"辛作田急躁地咬了咬牙，"来他娘的一个彻底的，用火攻！"

马如龙神色间微微一震，紧盯着他道："火攻？"

辛作田道："让弓箭手在箭头上绑上布块，再让布块蘸满桐油，轮番射上去，待城上沾满桐油的时候，用红夷大炮打几发，烧死他们。"

红夷大炮在明朝时便已出现，后虽有所改进，但也是在原有基础上稍作改良，因此到了清朝时依然十分笨重，且其弹丸乃铁、铅等物制作的实心弹，可重达十公斤，在行军时十分不易携带，再加上造价昂贵，在一般的小规模战争中并不常见。特别是像马如龙这种起义军，能配备一门大炮、五六发炮弹，已是十分难得了，所以若不是情非得已，也不会把那大家伙搬出来。辛作田的这一招能让红夷大炮的作用发挥到极致，此话一出，着实把马如龙吓了一跳，"如此一来，城里得死多少人！"

"莫非你小子怕了不成？"辛作田乌黑的眉毛一皱，不屑地道。

"我马如龙怕过什么？"马如龙冷哼一声，铁青着脸看着战场上的尸体，"洋人不断入侵，想通过战争和经济手段控制我们国家。你可曾想过，现在躺在我们眼前的都是我们自己的同胞？"

辛作田的神情愣了一愣，道："我没你想的那么多，我只知道朝廷的赋税年年加重，他们把赔给洋人的钱都分摊到老百姓头上，我们快饿死了，不起来反抗的话只有死路一条。而且我还要告诉你，今天你我要是拿不下眼前的这座城池，破坏了包围昆明的作战计划，我们决计活不过三天。一个连自己的性命都保不住的人，根本就没资格悲天悯人。"

马如龙的眼里闪过一抹复杂的光芒，他揭竿起义完全是为了泄私愤，确切地讲，自从温玉死在清兵手里后，他就恨透了清兵，有时候恨不得将他们一个个都杀光。可真正加入起义军之后，他发现事情并非自己所想的那样，于是仗打得越多，便越是心软，在十八寨的时候他完全有机会占领那个地方，但是他选择了放弃。

眼下官渡的这一战，实际上已到了胶着的境地，不是你死就是我亡。马如龙的心里也十分清楚，此时此刻根本没有退路。他望着辛作田，望着这个人高马大的黑脸大汉，心想，他的想法是最简单的，也是最现实的。

马如龙微微地点了点头，同意了辛作田的作战方案。

是日下午，将士们随便用了些干粮后，再次集结队伍，准备展开新一轮的厮杀。

辛作田跨上马，跑至阵前，大喊道："城里的人听着，上午一战，本将只是试探性的攻城，试试你们的实力，下午这一战，绝不会再手下留情！不是本将夸口，你们的作战能力和兵力皆不如我军，未免多伤无辜，我看你们还是出城投降吧！"

辛作田的话头微微一顿，继又喊道："本将这话并没有看低你们的意思，不瞒大家说，咱们都是一国之人，如此你死我活地窝里斗，着实也没几分意思，你们就把城门打开了，让我等过去便是。"

此番话一落，马如龙倒是听得愣了一下，心想，这黑大个儿看上去凶神恶煞一般，内心其实并不坏！可是这话听在官渡军民的耳里，却是另一番滋味了。

辛作田的话头刚落，城楼上便有人大骂道："好你个不知羞耻的乱军，聚众谋逆，攻城略地，反抗朝廷，若非你们发难，我们何须在这里以命相搏？"

这一番反诘说得辛作田哑口无言，他脸上青一阵红一阵，当下把脸一沉，道："一群不知好歹的东西，攻城！"

一声令下，后边准备好的弓弩手一起使力挽弓，箭矢便如密雨一般，挟着嗖嗖的风声，往城头射去。起先城上的人还没察觉出箭上有异样，等到有人发觉时，起义军的箭已射过好几轮，城上到处都是沾满桐油的箭，待要将那些箭往城外扔时，却已经晚了。只听辛作田又是一声令下："放炮！"早有士兵拿着火把点燃了火引子，"轰"的一声巨响，炮弹准确无误地落在城头上。火星四溅，点燃了城上的桐油，顿时便燃烧了起来。

城头上火势挟着浓烟，直冲上天，与此同时，惨叫和惊呼之声响作一团。辛作田振臂一呼："杀啊！"万余人如潮水一般涌了上去，及至城墙下时，叫一支小队负责撞门，其余人则架了云梯往上爬。

是时城上军民虽还在极力反抗，但毕竟阵形已被打乱，再加上城头浓烟弥漫，火势逼人，人心也慌了，没多久就让起义军攻上了城头。

待双方人马在城上厮杀之时，官渡的军民人心已然乱了，作战时更无秩序可言，更像是一群被狼群围杀的羊，四处乱窜。

破了城门后，辛作田也是杀红了眼，率众与城内军民展开巷战，直至反抗之人全部被杀，方才作罢。

战乱过后，是死一般的宁静。整座城池到处都是残垣断壁，以及横七竖八躺着的尸体和流淌的鲜血，眼前的场景与地狱无丝毫分别。

马如龙默默地看着这一切，仿佛已魂飞天外，脸上没有任何胜利的喜悦。

昆明周边的附城之战尚且如此惨烈，昆明之战打响后，那会是什么样的场景？

昆明战事紧张，官渡、陈家营、大板桥等地激烈的战斗，对周边的老百姓来说，也不过是茶余饭后的谈资罢了。在这样乱象环生的时代，战争犹如家常便饭一般，根本不值得一提。普通老百姓的性命更是如浮萍一样，今天活着，谁也不知道是否能够见到明日的太阳，所以他们所要做的便是尽量地积攒财物，以确保家庭的正常生活。

在这样的大环境下，生意倒并不是很难做，只要你贩卖的是时下的生活必需品，一般都能卖得出去。就在昆明一带的战争如火如荼地进行之时，王炽的生意也是做得越来越好，风生水起。

辛小妹常讥笑他发战争财，是个不良奸商。王炽只是笑笑，却也不恼，只管做自己的事。辛小妹见他并不理会自己，颇觉无聊，气道："惹恼了本姑娘，小心日后收你做下人使唤！"便也不再去理会他。

如此相互赌着口气，谁也不去搭理谁，隔几日后辛小妹有些憋不住了，正想着法子要如何去搭讪王炽时，马昭通风风火火地走了进来，一见辛小妹便问道："王四可在家？"

辛小妹见他一张老脸跑得通红，额头微见汗珠，诧然道："马老伯有什么急事吗？"

马昭通的眼睛往屋里瞟了瞟，道："王四不在家吗？"

"他去广西州办货了。"辛小妹道，"他不将自己淹死在银子堆里，誓不罢休。"

马昭通讪笑一声，拿出个信封，说道："这是迤东道下来的委任书。道台大人念他保卫家乡有功，给他安排了个武职，委办广西州四属安抚事宜。"

辛小妹闻言，两眼一亮："你是说他要当官了？"

马昭通笑道："正是哩！"

"好小子！"辛小妹也不由得笑道，"越来越能耐了嘛！你把这委任状交给我吧，待他回来，我便与他说。"

马昭通称好，遂将信封交予辛小妹，告辞而去。

又两日，王炽从广西州办货回来，辛小妹拿信封在王炽脑袋上一拍，笑靥嫣然："你猜这是什么？"

王炽摸了摸光秃秃的脑门儿，讶然地看着辛小妹问道："是什么，银票吗？"

"除了银子，你眼里还能装得下什么？"辛小妹鄙夷地给了他个大白眼，然后笑道，"不是银票，但比银票更加珍贵，给你透露一下，这里面的东西决定着你日后的命运，给本姑娘请个安，我便给你。"

王炽情知她虽时常胡闹，但也不会拿无中生有的恶作剧来耍他，当下只得恭恭敬敬地拱手行礼，口称："小的王炽，给姑娘请安了！"

"免了！"辛小妹得意地一笑，"看在你这么乖的份儿上，赏你了！"说话间将信封抛给了王炽。

王炽伸手一接，拿在手里，打开一看，顿时就愣住了。

"你小子让银子熏傻了吧？"辛小妹见他并不高兴，奇道，"好不容易熬出头了，能当官了，却为何还不高兴？"

王炽走到椅子前坐下，淡淡地说道："此非我所愿也！"

辛小妹奇怪地看着他道："连官都不要当，那你想要干什么？"

王炽抬眼看向辛小妹，问道："你可知陶朱公范蠡？"

辛小妹父母早故，一直跟着辛作田生活。辛作田虽然自己不怎么爱读书，却专门给辛小妹请了老师，教她读书习字，因此她虽无大家闺秀之态，但也是满腹的学问，听王炽问起范蠡其人，便说道："春秋时期越国一代名臣，自然是知晓的。"

王炽道："陶朱公本乃楚国人，出身贫寒，因恨楚地非贵族不得为官，愤而奔越，因此成就了越王勾践之霸业。即便是如陶朱公这般成就不世之业绩者又能如何呢？他情知越王可同患难，不能共富贵，便想离开越国。因与文种性情相投，两厢交好，临行时相劝文种，要其知进退，然文种不听，最后被越王赐死。"

王炽幽幽地把眼睛望向门外，语气顿了一顿，又道："这也不能怪越王，千百年来历朝历代都是如此。飞鸟尽，良弓藏；狡兔死，走狗烹，千古使然。"

辛小妹只道他只会做生意，最多还讲点儿道义，不承想他竟想得如此深远，神色亦凝重了起来，心想，如今正值大乱之时，内忧外患，做这个武职确实是拎着脑袋当差。即便是不辞劳苦、出生入死把官当好了，也难免有人眼红，到时给你来个落井下石，你也就一命呜呼，不明不白地死了。

想到此处，辛小妹点了点头道："你说得有些道理。"

王炽把目光收回，看向辛小妹道："你以为这便是我不做武职的原因吗？"

辛小妹愕然道："莫非不是？"

王炽摇了摇头，说出了一番让辛小妹终生难忘的话："陶朱公累十九年之家产，聚财百万，却视作粪土，仗义疏财，三次以布衣之身，经商积财，又三次散尽家产，资助乡民，实为我辈从商者之楷模！"

辛小妹愣了一下，她眨巴着眼看着眼前这个方脸浓眉的小子，似乎慢慢地读懂了他所做之事。他不辞劳苦地做生意赚钱，却又可以毫不犹豫地把钱散出去，帮助乡民御敌，这不就是范蠡所行之事吗？

为国为民，侠之大者，也许他并不是说书先生嘴里所说的那种英雄侠士，身上更无侠气，但生就了一副侠骨！

辛小妹不由得对他刮目相看，微哂道："原来范蠡在你心里才是英雄！"

"每个人心中都住着个英雄，而在我心里，陶朱公便是当之无愧的英雄。"王炽的眼里闪着光，"今生能做到陶朱公的万分之一便足矣。"

有人曾言，有梦的男人最可爱，此时此刻在辛小妹的眼里，王炽的形象瞬间高大了起来，痴痴地看着他，一时竟出了神儿。直至王炽的目光也朝她看过来时，方才惊醒过来，羞涩地低下头去。

王炽自然猜不透她的心思，看到她那与平时迥异的神态，微微愣了下神儿，旋即换了个话题道："此番出去采办货物时，一路上听说了许多关于昆明的局势，那边打得十分激烈。我想去昆明，顺便也好带你去见你的哥哥。"

辛小妹没明白他的意思，道："我虽也担心哥哥，但他从不让我去战场犯险，这便是他让我留在这里的原因。"

王炽走到门前，似乎是在组织合适的语言，沉默了片晌后，转身过来道："所谓富贵险中求，眼下昆明大乱，必然是人心惶惶，农不思种，商家闭户，如果能把货物运送过去，必有大利。"

辛小妹吃惊地看着他："你疯了吗？哪里乱你就往哪里闯，不要命了吗？"

王炽却固执地道："昔日陶朱公也曾持计然之术 [1]，以'人弃我取，人需

---

[1] 计然，春秋时期的谋略家，以经济学谋国，终使越国富足强大，后来计然之术泛指从商或生财致富之意。

我予'的大胸襟成就事业，此乃生意经营之王道也。"

辛小妹嗔怪道："你呀你，明明视金钱为身外物，为何又要把脑袋装到钱袋子里去！"

"为了生存，以及抱负。"王炽的眼神十分坚定，"你若是不去，便留在此地，待那边战事停了，我再来接你过去见你的哥哥便是。"

"你以为我怕死吗？"辛小妹的性子被激了起来，"怕死本姑娘就不会出来混了！"

"我们只是去做生意，又不是去拼命。"王炽笑道，"放心吧，我不会让你犯险的。"

辛小妹哼了一声："犯险我也不怕！"

次日一早，王炽辞别马昭通，并让他代自己向迤东道台赔个不是。马昭通做梦也没有想到他居然会拒绝这个官职，连连叹息道："王四啊王四，你端的是不知好歹，你可知这是多少人求都求不来的？"

王炽只是一个劲儿地称是，顺着马昭通的言语说这是自己的不是。辛小妹趁机揶揄道："马老伯，有些人生下来便是一副贱骨头，吃苦的命，你不要理会他便是。"

马昭通见他去意已决，情知留他不住，只好放行。

如此一行人往西北方向走，边走边在沿途采办各种货物，大多是生活必需品，及到广西州时，又在当地收购了一批粮食、草药，让工人装上了马。临行前，他站在马帮兄弟面前道："是时昆明正遭受战乱，此行有几分凶险，诸位若有不想去的，我绝不勉强，若想走这一趟的，我以双倍的工钱酬谢大家。"

这些马帮工人都是王炽在广西州筛选出来的，此时广西州甫经战乱，若非王炽在此收购粮食，他们一年的血汗怕就要白流了，更漫说还能赚这份工钱，因此心中都感念王炽之恩，纷纷言道："你王四兄弟都不怕，我们怕什么，跟着你我们放心！"

如此，十位马帮兄弟加上原先跟来保护辛小妹的十二名护卫，随着王炽的一声吆喝，往昆明方向出发了。

这一路上自然不免风餐露宿，顶着烈日行走。好在这些人个个都吃得了苦，因此也没什么怨言。只是这一路走来，满目疮痍，四处皆是战后的狼藉，令人唏嘘不已。

数日后，一行人即将抵达昆明境内。这时候杜文秀的三路前锋均已如期赶到昆明城外，虽还不曾开战，但战前的紧张氛围已传遍了每个角落，路上一个行人也没有，荒凉得如进入了一个无人之境。

往远处望便是起义军的行军大营，战马嘶鸣，士卒来往穿梭不息。军营那边尽管人影幢幢，却听不到一丝嘈杂的声响，足见杜文秀这支军队军纪之严明。

在起义军行军大营的前面就是昆明城，如今城门早已关闭，城上的官兵一个个严阵以待，等待着对方发动攻击。

辛小妹手搭凉棚，朝着昆明方向望了会儿，回过头来说道："昆明城紧闭着，城内的人出不来，城外的人也进不去，你这趟生意要怎么做？莫非要在这里眼睁睁地看着他们分出个胜负来，你再进城不成？"

王炽似乎早就预料到了现在的这种情形，微眯着眼望着昆明城道："若等战后再进去就晚了。"

辛小妹好奇地看着他，嘿嘿地怪笑一声道："莫非你还能化身鸟人，插上翅膀飞进城去不成？"

旁边之人闻言，均皆失笑。王炽却还是一脸认真地道："天下之事，凡能成事者，所凭的不过就是关系罢了。只要有关系，即便是地狱也可去他个来回。"

辛小妹呵的一声，将双手抱于胸前，说道："决战在即，我倒要看看你凭什么关系进得城去。"

王炽微微一笑，望着辛小妹道："你是不信吗？"

辛小妹微仰着头，一副幸灾乐祸的样子："除非你跟那道城门有关系，求它行个好，让你钻进去，不然的话，你让本姑娘如何相信？"

王炽眉头一扬，道："既如此，我们不妨来打个赌。"

"好啊！"辛小妹兴致盎然地道，"你想赌什么？"

王炽搓了搓手："这些日子以来，你在我头上也拍了不少下了，若这次我赢了，你便得乖乖地站着，让我拍你的头两下。"

辛小妹一愣，笑道："王小四，原来你一直记着这仇呢！好啊，但你若是输了，这辈子你的头就是我的了，本姑娘什么时候心情不好想拍了，你就得乖乖地过来让我拍！"言落间，发觉这句话里大有与王炽终身为伴的意味，不由得脸上一红。

王炽笑道："好，一言为定！"他转身吩咐众人要好生看管这里的货物，交代完后，便牵了匹马，只身单骑朝昆明城而去。

辛小妹虽与他打了赌，但毕竟有玩笑的成分，见他真去了，心里不免担忧，前线两军剑拔弩张，一触即发，那可不是闹着玩的她喊道："王小四，你给我小心些，记得你的脑袋可是我的，不许丢了！"

王炽闻言，也不回头，只骑着马伸出左手摇了一摇，算是回应。实际上，他的心思并不只限于进城去把货物卖掉，与辛小妹打赌也不过是放松一下而已，他冒着大险入城是有更加长远的打算。

他曾说过，天下之事，凡能成事者，所凭的不过就是关系罢了，做生意亦是如此，在乱世中做生意更须遵循此道，一旦把关系打通了，那么便可无往而不利。

他此行的关键，便是要趁着在这大战的前夕去疏通关系。

辛作田已接到军令，午后开始攻城，于是下令自己的部队埋锅造饭，做战前准备。

不出多久，士兵将饭菜送到营帐，正要动筷子吃时，突见有人来报说，有个叫王四的人求见。

辛作田一听，愕然道："这小子不在弥勒乡好生待着，跑到这里来做什么？"因生怕妹妹出了什么事，便招王炽来见。

须臾，看到王炽只身入内时，辛作田忙问他道："怎么只你一人，小妹呢？"

王炽拱手道："将军放心，小妹便在不远处，有人护着，安全得很。"

"那你来见我做什么？"

王炽抬头看了他一眼，道："来与将军说一件事。"

辛作田显然没什么耐心，道："大战在即，有什么事快说吧。"

王炽不慌不忙道："我想进城去一趟。"

辛作田闻言，惊得合不拢嘴："你小子活腻了，嫌命长是不是？就算我同意你进去，人家里面的人也不见得愿意开城门啊！"

"只要将军同意让我过去，我就有把握让他们开城门。"

辛作田眼里精光一闪："如此说来，咱们可以来个里应外合，打他个措手不及？"

王炽摇摇头道："人无信则不立，我此来并非要助你们攻城，而是希望你们不要攻城。"

辛作田浓眉一挑，怒道："数万大军严阵以待，随时准备出战，你说不攻便不攻，嘿嘿，莫非你把自己当成三军主帅了吗？"

"将军且慢作怒，听我仔细说来。"王炽道，"昆明乃云南之心脏，守不守得住这座城池，不光是胜败之分，也关系到朝廷的脸面问题。此战端一开，城内军民会严防死守，各路援军会纷至沓来，你们有几分把握拿得下这座城池？即便是能拿得下来，你们的军队也是折损过半，如同做生意一般，一桩累死人不偿命的生意，有几人愿意去做？"

辛作田奇怪地看着他道："难道你入城去后，能说服他们出来投降？"

王炽道："人活于世，岂止只有'生死成败'四字？我们在打，洋人在看，亡的却是自己的国家。"

此话一出，辛作田的脸上微微一变，心想，这小子所言倒与马如龙有几分相似，而且也确有些道理，我们自己在这里窝里斗，到时让洋人捡了个便宜，那不是赔了夫人又折兵吗？当下他问道："那你进城去做什么？"

王炽道："让我进城去，说服他们出来谈判，若能不损一兵一卒，让双方都满意，岂不就是场大大的好生意！"

辛作田把眼一突，像看怪物一样地看着王炽："如今两军一触即发，你有把握入得城去？即便是你小子运气好，让你进去了，城内的人会听你的，出来跟我们谈判？就算你红运当头，让你进去了，里面的人也愿意出来谈判，可我们杜元帅对昆明势在必得，他也未必会同意坐下来谈判。"

王炽略微沉吟了下，抬起头来看向辛作田时，眼神异常坚定，似已有成竹在胸：“我有把握进得城去，让他们出来谈判。只要城里的人表示愿意坐下来谈判，他杜文秀再着急想打，怕也是打不起来。”

辛作田虽没读过几年书，但深谙战争谋略，知晓不战而屈人之兵是上上之策，再者他从小父母双亡，也是贫苦出身，深知百姓之苦，如此打来打去最为痛苦的就是老百姓了，听了王炽之言，不免有些心动。但转念一想，这场仗打与不打，全凭杜文秀一人之言，谁也做不得主，倒不如把姓马的叫过来，即便到时出了事，也可一起担着。当下差人去叫马如龙来。

不消多久，马如龙便风风火火地走了进来，听了王炽所说之后，颇为赞同，说道：“我们在打，洋人在看，这话说得在理，看来当初我没白救你。”言语间，将目光投向辛作田，又道：“不过此事有个难处，杜元帅已下令午后攻城，若要他罢战，只怕是有些难。”

“若是不难，我叫你过来做什么。”辛作田冷笑一声，朝王炽道，“你肯不肯受些委屈？”

王炽说道：“为了全城百姓，受些委屈无妨。”

辛作田道：“你穿上士兵的衣服，让马将军带你出军营，走出军营之后，你迅速跑去城门前，叫里面的给你开门，至于他们会不会给你开门，那就看你的造化了。”

马如龙闻言，脸上微微一怔，心想，为何叫我带他出去？仔细想一下，也便释然了，他跟着杜文秀作战，并非要争权夺位、称王称霸，这王炽能为一城之百姓的安危考虑，为他冒一次险又有何妨呢？

思忖间，只听辛作田又道：“但是你跑到城门后，只有少许的时间。如果他们在短时间内没给你开城门，你必让杜元帅的人带走，吉凶难测。此外，你进城之后，也只有一个时辰的时间，倘若在一个时辰内，城内的人没出来与我们谈判，这边就会攻城，破城之后你也是十分危险的。”

王炽眉头一沉，思索了起来。他觉得之前是低估了此行的危险性，进城难，进城之后如何让双方坐下来谈判更难，这两个步骤的难度完全超出了先前的预估值。那么接下来的问题是，该不该冒这个险，冒了这个险到底值是不值？

马如龙见他犹豫起来，浓眉一扬：“怎么，怕了吗？”

讲句十分实在的话，在场的三人均非什么民族英雄，只不过他们还有些良知罢了。王炽此行的真正目的，也不是什么为国为民，他从弥勒乡日夜不停地赶到这里来，首要任务是趁着战乱，在杜文秀的军队和云贵总督恒春之间活动，借和平谈判之由，行疏通关系之实，为其行商铺路。

这是一个普通人的正常思维，人要活下去就得有活下去的资本；这也是一个商人的习惯性思维，作为商人自然要权衡一下这笔买卖值不值得做。

马如龙和辛作田都将目光投聚向王炽，等待他的反应。

第六章

三路大军进逼滇省　两位少将蒙冤受难

王炽的眉毛动了一动，他决定赌一把。

他把全部的赌注都压在了李耀庭身上。尽管他没亲眼看到李耀庭到了昆明，但他相信这么大的一场战争，李耀庭肯定不会缺席。只要李耀庭在城内，就一定会给他开城门。

很多时候，人需要有赌博的勇气。此时的王炽绝对不会想到，今日这一赌会赌出一片天，在许多年以后，他与李耀庭的命运会牢牢地系在一起。

王炽抬起头，向马如龙和辛作田投去一抹坚定的目光。辛作田叫了名士兵进来，让他把上身的甲衣脱下来，叫王炽穿上。

起义军的装备十分简单，衣服与平民无异，只不过在作战时上身披了件类似于马甲一样的甲衣，因此装扮起来很是容易。王炽穿上甲衣后，又从辛作田手里接过一柄钢刀，道了声谢后，就随着马如龙一道出去了。

马如龙作为军中重要将领，带着名士兵行走，自然是没人怀疑，不消多时，便已走到了军营外，此地距昆明城不足两里地，速度快的话几分钟内就能跑到城下。马如龙朝王炽看了一眼，说道："我只能带你到这里，接下来的事情是否顺利，就看你自己的造化了。"

王炽咽了口唾沫，紧张得连表情都有些不自然："万一此去不成功，被杜文秀抓了，可还会救我？"

马如龙若寒星般的眼里一闪，扬眉道："你我关系微妙，时而如挚友，时而又像是敌人，但只要你还值得我救，我便会救你。"

看着马如龙这威武而又诚恳的脸，王炽的心里略微松了些："有你这句话，我便放心了。"言语间，朝马如龙一拱手，霍地发力往前跑去。

辛小妹翘首望着昆明城的方向，一直留意着那边的动静。随着王炽进入军营时间的延长，她的芳心亦是跳得越来越厉害，边往那边望着，边紧张地来回踱着步。

突然，军营那头出现了一个人影，飞快地朝城门跑了过去。辛小妹的心"咚"的一声，简直快跳到嗓子眼儿了，定睛一看，那拼了命一般往城门跑的人正是王炽。

马帮兄弟及那十二位护卫也看到了此情景，均是倒吸了口凉气，心想，这小子年纪轻轻，胆子着实不小，这时候无论是哪一方放出一支冷箭，都可以要了他的性命！

辛小妹的两只粉拳紧紧地捏着，杏目圆睁，目不转睛地看着王炽移动的身形。这时候，城楼上的人显然也发现了，有几名弓箭手拿箭对准了他。

王炽边跑边挥着手，嘴里还喊着什么，因距离太远，辛小妹无法听得清楚，不由急得往身后的护卫问道："他在喊什么？"

护卫摇了摇头，表示也没听到。这时，另一个护卫惊呼一声，辛小妹忙转过头去看，这一看不打紧，却将她吓出了一身的冷汗。

原来起义军这边也发现了王炽，一支十几人的小队正在他的不远处追赶，看来是想将他拦截下来。

辛小妹吓得花容失望："起义军为什么要追他？"

那几个护卫你看看我，我看看你，都不敢说话，生怕吓着她。马帮的那几人实诚，只听有人说道："两军开战在即，王兄弟这时候出现在战场，自然会引起双方的警惕，看来起义军是怕出细作，这才拦截。"

被那马帮的兄弟一说，辛小妹这才明白过来王炽现在的处境。他的这种行为是两头都不讨好，两方人都有杀他的可能性。"那他岂不是……"话音未落，便见她眼圈一红，泫然欲泣。

就在这时，突听得一阵喧哗之声传来。辛小妹忙不迭抬头望去，原来是见起义军这边也有人跑过去，城内的人都紧张了起来，城头多了许多人，吆喝着往回穿梭。这时候，王炽已快接近城门的位置，他往后面看了一眼，边挥手边大喊着，由于那几声喊声音颇大，辛小妹也隐约听到了他是在喊："我是王四……要见李耀庭……"

辛小妹自然不知道李耀庭是何方神圣，更不会知道他会不会出来见王炽，所幸的是这时候追出去的起义军也停下了脚步，没再往前追了，这才稍微放心了些。

不多时，只见城头上出来一个人，兴许就是王炽要见的那个李耀庭，喊了一句话后，就看到城门打开了一道缝隙。王炽撒腿就往城门方向跑，也就是在这时候，起义军这边有人放了一支箭。

那支箭准确无误地落在了王炽的背后，只见他晃了晃身子，"扑通"倒在地上。

辛小妹见状，大惊失色，"呀"的一声叫了出来。亏的是门里跑出十几个人来，架着王炽进城去了。

辛小妹因不知王炽是生是死，忧心如焚，说道："我要去见我哥！"说话间就往前面跑。在她身边的几个护卫大步抢到她前头，拦住了其去路，说道："小姐，去不得！"

辛小妹眼里含着泪，狠狠地看着那几个人道："为何去不得？"

那护卫道："从刚才的情形看，王兄弟是被偷偷放出去的，此时杜文秀一定在严查放他出去之人，你这时候去见辛统领，岂不是害了他！"

辛小妹娇躯一震，道："那要如何是好？"

那护卫道："王兄弟福大命大，该不会出事，还是按照他临行前的吩咐，在这里等消息吧。"

辛小妹杏眼一瞪："等他死了的消息吗？"但发怒归发怒，她心里也是明白轻重缓急的，跺了跺脚，到一边独自抹泪去了。

军营估计是这世界上最严谨的地方，所谓令出如山，法度纪律之森严容不得半点儿玩笑。

在昆明城前的中军营帐内，马如龙、辛作田等五位将领战战兢兢地站着，甚至连头都不敢抬，低首垂立。

大营正上首坐着位四五十岁的中年人，他的须发略已见白，清瘦的脸棱角分明，从任何一个角度看都让人有一种敬而生畏的威严。毫无疑问，此人正是领导云南地区回民起义的杜文秀。

是时，他用一双如电般的目光扫了眼前面站着的五位将领，沉声道："大战在即，居然出现这样的事情，真是岂有此理。我敢断定，那人定是你们之中有人故意放行的，既然做了，就站出来承认吧！"说话间，有意无意地把目光瞟向马如龙。

马如龙虽未抬头，但他能清楚地感觉到一道冷电往他身上射来。杜文秀非等闲之辈，他定然已经觉察到王炽是他带出去的，若是再硬着头皮不肯承认，后果不堪设想。思索间，马如龙往前走了一步，单腿跪地，大声道："是末将带了那人出军营的。"

杜文秀目中精光暴射，眉头一动之间，杀气盈然："他到底是什么人？"

"他是一个商人，名叫王炽。"

"商人？"杜文秀不可思议地看着马如龙，冷笑道，"天下还有如此大胆的商人？"

"末将不敢欺瞒元帅，这商人的确与众不同。"马如龙情知杜文秀怀疑，可到了这时候，也顾不上他怀不怀疑了，只管硬着头皮大声道，"在弥勒乡和十八寨时，末将曾三次遇上此人，那三次战役皆因此人出现而失败。"

"哦！"杜文秀的脸色微微一变，疑惑地问道，"既如此的话，你与他之间该是生死仇敌才对，为何此番要带他出营？"

马如龙道："我与他之间虽说不上生死仇敌，却也是积怨已久的敌人。但是此人颇有谋略，所做之事也只不过是要保护乡民罢了，无其他意图，末将便起了惺惺相惜之情，在十八寨之时就曾救过他一次，只是想着此等人才若是死了，实在可惜。这一次他说要赶在两军决战之前，入城去当说客，说服恒春与我们坐下来谈判，以免无辜百姓遭受战乱之苦，末将这才自作主张送他出了军营。"

"哦？"杜文秀又是"哦"的一声，"看来你们的交情不浅哪，大战在即，私放人入城，万一那一箭没将他射死，将我军情况透露给清兵，那么你可就难逃一死了！"

马如龙暗吃一惊："末将敢以性命保证，王炽只是一个商人，此去只是不想让百姓惨遭荼毒，仅此而已。元帅要是信不过末将所言，辛将军可做证。"

辛作田没想到他将自己搬了出去，身子微微一震，暗恨马如龙做事不地道。可事到如今若是推托责任，说自己完全不知情也是不可能了。再者辛小妹中意王炽，于情于理也该帮他一把，当下也是单膝跪在地上，说道："诚如马将军所言，那王炽颇有些义气，末将相信他此次入城，对我军有益无害。"

"好啊！"杜文秀嘿嘿怪笑一声，道，"两位将军作保，本帅也就不再追究了。我就给他半个时辰，倘若半个时辰后城内还没有动静，还是按计划攻城。到时候哪个要是不使全力，休怪本帅拿他的人头祭旗！"

马如龙偏过头去看辛作田，只见辛作田的脸色也不太好看。此时此刻两人心里都明白，杜文秀似乎已经不太信任他们了。

昆明城内，总督衙衙里满满当当地坐了两排武将。

恒春像个欠了一屁股债的没落地主一般，脸上尽是愁容，有气无力地坐在正首的椅子上，耷拉着眼皮，这使得他看上去越发显得老态龙钟。

堂下两排武将肃然静坐，个个都提着一口气，连大气都不敢喘一声，他们的心里都清楚，起义军很快就会发动攻城，但是总督半眯着眼没有发声，谁也不敢在这种时候站出去当出头鸟。因此大堂之内鸦雀无声，气氛十分压抑。

"能坐下来谈，自然是好的，老夫也想和平解决这场战事。"恒春终于发话了，他略抬了抬眼皮，小小的眼里射出一道精芒，看向在堂下一张软椅上半躺着的王炽，"可谈判是有先提条件的，得有资本才能跟人家去谈。城下的乱军有八九万人马，气焰正盛，怕是轻易谈不下来。"

入城之时，有人放了一支冷箭，亏的是只射在了王炽的左肩胛位置，经医治后已无大碍，只是失血过多，此时尚有些虚弱罢了。听得恒春之言，王炽看了眼李耀庭，然后朝恒春道："总督大人所言甚是，谈判就像买卖，须均价公平交换，要不然双方都不满意，那么这买卖也就砸了。在下斗胆问总督大人一件事，不知大人可愿实情相告？"

恒春抬起手捋着他颌下一绺稀松花白的山羊须，说道："问吧。"

王炽问道："现下城内的兵力与乱军有多少差异？"

在座人等闻言，脸上均是微微一变，兵力之于军队，相当于生意人的财力，在双方较量之时是不会轻易透露出去的，再者王炽此时的身份十分微妙，万一他真是乱军的细作，让他知道了城内的兵力部署，那就大大的不妙了。

李耀庭这时明白了王炽刚才看他一眼的目的，站起身来道："启禀大人，王四乃忠义之辈，可与之议事。"

恒春微微地点了点头，说道："眼下城内总计五万兵力，比之乱军相差可谓悬殊。"

"多谢大人信任。"王炽拱拱手道，"在下有一计，可迫使乱军谈判。"

恒春神色一振，道："是何计策，快些说来。"

"过不多时，乱军便会发动攻城之战，只要能撑过今天下午的攻击，那就好办了。"王炽看着恒春，郑重地道，"下午一战之后，乱军必会偃旗息鼓、休整养息，同时军营内的防御也会相对松懈。入夜后，可派李耀庭将军去偷袭他们后方的粮草，一旦此计成功，杜文秀军必乱，如此我们便有条件跟他们谈判了。"

"足下有计然之风，令本院刮目相看！"恒春听到王炽的这番话后，言语中明显客气了起来，"就按你的计策行事。"

恒春站起身来，同时耷拉着的眼皮亦抬了起来，整个人一下子精神了许多："诸位将军，恒春拜托了，下午一战无论如何也要挡住乱军的攻势。只要挺过下午这一战，我相信昆明城定能屹立不倒！"

众将起身，齐声领命。恒春转头朝李耀庭道："李将军，你的人马必参与下午的战争，养精蓄锐后，准备晚上的袭击。"李耀庭恭身领命。

从总督府衙出来后，李耀庭突然叫住了王炽，走到其近前时，揖礼恭身，朝王炽俯身就是一礼。王炽大惊，忙用手托起，道："将军这是何故？"

李耀庭道："王兄弟高义，千里来昆明献计，使昆明父老免受荼毒。而在十八寨之时，王兄弟受困，在下却独自领部队走了，如今想来，实在让在下汗颜。"

王炽笑道："将军乃军人，有军务在身，身不由己，在下岂会在意？如今大敌当前，将军切莫将这些小事记挂于心。"

李耀庭是将军，更是书生，虽见王炽如此说了，但还是又行了一礼。王炽还了礼后，说道："在下有件私事托付将军，不知可否？"

李耀庭道："但说无妨。"

王炽道："我的马帮如今驻留在乱军军营的后方，将军今晚完成任务后，可否代在下传一句话给他们，让他们找个地方先躲起来，等我的消息？"

李耀庭闻言，不解地道："为何不让在下带他们入城来？"

王炽微笑摇头。李耀庭猜不透其心思，也不便相问，只得答应传话。

随着时间的流逝，杜文秀那棱角分明的脸越来越冷，冷得仿似高山之巅的岩石，孤傲而冷峻，眼神亦变得如刀一般带着冰凉的杀气："攻城的时候到了，那个叫王炽之人却如泥牛入海，没了消息，你们两个做何解释？"

马如龙回道："许是那一箭射中了要害，伤重不起，还没有机会跟恒春说得上话。"

杜文秀哼了一声，道："破城之后，将那人带来见我，本帅要亲自审问。"马如龙、辛作田不敢违逆，恭身领命。

攻城之战正式打响了，两军共计十多万人，挟着声势浩大的呐喊声和喊杀声，展开了你死我活的决战。

城头和城外到处都是人，随着战斗时间的推移，倒下去的人越来越多，城墙内外到处都是尸体。这些尚未冷却的尸体，在脚步和马蹄的践踏下，血肉与这片土地混作一处。同时，四处弥漫的浓烈的血腥味亦激发着活着之人的斗志，他们红着眼，像疯了一样往上冲。

王炽此时坐在距离城头不远处的一座塔楼上，这里不会受到战斗的波及，却可以看到整个战场的情形。看着那如蚁一般一批一批涌上来的人，看着他们一批批倒下去，王炽坐不住了，他的全身都在颤抖，于是站起来，用右手扶着墙，回头去看了眼同样坐在这里的恒春。

此时的恒春没有任何表情，但可以看得出他颌下那稀松的山羊须在微微颤抖着，放在膝盖上的那双瘦骨嶙峋的手不知为何，显得异常白。

王炽暗暗地叹了口气。如果说在此之前，他来昆明纯粹只是为了把生意做好的话，那么此时此刻他的内心是真的在祈望和平，希望通过自己的努力可以少死一些人，因为不管是城内的清兵，还是城外的起义军，他们都是中国的百姓，都是有家有妻室的人，说到底不管是回民还是汉民，皆是这个国家的一分子，如今这般自相残杀，高兴的却是入侵这个国家的洋人，诚可谓亲者痛仇者快！

王炽紧攥着拳头，希望这难熬的时间快些过去，战争快些结束，待到晚上烧了起义军的粮草后，就可迫使他们谈判。恒春动了动略有些僵硬的身子，突然发话道：“你可是在想，都是同胞，为何要这般自相残杀？”

王炽转过身去，点了点头。恒春叹息一声，说道：“自清兵入关后，反清势力从来都不曾断过，只不过早些年国家强大，这些乱民便如跳梁小丑一般掀不起大的风浪。今天的这个国家却不一样了，道光东南之役 [1] 未曾将洋人抵挡在国门之外，反而使我国沿海口岸之门户彻底洞开。若是在平等交易的前提下，放开对外贸易也未必不是好事，可惜那是在不平等的条件下开放的，沿海港口的贸易权掌握在了洋人的手里，朝廷赋税大幅减少。这还罢了，更让人痛心的是，光是《南京条约》，朝廷就向洋人赔偿了两千一百多万两银圆，拿不出这么多银子怎么办？便分摊到各省各府，最后统统从老百姓身上索取。”

说到这里，恒春望了眼尸首遍地、血流成河的战场，又道：“凡贫穷者必招人藐视，由人欺凌，国家亦如是。洋人要欺，百姓要反，内忧外患，积重难返，徒叹奈何啊！”

王炽心中一凛，他没想到这个封疆大吏居然存着这种悲悯之心，他不恨那些乱民，也不怨这个国家，却站在国家的高度，去看待如今的形势，而相形对比之下，他自己反倒显得极为肤浅了，只把思想停留在自相残杀、亲者痛仇者

---

[1]　道光东南之役：第一次鸦片战争。

快这些层面上，只把自己的行为着力在保护乡民这些事情上……回味着恒春的言语，王炽只觉得无地自容、惭愧不已。

王炽怔怔地看着恒春，毫无疑问，他是个好官，至少他的思想当得起云贵总督这个职位。

恒春微抬起眼皮，面带一抹苦笑道："在想什么？"

王炽道："大人之言，令在下茅塞顿开，富则强，强则盛，不管是个人还是国家，富起来才是生存之根本。"

恒春微微点头。王炽的心似乎放下了，今晚李耀庭的行动实际上是他计划中的一部分，换句话说，他利用这场战争在下一盘大棋，在做一笔大生意。只是令王炽想不到的是，这场生意的代价竟超出了他的想象。

夕阳如血，当落日渐渐西沉的时候，战场上的喊杀声渐渐稀落了。恒春松了口气，抵住了下午的攻击，便有了希望。

这时，李耀庭大步走了进来，说道："启禀大人，我部已经准备好了，入夜后就可出城。"

恒春应声好，起身道："走吧，去看看有多少伤亡。"

亥时，深秋的夜起了层薄雾，清冷的下弦月被这层清纱罩着，越发显得迷蒙。

寒星寂寥，使得夜晚更为深邃，像一条深不见底的隧道，让人不免产生一种望不见前方的恐怖和迷茫。

在李耀庭领着五百人出城的时候，王炽也去了城门口，倒不是担心李耀庭完成不了这个任务，只是觉得他此次出征有自己的私心在里面，因此便如欠了他什么一般，临行前嘱咐其小心行事。

李耀庭则以为他是怕自己忘了托付之事，说道："王兄弟放心，我定会向你的马帮兄弟传达，叫他们留在原地，等待你的消息。"

王炽笑了笑，应声好，目送李耀城出城，不消多时，那五百人便消失在夜色中。

从城门口回身后，王炽依然觉得有些不安，便上了城头，遥望那边的动静。

事实上从这边望将过去，连杜文秀的军营都隐隐约约地看不太清楚，李耀庭的人要绕到他们的后方去，且是去偷袭，行踪隐秘，自然更加看不到。但不知为何，王炽的心里总有一丝不安，似乎要出什么事一般。

正自茫然无措地望着夜色时，突觉身边多了个人，回头看时，只见是岑毓英。此人略微有些发福，他的外形与其说是个领军作战的将军，倒不如说更像个已略有成就的商人，那细小的单眼皮眼睛闪烁之时，总给人以一种势利之感。

王炽微笑道："岑将军也睡不着吗？"

岑毓英道："我与李将军一道来到昆明，如今他只身犯险，我自然有些放心不下。不过我有些奇怪，王兄弟在担心什么呢，莫非是怕乱军没了粮草后，会抢了你城外的粮食？"

王炽转头望向此人，突然觉得此人并没有想象中的那么简单："岑将军若是如此想，定是错了。"

"也对，王兄弟若是怕被抢，定然嘱托李将军把他们带入城来了，如何还会叫他们留在外面？"岑毓英微微一哂，用眼睛的余光瞟了眼王炽，又道，"王兄弟不怕乱军来抢，莫非是要等着乱军来买，然后你坐地起价，发一笔横财？"

王炽没有正面回答，反问道："岑将军以前莫非也是做生意的吗，竟然对此道如此精通？"

岑毓英却是一副打破砂锅问到底的态势，道："莫非真让我猜对了吗？"

"可惜将军又错了。"王炽道，"虽说商人无利不起早，但也不会用同胞的性命去换取钱财。正所谓君子爱财，取之有道，在下虽算不上什么正人君子，却也不是不择手段的小人。"

岑毓英也算不上小人，他只是一心想在仕途上往上爬罢了，然一个人若要在仕途上一帆风顺，光凭本事是不够的，还得有财力，而这财力便是来自商人。以岑毓英现在的地位，大商人自然是攀交不上的，见王炽为人沉稳，且颇有胆识谋略，便生了结交之心。

可是当官的结交商人，也如商人做生意，没把握的赔本买卖也是不会做的，因此在结交之前，岑毓英欲先了解一下王炽此行的目的，看看他有没有真本事，不承想这王炽的口风很紧，竟是什么话也没套出来。

岑毓英哈哈一笑，朝王炽一拱手，道："王兄弟果然是高人，令我佩服！"

王炽被他这突如其来的一礼搞得莫名其妙，甚至有些措手不及，连忙也拱手道："将军谬赞，叫在下汗颜！"

人有时候很奇怪，越是坦然以对，不留余地地和盘托出，便没了神秘感，会让人觉得也不过如此而已，而越装得讳莫如深，则可令人敬而生畏。此时的岑毓英便是如此，他猜不透王炽究竟打的是什么算盘，就觉得他果然有计然之风，将来定是个可依靠之人，于是就客气了起来。

不得不说，岑毓英的眼光的确很毒，他今日的有意结交之举，在十余年后的中法战争中起到了关键性作用，为其最终赢得战争埋下了利好的伏笔。

可是在此时此刻，王炽对岑毓英还是陌生的，自然不会轻易向其吐露当中的细节，在表面上与其客气两句就过去了。

几句寒暄过后，两人均无话可说，氛围有些尴尬。亏的是没过多久，军营那边终于有了动静。两人见状，神色间均是一振，瞪大了眼睛望着，只见在朦胧晦涩的月光下，义军的军营先是冒出一股青烟，旋即便现火花，那些火花犹如繁星一般，东一朵西一朵越来越多，火势亦越来越盛，最终形成烛天的大火，以及遮蔽星空的滚滚浓烟。

岑毓英激动地用手一拍城墙，笑道："李将军好快的动作，这么快就摸到了乱军的粮仓，把他们的粮草给点着了！"

那火光距昆明城头虽有些远，但依然映红了王炽的脸，他看上去有些激动，连受伤的那条臂膀也用着劲儿，紧紧地握着拳头。

在起义军的后方起火之时，不远处的辛小妹着实有些吓坏了。现下王炽生死不明，又见军营起火，莫非是起义军攻城失败了，让清兵围剿了不成？若果然如此的话，她的哥哥岂还能活着出来！

如此一想，不免芳心大乱。她本就是性急泼辣之人，现在夹在王炽和辛作田之间，着实要把她给逼疯了，吩咐那些护卫道："你们快些赶过去看看。"

那些护卫看了人影幢幢、火势冲天的军营，心里有些发虚，但他们毕竟是辛作田的部下，现在主将生死未卜，你若是看都不敢去看，就有些不太像话了，无奈只得领了命，往前边走去。

没走出几步，突然看到前方有一支人马卷着股浓烟，风一般地朝这边奔来，那些护卫大吃一惊，慌忙退回来道："大家小心！"

那支人马虽都是徒步奔跑，但速度极快，一下子就跑到了这边。当中有一人轻喊道："前面的可是滇南王四的马帮？"

马帮众兄弟一听，暗松了口气，忙应道："正是，正是！"

前面那人说道："在下奉王四之托，特来传达一句话，他要你们找个地方先躲起来，等他的消息。"

辛小妹闻言，忙问道："王四还活着？"

前面那人道："他好得很，告辞！"

尽管大家还有许多疑问，但那人说了声告辞后，便率众转头而去，只眨眼间便消失在了夜色中。

辛小妹听说王炽还活着，笑逐颜开，可转念一想，这事透着古怪，他在城里吃香的、喝辣的，让这里的人继续留在这里喝西北风，而且听刚才那人口风，显然是城内的清兵，他们烧了起义军的军营，万一起义军败退过来，发现王炽的马帮在这里，大怒之下把这里的人都砍了，他王炽岂非血本无归？

马帮兄弟见前面的军营内乱成了一锅粥，嘈杂声不断传来，心里均有些发慌，吩咐大家先找个地方安顿下来再说。当下大伙儿辨了个方向，往前方的一座山坳行进。及在山坳里坐下来后，马帮众兄弟开始七嘴八舌地讨论起来，有担心的，也有怀疑王炽心思的，不一而足。

辛小妹却是愤然道："那小子翅膀硬了，敢让本姑娘在这里喝西北风，看日后我怎么收拾他！"

不多时，军营那边安静下来，也没见起义军要退过来的样子。辛小妹心想，我哥哥何许人也，他身为领军将领，如何会在这场小小的骚乱中伤了性命？如此一想，便宽下心来。

李耀庭行动快，下手也快，点了起义军的粮仓后，根本不做停留，马上就率众撤了出来，因此没与起义军正面接触，故诚如辛小妹所想，这场小小的骚动不足以害了辛作田的性命，可她忽略了这场骚动所带来的后果，甚至连王炽都低估了火烧起义军粮仓所带来的连锁反应。

起义军中军营帐，火把在火盆里"滋滋"地燃烧着，数十号人垂手恭立，连大气都没人敢喘一声，因此偌大的营帐便就剩下那火把的燃烧声了。

杜文秀整个人都冷得像柄刀，那神色如狼一般，似乎随时都会露出獠牙，撕咬眼前的猎物。

在场的将领都闻到了一股杀气，令他们不寒而栗。下午攻城未果，晚上粮仓被烧，几乎所有人都有失职之罪，但他们无法得知，杜文秀的那把刀会挥向谁。

"来人！"杜文秀的声音若平地焦雷般响起，把帐下几人都惊得震了一震，"把马如龙、辛作田给我绑了！"

这一声令下，大家虽然吃惊，但同时也明白了杜文秀的杀气因何而生。果然，将马、辛两人绑了之后，杜文秀又喝道："本帅说过，如果那王炽是细作，你们就难逃一死，现在还有什么话可说？"

马、辛二人闻言，这一惊端的非同小可。现在战事不利，粮草被烧，如果杜文秀要将此事怀疑到王炽身上去，的确是无可反驳，如今漫说是王炽不在场，就算他在场怕也是百口莫辩。

马如龙把那如刀一般的眉毛一扬，说道："元帅要怀疑末将，末将无话可说！"

杜文秀目光一动，落在辛作田身上，似乎想听他的辩解。不想辛作田仰头一声大笑："胜败乃兵家常事，元帅以区区一战，定我俩死罪，只怕是难服众将之心！"

"好！说得好！"杜文秀咬牙切齿地道，"本帅绝不杀有功之将，但也绝不容许军中出现不轨之徒，你俩是否与那王炽勾结，一试便知。"

马如龙目光一闪，问道："如何试法？"

杜文秀道："把你俩绑到城前去，看那王炽救你俩不救！"

此话一落，马如龙和辛作田的脸色顿时就变了。此法确实是试验一个将领是否叛变的最佳办法。可他们二人与王炽的关系甚是微妙奇特，马如龙曾救过王炽一命，虽非朋友，却有过命的交情，且彼此都颇有惺惺相惜之意；辛作田与王炽虽没什么交情可言，但他的妹妹钟情于王炽，大有以身相许之意，这两人若有性命之忧，即便王炽是个冷血无情之辈，怕也不会无动于衷。然而只要王炽有异动，他俩则必将血洒城前，绝无活命的机会。

这是一种说不清道不明的关系，更无法解释得清楚。

马如龙看了眼辛作田，低下头去，似是认命了。可辛作田却是不甘心，那王炽说好了入城后就说服城内的人出来谈判，即便是那一箭要了他半条性命，无法跟城内的人沟通，可现在自己为此把命搭进去，着实是不值至极。奈何事到如今，悔之已晚，咬着钢牙愤愤不平地让士兵拉了出去。

杜文秀连夜集结了部队，率军再次扑向城门。他的举动显然超出了所有人的意料，因此城内的恒春听说之后，诧异得几乎合不拢嘴，看着堂下众将道："白天攻城未果，晚上又失了粮草，他居然还敢连夜来攻！"

岑毓英说道："所谓狗急跳墙，估计是那厮急了，要在今晚与我们决一死战。"

李耀庭冷笑道："人一旦不冷静便会出错，如果杜文秀真是让我们惹急了前来攻城，倒可以与他一战。"

岑毓英亦赞同此言，说道："李将军所言不差，找个时机杀出去，与他一战，未必会败。"

恒春见他们如此有信心，暗暗松了口气，道："既如此，我等先去出去看看再作计较。"众将称是，随着恒春往城门赶去。

及至城头之上，只见城外数千只火把将方圆一里之内照得亮若白昼，数万部众执明晃晃的刀枪，在火光下映射出夺目的寒光。这些寒光化作一股无形的杀气，逼向城头。

城头上的人都感受到了这股杀气，然而此时此刻对恒春等人而已，最可怕的并不是来自对方的杀气，而是这腾腾杀气中所透露出来的冷静和沉着。他们相互对望了一眼，眼神中都传递着一种恐惧和迷茫。按照之前的推理，这股乱军此时定然是杀气腾腾，怒气冲天，然而现在他们只看到了杀气，却浑然没见他们有丝毫的怒火。

冷静、沉着、敢杀敢拼，这几个词组合起来后，就是一支十分可怕的军队，几乎拥有摧枯拉朽般的杀伤力。

这时候，恒春将目光投向了站在旁边的王炽，眼神中虽无责怪之意，却分明带着疑惑。

看到眼前的情景，王炽也是百思不得其解，一支正常的军队，除非没有退路，不然不可能在两度受挫后，前来与人拼命。然而没过多久，王炽就看到了一幕更加可怖的情景。

马如龙和辛作田被五花大绑着押到了阵前，杜文秀横扫了他俩一眼，然后用他那如刀般杀气盈然的目光投向城头，仔细观察着他们每个人的表情变化，最后将目光落在了王炽的身上，微微地斜着嘴角，似乎在向王炽挑衅。

杜文秀没见过王炽本人，但他知道城上最慌张的那人定然就是王炽无疑。

城头上其余人不知其意，见杜文秀把自己的两员大将押解上来，心头反而一松，暗忖，莫非你要杀你的将领让我们痛快一番不成？

杜文秀看到王炽的脸色越来越难看，终于嘴角一弯，露出了冷笑，突然手臂一伸，用刀遥指着王炽道："如果本帅猜得没错的话，你就是王炽吧？"

王炽舔了舔发干的嘴唇，道："正是在下！"

杜文秀嘿嘿一阵阴笑："你很了不起，居然可以诱使我两员大将，叫他们甘冒大险放你入城，将我军存放粮草的位置告知清兵，让他们断了我军的后路，好一招釜底抽薪之计啊！"

马如龙和辛作田抬起头望向王炽，他们圆睁着眼，脸色涨红着，带着一脸的愤怒和不解。在此之前，他们原以为王炽被射了一箭后，不死也得丢了半条命，因此清军没出来谈判，他们是可以理解的。现在他们看到王炽好端端地站在城头，心头顿时产生了一种被愚弄和欺骗了的怒意。

"王四，这是为什么？"马如龙突然红着眼大喝了一声。

马如龙的这一声喝在王炽耳里听来，犹如平地一声惊雷，震得他心头为之一颤。他入城来的确是要唆使恒春谈判，但是在谈判的时间上向他们撒了个谎，这并非刻意要诓骗他们，而是他认为这种奇袭之计，他们知道得越少，便会越安全。

可人算不如天算，或者说是他低估了杜文秀的疑心，他用他俩的性命来做威胁，完全超出了王炽的意料。

王炽慌了，脑子里嗡嗡作响，完全不知道该如何是好。

杜文秀把刀慢慢地移向在他右侧的辛作田，脸上浮现出一抹狰狞的笑意："你还有什么可说的？"

李耀庭是知道王炽与辛作田的关系的，他作为领军的将军在遇事时明显要比王炽冷静得多，见他面无人色、手足无措的样子，便急道："到了这时候，你还有什么可犹豫的？"

王炽愣了一愣，猛然省悟一般，抬头望向辛作田和马如龙两人。眼前是两条人命，且那两人均对自己有恩，到了这时候，还有什么可犹豫难决的？思忖间，他将目光投向李耀庭，当看到他那一身的书卷气息以及满脸的正气时，王炽突然有一种无地自容的羞愧感："我错了……"

李耀庭看到他惨白的脸一副颓丧的样子，急得走到他跟前，问道："怎么了？"

原来，按照王炽的打算是，袭击了起义军的粮仓后，他要把马帮运过来的那批粮食卖给起义军，条件是即刻退兵。

如果没有出意外，这的确是一招好棋。起义军在军粮颗粒无存的情况下，势必军心大乱。即便是退军，只要清兵略施小技，在其退路上打几个埋伏，就算不会全军覆没，也会伤了六七分元气。所以起义军在被逼无奈之下，定然会选择买了粮食全身而退。如此一来，王炽保住了昆明城，且又与昆明上层官员成了生死之交，昆明的生意岂非就在他的掌控之中了吗？

这是一招名利双收的大棋，所表现出来的亦是大生意人的大智慧。可这所谓的大智慧与城下的命悬一线的辛作田、马如龙相比，显得那么势利，甚至十分龌龊。最为关键的是，这个时候拿那些粮食跟杜文秀换两条人命，他愿意干吗？

当王炽将这些计谋大略跟李耀庭说了之后，李耀庭的脸色也不由得变了。从眼下的形势来看，杜文秀占了绝对的上风，以他的为人绝不肯善罢甘休。

杜文秀见他们在城头上窃窃私语，勃然大怒，手臂一震，喝道："王炽，不管你承不承认，今晚这两人都会为你而死。现在本帅给你两条路：一是献城投降，二是叫他们俩的人头落地。"言语间，手中的大刀高高举起，随时都会落向辛作田的脖子。

辛作田突然一阵哈哈大笑，下巴微微仰起，那满嘴的虬髯须在火光下若刺猬般根根倒竖。笑声落时，只见他两眼一瞪，喝道："老子从来就不是怕死之辈，今日落得这般下场，老子认了！但日后你若是再亏待小妹，老子化作厉鬼也不会放过你！"

杜文秀被部下出卖，心中本来就恨，听得辛作田这番话，不啻火上浇油一般，背叛了义军，你非但毫无悔过之意，还说自己不怕死，那老子今日便送你上西天！刀身一扬，大刀便往辛作田的脖子落下，一股鲜血如同箭一般射向半空，辛作田的头颅滚落于地时，那没了头颅的身子挣扎了几下，便若树桩般倒在地上。

马如龙看着辛作田的尸体，眦眦欲裂，不知是惊惧还是错愕，脸上白的没有一丝血气，而火光则映出了他眼里的茫然和不知所措。

当年温玉的死确实是由辛作田引起的，在那段时间里他的确恨辛作田入骨，甚至也因此恨上了辛小妹，在与她的婚礼上扬长而去，以此作为泄愤……那些年无知所做下的事，一桩桩瞬间掠过脑海，一如流星，曾经在生命中留下深刻的印记。可在这火一般的战场上，那些所谓的恨终将化为灰烬，甚至不值一提。

"啊"马如龙仰头一声大吼，若困兽一般，愤怒而又充满了深深的无奈。

在辛作田的头颅滚落到地上时，王炽的脑子里轰的一声，如若五雷轰顶一般，眼冒金星，胸口像要窒息了一样，异常难受。

然而，就在王炽的一道热泪即将流出来的时候，岑毓英一拳落在王炽的脸上，这突如其来的一拳把王炽打晕了，身子一矮，消失在了城头。

岑毓英的这个举动，不但城上的恒春、李耀庭吃惊不已，城下的杜文秀也是莫名其妙，怔怔地看着他，等着下文。

岑毓英哈哈一笑，大声道："杜文秀，枉你为起义军的统帅，你不觉得此举幼稚至极吗？拿自己的部下开刀，来威胁我们，莫非你觉得我们会心疼？哈哈！"

岑毓英大笑一声之后，又道："不妨与你直说了吧，这本身就是一个局，一个兼有离间、奇袭和生意的一个大局。你在阵前杀大将，军粮又颗粒不存，若我现在出去与你决战，你必死无疑。现在我只问你，这场生意你做是不做？"

杜文秀显然还没有反应过来，如果说这是一场奇袭和离间的局，他能理解，然而这生意又是怎么回事？他回头看了眼地上辛作田的尸首，眼神中掠过一抹慌张之色，抬头问道："什么生意？"

岑毓英道："王炽有一批粮食，就在城外，有大米、豆子、食盐等，可保证你军一日所需，现统一价按每石十两卖给你。前提是拿到粮食后，即刻撤军。"

杜文秀闻言，脸色因气怒至极而涨成猪肝色，你烧我军粮，保住了昆明，还想要老子出钱买你的粮食，最可恨的是市价最贵也不过每石四五两而已，你却以高出市价数倍之价卖我，天下哪有这等岂有此理之事？

李耀庭看到杜文秀的脸色后，明白了岑毓英的用意。他如果不击倒王炽，一旦王炽的情绪失控，这场谈判就泡汤了，这里的局面无疑也会失控。现在杜文秀的大军没有后方的军需保证，又当着众人之面杀了大将，即便是全军不乱，辛作田的部下怕也不会善罢甘休，无论从哪方面来看，杜文秀部队的战斗力已大大下降，不足以在此一战。

岑毓英冷笑着看着杜文秀，吃准了他虽然愤怒，却已不敢作战的心思，说道："现在放在你面前的也只有两条路：一是拿着一日的军需撤出去，你我双方各自保全实力，皆大欢喜；二是在此决战，至于你能否活着出去，那便要看你的造化了。"

"元帅，你撤走，留我下来！"马如龙怒目圆睁，"我要杀了王四，方能泄心头之恨！"

看着此时马如龙的表情，杜文秀彻底相信了这的确是一个局。如果在这时候把马如龙留下来，叫他在此自生自灭，只怕会更加寒了三军将士之心，只得忍着怒意，咬牙切齿地道："倘若我答应撤军，你可愿保证不会使诈？"

岑毓英看向恒春，示意让他来做主。

对这样一个结果，恒春是满意的，因此毫不犹豫地道："军中无戏言，既然议定休兵罢战，便绝无使诈之理。"当下各自派出二十余人，去与王炽的马帮接触，完成交易。昆明方面由李耀庭负责，带着起义军的二十余人前去提粮。

　　辛小妹在她哥哥的尸首前哭得死去活来，边哭边咬牙切齿地说，要把那姓杜的狗东西碎尸万段。亏的是她还不知道辛作田的死与王炽有莫大的关系，要是知道的话，她早已把王炽生吞活剥了。

　　然而面对这样一个结果，王炽的内心十分悲痛、内疚。尽管现在他已然达到了目的，有了上层官员作为靠山，日后在昆明的生意自然可以做得风生水起，可是这代价实在太大了，这让他以后如何去面对辛小妹？

　　王炽怔怔地在辛小妹后面站了许久，听得她的哭声渐渐小了，便走将上去，在背后轻轻地扶住她的双肩，涩声道："小妹，节哀顺变，我扶你去房里休息一下吧。"

　　不想辛小妹听了这句话，本来已渐渐止息了哭泣，这时突地又是哇的一声，翻身扑在王炽的怀里哭将起来，边哭边用粉拳捶击王炽的胸膛："我没亲人了，我再也没有亲人了……"

　　王炽听到此话，也是心里一酸，险些落下泪来："从今往后，我便是你的亲人，我王四便是做牛做马，也绝不让你受些许委屈！"

　　这是一句相当重的承诺，辛小妹听了此话，娇躯微微一震，抬起泪水汪汪的眼，道："你以为我哥死了，你便可以欺负我了吗？"

　　"王四绝无轻薄之意。"王炽郑重地道，"此话发自肺腑，句句真心，我王四今后若违此言，叫我不得好死！"

　　因了对辛小妹的愧疚，王炽的誓言自然是真心实意的。他自认为可以照顾辛小妹一辈子，在有生之年不让她受丝毫委屈，然而在这大乱的世道，有什么是可以生生世世的？

　　辛小妹幽怨地看了他一眼，未作回答，转身走了。在她的心里，她是相信这个男人的，他心里可装得下家国，又岂能容不下她这个女人呢？只是此时她心乱如麻，无心去想那些男女之事，便默默地走开了。

　　安葬了辛作田之后，昆明又恢复了平静。对昆明的老百姓和官员来说，辛作田的死不但不会给他们带去悲伤，甚至是件值得高兴的事，为了庆祝昆明城有惊无险地解围，恒春特意设下宴席，宴请地方官员及参与此战的将领，并且嘉奖了李耀庭、岑毓英等人。按照之前的承诺，奏请朝廷，任命他们为昆明团练使。虽说在清朝，团练使有名无实，但至少李、岑手底下的乡勇有了一个正式的地位，对于忠勇报国的人士来讲，也算是一种莫大的奖掖了。

封赏了众将领后，恒春目光一转，问王炽道："王四，你要何奖励？"

王炽笑了一笑，摇头道："我无意为官，也不想要什么褒奖，只求能在昆明做些生意。"

恒春笑道："小兄弟无意为官，志在商场，老夫自然也不便勉强。那便这样吧，昆明的各级官员都在场，你们也算是认识了，日后要是在生意上需要他们帮忙，你找他们商量便是。"

恒春发话了，昆明的地方官员自是莫敢不从，王炽也算是在昆明站稳了脚跟。

凡生意做得越大，便越要依靠高层的官员来撑腰。王炽现在的生意虽然做得还不大，但打好了这层基础，便没有做不大的道理。因此按理说，此时王炽已然有了成事的本钱，接下来只需精心打理生意便是，可王炽反而犯愁了。

如果按照先前的谋划，做到今日这个地步，自然是件极好的事。可现在死了辛作田，这事就没那么简单了。杜文秀铩羽而归，定是想着卷土重来。马如龙以为他吃里爬外，害死了辛作田，一定连做梦都想杀了他，指不定就在哪条道上等着他，要将他千刀万剐。所以他现在连昆明城都出不去，就更谈不上做什么生意了。

宴席散了之后，王炽在路上边走边想着辙，忽听后面有人叫他，回头一看，见是岑毓英，便回身去打招呼。

岑毓英拱手道："恭喜王兄弟，预祝王兄弟生意兴隆、财源滚滚！"

王炽亦拱了拱手，与其寒暄着。岑毓英客气了两句话，正色道："方才在宴席上，发觉王兄弟一副心事重重的样子，莫非有什么心事吗？"

王炽情知此人不简单，因不曾深交，自然也不便吐露心事，便道："也说不上心事，只是辛作田之死令我痛心，无法释怀。"

"哦。"岑毓英淡淡地"哦"一声后，朝王炽看了一眼，又道，"看来王兄弟没把我当成自己人。"

王炽一怔，问道："岑将军何出此言？"

岑毓英道："我知道是什么事扰了王兄弟之心绪，若是王兄弟肯把我当作自己人，倒可为兄弟你解忧。"

王炽听他一口一个"兄弟"，脸上也是一片挚诚，再也无可推托，说道："如此我们找一个茶楼，坐下来详谈如何？"

岑毓英笑道："甚好！"

第七章

恒春总督府赴难　王四树林内请罪

向阳庄是昆明有名的饭庄，集住宿、茶楼、饭店于一体，乃达官贵人议事、休闲之所，平日里来往客人不绝，生意极好。

岑毓英诚心要结交王炽，因此显得很是大方，说今日他做东，叫了一壶上好的云南普洱茶，要了几样精致的小点心，殷勤地给王炽倒茶。

因不知岑毓英的心思，见他如此献殷勤，王炽始终心存困惑，心想，按理说既然是他为我解忧，该是我求着他才是，他如此客气，倒更像是他有求于我一般，好不奇怪！

岑毓英显得很是自然，喝了几口茶之后，便亲切地道："王兄弟，我痴长了你几岁，若是你不把我当外人，便占你个便宜，称一声兄长，可好？"

王炽笑道："岑大哥看得起小弟，小弟自是求之不得。"

岑毓英大是高兴，那圆圆的脸若弥勒佛一般满是笑容，端起茶杯道："那为兄就以此杯淡茶敬王兄弟，从今日起咱们便算是结交了。"

喝了茶之后，岑毓英正色道："今日为兄见你愁眉不展，便在心里寻思，王兄弟可是在为辛作田之死犯愁？"

王炽一怔，心想，此人的眼光端是毒辣得很！但如今既然以兄弟相称，且也看不出岑毓英有什么歹意，也就不想再跟他隐瞒，说道："岑大哥说得没错。辛作田一死，不管是杜文秀还是马如龙，都欲杀我而后快，漫说是在昆明做生意，现在我连城门都出不去，更何谈生意！"

岑毓英点了点头，说道："我料想王兄弟也是在为此担忧。为兄倒是有一计，就是不知道王兄弟敢不敢做了。"

"岑大哥且说来听听。"

岑毓英略作沉吟，然后抬头道："他们不是想杀兄弟你吗？不如将计就计，兄弟你出去办几趟货，我带兵在暗中跟随，只要他们敢来，到时为兄就……"岑毓英把拳头一握，做了个抓人的手势。

王炽沉着眉头一想，说道："这倒不失为是个良策，只是小弟做生意，却要劳烦岑大哥保驾护行，叫小弟心里难安。"

岑毓英笑道："王兄弟说的是哪里的话，乱军肆虐，横行不法，保境安民本也是为兄分内之事。再者说，此番若是能将乱军一网打尽，也算是一件功劳，想来恒总督也是支持的。"

王炽闻言，这才省悟过来，岑毓英重功利之心，他以我做诱饵，引出乱军，也是给他自己的仕途铺路，如此说来，他帮我也算各取所需了。当下说道："那马如龙对我有恩，到时望岑大哥莫伤他性命。"

岑毓英道："一切听凭王兄弟吩咐行事就是了。"

如此两人议定之后，又过了两日，因广西州的马帮兄弟已然回乡，王炽在当地重新组织了一支二十人的马帮队伍，打算去广西州、弥勒乡一带采购。岑毓英则按约集了一支两千人的队伍，走山道暗中跟随。

临出门时，辛小妹从里屋赶将出来，说是要一起去。王炽情知此去十分凶险，便劝她好生留在昆明，等他回来。

辛小妹杏目一瞪，抬手就是一巴掌往王炽打将过去。因与她在一起的日子久了，王炽早就学乖了，一见她动手，把身子一闪，躲了过去。辛小妹嗔怒道："好你个王小四，我哥不在了，你便欺负我是吧！"

王炽忙道："就是因为辛大哥不在了，我才要好生保护你，不能让你受丝毫伤害。"

辛小妹道："保护便是要你把我关在家里，像猪一样养着我吗？本姑娘从小走南闯北习惯了，你要是把我关在家里，不叫我出门，我非得闷出病来不可，到时我要是闷出了病，凤体抱恙，你如何对得起我哥哥？"

王炽笑道："你要是闷了，去街上逛逛也就是了。"

辛小妹哼了一声，道："别把我当傻子，你这一趟出去，杜文秀八成要找你麻烦，所以城内的清兵一定会在暗中随着你，等乱军出现，便伺机把他们一网打尽，可是这样？"

王炽愣了一愣，没想到这小妮子心思居然如此缜密，让她猜到了这一层。转念一想，连辛小妹都能猜到的事情，杜文秀岂会想不到？

想到此处，脸上不由得变了一变。辛小妹得意地笑了一笑，道："怎么，让本姑娘猜破了心思，心里是不是不好受了？告诉你，本姑娘也正好想找杜文秀的麻烦，所以这一趟本姑娘走定了！"

王炽看着她那倔强的脸，苦笑道："小妹，我的这些小伎俩连你都能猜透，你想想杜文秀是何等人物，他岂有想不到之理？所以这一趟出去，名为采购，实则是一场硬仗，凶多吉少，你就更不能去了。"

"不让我去是不是？"辛小妹仰起头道，"信不信我让你也走不成？"

王炽低头想了想，道："你若是非要跟着去也无妨，不过此事目前的安排尚欠妥当，我先去与李耀庭商量一下。"说话间便走出去找李耀庭。

李耀庭听了此事后，皱了皱眉，说道："岑将军如此领两千人去，确是欠妥，只怕是要吃亏。如今岑将军已然出门，把他追回来再从长计议也是不现实的。要不你按计划出门，我禀明恒总督后，随后去接应你们，可好？"

王炽想想也只能如此了，便谢过李耀庭出来，心里想着有李耀庭和岑毓英沿途保护，把她的带出去散散心也是好的，要是此番能把杜文秀抓了，替辛大哥报了仇，也算是圆了她的一桩心事。因此，回到住处后，对辛小妹道："我知道你想报辛大哥之仇，恨不得马上去找杜文秀，把他杀了。倘若硬是把你留在家里，确实是有些委屈了你。"

辛小妹闻言，喜上眉梢："这么说，你是答应了？"

"出去可以，但须依我一件事。"

辛小妹笑道："说吧！"

王炽道："出城之后必须听我的话，凡事不可自作主张，即便是途中真的遭遇了杜文秀，也不能意气用事。”

辛小妹嘿嘿怪笑道："王小四，不就是想让本姑娘乖乖听你的话嘛，何必绕这么一大个圈子？罢了，就听你一回！"

王炽见她答应了，便出去准备，待集合了马帮兄弟后，带上辛小妹，一行人出了昆明城而去。

总督府内，恒春微微地耷拉着眼皮，靠在椅子上，凝思了会儿后，眼皮微微一抬，望了一眼坐在不远处的李耀庭，说道："卧榻之侧，岂容他人酣睡。杜文秀这支乱军在云南四处活动，实在是令本院头疼不已，这倒也是个机会。"

李耀庭略直了直身子，说道："大人所言甚是。"

恒春抬起手拂了拂他稀松花白的山羊胡子，说道："机会就在眼前，现在就看我们如何去利用了，李将军可有良策？"

李耀庭起身拱手道："末将在想，岑将军把王四当作诱饵，要将乱军引出来，那么我们不妨将计就计，将岑将军和王四当诱饵，打他一个措手不及。"

"双重诱饵，妙计！"恒春的精神头一下子就上来了，起身道，"你需要多少人马？"

李耀庭道："一万。"

恒春看着李耀庭迟疑了一下，前几天一战，城内伤亡万余，这一万兵力相当于昆明三分之一的人马了。可再看李耀庭的神色，信心十足，大有要一举平定乱军的态势，心想，若能一举平定乱军，彻底解了云南之乱，也是件大好事，略作思量后便答应下来，道："如此本院就祝李将军马到功成了。"

李耀庭神色一振，恭身领了军令："请总督大人放心，末将定当竭尽全力，扫灭乱军！"言语间，转身大步走了出去。

是日中午，阳光高照，秋高气爽。由于云南的气候偏温湿，即便到了冬季，亦没有北方万物衰败的景象，故值此仲秋时节，依然是遍目的绿茵，路边随处可见可人的野花。

辛小妹出来后，显得十分兴奋，一路上叽叽喳喳地说个没完没了，把王炽吵得委实有些心烦，便快走了几步，去前边查看情况。

王炽并没有把此行的凶险告诉马帮兄弟，这一路走来，大家都显得十分轻松，唯独王炽紧绷着神经，丝毫不敢松懈。见前面不远处有个茶棚，他观察了下周围的情形，确认并无异状后，便叫大伙儿到前面歇脚。

经营茶棚的是一老一少父子二人，王炽一伙人在茶棚里落座后，父子二人忙活着给大家提茶。王炽趁机问那老伯道："老伯，此间行人似乎并不多，生意不好做吧？"

那老伯动了动眉头，说道："不瞒客官，这年头兵荒马乱的，着实不易哩。"

王炽道："可不是。现如今乱军出没频繁，除了像我等这样的过往行商，平时谁敢在外面乱走，您在这里，没少见乱军吧？"

那老伯道："乱军倒是没有，只是世道乱，出来的人少罢了。"说话间，招呼完大家，就走了开去。

辛小妹看那老伯走远，用肩膀撞了下王炽，坏笑道："你小子越来越像个奸商了。"

王炽不解地问道："我如何像个奸商了？"

"你既然可拐着弯儿打探情况，以后便也可以拐着弯儿变相行商，现如今打着慈善的幌子变相捞银子的可不在少数。"辛小妹瞅着王炽，突然似想到了什么，又问道，"此番你拐着弯儿地让我听你的话，是不是也有什么其他意图？"

王炽闻言，不由得苦笑："你如此霸蛮，只有你欺负在下的份儿，若说让在下去欺负你，却是想也不敢想。"

辛小妹半信半疑地看了他一眼："但愿你真的没想，不然的话，本姑娘以后就把你当下人使唤！"

两人正拌着嘴，突见一个当地乡民模样的汉子走了过来，及至茶棚里时，问道："哪位是滇南王四？"

王炽见那人陌生得很，心里"咯噔"一下，警惕了起来，道："在下便是王四。"

那汉子看了眼王炽，走了过去，从怀里掏出封信，道："有人托我给你捎了封信。"

王炽见信封上并无落款,刚要发问,那汉子便已大步走出了茶棚。辛小妹见王炽神情怪异,便问道:"这是哪位没长眼的姑娘捎给你的情书吗,还不好意思当众拆开来看?"

王炽没心思去理会她,从信封里掏出张纸,里面只写了八个字:忘恩负义,必遭天谴。

辛小妹"扑哧"笑出声来,道:"莫非你负了人家?"

王炽神色凝重地往周围看了看,悄声道:"休要胡闹,这是马如龙写的。"

辛小妹一愣,讶然道:"那姓马的若是在附近,直接杀过来把你砍了便是,如何还有心情给你写这个?"

王炽道:"他估计是料到了我们此行的目的并不会有如此简单,或是已然发现了岑大哥的行踪,就来威胁我们,给我们造成一定的心理压力,好叫我们日夜不得安心,再伺机动手,他打的是心理战。"

辛小妹柳眉一竖:"那姓马的果然歪心思多!现如今要如何是好?"

王炽道:"你我要当作什么事也没有,继续赶路便是。"当下付了账,叫大伙儿上路。

行至一处山道时,突听一阵马蹄声传来。王炽把眼一看,瞥见一支三四十人的马队往这边急奔过来,个个手里都提着把刀,气势汹汹,杀气腾腾。王炽见状,叫了声不好,让大家都退到一边,并准备好棍棒,准备迎战。

那些马帮兄弟以为是遇上了山贼,人人都打起了精神。此时只有王炽知道,前面这支马队是马如龙的人,而且这一小股马队的目的并不是要把王炽的马队赶尽杀绝,他们只是一个引子,要把暗中的岑毓英引出来,一旦岑毓英的行踪暴露,那么马如龙的大队人马就会出现,这里将发生一场大战。

然而让王炽担心的事情还不限于此。按照他们之前的计划,他的这支马帮是个引子,引乱军出现后,岑毓英的部队方可以迅雷不及掩耳之势,杀对方一个措手不及。从目前的情况来看,事情并没有按他们预想的方向发展,反而是马如龙在利用这支马帮,要引岑毓英出来。如果岑毓英的行踪提前暴露,他们就会很被动,甚至有可能被对方围剿。

形势一下子发生了逆转，叫所有人都猝不及防，特别是对岑毓英来说，他此时已没有选择。如果说王炽在这场行动中的作用是鱼饵的话，那么岑毓英就是一位垂钓者，他只有这么一个鱼饵，王炽一旦丧命，便如同垂钓者没有了鱼饵，他的这场行动也就变得毫无意义。所以他只有一条路可走，那就是出去救王炽。

问题的关键恰恰就在这里，出去之后如果让对方包围了，该如何突围？

亏得岑毓英作战经验丰富，在这种时候并没有乱了阵脚，派了一百多人出去营救，而其他人则继续在丛林中等待机会。

即便如此，这也是行军打仗中的下下之策，因为如此一来，相当于暴露了藏身的地点。就在那一百多人冲出去的时候，马如龙的主力部队亦现身出来，且数量不在少数。

岑毓英定睛一看，着实吓了一跳，只见从对面山里冲出来的乱军若黑蚁一般，密密麻麻，浑然若一股黑色的潮汐，向这边涌将过来。

岑毓英迅速地估量了一下，乱军的人数至少在三千以上，足以将他这里的人马包围，若是硬拼的话，定然吃亏，当下命令全军占领制高点，叫弓箭手轮番射箭，阻止他们往王炽的方向扑去。

王炽被那一百余人救下来后，也不敢停留，马上带着马帮往山上与岑毓英会合。

冲在前头的马如龙见王炽要逃跑，虎目一瞪，喊道："王四小儿，纳命来！"把手里的刀一挥，率众就往王炽这边冲。亏得岑毓英又派人下去接应，这才把王炽等一干人接上山去。两厢见面后，岑毓英显然也有些慌："没想到乱军是有备而来，咱们这回反而入了他们的套了！"

王炽喘了两口气，望了眼往山上扑过来的义军，道："现在如何是好，撤回去吗？"

岑毓英道："利用山中的地形，希望能全身而退，走吧！"当下由岑毓英率一股人马殿后，其余人则发足往昆明方向跑。

不知是山中复杂的地形阻碍了马如龙追击，还是马如龙故意放水，如此且战且退，跑过了一座山。

岑毓英率众站在山脚下，耳听着后面义军越来越近的脚步声，脸色越来越难看。

　　在这座山的对面便是昆明城，两者相隔几里地，并不算远。让岑毓英恐惧的是，在昆明城和这座山之间是一片平原，前面便是一马平川的乡间小路，周围都是农田，放眼四周，毫无遮挡物。如果马如龙要在这里展开围剿，那么他们可就凶多吉少了。

　　王炽显然也意识到了危险，朝岑毓英看了一眼，沉声道："留在这里只是死路一条！"

　　岑毓英把钢牙一咬，说道："现如今只能拼杀出去了，只要能坚持一时半刻，城内发现后，定会发兵驰援。"说话间伸手把背后的辫子抓过来，往嘴里一咬，喝一声，"弟兄们，随我杀出去！"

　　两千余人，个个嘴里咬着辫子，闷喝一声，一起往田野上冲。

　　果然，马如龙方面的队伍早已有所准备，从侧面围了上来，不消多时，两军就碰到一起，展开了一场你死我活的厮杀。

　　厮杀之声通过旷野，遥遥传了出去，声震数里。

　　就在两军相遇之时，在另一头的林子里，有一双眼睛牢牢地盯着外面，冷静地看着战场以及周围的动静。

　　他书生一般秀气的脸上透出股坚毅之色，仿如一块精雕细琢的钢，精美而不失冷峻。

　　他并不忙着出手，从马如龙行动的节奏来看，乱军明显是有备而来，而且有好几次马如龙分明有机会追上岑毓英部，将其围剿，可他却并没有这么做，这是为何？

　　李耀庭秀气的眉毛动了一动，看来这一次不光是岑毓英低估了乱军，连他和恒春也小看他们了。

　　如果说在此之前这是一场双重诱饵的扑杀的话，那么此时此刻形势已然变了，变得更像是两个狼群之间进行的智慧与胆略的较量。

　　李耀庭几乎可以断定，在这里的不远处一定还隐藏着一支乱军，他们像狼一样潜伏在不为人知的地方，随时准备与清兵展开一场更为惨烈的对抗。

　　派出去的三路探子陆续回来了两路，另有一路却迟迟不见踪迹。李耀庭把目光转向战场，是时岑毓英部死伤过半，坚持不了多少时间了，如果再不出去，必将全军覆没。旁边的一位副将显然有些急了，说道："将军，若是再不出去，岑将军的部队怕是完了。"

　　李耀庭暗暗地吸了口气，心想，另一路探子至今未回，定然是发现了乱军藏身地，让他们给杀了，现在尚不清楚对方有多少兵力，要是这时候杀出去，反而让对方包了饺子，那就大大的不妙了。

　　李耀庭从不做没把握的事情，可这一次他决定赌一把，赌注是昆明城的恒春在得知岑毓英危急后，会发兵来援。在做了这个决定后，李耀庭朝那副将道："再等一等。"

　　那副将闻言，脸色变了一变，待要再说话时，突然一阵蹄声传来，再往前面看时，只见昆明方向尘土大起，隐约可见那些人身穿兵勇的衣服，正是从昆明而来的救兵！

　　那副将喜道："是恒大人派兵出来了！"

　　李耀庭用手掌一拍地面，兴奋地道："这下便好了！"

　　从昆明而来的官兵约有五千人马，他们与岑毓英部会合后，迅速展开了反击。马如龙情知不敌，便在他们的包围圈尚未形成之际撤了出去。

　　岑毓英所带出来的两千人马，此时已被杀得差不多了，所剩不过几百而已。他与王炽合作，本是想趁此机会立功，现如今乱军未除，自己的部队却被打了个落花流水，这样的一个结果，对岑毓英来说是无法接受的，见马如龙要逃，把牙一咬，率人便追。

　　李耀庭见状，暗吃了一惊，失声叫道："不好！"

　　这个时候，旁边的副将再傻也猜到了李耀庭在担心什么，脸色也随之一变，道："如果乱军的主力真的埋伏在暗处，岑将军此去凶多吉少！"言语间，用征询的目光看着李耀庭，想听他的意见。

　　李耀庭沉着眉头想了一想，说道："这五千多人马对乱军来说也是个威胁，且等一等，看能引出多少乱军来，再做计较。"

那副将此时已不再怀疑李耀庭的判断，目光一转，去观望那边的动态。

岑毓英也算得上是久经沙场之人，他自然知道穷寇莫追的道理，怎奈这时候让愤怒冲昏了头脑，大有不把脸面争回来，誓不罢休的架势，一路直追了下去。

王炽虽无作战经验，但他生来便有种大局观，事情发展到这一步，他也感觉到了这里面可能有诈，可是他被安排遣送回城，想要去阻拦岑毓英已然不及。眼看着他越追越远，王炽的心不由得提了起来，朝四周张望了一下，心想，李耀庭不是说好来接应的吗，为何到了这时候还不见踪影？

正寻思间，只听一旁的辛小妹说道："那姓马的早晚逃不出岑将军的手掌心，可惜那姓杜的没来，不然本小姐也上去砍他两刀，替我哥哥报仇。"

王炽一听这话，似乎明白了些什么，又想，莫非李将军在等杜文秀的人马出现不成？

辛小妹见王炽怔怔地站着，便拍了下他的肩膀道："你在想什么？"

王炽怕她惹事，说道："这里的事我们也帮不上忙，先回城去吧。"

刚转身没走两步，突传来一阵擂鼓之声，那鼓声很有节奏，先是落点迟缓，沉重而缓慢，后来愈敲愈急，若雨打芭蕉样的急促。这"咚咚"的战鼓之声响彻旷野、声震数里，便是在鼓声急促之时，在西北方向的山上霍然旌旗招展，呐喊之声伴随着鼓点的响起，其声势像是八月钱塘江的潮汐，一波未平一波又起，整个天地间便被这呐喊声和鼓声充斥，经久不绝！

王炽何时见过这等场面，脸色吓得大白。辛小妹也是慌了，连声音亦变得不自然起来："他们这是要做什么，唱戏吗？"

在另一座山里的李耀庭同样也是吃惊不小，现在虽然还看不到乱军究竟有多少人马，但从这气势上来看，他们的主力似乎就集结在了这里。他往那副将看了一眼，那副将也是一脸的惊骇之色，道："乱军的主力怎么会在这里？"

这同样也是李耀庭困惑的地方。杜文秀的主力至少在七万以上，如果说他们的主力全部在这附近，为何不直接去攻城，要盘踞于此？

思忖间，山里的乱军已然涌了出来，黑压压的难以计数。带头的正是杜文秀，呼啸着往岑毓英方向杀了过去。

李耀庭看到杜文秀杀出来后，再往那边的山头望时，只见适才摇旗呐喊的那些人依然在山上，大声叫喊着为山下的乱军助威。很显然杜文秀只带了一小部分人下山，大部分人依然留在山上。

　　"怎么办？"副将急问道。

　　李耀庭紧蹙着眉头，眼神之中尽是懊恼之色："这场较量我们输了，快去把岑将军救回来吧！"

　　那副将应是，随着李耀庭一声呼啸着冲下山去。刹那间，李耀庭部、杜文秀部、马如龙部、岑毓英部等数股人马，各怀心思，急速地在旷野之上运动起来，一时间尘烟滚滚，杀声震天。

　　是时，田野上战马的嘶鸣伴随着刀枪的碰撞声，一场大战疾速拉开。山头上战鼓阵阵、旌旗猎猎，呐喊助威之声不绝，在昆明数里之外的原野上交织出一场惊天动地的绞杀。

　　在战场外的辛小妹怔怔地看着眼前的场景，她是见过杜文秀的，这个时候看着杜文秀骑着战马横冲直撞，看着他那棱角分明的带着杀气的脸，两道柳眉立时拧在了一起，圆睁的杏目似要喷出火来。王炽见状，心下暗叫不妙，忙不迭拉住了她的小手，道："我们快走吧！"

　　"要走你走！"辛小妹一把甩开王炽的手，通红的眼里泪光涟涟，"那天死的不是你哥哥，你不懂！"说话间就迈开大步，往战场上跑。

　　王炽没想到她的力气这么大，被她一甩，甩得跟跄了两步，回过神时已见她跑了出去，只觉脑子里嗡的一声，待要发足去追她时，突觉一道劲风袭来，抬眼一看，一支利箭已到了眼前。他惊叫一声，被箭射中胸口，倒下地去。

　　辛小妹没跑出两步，陡然听到后面王炽的惊叫，回头一看，不由得花容大变，转身又跑了回去，将王炽抱在怀里，叫唤了两声，竟是没了知觉，直如死了一般。这下着实把辛小妹吓坏了，抬头要呼救时，只见马如龙杀气腾腾地纵马过来，辛小妹大怒道："姓马的，你杀他算什么本事，有种就去把那姓杜的杀了，为我哥哥报仇！"

　　马如龙仰首一声怒笑，手指着王炽道："辛统领是这个忘恩负义之徒害死的！"

"你胡说！"辛小妹瞪大着眼睛，叫喊道，"要说是你害了哥哥，我信，他如何会去害我哥哥？"

"小妹莫要听他胡诌，待我来取他性命！"岑毓英举着刀杀将过来。他因自己带出来的人被马如龙杀得所剩无几，誓要取其性命，以雪耻辱，因此一经交锋，就死咬着马如龙不放。

马如龙见岑毓英又杀上来，"嘿嘿"一声冷笑，突地俯身将辛小妹一把抓了过来，不管她如何挣扎叫骂，只管扔到马背之上，然后翻身上马，纵马跑了出去。

岑毓英还待去追，陡听得李耀庭一声断喝："岑将军，速杀出重围去！"

是时，李耀庭的一万大军加上从昆明城里赶来的五千援兵，加起来虽有一万五千余众，与战场上的杜文秀部旗鼓相当，或可拼死一战。可是杜文秀的主力还留在山上，不管他是出于何种目的，未曾将主力拉下来作战，但此地是无论如何也不能久留的。岑毓英并非鲁莽之辈，他自然也明白这个道理，当下只得大骂了几声，背了王炽率众往外围杀出去。

不知是因为此地距昆明城不远，杜文秀有所忌惮，还是另有其他图谋，李耀庭、岑毓英突围出去后，杜文秀并没有重整阵形，再次围剿，只是不疾不徐地跟着，时不时地上去打清兵的后方一下，也是未曾使全力。

杜文秀如此做法，饶是稳重多智如李耀庭也不由得有些蒙了。这里距昆明不过几里地，乱军如此不紧不慢地追着，究竟意欲何为？难道方才的一番较量并不是他们真正的目的？如果真是这样，那么他们此行的目的究竟是什么？

李耀庭越想越觉得不对劲儿，越想后脊梁越是发凉，不禁朝岑毓英道："岑将军，乱军只怕是还有诈。"

岑毓英将前前后后的事在心里回忆了一遍，不由得心头一紧，"他们要做什么？"

李耀庭摇摇头，脸色异常的沉重。岑毓英抬起头朝昆明城的方向望了一眼，道："如果他们的目的是昆明城呢？"

李耀庭停下了脚步，回头往后望去，乱军的那一万多人还在后面追赶，可山头的主力依然未曾现身，似乎并不像是要攻城的样子。李耀庭道："如果他们的目的是昆明，此时正是吃掉我们的大好时机，何以拖着不打？除非……"

岑毓英心头一震，"除非什么？"

"除非那山头上摆的是空城计。"李耀庭秀气的脸变得煞白，"实际上，他们的主力已经去了昆明城。"

"如此说来，与其说我们拿王炽做诱饵，引诱他们出来，倒不如说是他们早就设好了套，等我们去钻？不对……"岑毓英想了一想，又道，"如果他们的主力已经赶去了昆明，也应该先把我们吃掉才对，何以任由着我等逃向昆明？"

"只怕这是一个死局。"李耀庭秀长的眉头一沉，许是紧张的缘故，唇色亦有些发白，"昆明的一半兵力在我们这里了，城内最多也就一万五千人，乱军的主力至少有五万人。如果这五万人已埋伏在了昆明城外，你想一下，我们到了城下之时，便是夹在了前后两股乱军之间，恒大人救是不救？"

"要是开城门来救，乱军便会乘虚而入，昆明破矣！"岑毓英大惊道，"我等皆非朝中官兵，恒大人定然会选择不救。"

李耀庭道："要是不救，前后两股乱军，合计六七万余人，便会在昆明所有军民的眼皮子底下，将我等一个一个屠杀殆尽。城内军民眼睁睁地看着我们被杀，城下尸积如山、血流成河，他们可还有斗志？恒总督在昆明是否还有威信可言？"

岑毓英的脸色越来越白："只怕是没有了。"

"到了那时，昆明便如一座纸城。"李耀庭铁青着脸道，"不费吹灰之力就会被攻破。"

岑毓英倒吸了口凉气："如此说来，我们逃与不逃都是死路一条了？"

李耀庭又朝后面看了一眼，眼见得乱军即将追到，当下把钢牙一咬，看着岑毓英的眼睛道："不，还有一条路。"

岑毓英周身一震，似乎看明白了李耀庭眼神之中所传递出来的信息："放弃昆明？"

李耀庭重重地点了点头，道："与其人亡城破，不如留得有用之身，以期他日卷土重来。"

岑毓英志在建功立业，自然不想陪昆明城一同阵亡，当下应了声好，掉了个方向，往西南而去。

跟在后面的杜文秀一看他们掉转方向逃窜，不由得愣了一愣，气道："只听说狗急了跳墙，没想到人急了还会弃城！"

马如龙因一箭射倒了王炽，料想他是活不成了，心中的怒气已消，哈哈一笑，道："依我看，就由他们去吧。"

杜文秀旨在昆明，自然也无心去追杀他们，率军去了昆明。

马如龙将目光从逃窜而去的李耀庭处收回，垂目看了眼兀自在大骂的辛小妹，道："你这人端是不知好歹，王四已死，辛大哥的仇我已报了，你却还这般骂我。"

辛小妹眼里含着泪，她既为王四担心，又怀疑马如龙的话到底是真是假，一时间心乱如麻，便不再叫骂，静了下来，由着马如龙带着她走。

恒春在总督府内急得如热锅上的蚂蚁，李耀庭、岑毓英和自己后来派出去的人一个未回，现下昆明只有一万五千余众，无论如何也抵不住乱军的攻打。他来来回回踱着步，仿似脚底下便是热得发烫的铁锅，令他站不住脚。

不知不觉间，夕阳褪去了最后一抹颜色，天色渐渐黑了下来。恒春焦急地往外望了几眼，眼神之中跃上一抹失望和茫然之色，到了这个时候，李耀庭、岑毓英是不会回来了，如今的昆明已然是一座孤城，凶多吉少。

突然，只听轰的一声，震彻屋梁，亦震得恒春的心"咚咚"剧跳起来。

这是红夷大炮的声音，乱军开始攻城了。如若昆明被克，他的这个云贵总督之位怕也是保不住了。不，准确地讲，一旦乱军攻进城来，落入他们之手，他的性命恐怕也是难保的。

恒春蹙着对花白的眉头，开始为自己的身后事担忧起来。他只是个文官，对眼下的局面可以说是无能为力，换句话说，他现在只有等死的份儿。然而活了这么大把年纪，当官当到现在这个份儿上，也算是没有白活，即便是现在死了，也值了。唯有一样，那就是不能落入乱军手里，免得临死之前还要受凌辱。

正自胡思乱想间，门口响起阵脚步声。恒春抬头一看，正是昆明知府袁立诚。此人也是一员武将，只不过人高马大，徒有一身力气，少了些谋略。他急匆匆地步入里屋，拱手道："启禀大人……"

未待其说完，恒春摇了摇手，示意他不用再说下去了。袁立诚诧异地看着恒春，此时此刻，在暮气的笼罩下，恒春像是一位看破了世情的行将圆寂的老僧，看上去似乎很安静、祥和，然而却是死气沉沉，给人以一种窒息般的压抑感。

恒春静静地站立了会儿，抬起那沉沉的眼皮道："昆明危如累卵，仅凭城内的这点儿兵力，破城只在旦夕之间。传令下去，只要能守住昆明者，无论出身贵贱、是否白丁，一概任命他为昆明知府。"

袁立诚愣了一愣，心想，若是换在平日，这道命令一旦传出去，或可吸引附近能人异士，然而如今整座城池被围了个水泄不通，城内又只有区区这些兵力，即便是封他为王，只怕也是无力回天了。可想归想，这些话自然不能当着恒春的面说出来，只得领了命默默地退将下去。

事实上恒春心里也明白，昆明已被围死，且兵力又少，最晚到明天天一亮，乱军必然破城而入。他命人掌了灯，抬起头看了遍这间房子，眼神中颇有些留恋之意，旋即眼里又黯淡下来，乱世不比太平时期，这满眼的荣华富贵是要靠真本事去赚取的，如无将帅之才，所有的富贵便会如流沙一般，从你的指缝间流走。

一阵脚步声打乱了恒春的思绪，他转身望将过去，见一名满身是血的士兵踉踉跄跄地走了进来。

恒春的心里一阵战栗，恍惚间他仿佛看见了死神在召唤，苍白的嘴唇一抖，发问道："外面如何了？"

那士兵跪将下来，哀声道："袁大人已殉国，乱军正在发起第二次攻击。"

恒春花白的山羊须抖了一抖，仰起头发出了一声长叹，袁立诚虽道是有勇无谋，却颇有些上进之心，敢情是适才的那道命令伤了他的自尊，他用生命换取了永久的昆明知府之职位。

恒春轻轻地挥了挥手，待那士兵退出去后，他走到书房，穿上朝服顶戴，走到镜子前仔细地穿戴整齐，而后抚摩了下官服上所绣的仙鹤图，转身朝着正北的方向跪下，以额伏地，恭恭敬敬地拜了三拜，喃喃地道："吾皇万岁万万岁，老臣无能，未能保得一方百姓安宁，愧对吾皇所托，今日只得以一死，谢吾皇隆恩。"

言毕，起了身，神色惨白地走到一张八仙桌前，拾起一条布绢，爬上凳子将布绢往梁上一抛，又在布的一端打了个死结，将眼一闭，把脖子往上套，两腿一蹬，悬梁自尽了。

是日傍晚时分，李耀庭、岑毓英逃入一片树林后，见杜文秀并没有追来，这才松了口气。

岑毓英将王炽放在地上，俯身用手指在王炽的鼻端探了探鼻息，只觉呼吸虽然微弱，好在还有一口气悬着，抬头朝李耀庭道："王兄弟还有一口气在，现在如何是好？"

李耀庭看了下王炽胸口的那支箭，道："此箭插得极深，须尽快就医才是。"他起身焦急地走了两圈，回身过来后又道："岑将军，乱军现已去昆明，此地应无甚危险。你便守在此地，我带着王兄弟去看看附近的村庄有无大夫救他一救。"

岑毓英应好，李耀庭便牵了匹马过来，将王炽在马背上放好，而后他自己纵身上马，出了林子去。

没过多久，在一个小村子里找到了个大夫。许是这大夫从未见过如此严重的伤，吓得脸色都白了，道："此箭插在胸口，伤在要害，在下怕是救不得。"

李耀庭急道："是死是活不怨你，你只管治了便是。"

那大夫无奈，只得拿来医箱，翻出许久不曾用过的手术工具，给王炽取箭。

约过了一炷香的工夫，大夫满头大汗地取了那支箭出来，料理好伤口，喘了口大气道："箭是拿出来了，是死是活我却无法断言。"

李耀庭也知道那一箭插得极深，再加上失血过多，是生是死只能是听天由命了，便说道："请大夫放心，不管是生是死，绝不怨你。只求在此住上一晚，若他出了状况，也请你照料着些。"说话间，从怀里取出锭五两重的银锭，拿给那大夫。

大夫见此人虽满身是血，却是颇讲情理，便谢着收下了，并保证说一定尽全力救这位小兄弟。

许是王炽命不该绝，到了半夜时分，竟然幽幽醒转。李耀庭大是欢喜，走过去握住王炽的手，激动地道："王兄弟，你终于醒过来了，叫我好不担心啊！"

王炽张了张嘴，却没发出声来，只在喉咙里嗬嗬作响。大夫端着碗水过来，一点一点喂其喝了，王炽这才觉得舒服了些，微声道："李将军救了在下一命，多谢。"说话间，朝这间屋子里看了一看，并没见辛小妹，心下一凛，他在倒地之时，隐约听到马如龙跟辛小妹说，辛作田是他害死的，这时候没见到辛小妹踪影，莫非是她恨自己，已经独自走了吗？

想到此处，心中便觉焦躁难受，他向李耀庭问道："小妹今在何处？"

李耀庭见他虽然醒了过来，但身体依然十分虚弱，便不想告诉他实情，只说小妹出去了。

王炽是何等精明之人，见李耀庭眼神闪烁不定，情知他在说谎，便又问道："这是何处？"

李耀庭道："在昆明城郊。"

王炽再问："我们为何没在昆明城内？"

李耀庭眉头一皱，被问得不知如何作答。王炽急了，提着一口气，沉声道："到底出了什么事？"

李耀庭见瞒不了他，只好将乱军攻城、辛小妹被马如龙劫了去等事，简略地说了一遍。

王炽听完，把眼睛睁得大大的，眨也不眨地盯着李耀庭，似要把他吃了一般："为什么没保护好小妹，为什么？"

"当时……"李耀庭想分辩，但想到这么多人竟没护好一个女人，也觉得没什么理由可为自己开脱，当下又闭上了嘴。

王炽握着拳头，想到辛作田因自己而死，又想到辛小妹在她的哥哥尸体前哭得死去活来，说自己从此后再没亲人了，那时他握着辛小妹的肩膀说，从今往后，我便是你的亲人，我王四便是做牛做马，也绝不教你受些许的委屈……说出这番话至今不过数十日而已，现如今辛作田的尸骨尚且未寒，身为七尺男儿，莫非说过的话不作数吗？

王炽越想越是痛恨自己，不知哪来的力气，握起拳头不住地在床上击打。是时他胸口的伤未愈，昔日肩胛处的旧伤亦不曾好全，新伤、旧伤一起发作，没有要了他的命已是老天开眼。这一番悔恨交织，使劲儿捶击之下，牵动伤口，又痛昏了过去。

李耀庭忙又让大夫处理淌血的伤口，边看着王炽痛苦的样子，边懊恼地重重叹了口气，心下暗暗发誓，无论如何也一定要将辛小妹救出来。

半炷香的工夫后，王炽再次醒了过来。李耀庭连忙走到床畔，蹲下来凑在王炽跟前道："王兄弟只管放心，我便是拼了性命不要，也定会将小妹安然无恙地救出来。"

王炽叹了口气，说道："这也怪不得你，将军无须内疚。"顿了一顿，又问道："可有昆明方面的消息？"

李耀庭摇摇头道："还没有。"

王炽道："躺在此处，我无法安心，你送我回去吧。"

李耀庭吃了一惊，待要相劝时，只听王炽坚决地道："你知道辛作田的死与我脱不了干系，要是小妹再有不测，我生不如死。"

李耀庭看着他决绝的脸，起身向大夫讨了些药，与大夫一道将其扶上马，然后上马坐于王炽的后面，一手扶着他，一手牵着缰绳，缓缓地去前方林子里与岑毓英会合。

及至屯兵处，岑毓英见到王炽与李耀庭骑马而来，高兴不已，将王炽抱下马来后，亲自在地上铺了些草，叫王炽半躺着靠在一棵树后，说道："王兄弟，你可吓坏哥哥了啊！"

王炽有气无力地朝他笑笑，问道："昆明怎么样了？"

岑毓英朝李耀庭看了一眼，见其微微点了点头，这才说道："刚刚接到探子来报，那边的战斗十分惨烈，说城内官兵只怕已所剩无几，无论如何也守不到天亮……小妹还在马如龙手里，不过并无性命之忧。"

王炽点了点头，心想，辛小妹与马如龙有过一段不堪回首的婚姻，而且马如龙与辛作田同在军中，多少有些交情，应不至于伤害小妹。如此一想，心里略微好受了些，他抬起头望着岑、李两人道："昆明断然不能落入乱军之手，须在破城之前想到办法，保住昆明。"

李耀庭一愣，随即想到王炽入城，便是为救昆明，而入城之举间接地害了辛作田，此后也是因了他要出城采购，这才造成了如今这个无法收拾的局面。他是个有情有义、有始有终之人，这一切既然是因他而起，便要在他的手里结束。

思及此，李耀庭朝岑毓英望了一眼，岑毓英也是一脸无奈，两人相顾无言。现在手里不过一万余众，无论如何也无法与乱军对抗，再者眼下乱军斗志正盛，此时出去无异于以卵击石。

王炽沉着眉头想了一想，说道："想办法去把马如龙吸引过来，我有办法让他为我所用。"

李耀庭是位儒将，平素以智谋著称，听了王炽之言，却是惊诧不已。且不论那马如龙如今有多恨你王炽，即便是他与你没有怨隙，难不成还能叫他帮你防守昆明不成？

岑毓英虽也诧异，甚至觉得这好比是天方夜谭一般怪诞，却是丝毫不曾怀疑，他相信王炽的智谋，更相信他有这等本事，便说道："兹事体大，我亲自去。"

丑时，第二轮攻城之战已经结束。

此时不管是城上还是城下都已躺满了尸体，一层摞着一层，火把的光线所及之处，满眼都是横七竖八战死的将士。

鲜血浸入这片土地，使得地上如同下了场血雨一般，满地都是湿漉漉的泥泞，散发着极为刺鼻的、难闻的血腥味。

马如龙就坐在一堆尸体的旁边，其身边则是吓得六神无主、花容无色的辛小妹。两人都如魂魄出窍了似的，怔怔地看着黑暗的尽头，茫然若失。

马如龙把王炽如何入军营，如何说服他和辛作田去城里，以及杜文秀如何杀辛作田一事的前因后果详细说了一遍。辛小妹听了之后，与自己所见到的前后一对比，料想马如龙所言非虚，一时心头大痛。

她与王炽之间，虽还说不上是恋人，可两人的心里都有了你情我愿之意，彼此是相互爱慕着的，这种朦胧的似有若无的情感，对情窦初开的男女来说，是神圣的、纯洁的、甜蜜且美好的。如今存在于脑海之中的这一切被毁灭，被冷酷的现实所替代，辛小妹几乎崩溃了，好像整个世界都在瞬间变得黯淡无光。

一时间，她不知道如何去面对这个现实，如何去发泄心里的痛和苦，于是便产生了去杀杜文秀为辛作田报仇的想法，却被马如龙拦了下来，说军营之中，守卫森严，漫说你要去杀杜文秀，即便是想见他一面也是十分困难，你如何能杀得了他？

辛小妹因对他有成见，以为他是护着自己的主帅，因此对他还十分恼怒，后亲眼看到了两轮攻城之战，生平第一次看到那么多死人，不由得芳心大乱。

杀了杜文秀又能如何呢，归根结底哥哥是因为王炽而死，也要去把他杀了吗？辛小妹慌乱无助地望着地狱一般的战场，心乱如麻。

当狂热的热血沸腾的战场静下来的时候，这里便变得如地狱一般。马如龙和辛小妹两人亦静了下来，静静地站在战场上，各自想着心事。许久之后，马如龙回头过去，虎目里露出些许的温柔之色，轻声道："你在想什么？"

辛小妹感觉就像是站在地狱的旁边，感到浑身发冷，仿佛连心都在慢慢地冷却。她回头给了马如龙一个大白眼，说道："我在想，男人的心竟是如此冷漠、如此凶狠。"

马如龙一愣，失笑出声："你在说哪个？"

辛小妹又把目光放向远处："哪个都不是好东西！"

马如龙抬头看向她娇小的侧影，她白皙的脸蛋在火光下微微发红，尖俏的下巴微微地向上扬起，形成一个美妙的弧度，秀发在风中微微舞动着……这一切在火光下看来，都是如此美好，然而她那娇小的身子似乎在风里微微颤抖着，那可盈盈一握的柳腰是那么弱不禁风……

看着这个站在腥风扑面、满地尸体里的少女，马如龙的心不知为何，竟起了丝怜惜之意，甚至有些憎恨自己以前为什么那么狠心，竟会将如此一位楚楚可怜的少女当作泄恨的工具，在婚礼上将其抛弃！

辛作田已故，她如今已无亲人，然而她还微微仰着头，佯装出坚强的样子，她是要装给谁看呢？马如龙的心里突地传来一阵刺痛，微微叹息了一声，道："你坐下来，我有话说。"

辛小妹回首，打量了下马如龙，略作迟疑后，在其不远处坐了下来。

马如龙道："经过了这血雨腥风的厮杀，经历了生生死死，我才渐渐意识到……我错了。"

辛小妹目光一闪，看着这个浓眉虎目的少年将军，哼了的一声："你做错了什么？"

"我不该那么对你，"马如龙看着她，真诚地道，"因为你是无辜的。"

辛小妹蓦然眼圈一红，把头扭向别处。马如龙看着她微微耸动的肩膀，心中一动，想过去安慰她，可刚动了动身子，又停了下来，吐了口气，又道："你说得没错，我是个彻头彻尾的浑蛋，因了温玉之死，我憎恨清兵，憎恨你的哥哥，甚至牵累到了你。可你看看现在，看看这里满地的尸体，他们哪一个不是无辜的呢？可他们都死在了这里……我给自己找理由，说只欲报仇，不敢违逆，可死在我手里的人，多得数不胜数，这与忤逆何异？"

辛小妹闻言，抹了把眼泪，又把头扭过来，看着满身阳刚气的少年忏悔一般的言语，恨意不知不觉淡了、消了，随之起了股同情之心，说道："你也无须如此责怪自己，温玉死了，如果说她是无辜的，你又何尝不是？"

正自说话间，只见有一位士兵拿过来张纸，说是一个农夫送来的。马如龙展开一看，脸色大变，忙问那士兵道："送信之人何在？"

那士兵道："就在军营外。"

马如龙霍地起身，朝辛小妹道："你跟我来。"

辛小妹见他脸色有异，问道："怎么了？"

马如龙迟疑了下，道："王四还活着。"

辛小妹闻言，一时间愣在了那里，心中不知是喜是怒，只觉五味杂陈，任由马如龙拉着她往外走。

岑毓英用马如龙曾用过的法子，扮作农夫，托士卒送了张字条，上书四字：

王炽未死。他知道马如龙看到这四个字时，一定会出来相见。

果然，没等多久，马如龙便带着辛小妹大步而来，见送信之人竟然是岑毓英，不由得惊道："原来是你！"

岑毓英道："我知道你想杀我，实不相瞒，我现在也恨不得杀了你。但如今不是计较个人恩怨的时候，有更重要的事等着你。"

马如龙讶然道："何事？"

"王四没死，他要见你。"

马如龙冷笑道："莫非是他想报那一箭之仇吗？"

"你这是以小人之心度君子之腹，太小看他了。"岑毓英望了眼昆明城，道，"他要救这一城的百姓。"

马如龙冷冷一笑："上一次他便是用这等话诓骗了我和辛作田，现在又使这一招，莫非当真把我当傻子了吗？"

"他在哪里？"辛小妹狠狠地瞪着岑毓英，娇喝道。

岑毓英颇具心机，见辛小妹如此一喝，乜斜着马如龙道："莫非你不敢走这一趟吗？"

马如龙少年英雄，心高气傲，被他这么一激，傲气便上来，转头吩咐一人去禀告杜文秀，说他去去便回，旋即便领着辛小妹跟了岑毓英而去。

丑时末，深夜的朗星虽然明亮，却照不进树林，一如那没完没了的战争，无法平息国内的纷乱一般。此刻，林子里伸手难辨五指，即便是面对面也无法看清面目。

林子的深处，一只火把孤零零地亮着，在夜风里忽明忽暗，闪烁不定。

马如龙等人到了里面后，只见王炽低头跪在地下，以额伏地，双手扶在地上，整个人蜷缩在那里，仿如一个虔诚的佛教徒，身子一动也不动。

马如龙见此情形，倒是愣了一愣。辛小妹却是一个箭步，蹿上前去，扬手就是一个巴掌落在王炽的头上。不想王炽重伤在身，浑身无力，如何经得起她这一巴掌？他身子晃了一晃，倒在了地上。

辛小妹大吃了一惊，微弱的火光下，只见他面若死灰，嘴唇干得吓人，眼睛虽勉强睁着，却显得是那么无力。她的娇躯微微一颤，似乎想去扶他起来，却又咬咬牙忍住了，嘴里骂道："你要装死吗，装可怜来博取我的同情吗？我呸！你个杀千刀的王小四，你假仁假义，满口仁义道德，为了你的生意，诓骗我哥哥，用他的性命去换你在昆明的生意；昨日，又是为你的生意，岑大哥护你出城，害得昆明城被围。告诉你，现在恒春死了，袁立诚死了，成千上万的人倒在城下，地上是鲜血和泥土混合的泥泞。好端端的一座城池，现如今便像地狱一般，你居然还说要救那一城的百姓，亏你还说得出口，你要怎么救？"

王炽愣了会儿，抬头时看到泪眼汪汪的辛小妹，她通红的眼里充满了恨意，那原本俏皮可爱的脸蛋上再也没了昔日的神采，心里莫名的一疼，挣扎着撑起身，又跪在地上，提着一口气，道："小妹，辛大哥之死，我无可辩解，是我小看了杜文秀，不了解他的为人便鲁莽行事，终酿成无法挽回的后果。日后你便是杀了我，拿我的人头去祭奠你的哥哥，我也毫无怨言。但是如今昆明百姓危在旦夕，你我恩怨可否容日后再算？"

"算？要怎么算？"辛小妹睁着大大的眼睛，泪珠儿不断地落将下来，"还能让我的哥哥活过来吗？"她气呼呼地看着王炽，看了会儿，便转过身去抽泣，似乎不想再面对他。

王炽怔怔地看了会儿她抽泣的背影，转头朝马如龙道："马将军，那一日我实不曾骗你，我入城的确是为了恒大人与你们谈判，可谈判是需要条件的，昆明的兵力比之起义军相差悬殊，即便是恒大人同意和谈，杜文秀愿意吗？"

马如龙浓眉一扬："所以你就设计烧了我军的粮草，以此逼我军谈判？"

"正是。"王炽道，"我不否认利用了你们，没有你们将我引入军营，我如何进得城去，又如何得知起义军的粮草所在？"

马如龙嘿嘿笑道："好一招一石二鸟之计，既解了昆明之危，又卖了你运来的货物！"

辛小妹悻悻地道："这便是无商不奸，男人本不可信，经商的男人更是可恶至极！"

王炽没去理会她的揶揄，径直朝马如龙道："不管你信不信，前次隐瞒了实情，是为救一城之百姓，这一次骗你来，依然是为了救一城之百姓。"

"你说什么？"马如龙脸色大变，吃惊地看着王炽道。

辛小妹听了这话，亦情不自禁地转过身来。

岑毓英、李耀庭同样也是吃惊不小，心想，明明是用激将法把马如龙激了过来，如何是骗？即便是将马如龙骗了过来，又如何救那一城的百姓？

第八章

昆明城两强豪赌　茶马道刁难遇险

王炽的身子晃了一晃，他本来就虚弱得紧，跪了这么久后体力显然不支。岑毓英见状，忙过去扶着他道："王兄弟，坐下来说话。"

王炽在岑毓英的搀扶下，靠在一棵树上，喘息了两声，这才说道："杜文秀疑心重，你突然出来，他必然生疑，如若我所料不差的话，这个时候他已然派人来了。"

马如龙这一惊非同小可，扬眉喝道："你究竟要做什么？"

"赚你入伙。"王炽抬眼看着马如龙，"辛大哥是怎么死的，你最清楚，现如今你到密林中与我等议事，回去之后必死无疑。"

马如龙怒不可遏，抽出佩刀，便要朝王炽砍去。岑毓英是习武出身，人虽胖了些，但身手极为敏捷，横刀立在王炽面前，喝道："你想要动手吗？"

王炽的神色兀自淡定，依然牢牢地看着马如龙，道："我知道你心存忠义，无心杀戮，你只是心中有恨罢了。可杀了这么多官兵，莫非还不曾消灭你心里的恨意，还要继续杀下去吗？"

马如龙一怔，缓缓地放下了刀。王炽继续道："昆明一战，尸积如山，满城孤魂。可如今我们的国家正遭受洋人的侵略，他们正在一寸一寸地吞噬着我们的土地，剥夺着祖宗给我们留下的财产，为什么我们却要在这里拼个你死我活，杀得尸横遍野？再如此下去，这个国家岂非要亡在我辈手里？"

王炽的这一番话吐出来后，在场所有人的脸色都变得异常凝重，连充满恨意的辛小妹亦出了神儿，一脸的沉重。马如龙的胸膛急促地起伏着，两道眉毛紧紧地拧结在一起，显然他的内心正在纠结着，在做一个重大的决定。

突然，马如龙钢牙一咬，使劲儿地扬起手臂将刀掷在地上，而后气喘吁吁地看着王炽道："事到如今，反正我已无退路，你说吧，怎么救一城的百姓！"

听了马如龙这句话，李耀庭、岑毓英均是暗松了口气，暗暗佩服王炽的谋略，区区数语，居然就把一盘死棋下活了。

王炽沉吟了一下，朝岑毓英说道："岑大哥，你去林子外面看看杜文秀的人来了没有。"

岑毓英应声好，转身出去了，片刻后回来道："兔崽子果然来了，约有百余人。"

马如龙眼里寒光一闪，道："杀出去吗？"

"不。"王炽摇头道，"需要你受些委屈。"当下如此这般把办法说将出来。众人听说，都将目光聚焦在马如龙身上。马如龙英气的脸一沉，拾起地上的刀，手臂一动，刀柄倒转，"嗖嗖"两刀，毫不犹豫地落在自己的左臂之上，顿时皮开肉绽，鲜血迸溅。

辛小妹见他对自己下手如此之狠，不由得惊叫出声。再看马如龙时，他却是连眉头都不曾皱上一皱，兀自是目如朗星，神色淡定，不禁暗暗地喝了声彩。

王炽抬手一拱，道："马将军，拜托了！"

马如龙也将两手一拱，转身便走。辛小妹却叫道："等等，你不带上我吗？"

王炽惊道："此去凶险万分，你去做什么？"

辛小妹冷冷地看了他一眼，道："即便是上刀山下火海，也总比与你这假仁假义的人在一起的好！"走上两步，朝马如龙说了声走，便径直往林子外面走去。马如龙迟疑了一下，叹息一声，紧跟上两步，拉了辛小妹的手，飞奔出树林。李耀庭、岑毓英则带了人吆喝着追出去。

王炽眼睁睁地看着他俩的身影消失在夜色里，心头一沉，一道凉意袭上心间，黯然神伤。想往日辛小妹虽也对他拳打脚踢、挪揄挖苦，但那都是男女间的嘻骂笑嗔，嘴里骂着，心里却是向着他的。在弥勒乡时，马如龙集结山匪围城，若非小妹以性命相逼，一城百姓只怕早就生灵涂炭，更无今时之王炽。然而如今她嘴里骂着，心里亦是恨着，眼神之中再无柔情蜜意……

想到此处，王炽的心仿佛被什么东西刺了一下，深深地一阵疼痛。辛作田被杀时，他曾告诉自己，绝不叫她受丝毫的委屈，接下来的日子该如何求她原谅，保护她的周全？

他心中越想越乱，神思纷繁乱转之时，牵动了伤口，不禁眉头一皱，痛得闷哼了一声。几乎与此同时，林子外传来一声斥喝，仔细听时，那杂沓的脚步声越来越远。王炽知道，这是马如龙依计佯装在林子里遭遇伏击，突围而出，现如今已安然回军营去了。

果然，不出片刻，李耀庭、岑毓英从外面回来，说马如龙已回军营，对方并未起疑。王炽轻轻地点了点头，说道："我们也该动身了。"

当下，岑毓英吩咐士兵用树木做了副担架，抬起王炽，率着一万五千余众，悄悄地出林子去了。

杜文秀的心里非常清楚，今天黎明之前的这几个时辰，对他来说至关重要。现如今总督恒春自尽，知府袁立诚战死，独留布政使桑春荣主持大局。

对于这个桑春荣，杜文秀是十分清楚的。此人是道光十二年的进士，已五十有四，倒是颇能读书做文章，且禀性耿直、刚正不阿，因替杨乃武与小白菜平反冤案而声名在外。但这么一个说一是一、说二是二的老学究，让他修书做文章自然是可以的，叫他领军打仗却是用错了地方。

昆明城内的万余兵力，经过昨夜的两轮激战，已然所剩无几，至多还有五六千人在负隅顽抗。杜文秀完全有把握在下一轮的攻城中将其攻破，成功占领昆明。

偏偏在这个时候，马如龙出去了一趟。

据回来的士兵禀报说，马如龙是让人诓了出去，在林子里遭遇伏击。若说是让人诓了去，杜文秀信，毕竟那王炽胸口中了一箭没死，的确能吸引马如龙前去。可李耀庭方面还有一万多人，若是真的遭遇了伏击，还能成功拼杀出来，那就值得怀疑了，莫非那一万多人都是草包不成？

杜文秀阴沉着脸，瞟了眼旁边侍候的那人道："几时了？"

那人答道："禀元帅，寅时了。"

"天将亮了。"杜文秀那如鹰鹫般犀利的目光一闪，棱角分明的脸蓦然跃上抹杀气，"去把马如龙叫进来。"

那人领命出去，不消片刻，马如龙左臂裹着伤，大步入内，跪地行礼。杜文秀唔的一声，道："起来吧。"

马如龙起身的时候，看到了杜文秀脸上那若隐若现的杀气，不由得心里一凛，他想起了辛作田被杀那晚，杜文秀也是这副脸色。

"伤势如何了？"杜文秀沉声问道。

"多谢元帅挂念，小伤而已，不碍事。"

杜文秀略微沉吟了下，又问道："林子里有多少清兵？"

马如龙心下一惊，回道："林子里太黑，看不真切，不过应不在少数。"

杜文秀嘿嘿一声怪笑："马将军果然神勇得很啊，林子里伸手难辨五指，被那么多人伏击，居然只受了些小伤，便杀出了重围！"

马如龙抬头望去，只见杜文秀目光如电，也正看向自己，忙不迭低了头去，道："托元帅洪福，侥幸逃脱。"

"本帅相信你的能力，那区区万余清兵定然是挡不住马将军的。"杜文秀站起身，慢慢地走向马如龙，突然间脸色一沉，道，"可你居然还能把辛小妹分毫不伤地带出来，那就是个大大的奇迹了。"

马如龙只觉一股杀气瞬间侵袭周身，下意识地往后退了两步，道："莫非元帅在怀疑末将？"

"你很能演戏，错就错在过于怜香惜玉，没让辛小妹也带点儿伤出来。"杜文秀一声怒笑，陡然喝道，"莫非你还不承认吗？"

这一声喝甫落，营帐外冲进来五个壮汉，执着明晃晃的刀，把马如龙围在中间。

"你要杀我？"马如龙目中精光一闪，到了此时，他的神情反而镇定了下来，目不转睛地看着杜文秀道。

"我不杀你，莫非等你来害我不成吗？"杜文秀嘴角一弯，露出一抹狞笑。

马如龙仰头一阵大笑，道："这里一动手，杨振鹏便会率领我和辛作田昔杀将过来。这边一乱，外面李耀庭的部队就会应声而动，与我里应外合，攻击你部。你的人虽多，可中军大营一乱，你觉得这军营会不会成为一盘散沙？"

杜文秀的脸沉了下来，阴沉得若岩石一般，冷峻得森然可怖。

"好计！"杜文秀从嘴里硬生生地蹦出两个字后，道，"你欲如何？"

"我不想杀人，更不想自相残杀。"马如龙一字一字地道，"我要你退兵。"

要一个人把即将到手的东西还回去是极其不易的，更何况那是一座城池，一座可掌握云南命脉的城池。杜文秀咬着牙根儿看了马如龙一会儿，眼里精光一闪，忽然笑了，这笑声从喉咙底下发将出来，很阴冷、很深沉，带着一股急欲爆发的怒气："我现在不动你，来与你赌一把。"

马如龙问道："赌什么？"

"赌谁能够被谁控制。"杜文秀朝伺候在旁边的那人道："传我军令，谁要是能拿下杨振鹏和辛小妹两人，赏黄金二十两。"那人领命，急步而去。

马如龙的脸色微微一变，心下懊悔不该将辛小妹带来此地。她可以说是他和王炽的软肋，一旦被擒，那局面该如何应对？

杜文秀返身回到上首的位置落座，好整以暇地倒了杯酒，一口饮下，然后看了马如龙一眼，问道："马将军为何不坐？"

马如龙心想，你都不怕，我怕个鸟啊，当下大马金刀地坐将下来。他刚刚坐下来，外面便传来一阵金铁狂鸣之声，敢情是杨振鹏与杜文秀的人打了起来。

按照王炽的计策，这边一动手，他们就会在外围响应，趁乱一通厮杀，将杜文秀的大军杀散。马如龙是领军之人，他知道兵败如山倒的道理，中军大营一乱，到时候局面将无法收拾。寻思间，向杜文秀看了一眼，见他兀自镇定自若，发话道："你果然不怕军中乱得不可收拾吗？"

"我说过赌一把。"杜文秀道，"赌那辛小妹在你和王炽心中的分量有多重。"

"元帅果然不愧是元帅！"马如龙强作镇定地道，"居然把全军将士的性命押在一个弱女子身上，好气魄！"

"马将军又何尝不是胆识过人呢！"杜文秀冷笑道，"身犯大险，依然可稳如泰山、岿然不动。"

说话间，外面的厮杀之声越来越大，一阵又一阵的声浪涌入营帐里来。杜文秀依然不动声色，倒了两杯酒，说道："既然是场豪赌，未分胜负前，我们便还是兄弟。更何况你我共事多年，饮一杯如何？"

看着杜文秀无比淡定的脸，马如龙的内心反而有些慌了，再转念一想，杜文秀的几万大军抓一个女人还不容易吗？他自己曾有负于小妹，心中有愧，而那王炽与小妹的感情他虽不甚清楚，可在弥勒乡的时候，小妹曾舍命救他，他俩之间的关系定然不简单，杜文秀正是算准了这一点，才敢如此镇定。

马如龙暗吸了口气，这实际上是一场考验感情的生死较量，无关战争，却系生死。

马如龙迅速地看了眼环伺在周围的那五名壮汉，正想以迅雷不及掩耳之势制住杜文秀，不想杜文秀端着酒杯笑道："你想要现在动手吗？如此看来，可见你已然心虚了。"

马如龙心高气傲，既然被看破了心思，便打消了动手的念头，走上前去，把酒杯接了过来，一饮而尽。

一杯酒尽，当酒杯重新放回到桌上时，外面的厮杀之声渐渐息了。马如龙缩回手时，脸上阴晴不定。杜文秀虽说依然装出一副淡然之色，实际上内心也是波涛汹涌，极不平静。

在即将揭晓输赢的时候，马如龙到底是少年人，且艺高人胆大，突然咧嘴一笑，道："杜元帅，输赢已定，出去看看结果吧！"

杜文秀把酒杯重重地在桌上一放，道声："走！"与马如龙一前一后，往外走了出去。

军营里火把林立，火光烛天。

在亮若白昼的火光下，士兵里三层外三层地围了一个不规则的弧形，却无丝毫的阵形可言，真如马如龙所言，中军大营乱得如同一盘散沙。

杜文秀看到这个情景的时候，眉头微微一皱，不知不觉加快了脚步。他想知道在那道弧线的外围，究竟是什么样的情形。

看着这儿站得密密麻麻的将士、刀枪密集的军营，以及每个人脸上那炽盛的杀气，马如龙的心情同样紧张得突突直跳。他紧跟在杜文秀的后面，绕过那道由起义军组成的弧线时，只见与起义军对峙的，正是由杨振鹏率领的马如龙部及原辛作田部的人马。在这两股人马的右侧，就是李耀庭、岑毓英所率的万余官兵。与起义军不同的是，李、马所部人马因是有备而来，队伍齐整，依然保持着完整的阵形。

这是马如龙愿意看到的状态，也是他最担心的情形。如此一支军纪严明、阵形整齐的部队，完全有能力趁乱将起义军杀个落花流水，可现在为何停下不战了呢？

随着杜文秀和马如龙大步流星地往前移动，这场赌局的结果也很快揭晓了，起义军的队形乱归乱，可却把辛小妹擒了下来。有了这张王牌在手，厮杀戛然而止，输赢亦一看便知。

杜文秀看到瘦弱的辛小妹被两名大汉若老鹰抓着小鸡一般抓着，脸皮一动，笑逐颜开，转头朝马如龙道："你输了！"

杨振鹏的年龄与马如龙相仿，明面上是上下级，因了性情相投，实则是马如龙的心腹，是生死兄弟。此刻他身上挂着四五道伤，浑身浴血，可清秀如远山般的脸依然面不改色，站在众军之中似若青松，伟岸而威武。见到马如龙时，这伟岸的七尺之躯便如推金山、倒玉柱般地双膝落地，直直跪了下去，大声道："末将无能，未能保护小妹，甘愿领死！"

马如龙怔怔地站了会儿，走到杨振鹏跟前，俯身将他扶了起来，而后转身面向王炽。

王炽有气无力地半躺在担架上，脸色如纸一样白，抓在担架边沿的指关节亦毫无血色，整条手臂微微发着抖。他同样看着马如龙，眼神里满是痛苦、懊恼之情。

马如龙的眼色闪了两下，似乎无颜面对王炽，霍地转过身去，望向被起义军抓着的辛小妹。

辛小妹反倒毫无惧色，银牙轻咬着朱唇，用眼角恶狠狠地斜看着杜文秀，突地娇喝道："三军将帅，将胜负系于一个女人身上，你真有本事啊！你要还是个男人，现在就把我杀了，用你杀我哥的那把刀，一刀把我砍了！"

杜文秀眼里精光一闪："不愧是辛作田将军的妹子，豪气丝毫不减令兄！但这是战场，你的性命关系到我千万将士的安危，我岂能轻易取了你的性命？"

王炽在担架上勉强坐起来，蹙着眉朝杜文秀道："你要什么？"

杜文秀仰天一笑，未去理会王炽，兀自朝辛小妹道："你看看这两个男人，似乎都想要保护你，却都将你丢了。"

"他叫王四是吗？"杜文秀眼看着辛小妹，却将手指向王炽，"他问我要什么，好像为了你他什么都可以舍弃一般。本帅现在替你试他一试，看他能为你舍弃什么。"

辛小妹把眼转而看向王炽，望着那熟悉的脸，以及浓浓的眉、大大的眼睛，昔日那虎头虎脑由着她欺负的傻里傻气的乡下小子，再一次浮上脑海，一时间眼前的景物慢慢地模糊了。

王炽看着她明亮的眼睛在火光下慢慢地出现了泪光，心头一酸，不忍再去看她的泪眼，将目光一转，望向杜文秀，心想只要能救她出来，即便是舍了身家性命，也是值得的。

杜文秀把头转向王炽，冷冷地道："我什么都不要，只要这座城，你给得了吗，做得了主吗？"

辛小妹自然知道王炽拿不出一座城，也做不了这个主。她将头抬起，望向深邃的夜空，努力地不让泪水掉下来，然后把头一甩，娇喝道："我呸！你当他是地主吗？就算他是地主，也是个一毛不拔的铁公鸡，想要从他的身上拔下根毛来，与要了他的命无异，要他拿出一座城，嘿嘿……杜元帅，你这算盘可是打错了。"

"哦？"杜文秀饶有兴趣地看着辛小妹，脸上似笑非笑。

辛小妹给王炽抛了个大白眼，又道："他诓骗我哥哥，害得他身首异处，便是为了做生意，赚他那几两银子。这等拿别人的性命不当命的奸商，你叫他献出一座城来赎我，不是大错特错了吗？"

王炽听了这番话，心里五味杂陈。辛小妹嘴里骂着他，实际上是在求死，为他开脱。虽说局面发展到现在这个地步，她生还渺茫，几乎没有脱身的机会，可在这个时候她还在帮他，说明她的心里……

王炽的嘴唇抖动着,突地眉头一沉,说道:"你放我进城去,我去同他们交涉,叫他们让出这座城池。"

辛小妹惊了一惊,难以置信地看着王炽。杜文秀诧异地道:"你有此把握?"

"莫非你还怕放我这个半死不活的人入城去吗?"王炽冷冷地看着杜文秀道。

杜文秀冷笑一声,"好……"

话音未落,蓦然轰的一声巨响,一道浓烟伴随着火光落在人群中,紧接着又是轰轰两声,火光及处,人影翻飞,血光随着残肢断臂一同飞散上天。

这一番惊变把城下的两股人马都吓得不轻,未及回神,空中嗖嗖的利箭破空之声大作,无数飞矢密集地射将下来。由于此时人群大都聚集在一起,密密麻麻地围了一圈又一圈,射下来的箭几乎支支不落空,人一批一批地倒了下去。与此同时,整个军营亦乱作一团,除了被箭射死的之外,相互踩踏而亡的人也是不计其数。

王炽抬头一看,城头上的清兵正在轮番射箭,且不论是杜文秀的起义军,还是李耀庭等人的乡勇,一律皆在其射杀范围之内。城内官兵的这一招,着实大出王炽的意料之外,定睛再往辛小妹的方向一看,人影幢幢,士兵四处乱窜,哪儿还有辛小妹的踪迹!王炽见状,这一惊端的是非同小可,急忙朝岑毓英道:"快去找小妹!"

原来杜文秀的人马将昆明城围住了,攻城的间隙大军就在城下休息,若换在平时,断然不可能让城上的人偷袭成功,现在一来刚刚经受了场纷乱,二来所有的人注意力都集中到双方的谈话中去了,这才让城内的官兵有了可乘之机。但由于王炽这边的人马距城门相对较远,伤亡并不是很大,在李耀庭、杨振鹏等人的指挥下,大部分已退了出去。岑毓英吩咐士兵将王炽抬起来后,道:"王兄弟放心,我一定把她找回来!"他把手里的刀一扬,挡开来箭,向人群中闯了进去。

没走出多久,正好遇上马如龙,便问道:"可见到小妹?"

马如龙也是在四处寻找辛小妹,急道:"你我分头去找,不管有没有找到,一会儿去前头与王炽会合。"岑毓英应声好,又往人群里跑了过去。

一阵大乱之后，双方人马都已退了出来。因是时彼此还来不及调整队伍，都怕对方来袭击，所以两支部队相隔距离较远，谁也没办法在短时间内攻击对方。

王炽提着颗心，焦急地等着马如龙和岑毓英的消息。这个时候天将破晓，天空已然露出了淡青色的亮光，在淡淡的晨曦之中，两条人影飞快地往这边跑来，其中一人的背上还背了个人。

王炽心里一紧，他隐约看到背后所背的那人耷拉着头，两条手臂在前面晃来荡去，一点儿力气也没有。他知道所背的那人定然是辛小妹无疑，看她的样子像是受了极重的伤，情急之下，从担架上撑着坐了起来。

背着辛小妹的是马如龙，他跑过来的时候，脸上一丝血色也没有，眼里却布满了血丝，红得像是要溢出血来。王炽一看他这副神情，心里"咯噔"一下。及至马如龙把辛小妹放下来时，只见辛小妹的背后插着两支箭，脸上全是血污，嘴巴里面也都是暗红色的血。

王炽见状，脑子里陡然轰的一声，整个人如同被雷击了一般，震了一震。杨振鹏俯下身去探了探辛小妹的鼻息，手指伸到她的鼻端时，微微一抖，迅速又缩了回来。

王炽看了看杨振鹏清秀的脸上那一脸的惊慌，又看了看辛小妹那毫无生气的脸，突然爬下担架，爬到辛小妹的跟前，颤抖着手摸向她的脸，当触及她那冰冷的脸颊时，整个人为之一震，张开嘴要呼喊出声，突地喉头一甜，哇地喷出一口血来，昏厥了过去。

当众人七手八脚地去料理王炽时，马如龙眼里的泪珠终于忍不住落了下来，随即双腿一屈，跪倒在辛小妹的尸首面前，低下头去，肩膀不断地耸动着，无声地悲恸起来。

有人说失去了才会知道珍贵，而对马如龙来说，则是在战场上看到了生命的脆弱之后，才知道生命以及爱情的宝贵。可是当这个少年将军在战场上逐渐成熟起来，认识到生命中的一切来之不易的时候，一切却已不复重来，悔之晚矣！

杨振鹏走上前去，慢慢地蹲下身，拍了拍马如龙那抖动的肩膀："此非久留之地，我们应找个安静的地方，让小妹入土为安。"

马如龙抬起头，怔怔地看着杨振鹏。是时，他坚毅的脸上挂满了泪水，厚厚的嘴唇轻轻地抖动着，湿润的眼里有悲伤，有悔恨，亦有愤怒，十分复杂。杨振鹏从来没见过他这样的神情，被他看得心里有些发毛，问道："将军，你怎么了？"

"你是我兄弟吗？"马如龙浓眉一扬，沉声问道。

杨振鹏一愣，道："自然是的。"

"可是能生死与共、出生入死的兄弟？"马如龙再问。

杨振鹏被他问得莫名其妙，却又觉得有些不太对劲儿，剑眉一动，断然道："自然是生死与共的兄弟！"

"好！"马如龙咽了口唾沫，霍地站了起来，"跟我杀回去，为小妹报仇！"

杨振鹏愣了一下，杀去哪里？岑毓英正在给王炽换药，听了此话，也是惊了一惊，不由得把头转了过来。李耀庭秀眉一动，忙道："不可！你要是杀回昆明城去，小妹就白死了！"

"小妹不是为护昆明城死的。"马如龙暴喝道，"她是被桑春荣杀害的！"

李耀庭道："我们辛苦周旋，死了这么多人，就是为了守住昆明。何况现在杜文秀的大军正在不远处，你要是领兵去攻城，岂非正中杜文秀下怀？"

"放你娘的狗屁！"马如龙圆睁着双目，那神情仿似要吃人一般，恶狠狠地瞪着李耀庭道，"我不管你们拼死拼活为的是什么，我只知道小妹是让桑春荣那老浑蛋害死的。哪个要是敢拦我，休怪我不给情面！"

"你敢！"李耀庭两眼一突，断喝道。

"怎么，你要与我动手吗？"马如龙眼中凶光一闪，拔出了佩刀。

岑毓英本就对马如龙怀恨于心，一直想与他对干一场，找回些面子，苦于马如龙反水后一直找不着机会，这时见李耀庭要与其动手，心下一喜，起身走过去，道："小妹之死，大家心里都不好受，可私情归私情、大义归大义，你小子要是敢帮乱军侵占昆明，这里的兄弟怕都不会答应。"

李耀庭毕竟是儒将，心思细腻，听了岑毓英这话，心中暗自一震，心想，岑将军带出来的人被马如龙杀得所剩无几，早就要找马如龙拼命，这时候他掺和进来，怕是要公报私仇！

思忖间，他抬头往对面看了看。此时天色已然大亮，可隐约看到杜文秀的军队已然休整完毕，随时都可能打过来，如果现在自己这边先乱了阵脚，后果不堪设想。

如此一想，李耀庭率先冷静了下来，恰好这时候杨振鹏见双方一触即发，上来说道："所谓道不同不相为谋，与其在这里莫名其妙地大打出手，倒不如分道扬镳，各走各的路。"

"嘿嘿，你走了之后，要是直奔昆明城，岂非是放虎归山？"岑毓英明摆着要趁机报复，正要继续挑拨，却让李耀庭制止了："杜文秀在对面虎视眈眈，我们这里要是乱起来，大家都讨不了好，由他去吧。"

待马如龙领着他自己及辛作田旧部的五六千人离开后，岑毓英忍不住道："如果他真去打昆明城，如何是好？"

李耀庭想了一想，说道："如果马如龙真去找桑春荣算账，杜文秀吃不准他的心思，估计会作壁上观，我们也就暂时安全了，无须急着转移。先把王四救过来，再从长计议吧。"

岑毓英悻悻地转过身去，继续去照料王炽，好在李庭耀从大夫处拿了不少药，给他重新包扎了伤口，服了些药物后，没过多久，便又醒了过来。岑毓英喜道："王兄弟，你可算醒过来了！"见王炽睁开眼后，看着辛小妹的尸首怔怔落泪，岑毓英急道："兄弟，事已至此，悲痛已是徒劳，想开些吧。"

岑毓英不说还罢了，如此一说，反而勾起了王炽的心伤，想他曾暗自许下诺言，不叫她再受到丝毫伤害，如今却把她的命都丢了，一个男人若连心头所爱的女人都保护不了，还有什么颜面立于天地之间？

如此一想，心头思绪纷飞，懊恼、悔恨一股脑儿往上涌。李耀庭见他的脸色又有些不对劲儿，心想他重伤在身，如此下去非要了他的命不可，便上去与其商量眼下局势，以分其心："马如龙已去了昆明城，说是要给小妹报仇，杜文秀的部队就在距此不远处，昆明城依然危如累卵，须快些想办法，解救昆明。"

王炽的眉头一动，满是痛楚的眼里精光倏地一闪："我们要救昆明，但也不能太便宜了桑春荣！如花一般的生命就这样逝去了，换哪个心头能够平静？让他去打吧！"

李耀庭眉头一沉，道："罢了，要打就好好地打他一场。岑将军，与我一道去吧。"

岑毓英讶然道："你要去帮马如龙攻城？"

"今天早上桑春荣不分青红皂白，一通猛打，固然起到了击退乱军的效果，可我们的人也遭了池鱼之殃，这说明了什么？说明桑春荣在谋划的时候，将我们也算计在了里面。"李耀庭皱了皱眉头，道，"这一切皆缘于那日我们出城后便没有回去，致使恒总督自尽。桑春荣一定以为我们是临阵脱逃，无心保护昆明，于是便起了杀心。如果不给他点儿颜色看看，逼他与我们合作，我们就会两头都不讨好，身份会十分尴尬。此外，马如龙开始攻城后，杜文秀虽暂时会作壁上观，但时间一长，难免又会跟马如龙合作，要真是出现那种局面，就大大的不妙了。因此我们须速战速决，尽快逼桑春荣向我们妥协。"

岑毓英想了一想，道："要是我们也掺和进去，万一杜文秀来搅局，如何是好？"

"不会。"李耀庭摇摇头道，"杜文秀疑心重，短时间内不会有什么动作。"

岑毓英似乎还是有些担心，回头去看了王炽一眼。只听王炽道："你们去吧，我要留下来再陪陪小妹。"李耀庭叹息一声，留下几人保护王炽，便率军去了昆明城。

王炽看着那一万余众渐行渐远，目光缓缓地移到身侧辛小妹的尸体上，眼里浮现出一种茫然、落寞的神色。

自那日离开弥勒乡，带着辛小妹来到昆明，王炽的目的十分明确，那就是为了生意，趁着这里大乱来赚他一笔。后经一番运作，恒春认可了他，昆明接受了他。当他终于如愿以偿，可以在昆明放手去大干一场的时候，落入了杜文秀的圈套，也导致了昆明的这场血战。

无数的人在这座城里倒下，鲜血洒满了这片土地，恒春死了，袁立诚死了，辛作田死了，连无辜的小妹也不幸遇难……今时的果，昔日的因，与其说这是中了杜文秀的圈套，倒不如说是跳入了自己设下的圈套更为贴切。

王炽动了动眉头，看着小妹那平静的脸、紧闭的嘴唇，想着她以往那生动的表情，若连珠炮般说话的样子，不由得又是悲从中来。他侧过身，将小妹拉了过来，抱在怀里，紧紧地拥抱着，仿佛要用体温将她冰冷的身体焐热一般……

桑春荣听到马如龙卷土重来的消息时，心头异常沉重。在这位读了一辈子圣贤书的老先生眼里，不管是马如龙、杜文秀，还是李耀庭、岑毓英，都是不折不扣的乱民，只不过前者是趁乱打劫，后者是浑水摸鱼，如此而已。特别是当杜文秀领着大军攻城之时，李耀庭、岑毓英出城后一去不复返，桑春荣便断定，李、岑之徒只是浪得虚名、浑水摸鱼之徒。

看着总督府灵堂上恒春的灵柩时，桑春荣甚至还在暗中怨责恒春用人好坏不分、忠良不辨。所谓生当为人杰，死亦为鬼雄，即便是城破了、人亡了，只要气节还在，就能受到后世敬仰。你现在用错了人，不光当朝皇帝要怪你，怕也难逃后世斥责，这该是件多冤的事啊！

也许这就是读书人，如果说恒春如李耀庭一般，有读书人的英雄主义情结，多少带了豪气，那么桑春荣便是实实在在的现实派，一根筋，说一不二。

马如龙来袭，桑春荣也担心、也害怕，但是他所担心、所害怕的是这一城的百姓会受苦，相反并不忧心自己的安危。所谓人生自古谁无死，留取丹心照汗青，只要死得有价值，死了又如何呢？

桑春荣已经准备好了要与昆明城共存亡，他要把他的一腔热血洒在这里。

做了这样一个决定之后，桑春荣那消瘦的脸顿时就凝重了起来。他穿上一副武将用的披挂，从头到脚都好生理了一遍，一如行将就木的老者给自己穿戴寿衣，那样子十分庄重且严肃。穿戴齐整后，他沉沉地说了声"走"，与一名随从一道去了城头。

马如龙是憋着一口气来的，一到了城下就发起了攻击。桑春荣走到城头之时，双方激战正酣，各有一定伤亡。

桑春荣在城头站定，往正在激战的众将士看了一眼，霍地大声喊话道："将士们，所谓养兵千日，用在一时。当今国家临难，乱寇四起，正是我等投身报国之时，哪怕是流尽最后一滴血，也要与城下的乱寇死战到底！"

此等的喊话，若是换在出征前，自然可激励士卒，鼓动士气，可正当双方打得你死我活的时候，本来就在血战了，再说这样一番话，不但没有任何意义，反而会使将士分心。更把城下马如龙的怒意激了上来，心想，你这老不死的东西，刚刚不分青红皂白一通猛打，现在又要与我死战，那我就让你先流尽最后一滴血吧！

他心念转动，伸手从箭囊里取出一支箭，搭箭拉弓，对准了桑春荣就要射。

那桑春荣的确是把硬骨头，他情知今日必死，所以当看到马如龙拿箭对准他的时候，他非但没躲，还挺了挺胸膛，昂然而立，心想，若是我的死能唤起城内将士更大的斗志，死了又何妨？

马如龙本引弓拉弦，要一箭将其射杀，见到他那坦然受死的样子时，反倒是愣了一愣。便是在这愣怔之时，李耀庭、岑毓英率军到了。李耀庭见他果然要射杀桑春荣，着实吓了一跳，喊道："且慢！"

马如龙回过头去，浓眉一扬："你来作甚？"

"你杀他，便是成全了他的忠义，却给你自己断了后路。"李耀庭故意看了眼城头上大义凛然的桑春荣一眼，"他的子孙会因为他的死而世受庇荫，你呢？"

马如龙见桑春荣慨然赴死的样子时，心中便觉奇怪，经李耀庭这么一说，猛然醒悟过来，寻思道：是啊，一箭叫他死了，岂非太便宜了那老贼？便问道："当下该如何？"

李耀庭伸出手道："把弓箭给我。"

马如龙迟疑了一下，收回了箭，交到李耀庭的手里。李耀庭拿弓在手，拉弓引箭，依然对准了桑春荣。

李耀庭此举着实把马如龙弄蒙了，心想，我射是便宜他，你射便不是了吗？

心念未已，只听得"嗖"的一声，利箭划破天空，挟起一道劲风奔向桑春荣，不偏不倚正好落在其右边的肩膀之上。桑春荣本就是个读书人，手无缚鸡之力，哪经得起这一箭之力？身子被李耀庭射出去的箭劲带出数步，连人带箭倒在地上。

按照桑春荣的设想，他这一倒必能激起将士死战的决心。事实上这是比较理想化的想法，漫说是他死了，只这一倒就让城头的将士身心大乱，城上的兵力本来就所剩无几，现在主心骨倒了，这仗还怎么打下去？

李耀庭看准了这一时机，提了口气喊道："城上的兄弟听着，我等并无反心，更不想攻城，实是受桑大人逼迫，不得已而为之。如今乱军就在不远处虎视眈眈，我们再这么打下去，昆明城必失无疑。我以项上人头担保，只要你等放我们入城，我们定全力以赴，与你等一起共守昆明！"

城头上的将士看了眼桑春荣，见其已昏死过去，早就没心思打了，再者他们心中也如明镜一般，情知这场纠纷是桑春荣引出来的，又听李耀庭以人头担保，要与他们一起死守昆明，还有什么可犹豫的呢？当下便让人开了城门，放李耀庭大军入城。

李耀庭见城门开了，暗松了口气，边指挥大军入城，边让马如龙去接王炽来。

马如龙一来见桑春荣被射倒，二来确实也不想给自己断了后路，是时心中的怒气消了不少，便带了几人去接王炽及辛小妹的尸首入城。

在远处观战的杜文秀，本是打着看好戏的心态坐山观虎斗，甚至想着等他们打得差不多时，过去收拾一下残局，坐收渔翁之利。当他看到王炽入城的时候，顿时就懊悔不已，接连大叹三声，暗责自己的疑心病确实太重了。如今时机已失，再加上粮草不济，只得下令撤军。

旬日之后，辛小妹已入土为安，葬在了其兄辛作田的旁边。

这一日，王炽伤势渐愈，因心里烦闷，便提了壶酒，买了几样小菜，去了城郊辛家兄妹的墓地。临近时，发现已有人坐在坟前，也是一壶酒、几样小菜，面对着辛家兄妹的坟墓独饮。

王炽仔细一看，见是马如龙，便大步走将上去。马如龙听得脚步声时，亦回过头来，见到王炽时，讶然道："你也来了！"

"看来我们心里都有些不痛快。"王炽在马如龙的对面坐下，望着辛家兄妹的坟墓，微微一叹，"从表面上看来，我们都入了城，似乎各偿所愿，其实心里却空了，空得让人发慌、发怵。"

马如龙虎目中精光一闪，"嘿嘿"怪笑一声："你入城本就是为了生意，现如今可以在这座城里大展拳脚，为何平白生出这般感叹？"

王炽也是"嘿嘿"一笑："你入城也无非是想从良求官，现如今桑春荣被任命为代理总督，李耀庭、岑毓英因了护城有功，也将受封，又岂能落下你？"

马如龙仰头一笑，举起手里的酒壶灌了一口："如此说来，你我生平之志，似乎都已实现了！"

王炽苦笑道："倘若失去的比得到的多，倘若时光能够倒转回去，我宁愿不要眼前所得到的。"

马如龙浓眉一动，问道："看来你的胃口不小！今日既撞在一起喝酒了，不妨吐些心事出来听听。"

王炽眉头一蹙，说道："我生平便是想学陶朱公，纵横商海，仗义疏财。"

"敛财，散财，好气魄！"马如龙肃然道。

"可眼下我所做之事，未免轻率莽撞，过于自以为是，与陶朱公相比起来，着实有云泥之判。"王炽目光一转，问道，"我也想听听你的志向。"

马如龙没有说话，又举壶喝了口酒，这才说道："我祖上世代忠良，累沐皇恩。先祖马坚在明朝时是临安指挥使，及至叔父马济美时，依然担任着江西九江总兵之职。我身在武将世家，从小所受的便是精忠报国之教育，从来就没想过要揭竿造反，做那些大逆不道的事。可世事难料啊……"

说话间，马如龙看了辛小妹的坟墓一眼，又道："阴差阳错让我遇见了她，又在婚礼之上弃她而去，从此后打着只欲报仇、不敢为逆的旗号。如此兜兜转转又回到了原地，却已物是人非。"

王炽举起酒壶，与马如龙碰了一碰，颇有些酒逢知己千杯少的意味，两人都是一口气喝了大半壶酒。

马如龙抬手抹了把嘴，道："今日既与你交了心，不妨再跟你说件事。"

王炽问道："何事？"

"昆明恐非你我久留之所。"

王炽诧异地道："为何？"

马如龙冷笑道："那桑春荣虽也不是什么歹人，可此人行事只认死理，他要是认为我等非良善之辈，即便是有人给你立了贞节牌坊，那也无济于事。"

王炽闻言，心头一震，心想此话倒是在理，那桑春荣一根筋通到底，无容人之量，怕是早晚要被他驱逐出城。

马如龙见他没有发话，以为是他不信自己的话，便又说道："你我与李耀庭、岑毓英他们不同。他们是乡勇出身，一直为朝廷出力，而你我呢，一个曾是乱军，一个是无利不起早的商人，他岂能与我等一同谋事？"

王炽问道："那我俩该如何是好？"

"走为上策。"

王炽闻言，神情间愣了一愣。为了入这昆明城，费了九牛二虎之力，若是就这样走了，岂能甘心？

马如龙看了眼他的神色，嘿的一声冷笑，"怎么，舍不下吗？"

"我要是说舍得下，你能信吗？"王炽低头思量了会儿，道，"即便是要走，也要赚他一把，不然的话，日后难以为生。"

马如龙摇头失笑道："你果然是无利不起早的商人！"

"富则强，强则盛，不管是国家还是个人，只有富了方可图事。"王炽起身，在辛家兄妹的坟前鞠了一躬，道："辛大哥、小妹，并非在下图财，人生一世，草木一春，如此短短几十载，若不能将一件事做透了、做绝了，几不可成事。故在下只是想成就一番事业，在有生之年报效国家，望两位地下有知，莫要怨我！"

马如龙亦随王炽起身，在坟前鞠了一躬，两人并肩离去。

药材生意自古以来便是一块肥肉，令许多从商者眼红。只不过因其特殊性，一直被官方抑或有背景的商人所垄断。

云南经过几场战事后，药材变得紧缺起来，王炽所指的赚他一把，便是要走一单药材。他从熟悉的广西州、弥勒乡购入，利用马帮再运回昆明。漫说他在昆明有官府的支持，即便是在平时，亦能赚取数倍的差价，是时战事刚平，伤员较多，价值就更高了。

这一日下午，马队到了抚仙湖畔，澄江镇已然近在眼前。这时候不过申时，太阳才刚刚偏西，虽说秋后日落较早，可毕竟离天黑尚有些时间，再赶一镇之地完全没有问题。然而面对此时此景，勾起了王炽的回忆，想起了昔日也是在这抚仙湖畔、澄江镇内，与辛小妹结伴同行的日子，便决定去澄江镇打尖入宿，明日再行。

马帮兄弟不知王炽的心思，听其说要提早入宿，以为是特意照顾他们，纷纷告了谢，往澄江镇而去。

及至镇口的那家客栈，大伙儿在后边的院子里卸了货，吩咐店家给马喂上草料后，只留下两位兄弟看守，其余人来到前边吃饭。

由于未到饭点，客栈里还没有客人。王炽专门坐到那晚与辛小妹坐过的那张桌子上，独酌独饮起来。如此边饮着酒，边想着心事，不知不觉，一壶酒已然空了，待要叫店小二再沽一壶酒来时，突见店门口人影一闪，进来一个人。

王炽因心中有事，所谓酒入愁肠愁更愁，已略有些醉意，用眼角的余光瞟将过去时，见走进来的那人是个清清瘦瘦的小伙子，一脸的泥污，穿着身破破烂烂的灰白衣衫，外套了件暗棕色的马褂，胸口处还破了两三个洞。头戴顶圆形的布制帽子，辫子也有些散乱，消瘦的手里捏着只碗，显然是一个落荒的乞丐。

这小伙子甫入内，店家就走过去驱赶："去去去，到别处要饭去，不要妨碍了我们的生意。"

王炽听得店家驱赶，便回过头去看，只见那小伙子虽说是一副乞丐的模样，满身都是污垢，但那双眼睛乌溜溜的甚是雪亮，脸上也并无慌张之色，且长得颇为秀气。他心想，这年头兵荒马乱的，也许是哪家的少年公子遭遇兵燹，才落得如此境地。读书人被逼到这等地步，已是斯文扫地，实不该再叫他受这种欺凌。

心念转动间，他便喊道："让他进来吧，再添副碗筷，与我同桌来吃些。"

听了客人如此说，店家自然不好再驱赶，只得让他入内，另拿了副碗筷上来。

那小伙子腼腆地走到王炽跟前，弯了腰告谢。王炽请他入座，道："小兄弟不必客气，快吃些东西吧。"

那小伙子又道了声谢，向王炽报以一笑，这才动筷子。王炽发现他一笑之间露出一副皓齿，吃起东西来也是慢条斯理，更加肯定自己的猜想，便微笑道：

"小兄弟可是出身于书香门第？"

那小伙子赧然一笑，道："在下本是广西州太平镇人氏，姓李名孝孺，原本父亲办了个私塾，日子也算是殷实。可前些日子乱军来犯，兵燹频起，镇子里的大多数男丁因此战死，父亲被一支流箭射中，在床上躺了几天后，眼睛一闭走了。在下的生母早故，父亲一死，这个家也就散了。怎奈在下只是名手无缚鸡之力的书生，读书写字尚可，出来讨营生却非在下所长，便落到了今日这等田地，实在是惭愧得很。"

王炽听他说话细声细气，娓娓道来虽也有愤然之处，却依然放低了声音，连旁桌的人都不曾惊动，是个不折不扣的读圣贤书之人，心下对他的遭遇颇为同情，叹道："生逢乱世，奈何百姓！"

李孝孺又吃了些饭菜，忽似想起了什么事，望了眼王炽，想要说话时，却欲言又止。王炽似乎看透了他的心思，说道："小兄弟可是无落脚之处？"

李孝孺脸色一红，轻声道："正是！不知道大哥可否让在下留宿一晚？"

"无妨！"王炽道，"一会儿我再订一间上房便是。"

"在下不要上房！"李孝孺忙摇手道，"适才在路上时，在下便看到大哥拉着一批货物在此落脚，晚上只需与大哥的这些兄弟一起，在院子里睡一晚便可。"

王炽道："这如何使得。小兄弟是读书人，如何能让你受这般委屈？"

李孝孺固执地道："沦落之人，能有一席之地栖身便已足矣，若是叫在下睡上房，反而睡得不安心。"

王炽见他执意不肯，也就不再勉强，边吃边又说了些闲话。已是日落时分，马帮兄弟也吃得差不多了，就一路去了后院，让值守的两人出去用饭，又吩咐六人分作三班，轮流保护货物，叫值班之人好生善待李孝孺。

一夜无话，次日早上，王炽起床出门时，并未见到那李孝孺的身影，就向值守的人询问。值守者说是天还没亮就走了，还托话说感谢王大哥留宿赐饭之恩。

王炽嗯了一声，吩咐马帮兄弟把货装上，待用完早点后即刻动身。众人称好，说话间已有人跑去牵马。谁知没过许久，去牵马的人慌慌张张地空手跑了回来，道："我们的马不知为何都在拉稀，一时半会儿怕是走不了。"

王炽暗吃了一惊，急步走过去看。到了那边时，负责喂马的店小二业已在那儿，见到王炽后忙解释道："昨天晚上小的给马喂的是上好的草料，决计出不了差错。"

王炽干马帮这一行已有不少年头，他抓了把草料往鼻子处闻了闻，便知是昨晚有人在草料里做了手脚，当下把昨晚的情景前前后后想了一遍，能在这里活动且有机会下手的只有两个人：一个是店小二，另一个是李孝孺。店小二自然不可能做这等事，莫非是那李孝孺？

王炽眉头一蹙，那李孝孺分明是个规规矩矩的读书人，且与自己素不相识，如何会与自己过不去？

如此思前想后，百思不得其解，但马既然走不动了，着急也没什么用，只得拌些草药混在马草内，待下午马恢复了力气再动身。

用了午饭后，临出发前，王炽叮嘱马帮兄弟一路上须小心在意。马帮兄弟都明白行走在茶马道上多少都会有些危险，但最怕的是不知道对手是谁，便问王炽可有看出那个李孝孺的来路。

王炽摇头道："目前还无法确定是不是那李孝孺与我们过不去，即便是他做的，也确实没看出是哪一路的人、有什么目的，总之在路上时小心些就是了。"

众人应是，赶了马从客栈里出来，踏上了去往昆明的路。

离开澄江镇境内后，便是一段崎岖的山路。这是一片连绵十数里的大山区，东有麒麟山，南有老虎山，西北有盘龙山、苏家大山等，一座座山头起伏，横亘数里。且山中林子茂密，树林参天，浓密的树叶几可将光线遮蔽。在这样的山路上行走，不光要防备山匪，还得留意着猛兽出没。

王炽认为，如果说暗中在客栈下药那人，果然是为着这批货物而来，那么这里就是最好的打劫所在，马匹虽说已基本恢复了脚力，但毕竟拉了一晚上的稀，想跑都跑不动。寻思间，他叮嘱大家打起精神来，随时准备迎战。

可凡事都有意外，一路过了麒麟山，非但没见着劫匪，连个人影都没见着。

如此一来，反倒让王炽觉得莫名其妙，心想那下药之人究竟存了什么心？寻思间，看见山脚下有座茶棚，里面坐了十五六个人，粗略打量了一下，那些人当中有脚夫、商人以及过往的行人，三教九流的都有，打扮各异，倒不像是山上的劫匪。王炽一行人走了几个小时的山路，本想在那茶棚歇脚，但细细一想，他打消了这个念头，不管那些人是不是劫匪，趁着天色没黑之前走出山区，找个村镇落脚才是上策，于是回头交代大伙儿再辛苦一下，去前面的村镇打尖儿。

马帮里的人都是吃得了苦的人，再者也明白在山里不安全，便齐声应好。

一行人路过茶棚时都闷头赶路，也没去往茶棚里面看。正在这当口儿，突听有人叫道："王大哥！"

王炽听这声音有些耳熟，转头一看，心下微微一震，原来那人正是乞丐一般的李孝孺。

他依然显得十分腼腆，边笑着边走过来，及至王炽跟前时，腰身一弯，行了个礼："王大哥请了！"

王炽虽说不敢确定李孝孺就是客栈下药那人，可在这穷山恶水之间再遇此人，不免生了些警惕之心，往坐在茶棚里的那些人扫一眼，见并无异状，这才略微放心，想这李孝孺举止斯文，连说话都是细声细气，料来也不会是打家劫舍之辈，可能真是自己误会了他。当下他便笑道："真是人生何处不相逢，居然在这里又遇上了小兄弟！"

李孝孺微哂道："在下四处漂泊，居无定所，原是想在这里讨口水喝，竟与王大哥不期而遇，实乃有缘，若是大哥不嫌弃，在下请大哥喝一碗茶如何？"说话间，见王炽面露讶异之色，又解释道："今儿早上在山下遇到一批商旅，因他们的马车陷在了泥里，在下便帮他们推了一把，许是他们见我穷迫，便赏了几个制钱给在下，因此大哥的这碗茶，在下是请得起的，你那些兄弟……嘿嘿，在下就心有余而力不足了。"

王炽看到李孝孺那面红耳赤的样子，以及真诚和赧然的神态，委实狠不下心去拒绝。要知道富人请客如家常便饭一般，十分稀松平常，而穷人相请便不同了，即便是一杯清茶也是十分难得，当下又看了眼茶棚里的这些人，确定没什么危险后，索性让马帮兄弟都在此歇一歇脚，待喝碗茶再赶路。

李孝孺恭恭敬敬地把王炽请到一张桌子前，待其落座后，又亲自倒了碗茶：

"王大哥请！"

茶是云南山区十分普通的山茶，并无什么清香可言，然而因了王炽对读书人的尊重，以及李孝孺的这份热情，心下很是高兴，端起来便要喝。然而就在茶碗放到嘴边时，下意识地犹豫了一下。也许王炽并没有要提防着李孝孺，只是出于潜在的警惕之心，对这里的环境不怎么放心。但王炽这一细微的动作，落在了李孝孺的眼里，正要开口时，只见王炽将茶水喝了一大口。李孝孺见状，露出一抹笑意，说道："茶不是好茶，王大哥将就些喝吧。"

王炽笑道："喝茶贵在心情，不在好坏，小兄弟客气了。"

说话间，山道上又来了六个人。为首的那人长得又矮又胖，脸也是圆圆胖胖、肥头大耳，嘴上却又留了两撇稀稀松松的鼠须，手提把钢刀，走起路来一摇一晃，颇有些滑稽。

王炽见了那人，着实是又惊又喜。喜的是那人他认识，且还有些交情；惊的是那人是在广西州虎头山一带活动，这里并非他的山头，为何也出现在这里？是偶然相逢，还是这里真的有什么古怪？

原来那矮矮胖胖的中年人正是孔孝纲，跟席茂之、俞献建三人占山为王。昔日王炽带着辛小妹路过他们的山头时，不打不相识结下了缘分，这孔孝纲在三人之中年纪最小，每日巡山的苦差事都是由他负责。

及至孔孝纲走近茶棚时，王炽正要起身去打招呼，却看到孔孝纲的眼睛朝他眨了一眨，然后便当作不相识一般，径直往一张桌上落座。六人坐了满满一桌，招呼主人上茶。

王炽愣了一愣，心想，孔三哥这是什么意思，难不成这里真有蹊跷？寻思间，他又往茶棚里所坐的人扫了一眼，不由得心头一凛，胸腔内咚咚直跳。

茶棚里所坐的还是那些人，那些人依然没有什么异状，平静得便如偶尔于此相会的过往行人。

可是在特殊的环境下，太过于平静，往往就是最为凶险的。

茶棚里的这些人在王炽到来之前就坐在了这里，谁也不知道他们在这里坐了多少时候，而且他们桌前的茶水并没怎么动，很明显这些人并不是真正在此喝茶的，换句话说，他们是有企图的。

如果说茶棚里这些形形色色的人都有古怪的话，那么眼前的这位李孝孺可能也是其中的一分子，他们精于装扮，装成叫花子并不奇怪。而且昨晚客栈里只有他一个外人，暗中在草料里做手脚之人非他莫属。

想到这里，王炽迅速地看了眼李孝孺。他依然是一副腼腆清秀的样子，乌溜溜的眼睛清纯得如同眼前碧绿的山水，不带丝毫的杂色，那神情会让人觉得若怀疑他是个歹人，简直就是一种罪过。

王炽狐疑地把目光收回，只听到孔孝纲大声道："这茶水该不会有什么问题吧？"

卖茶的是个五六十岁的半百老者，生得很是瘦小，惊道："壮士说笑了，小人做的是小本买卖，岂能做这等伤天害理之事！"

话音未了，只听咚咚几声，跟着王炽出来的那十二个马帮兄弟纷纷倒在地上，不省人事。

王炽这一惊端的非同小可，霍地站了起来，也就是在站起来的当口儿，他惊奇地发现自己居然没事！

这倒并非王炽心慌了乱猜想，当所有的马帮兄弟都倒下时，只有他一个人没事，的确是件十分奇怪的事儿。王炽又迅速地看了眼李孝孺，刚才喝下去的那碗茶是他倒的，也就是说那是他喝过的茶，莫非无意中他救了自己？

正值此时，李孝孺的脸色变了，眼里射出一道精光，伸出手落在王炽的肩头，用力一按，这一按之力颇大，绝非手无缚鸡之力的书生所能使得出来的。王炽猝不及防，被他按倒在座位上。

王炽只觉一股寒意袭上心头，抬头往那李孝孺看去时，只见他往向走出两步，朝孔孝纲拱了拱手道："这位兄弟，这里的事与你无干，你请吧！"

孔孝纲一手按着放在桌上的钢刀，一手扶着桌子，身子一动也不动，并没有想要走的样子："孔某行走江湖，所见之人如若过江之鲫，多了去了，你可知道我最看不惯哪种人吗？"

此时李孝孺的脸依然清秀，却完全没了腼腆之色，多了份沉着，脸色微微一沉，问道："愿闻其详。"

孔孝纲"嘿嘿"冷笑一声："一是装神弄鬼，二是下蒙汗药。"

李孝孺嘴角一撇，不以为然："下蒙汗药我认了，装神弄鬼却是从何说起？"

"我跟你一路了，从广西州一直跟到此地。这些人都称你为大小姐，分明是一个乔装改扮的雌儿，偏偏要装成乞丐，难道不是装神弄鬼吗？"孔孝纲把钢刀拿在手里，站起来，面朝李孝孺道，"你们一直在暗中跟随着这支马帮，一路上有很多下手的机会，而你却没有动手，可见并没有要劫货的意思，也不像是一般的流寇，偏偏在这里扮作路人，选了这个穷山恶水的地方向他们动手，究竟意欲何为？"

王炽听到这番话时，着实是吃惊不小。这帮人一直在暗中跟随，自己却浑然不知，更加奇怪的是这自称李孝孺之人，竟然是乔装改扮的女流之辈！如果不是让孔孝纲发现了，自己是怎么死的都不知道。想到此处时，不由得冷汗涔涔直下。

李孝孺被揭穿了身份，脸上微微一怔，索性将头上的那顶破圆帽摘了下来，扔在地上，淡淡的眉毛一扬，道："我意欲何为，与你有什么干系？"

"这干系大得很哪！"孔孝纲晃了晃肥胖的身子，说道，"我从广西州一路跟来，你以为是你长得美若天仙，看上你了吗？实话与你说了吧，这位王兄弟是我的朋友，这件事我管定了。"言落间，朝王炽道："王兄弟，他们虽有十余人，但都不是硬角色，接下来怎么干，你说吧！"

王炽站起身向孔孝纲拱拱手，算是致谢，而后转向李孝孺道："你究竟是谁，与我有什么过节儿？"

"我叫李晓茹，昆明人，你我并无过节儿，我也没想过要杀你。"李晓茹顿了一顿，道，"但你的这批货我要了。"

"哦？这可就奇怪了！"孔孝纲忍不住插嘴道，"这一路上来，你有许多机会下手，可你却放过了。傻子都看得出来，你的心思并不在这批货物上，这时候却说要留下这批货，可笑啊可笑！"

李晓茹毕竟不是行走在江湖上的人，让孔孝纲说破了心思，脸上一红，因了两次被孔孝纲揭穿计谋，对他恨之入骨，嗔怒道："你这死胖子，处处与我过不去，今日绝饶不了你，杀了他！"

茶棚里的众人闻言，纷纷往孔孝纲等人扑将过去，连那瘦小无神的茶棚主人一时间也似换了个人一般，抄起一根烧火棍就往上冲。

孔孝纲嘴上虽说这些人不是练家子，叫王炽不用担心，可行走江湖，做的是刀头舔血的营生，身上没有些真本事，谁敢出来混？他心知自己这六个人绝非他们的敌手，因此早就谋划好了脱身计策，还未待他们围上来，就抢先一步，往李晓茹奔来。

孔孝纲人虽肥胖，动作却丝毫不慢，疾风似的冲到李晓茹跟前，钢刀一扬，往她身上砍落。

李晓茹显然也是练过的，但毕竟是女流之辈，见对方这一刀砍过来，气势如虹，心下一慌，踉跄地躲了开去。然而躲是躲开去了，背后却是空门大露。孔孝纲是何等人物，收了刀，左手一探，抓住了其背后的衣服，只一扯，便将她拉了过来，右手一晃，就已把刀扣在了其脖子之上，喝声："还不快住手！"

众人大惊，纷纷收了手。王炽见孔孝纲先声夺人，一招制敌，暗暗松了口气，走上去，问道："李姑娘，现在可以说了吗？"

没想到这李晓茹的性子倔得很，横了他一眼，道："说什么？"

王炽道："为何要为难我。"

李晓茹冷哼道："我若是不说，你敢杀我吗？"

孔孝纲哈哈笑道："杀你这个黄毛丫头有什么难处，大爷我只需把手轻轻一动，你的小命就报销了。"

"哦，是吗？"李晓茹全无惧意，"那你倒是试试。"

孔孝纲占山为王，本来就是个狠角色，被她这么一激，怒意上涌："大爷杀人如麻，岂会在意多杀你一个小丫头！"刀锋一闪，便朝李晓茹雪白的脖子上抹去。

王炽因到现在都不知道她的身份和目的，如何能一刀把她杀了？见孔孝纲果然要动手，连忙喝阻："孔三哥，既然她不愿说，就饶了她性命吧，免得坏了你的名声。"

孔孝纲"嘿嘿"一声冷笑，道："王兄弟心眼好，今日算你走运，你走吧。"说话间一把推开李晓茹。

李晓茹捡了条性命，情知技不如人，只得招呼了茶棚里的那些人一声，转身离开。孔孝纲大声道："后会有期啊！"他这句话带有些挑衅的意味，目的是想气气那李晓茹，不想李晓茹回过身来道："你是哪座山头的？"

孔孝纲闻言，反倒怔了一怔，随即回道："虎头山孔孝纲便是！"

"好！"李晓茹抱了抱拳，"我们很快就会再见面的。"

孔孝纲哈哈一笑："那孔某恭候了！"

王炽望着李晓茹的身影消失在树林之中，露出一脸的茫然之色。这姑娘究竟是什么来头，不为货物却为何要与我过不去？

也许这时候谁也不会想到，今日之事将引出一件惊天动地的大事。

第九章
总督府设计擒龙　杜文秀兴兵压城

　　昆明战事平息后，由于地方官员的缺失，没过多久，朝廷的任命便下来了：桑春荣被任命为代理云贵总督，云南巡抚则由从湖南调任过来的潘铎担任，李耀庭、岑毓英两人许是受后来出城后未及时救援导致恒春之死的事影响，只给了个即补县正堂的虚职[1]。

　　对朝廷如此的安排，大多数人是满意的，岑毓英却是一肚子的怨气。在来昆明之前他便是县丞候补，经历了一番血雨腥风，即便是没有功劳，也是有苦劳的，依然只混得个虚职，这是什么道理？岑毓英越想越觉得委屈，且还有些被人玩弄的感觉。怎奈政治是敏感的，这种话他自然不能对人说，至多在心里埋怨一下罢了。

　　且说那潘铎是道光十二年进士，曾做过兵部主事，善谋能用兵，在调任云南之时，已有六十八的高龄。人一旦上了年纪，都有一个通病，那便是固执。潘铎的固执与桑春荣有得一拼，这一对老顽固在昆明凑到一处，便生出事端来了。

　　在潘铎到任的那天，大大小小的地方官员都赶来道贺，当然在那些前来道贺的人之中，还有昆明当地的富商。

----

[1]　即补县正堂是候补县令，虚职，只有在职位有空缺时方可上任。

富商结交新到任的官员，与江湖上拜码头一样，两厢一见面，一回生二回熟，以后就好办事了。

这一日在潘铎府上有一位昆明知名的药材商，名唤李春来，昆明的药材基本被他一家所垄断，还开了一家药行，叫作济春堂，是昆明城内数一数二的大药行。

李春来年过半百，须发已然见白，气色却是甚好，脸色红润，目光亦是炯炯有神，身穿一件缎制长衫，着一件棕色的丝绸马褂，举止之间俨然有地方大员的气派。对于这样的人物，潘铎自然不敢怠慢，要知道想在地方上安安稳稳地做官，与当地的富绅须搞好关系，这些人虽无官职，却可以在地方上一呼百应，势力很大，要是得罪了他们，给你些小鞋穿穿，那就是大大的麻烦了。

待宾客散了之后，李春来依然没有走，向一名随从使了个眼色。那随从会意，将手里一只长方形的红木箱子放在了潘铎的案头。

潘铎为官多年，自然知道这里面定然是贵重物品，而且在明面上李春来已经将贺礼呈上，现在又送上这么一只箱子，不知其意欲何为，便佯装吃惊地道："李老弟这是做什么？"

李春来哈哈一笑，道："潘大人只管放心，这里面也不是什么贵重之物，只是一盒雪参，是我们云南宝石山的特产，因其产于几千米雪山之上，浸润高山之雪水，吮吸日月之精华，有延年益寿之功效，便拿来孝敬大人，只望大人福寿绵延、身泰体健，也好保我一方平安。"

潘铎瞄了眼那红木箱子，说道："李老弟如要是有事，只管开口便是。"

李春来跟官府上的人也是打了半辈子交道了，听潘铎说出此话，就知道他已收下了那雪参，便道："蒙大人垂询，李某确有一事，要劳烦大人出手。"话落间，他语气一顿，"大人可知王炽其人？"

潘铎在到任的时候，自然听桑春荣等人提起过，他没想到李春来堂堂一方之富豪，费了这么大的劲儿，居然是为了此人，不由讶然道："前两日到这边时，听人说起过。莫非此人与李老弟有过节儿吗？"

李春来摇摇头，微哂道："不过一个贩夫走卒罢了，过节儿倒是谈不上，但是此人复杂得很，与官府、乱军、山匪都有瓜葛。如果这般人物留在昆明，对你我都是不利的。"

"哦？"潘铎两眼一眯，明白了李春来的言下之意，他是要把王炽驱逐出城。作为一方大员，驱逐一个小人物出城自然不费吹灰之力，问题在于你刚刚到任，就要去赶一个背景复杂的人出城，难免予人话柄，他便问道："老弟倒是说说此人如何复杂。"

李春来沉吟片晌，终于道出了他此行的真正目的："前日那王炽伙同虎头山的匪寇，在麒麟山劫了李某的一批药材。"

潘铎白色的眉毛一动，神色间顿时就严肃了起来："如此做法，他眼里可还有王法！那王炽现在人在何处？"

李春来道："眼下昆明大战刚刚过去，伤员众多，他得到了那批药材后，正要向官府兜售。"

潘铎闻言，拍案而起，吹胡子瞪眼地道："简直无法无天！来人，速去把那王炽拿下！"

李春来起身道："多谢大人给李某做主！"

王炽到了昆明后，把货卸了，就着人去打听李晓茹其人，这一打听之下，着实吓了一跳。原来那李晓茹是济春堂大掌柜李春来的掌上明珠，因李春来膝下无子，便把此女当作儿子来看待，不仅带着她做生意，还兼管了济春堂的日常事务，长年以往，养就了此女干练胆大的性子，行事果断，大有巾帼不让须眉的架势。

清楚了李晓茹的身份后，在茶马道上所遭遇之事也就随之明朗了。李春来富甲一方，垄断了昆明的药材市场，自然不想有人来横插一脚，特别是在战后，药材紧张，价格当然也就水涨船高，在这当口，你王炽要运一批药材来，岂不就是跟李春来过不去吗？

李晓茹得知情况后，亲自率队扮作各色人物，一路追随在王炽的后面，企图毁了那批药材，要给王炽来个血本无归。

谁知人算不如天算，就在王炽往回运的途中，叫正在附近巡山的孔孝纲看出了异常，让他搅了局。李春来是什么人物？自然咽不下这口气，趁着给潘铎道贺的机会，告了王炽一状。

潘铎刚刚到任，虽不想惹什么事端，但正所谓新官上任三把火，这第一把火就放在了王炽身上，第二把火放得更大，要放火烧山，剿了虎头山一干匪徒。也就是在官兵前去擒拿王炽的同时，一支上千人的清兵被派出城去，直奔虎头山。而第三把火是潘铎跟桑春荣一起烧的，这把火一烧，终于烧出大事来了。此乃后话，姑且按下不表。

且说王炽知道了李晓茹的身份后，想起她在离开麒麟山之时不服气的样子，越想越觉得不对劲儿，就跑来找马如龙，把此番发生的事前前后后跟他说了一遍。

马如龙听完后，浓眉一动："兄弟，你可能闯下大祸了。"

王炽知道自己惹了不该惹的人物，却还没想到祸事上面去，讶然道："此话怎讲？"

马如龙道："我听人来报，城内刚刚派出去了一支千余人的官兵，便是去剿虎头山的。"

王炽闻言大惊，这才意识到事情的严重性，急道："现在如何是好？"

"战后大部分人的最新任命都下来了，唯你我没有，说明这里面有问题。"马如龙是将门之后，对这种事情十分敏感，当所有相关人员的任命下来，唯独没有提到他的时候，他便意识到不太对劲儿，要么是朝廷根本就不信任他，要么是桑春荣从中作梗。不管属于哪种情况，现在将王炽的遭遇跟清兵出城的事情联系起来，都说明官府要下手了，这一次是王炽，那么下一次可能就轮到他了。如此越想越心灰意懒，他说道："如今在这昆明城，以你我的身份去求谁都没用，该是到了走的时候了。"

王炽皱着眉头一想，也觉得马如龙所言极是。桑春荣、潘铎的眼里容不下沙子，若是去求他们放过山匪，不啻求猫放过老鼠一样荒谬。再者李春来财大势大，在昆明几可一手遮天，他要是与桑春荣、潘铎穿一条裤子跟自己过不去，那麻烦就大了。当下他点了点头，道："我们都准备一下，马上就走。"

马如龙道："动作要快，晚了怕是来不及了。"

王炽说声理会得，转身就走。刚走两步，门外就拥入一批清兵来，不由分说就把王炽抓了起来。马如龙少年英雄，心里受不得气，再者现在他跟王炽颇有些同病相怜的意味，见这些人当着自己的面抓人，怒从心起，浓眉一扬，喝道："谁敢动他！"

清兵因有潘铎的命令在身，也是气势十足，道："新任巡抚潘大人有令，即刻逮捕王炽，要是有话去与潘大人说吧！"喝一声走，把王炽带了出去。

马如龙没想到还是晚了一步，心中又恼又恨，心想，老子非官非民，大不了反出城去，为何要受你这窝囊气？把钢牙一咬，掉头出来去找桑春荣理论。

桑春荣行事一就是一、二就是二，也认定了匪就是匪、乱军就是乱军，即便是从良了也难移本性，因此本来就看不惯马如龙，今又见他气势汹汹而来，岂会给他好脸色看？他沉着张脸等马如龙把话说完，便不紧不慢地道："那王四勾结山匪，抢劫李春来之药材，其罪当诛，你反来为他说情，这是何道理？"

马如龙闻言，心里"咯噔"一下，终于明白了官府为何会有这么大的动作，明明是李春来跟王炽过不去，要劫他的药材，现在那姓李的反咬一口，说王炽劫了他的货，混淆了是非，颠倒了黑白，这明摆着是官商勾结，要置王炽于死地。

马如龙越想越心寒，瞪着眼看着桑春荣，气得一句话也说不出来，最后只是冷哼了一声，拂袖出来。刚到总督府外，他便看到李耀庭、岑毓英闻风而来，马如龙将事情的大概说了一遍，两人听了后，均是吃惊不已。

岑毓英道："战事刚息，就出这等事情，实在不该。"

李耀庭虽是领兵打仗的将领，但骨子里却是书生，颇有些书生意气，怒道："要是没有王兄弟，何来昆明的安宁？这事绝对不能让王兄弟背黑锅，那潘铎要是不把王兄弟给放了，我绝不善罢甘休。"

马如龙听了李耀庭此话，倒是对他另眼相看了，本以为在这昆明城没人敢为王炽出头，何况他刚刚得了个候补县丞，虽说只是个虚职，但毕竟走上了仕途，前途一片光明，而一旦跟潘铎闹翻了，他这刚刚步入的仕途也就泡汤了。

事实上李耀庭跟岑毓英、马如龙的性子都有所不同，他既不像马如龙那样是将门之后，也不是岑毓英这般出身乡绅，一心求取功名。他自小家境贫寒，十几岁就因生活所迫，离家从军，然而参军不过是其为了讨生活的一种方式，从没立志要在战场上扬名立万，或者在官场上功成名就。因此当王炽遭遇这等不平待遇时，他便没有去想自己刚刚得到的那些功名，掉头就去找了潘铎。

潘铎看到李耀庭等三人来给王炽说情，越发断定王炽这人果然不简单，诚如李春来所言，跟官、匪、乱军三方面都有交情，当下一番冷言冷语，就把三人打发走了。

李耀庭等人自知人微言轻，拿潘铎没办法，出来后便去了牢房看望王炽。不想王炽见了他们后，根本不问自己会如何，开口便求他们，无论如何也要去虎头山救一救席茂之等人。

马如龙用力地一拍牢门，道："这事我去办，一定把他们救出来！"

是日午时，马如龙憋着一口怨气，带了两千人出来，打定了主意，反正留在昆明也不会有什么作为，现在救王炽相当于救自己，一会儿但凡是有人敢拦他出城，就打出城去，大不了给他来个鱼死网破。

到得城门处时，果然让守门的清兵给拦了下来。

马如龙虎目一瞪，抽得佩刀在手，大喝道："今日谁敢拦我，休怪我手下无情！"

城门守将识得马如龙，倒是颇为客气，拱手道："马将军，上头有令，今日任何部队未经许可，一律不得出城。"

马如龙眼里寒光一闪："要是本将一定要出去呢？"

那守将怔了一怔，道："那么在下少不得要得罪了。"

"那就先拿你祭刀了！"话音未了，马如龙的身子在马背上跃起，半空中便划落一道惊芒，劈头盖脸地往那守将身上盖落。

那守将也不是省油的灯，也做好了拼死拦阻马如龙的打算，刀头一立，"当"的一声大响，用力挡开对方一刀，随即刀尖朝下，挟着道劲风攻向对方的下盘。

马如龙没想到这守将的功夫如此了得，叫了声好，发辫飞舞中，身子一转，绕到了对方的右侧，直袭其腰际。那守将没料到他的身手如此之快，想要避开时，已然晚了一些，腰部被划了一刀，鲜血迸溅，身子不由自主地跟跄了一下。

马如龙目光如电，觑了个真切，猛身上去，手臂一伸，便把刀架在了那守将的脖子上，厉喝道："你到底放不放行？"

那守将虽也害怕，但职责在身，若是将他放了出去，也难逃一死，便咬着牙道："在下职责所在,但要还有一口气,断然不能叫你出城。"

马如龙脸上杀气一现,一咬牙,手臂一动,刀锋便往那守将的脖子上划落。

就在这时,突有人喊道:"住手!"

喊声落时,血光乍现,那守将捂着脖子,圆睁着双目瞪了眼马如龙,便轰然倒地。

马如龙回头看去,只见来者骑了匹马,头戴六品顶戴,分明是总督府上的人。他现在已经杀了人,便已没将这些官员放在眼里,厉声道:"你待如何?"

那人道:"桑总督有请!"

马如龙冷笑道:"他想要杀我吗?"

那人看了眼倒在地上的守将,再看看马如龙杀气盈然的表情,心头突突直跳:"非也,总督请将军前去议事。"

"议事?"马如龙哈哈大笑道,"我虽是一介武夫,却也有自知之明。总督大人位高权重,岂会将吾辈放在眼里,那总督府更非我议事之所。即便是总督大人看得起,果然要邀我去议事,如今我已杀了守城的将军,他岂能放过我?"

那人得到的命令是想尽一切办法稳住马如龙,请他入府,连忙说道:"总督大人交代,先前有些误会,无论发生了什么事,都要让下官请将军前去府中议事,以解决眼下的争端。"

马如龙虽也有些谋略,却无李耀庭那般的心细如发,一听这话,心想,莫非桑春荣得知了王炽一案的猫腻?果若如此的话,倒真没必要大动干戈了。心念转动间,他收起了刀,说道:"既如此的话,请带路吧!"临走前,交代部队在城门内候着,等待命令,便带了杨振鹏及两名贴身护卫,去了总督府。

在马如龙带兵出去的时候,李耀庭其实已然料到定然会遭到阻力,潘铎既然下决心派兵出去剿匪,就断然不会让其他势力掺和进去,妨碍他的行动。所以在马如龙出发的时候,他就派了人去打探消息,当得知马如龙让人带去了总督府时,李耀庭的神情变得凝重起来。

桑春荣是什么样的人李耀庭十分清楚,辛小妹死后马如龙对桑春荣是什么样的态度,李耀庭也再清楚不过了,让水火不相容的两人坐到一块儿议事,无异于天方夜谭一般让人难以置信。更何况这事发生在马如龙即将反出城去的时候，这说明了什么？

李耀庭分明嗅到了一股浓浓的杀气。

岑毓英显然没想那么深，见李耀庭脸色不对劲儿，说道："桑总督肯坐下来商量，说明他也怕生出事端来，莫非有什么不对劲儿吗？"

"这里面有诈。"李耀庭秀长的眉毛一扬，看着岑毓英道，"马如龙有杀身之祸。"

岑毓英一震，接着他听到了一句更加令他震惊的话，只见李耀庭一字一字地道："我要去总督府救他。"

岑毓英的脸色顿时就变了。马如龙是何许人？他在桑春荣的眼里便是乱军，如果桑春荣真的起了杀意，要对马如龙下手的话，你这时候闯进去救人，那就意味着你公然反叛朝廷，跟乱军沆瀣一气，更意味着你的前途，甚至是身家性命都得搭上去。

最为关键的是，按清朝的体制，一般官员的手里没有兵权，岑、李两人自弄了个候补的虚职后，原先的那些乡勇早就交由朝廷统一管理，这时候去救马如龙，就只能调用他的军队。可这事的微妙之处也就在这里，朝廷没给马如龙名分，换句话说，他还是乱军身份，你去调他的军队，那就是联合乱军反叛，这罪名即便判个诛九族也不为过，岂是闹着玩的？

岑毓英到昆明来就是为了博取功名的，他可以讲义气，可以为营救王炽竭尽全力，也明白眼下救马如龙相当于帮王炽，但他行事是有底线的，决计不能为讲义气，而把自己的前途和身家性命赔进去。

而在李耀庭的心里，不光是救马如龙或者王炽这么简单，此事明摆着是官商勾结、栽赃陷害，是黑白不分、颠倒是非，如果连这样的事情都能听之任之，你还当什么官，当官的意义何在？如果这就是所谓的官场，在权力面前罔顾是非，这样的官还不如不当！

李耀庭暗暗地下了个决心，如果这件事不能了结，从此后远离这种是非场也就是了。他看着岑毓英的神色变化，秀长的眉头一扬，说道："你不用去了，我一人足矣。"

望着李耀庭跑出去的背影，岑毓英沉重地叹息了一声，他比李耀庭和马如龙更懂得官场的规则，民与官斗从来都是弱势，不仅无济于事，而且永远不会有好下场。

对于眼下的局面，岑毓英只能徒叹奈何。

总督府内，桑春荣和潘铎两人皆在座，马如龙进去的时候，这两个干瘦的老头如泥雕木塑一般，静静地坐在上首两侧的位置，看不出任何表情，那脸上皱纹的纹路仿如古树的年轮，给这总督府的大堂平添了几分肃穆和庄重的气氛。

马如龙入得堂内，见除了这两人外，别无他人，倒是颇有些意外，心想，莫非这俩老头儿当真愿意降贵纡尊，与我坐下来交谈？

思忖间，只见桑春荣轻启那干巴巴的嘴唇，说道："听说你要出城，莫非想去救虎头山的匪寇吗？"

马如龙听着桑春荣从嘴里吐出来的一个个生硬的字眼儿，心下恼火，反唇相讥道："听说你要与我议事，莫非这就是你议事的态度吗？"

桑春荣站了起来，微驼着个背往前走了两步，哼的一声："议事？你凭什么跟本官议事？"

马如龙闻言，这才知道被骗了，看着桑春荣眼里透露出来的鄙夷的眼色，马如龙彻底被激怒了。他从小习武，练得一身本领，十五六岁时就博得乡试武举头名，若非阴差阳错，他现在好歹也是镇守一方的要员。这些年来东征西讨，他本就没将朝廷官员放在眼里，现在桑春荣摆出这副架子，用这样的话来侮辱他，自然是难以容忍的。呛的一声，他拔刀在手，沉声道："当日在城下之时，若非李耀庭相劝，我早让你去见阎王了，今日你还在我面前摆架子，却是摆错地方了！"

跟随在马如龙身后的杨振鹏等三人见状，纷纷抽出刀来。

"放肆！"潘铎霍地起身，大喝道："你以为到了这里，还能出得去吗？"

话音落时，堂上响起一阵杂沓的脚步声，上百个藏在暗处的刀斧手拥将出来，将马如龙等人围在了中间。

杨振鹏突地哈哈一笑，那清秀如远山般的脸随着笑声落去，变得若岩石般的冷峻，眼里精光暴射："将军，你我出生入死，在战场上冒着腥风血雨进进出出，如同家常便饭，可在总督府大开杀戒，倒是尚属首次。托将军的福，今日一战之后，必是要扬名天下了！"

马如龙看了眼这位生死兄弟，冷笑道："今日若还能活着出去，还过我们的逍遥日子去，杀！"

杀字一落，四道刀光骤起，往门口杀了出去。

周围的刀斧手纷纷拥向门口方向拦截，兵器相交之时，爆出一连串急促的脆响，随即血光四溅，不断有人倒下，肃穆的总督府一时成了杀人的屠场。

随着刀斧手不断地倒下，桑春荣显然有些心慌，这场打斗他输不起，一旦输了，以马如龙的性子非把他当场剁了不可。当下回头去看了眼潘铎，这潘铎不愧是带兵出身的，脸上全无表情，一如山巅老松般任由狂风乱舞，他自岿然不动。

见到潘铎的这副神情，桑春荣略微宽心了些，再去看打斗时，因了马如龙只有四人，且其中一人已受了重伤，撑不了多久。马如龙等在层层围攻后，手脚开始有些忙乱了，估摸着顶多再撑一炷香的工夫，必然被杀。

桑春荣暗暗地松了口气，脸色也缓和了不少。然而就在桑春荣的心刚刚放下时，隐约听到府外也传来了一阵激战声，不由得脸色又是一变，抻长了脖子往外望时，只见有一人慌慌张张地跑了进来，见堂内乱作一团，便在门口喊道："大人，李耀庭硬闯进来了！"

喊声未了，便看到李耀庭带了数百人杀入了外面的庭院之中。潘铎见此情形，再也无法镇定，大喊道："快拦住他们，给我拦住他们！"

马如龙看到李耀庭，纵声长笑："好兄弟，马如龙谢了！"笑声之中，钢刀一震，用力一挥，挥开了眼前的一批人，喝一声走，与杨振鹏两人联合起来，撕开一道缺口，杀到了门外去。

李耀庭见马如龙杀了出来，情知这里不可恋战，与其会合后，又杀出府去。

桑春荣脸色惨白地道："潘大人，现在如何是好？"

潘铎此时的脸色也并不好看，望着马如龙逃出去的方向愣怔出神，听桑春荣问起，这才回过神来，道："派人守住牢房，只要王炽在我们手里，那厮就不敢乱来。"

桑春荣猛然一省，着人调兵保护牢房。

马如龙等杀出总督府后，一直往城门方向而来，与守在城门内的两千兵力会合后，马如龙道："李兄弟，你去占领城门，我去劫狱，救出王兄弟后，我们一同出城。"

李耀庭一把将马如龙拉住，道："去不得。"

马如龙眉头一皱，问道："为何？"

李耀庭道："这个时候官兵定已是重重守卫牢房，去了也救不出来。"

马如龙急了："难不成我俩就这么逃出去，将王兄弟扔在牢里不成？"

"解铃还须系铃人。"李耀庭不慌不忙地道，"你去济春堂，把李春来抓来，我们在此会合。"

马如龙两眼一亮："还是你有法子！"招呼杨振鹏带了三百人，直奔济春堂而去。

济春堂是昆明城最大的药铺，马如龙自然是十分熟悉的，到了地头后，让众人留在外边，只带了杨振鹏进去。

药铺里面的伙计见这么多人围在店外，不知道发生了什么事，慌得面无人色。马如龙在铺内扫了一眼，见除了几个伙计及买药的平民外，并无他人，便问道："你家掌柜的可在？"

伙计战战兢兢地道："军爷您……您是问我们的大掌柜还是大小姐？"

马如龙听得"大小姐"三字，便知道是王炽口中的那李晓茹，心想，我管你是大掌柜的还是大小姐，随便抓一人能将王四救出来便可。当下说道："不管是哪一个，只要能做得了主的就行。"

"是是是，小的这就去请大小姐出来……"

伙计的话刚落，只见右边侧门里人影一闪，走出一人来："哪个不长眼的敢到济春堂来闹事？"

马如龙定睛一看，只见来人是个十七八岁的小姑娘，明眸皓齿，眉如远山，目似秋水，清秀得一如晨曦下绽放的莲花，不染丝毫烟尘。美目流盼间，落在马如龙身上，那目光于青涩中略带着一股神圣不可侵犯的威严，倒是把马如龙看得愣了一愣。

"呵，从哪儿来的大块头，这济春堂是救死扶伤之所，要逞能请去街上吧。"那小姑娘上上下下地打量了马如龙两眼，未见丝毫慌张，言语之中还带有一种漫不经心的调侃意味，显然并未将马如龙放在眼里。

马如龙本也不想在这么个娇滴滴的姑娘面前横眉竖眼，听了这话，却把他的傲气激发了出来："你便是李晓茹吗？"

"正是。"

"我不想对你动粗，你自个儿跟我走一趟吧。"马如龙目光如电，沉声道。

"你倒是动一个粗我看看？"李晓茹似笑非笑地看着马如龙，镇定如常，颇有些挑衅地道。

如此一来，反而把马如龙给难住了，看着她那娇滴滴、脆生生的样子，一时不知是该动手还是不该动手。愣怔了一会儿，往后面的杨振鹏喝了一声："愣着做什么，还不把她给我抓起来！"

杨振鹏得令，走上前去，伸手便去抓人。李晓茹娇躯一拧，躲了开去。李振鹏一抓抓了个空，正自惊讶，突见那李晓茹纤手一扬，眼前起了道白雾，李振鹏不曾防着，吸入了一口，只觉甚是呛鼻，连打了两个喷嚏。

人在打喷嚏时是完全没有意识的，李晓茹眼疾手快，一手拉过杨振鹏，另一只手早已捏了把匕首，落在其脖子处，旋即瞟了眼马如龙，依然是一副似笑非笑的样子，神情也依然是清纯得若晨曦中的莲花，好像她手里抓的根本不是一个人，而是一柄绣着花鸟的描边扇子。

这一番变故委实过于突然，把马如龙看蒙了，饶是他身经百战，然而面对这样的场面，也不知该如何是好。

李晓茹用一双水汪汪的眼睛看着马如龙，道："你还想要动粗吗？"

马如龙被激得俊脸绯红，正自不知该如何是好，药铺外面突然喧哗起来，转身往外一看，着实吓了一跳。原来在与李晓茹纠缠的这会儿工夫，官兵已经赶到了，把大街的两头堵得满满当当。站在官兵前头的一个华衣中年人喊道："晓茹，你还好吗？"

李晓茹听是父亲的声音，便知道官兵就是他叫来的，心下一喜，高喊道：

"阿爸放心，我好得很！"

杨振鹏急道："将军，且不要管我了，快些杀出去吧！"

马如龙看了杨振鹏一眼，见那把匕首紧扣着其脖子，根本动弹不得，便转身往外走去。

李晓茹一愣："你要做什么？"

"与你父亲谈谈。"马如龙说话间已跨出门槛儿，到了药铺屋檐下，"你便是昆明城赫赫有名的李春来？"

"不敢当。"李春来将两手负于背后，淡淡地道。

"果然是无商不奸！"马如龙冷笑道，"明明是你要去劫王四的货，你反咬一口，说是王四抢了你的货，如此做法，不嫌太过卑鄙吗？"

李春来什么样的场面没见过？神色间依然是清淡如水，他不紧不慢地道："足下说话须得有凭据，休在此血口喷人。"

"你知道我是谁吗？"马如龙在面对李春来时，又恢复了常态，面罩寒霜，不怒自威。

"乱军将领马如龙。"

马如龙目中精光乱射，寒声道："我刚从总督府杀出来，你试想一下，我会将你这小小的济春堂放在眼里吗？"

李春来自恃有官兵在左右，有恃无恐地道："听说了。莫非你还能从这里杀出去吗？"

马如龙朝大街两头的官兵望了一眼，足足有上千之众，且把街上的路都阻死了，想逃都逃不出去，不由得"嘿嘿"冷笑道："倒是并无把握杀出去。"

李春来"嘿嘿"冷笑一声："那你还不束手就擒？"

"可我能杀了你女儿。"马如龙浓眉一扬，回首望了眼扣着杨振鹏的李晓茹，然后又转向李春来道："你觉得拿一名士卒的性命，换你女儿一命值吗？"

李春来的脸色终于变了，透过其眼神可以看出他内心的慌乱。马如龙等的就是这个时机，纵身一跃，如若猛虎下山一般扑向李春来，并以迅雷不及掩耳之势用两根手指锁住了其喉咙。

药铺内的李晓茹看得真切，花容为之一变。马如龙押着李春来往前走了两

166

步，朝李晓茹道："你还想让我动粗吗？"

李晓茹行事虽以稳重著称，但毕竟只是个不到二十岁的小姑娘，看到自己的父亲被其抓在手里，清丽的脸上跃上一抹慌乱。"咱们以一命抵一命，一起放人吧。"

马如龙哈哈一笑："李春来富甲一方，他的命远远贵于我那士卒的一条命，这等赔本的买卖我可不做。"

这下轮到李晓茹急了："那你要如何？"

"要你放人。"马如龙紧盯着她的脸，趁势步步紧逼，"我数到三，如果你还不放人，别怪我又要动粗了。一、二……"

"你敢！"李晓茹的脸急得绯红，如若花瓣中一抹淡淡的红晕，很是动人。

马如龙本非粗俗鲁莽之辈，但在这生死攸关的时候，也顾不上怜香惜玉了，钢牙一咬，精芒起落间，李春来的大腿上便多了道血口子，鲜血直流。李春来痛得龇牙咧嘴，身子也矮了半截。李晓茹柳眉一拧，娇呼出声。马如龙看着她一脸的痛苦，咬着牙道："还要我再动粗吗？"

"浑蛋，你是个浑蛋！"李晓茹边骂着，边狠狠地一把推开杨振鹏，"快放了我阿爸！"

马如龙却没去理会她，径直朝李春来道："还需要你跟我走一趟。"

李春来显然已没了先前的威风，惊道："去何处？"

马如龙道："解铃还须系铃人，王炽既然是被你送入牢房的，只能由你去把他放出来。"

李春来皱了皱眉头道："他被关在巡抚大牢内，我不过一商人而已，如何做得了主？"

马如龙"嘿嘿"冷笑着看了不远处的李晓茹一眼，道："还需要我再动粗吗？"

李晓茹大惊："阿爸，碰上这种浑蛋、土匪，没什么理可讲，还是去走这一趟吧。"

马如龙笑道："还是大小姐讲理。"

李晓茹哼了一声，从药铺内走了出来，率先往巡抚大牢方向而去。马如龙的人和官兵则一前一后相互提防着，亦步亦趋跟着走。

不消多时，便已到了巡抚大牢门口。正如李耀庭所言，这里已布下重兵，弓箭手散布在各个角落。兵勇在大牢门外围了好几圈，别说是去里面救人，连只老鼠都钻不进去。现在马如龙在济春堂一闹，连桑春荣、潘铎都赶到了这里，那架势好比是这里关押了一名飞天大盗。

桑春荣的脸色十分难看，那神情就好像是刚刚赌输了十万两银子一样，满脸的懊恼沮丧。潘铎的脸色则依然若山巅的老松，冷峻镇定，但他的眼神是慌乱的。

李春来是昆明城无可争议的巨商，他的后台有多深，都结交了哪些朝廷命官，谁也不知道。但是今天如果他死了，而且是让乱军杀死的，桑春荣固然难逃其责，潘铎还没坐热的云南巡抚之位，只怕也要让给他人了。

李春来死还是不死，在场的人谁也不会在意，但这件事的性质很严重，而且影响会十分恶劣。这个后果桑春荣明白，潘铎明白，李耀庭也明白，所以他让马如龙直接去抓李春来，拿一个李春来去换王炽，这样的买卖他们一定会做，而且非做不可。

马如龙冷冷地看着面前无数剑拔弩张的官兵，大声喝道："放王炽出来！"

桑春荣看了潘铎一眼，眼神中毫无光彩。潘铎咽了口唾沫，道："为公平起见，我们同时放人。"

马如龙却是摇了摇头，"你放了王炽，我却还不能放他。"

潘铎脸色一红，怒道："你还想怎么样？"

马如龙道："我还要留着他送我们出城，到了城外时，你即便是逼我留他，我也不答应。"

潘铎无奈，只得回头吩咐牢卒去提人。须臾，王炽被带了出来，看到外面这么大的场面时，愣了一愣，然后朝马如龙报以一笑，算是感谢他相救之情，便一步一步地朝马如龙这边走来。

他行至李晓茹身边时，神色间又是一愣，只觉这个姑娘似曾相识，仿佛在哪里见过，却又想不起来是谁。马如龙道："他就是把你带进沟里的李晓茹。"

王炽闻言，这才将她与那个穿得破破烂烂的乞丐联系起来："原来是你！"

李晓茹冷若冰霜，只瞟了他一眼，便把目光放向远处。王炽走到马如龙身前，问道："虎头山那边怎么样了？"

马如龙道："惭愧，被他们堵在了城里，出去不得。"

王炽大惊："快走吧！"马如龙则吩咐杨振鹏去带自己的军队，来与他们会合。待杨振鹏走后，就押了李春来，往城门方向而去。

马如龙走后，李耀庭率军迅速地击退了城门的官兵，占领了城头，只等马如龙救出王炽后，一同出城。可就在他占领这里没多久，守在城头的人却发现不对劲儿了，忙不迭跑下来向李耀庭禀报。

李耀庭闻言，周身大震，飞一般地跑上城去，举目一望，不由得倒吸了口凉气。只见距城门不远处，旌旗蔽日，戟戈如林，黑压压地望不到尽头。那数万人行走时扬起的尘烟，犹如大风扬起来的黄沙一般，使得方圆三里地内迷迷蒙蒙。

是杜文秀的乱军！

李耀庭双手扶着城墙，尽量使自己尽快平静下来。现在城内已然乱成一锅粥了，再加上杜文秀的大军，端的是内忧外患、雪上加霜。转念一想，他调用马如龙的乱军，大闹总督府，又驱逐官兵，占领了城门，以其现在的处境，还能留下来守城吗？

面对来势汹汹的杜文秀大军，以及纷繁复杂的昆明城局势，饶是李耀庭以智谋著称，亦不禁心乱如麻。说到底这次大闹总督府不过是起于一颗不平之心，拔剑扬威，若非杜文秀的大军恰巧在这时候到了，他出城后也就隐于民间，从此不问官场事了。可对官场心灰意懒并不代表他不爱国，他的骨子里依然有一颗赤诚的报国之心，叫他在这个时候打开城门，放任昆明沦陷，如何狠得下心？

然而如今桑春荣恨其入骨，留下来极有可能会遭人暗算，若是不留，又该将何去何从？

李耀庭双手用力地按着城头，沉着眉头想了片刻，转身吩咐一人，速去把岑毓英叫过来。

岑毓英到了之后，往城外一看，那圆乎乎的脸吓得像纸一样地白："没平静几天，怎么又来了！"

李耀庭道："城内定有杜文秀的暗探，说到底这次的战祸都是自己闯下的。"

想想城内发生的事，再看看城外的大军，岑毓英的头都大了，乱得六神无主："怎么办？"

李耀庭道："现在我和马如龙、王四等人公然与总督决裂，这种时候局势微妙得很。马如龙的手底下现在有五六千人，马上就会到这里。但是这股人马现在动不得，只要稍微有些异动，桑春荣就会以为他要反，即便是他按兵不动，在桑春荣的眼里，也会视作一颗毒瘤，时时提防着，这样的话势必会影响战事，一个不慎昆明难保；若是把这股人马带出城去，以杜文秀的为人，定然会以为这是反间计，也不会留他。现在昆明能否保得住，就看你了。"

岑毓英茫然地看着李耀庭道："我？"

李耀庭郑重地道："在桑春荣和马如龙中间斡旋，调节双方的情绪，如果双方还能联起手来，众志成城，昆明或许还有救。"

岑毓英眯着双小眼睛，重重地点了点头。他知道这时候如果让李耀庭去游说马如龙守城，无论是桑春荣还是潘铎都不会尽信，甚至会给他们留下个猫哭耗子——假慈悲的印象，这个任务非他莫属。当下他沉声道："我一定尽力而为。"

说话间，城内的街道上，两批人马一前一后剑拔弩张地徐徐往这边而来。走在前面的是马如龙和杨振鹏所率的六千人马，后面的则是以桑春荣和潘铎为首的官兵，这两股人加起来足有上万之众，把街道两端挤得人山人海，望不到头。

除此之外，中间还不乏看热闹的昆明百姓。他们边看边说，浑然不知数万敌军已在城外，一股巨大的危机若铅云一般压向了这座城池。

看到这样的一幕情景，再看看身后杀气腾腾的乱军，岑毓英突然觉得很是讽刺，他甚至认为如果这一次昆明城破了，桑春荣、潘铎因此丢了性命或顶戴花翎，那也是活该，唯一无辜受累的便是昆明一城的百姓。

岑毓英看着那两股人马慢慢地朝城头移近，回头往身边的李耀庭看了一眼，便急步跑下城头去。

马如龙在将近城门时，回头去看了站在城楼上的李耀庭一眼，见他已经占领了城门，暗暗心喜，可再仔细一看他的脸色，觉得有些不太对劲儿。那秀气的脸上笼罩着一股从未有过的凝重，丝毫没有占领了城门，即将脱离危险的喜悦。

见此情景，马如龙的心里"咯噔"了一下，心想，莫非在我离开的这段时间里，这里又发生了什么大事？思忖间，岑毓英跑到了他的身后，大声喊道："乱军将至城下，请大伙儿放下成见，一致对外吧！"

这一声喊，无异于一记惊雷，在那两股人马及昆明百姓的中间轰然炸响，每个人都几乎被炸蒙了。

王炽只觉得脑子里轰的一声，顿时一片空白。昆明城危，也就意味着虎头山的席茂之等人，已难逃被剿的命运！他茫然地看了眼城内乱糟糟的局面，家国安危和个人恩怨一起袭上心头，并在心中交织，一时间心乱如麻，手足无措。

岑毓英看了大伙儿一眼，趁机走到两股人马的中间，首先向桑春荣、潘铎表了态："两位大人，岑某身份低微，这种场合本没我说话的份儿，可大敌当前，事关生死，我也就顾不了这许多了。乱军敢卷土重来，再犯昆明，完全是我们自己种下的苦果，眼下这里的局面漫说是乱军，即便是我们自己一言不合，就可让此地血流成河，把昆明搅得一片混乱。说到底不管是王炽还是马如龙，他们有什么不可饶恕的罪，为什么在这乱世之中、用人之际还容不下他们，使城内变成这种剑拔弩张的局面？现在把乱军引来了，如果大家还是这副态度的话，昆明城顷刻即破。岑某在此恳请两位大人，值此国难当头之际，放下个人成见，众志成城，抵御外敌，不然，我们在场的每一位，都将成为这个国家的罪人！"

表这个态，岑毓英显然是下了大决心的，他虽顾虑到自己的前途，没跟着去大闹总督府，但这并不代表他没有良心，没有责任感。他是有良知的，也是真心诚意要报效国家的，当看到乱军往这里奔袭而来，当李耀庭郑重地将说服双方的这个重任交到他身上时，他便感到了一种使命感，以及一份沉沉的保家卫国的责任，仿佛一城百姓的福祸便落在了自己的肩头。

岑毓英豁出去了，他看着桑春荣、潘铎那死灰一般的脸色，虽然臆测不到他们究竟是怒还是担忧，但他管不了这许多了，他把自己这个连品级都没有的县丞选用当作了云贵总督使。未待桑春荣表态，他就转向马如龙道："马将军，众所周知，我与你有私怨，在李将军去总督府接迎你时，我没跟着去，多半也

171

有这个原因。可归根结底那只是私人恩怨，在大是大非面前，根本不值一提。等这一战打完之后，我们可以再继续斗，不管是明刀还是暗枪，岑某愿意如数接下！可现在不行，不管有多大的怨气，你我都得忍着，我觉得这才是男人。你是有血性的，不然的话，今天你就不会站在昆明城内，所以我相信你能理解我今日说的这番话。"

岑毓英的这番话在马如龙的心里的确引起了不小的震动。事实上，不管是马如龙还是王炽，都对这个肥头肥脑、长着双势利眼的岑毓英抱有成见，而且在潜意识里对他有些排斥，但是他今天的这一番话说得极为坦荡，几乎让所有人都对他刮目相看。连冷面如霜的李晓茹也不觉多瞟了他两眼，觉得这才是有血性的、是非恩怨分明的真男人。

马如龙把目光从岑毓英的身上移开，落在桑春荣和潘铎两人身上，显然在等他们表态。

城外大军的脚步声如雷般地传来，越来越重，在生与死的交叉路口，每个人的心头都紧张到了极点。特别是桑春荣，上次一战，他几乎已做好了殉国的准备，如果不是李耀庭及时赶到，马如龙的那一箭早就射在了他的心口，可以说他的这条命是捡回来的，他也因此恨上了马如龙，根本没将他当作自己人看，这才有了今日在总督府设计杀害马如龙的事。

也许这便是祸根。诚如岑毓英所言，城外乱军之祸，因在城内。桑春荣咽了口唾沫，润了润干燥的喉咙，目光一转，与马如龙对视着，终于开口了："如果你还愿意与我们并肩作战，本官便摒弃前嫌，与你共同御敌。"

桑春荣说出这样的话，对他来说已经算是最大限度的让步了，甚至可以说是在被逼无奈之下，才愿意跟这个乱军的头领并肩为战。然而换一个角度来说，那就是马如龙在他心里依然是乱军，是在非常环境下才容纳了你。

这样的话马如龙听在耳里，觉得非常刺耳，像一根针一样在他的心尖上挑了一下。他是将门之后，从小耳濡目染的便是忠心报国，阴差阳错投身起义军后，乱军的这个身份便是他心里的一根刺。他想报国，但更想官方能够认可，并给他一个正式的名分。可是当这颗赤诚的报国之心一次一次受到凌辱的时候，他的自尊同时受到了挑衅。他冷冷地看着桑春荣，看着他摆着官威端着架子的样子，冷冷地笑了："你觉得只要你点个头，我就会将这一腔热血洒在这里吗？你把自己端得太高了，也把别人看得太傻了！"

站在城头的李耀庭心头暗暗一怔，他并不认为马如龙说错了，只是现在兵临城下，在这种时候计较个人得失，却是有些不应该。

王炽一直怔怔地站着，想着席茂之等人因自己而遭灭顶之灾，心痛如绞，魂飞天外。这时候似乎醒过神来，转头去看马如龙的脸，似乎读懂了他内心的挣扎和愤怒。在生死一线之时，的确不应该计较个人的得失，然而人心都是肉长的，万一乱军退去后，桑春荣又来个卸磨杀驴，连死了都还是个乱军的身份，那就死得太不值当了。

王炽是生意人，从生意人的角度来讲，他也觉得这笔买卖不值当。而且他刚刚从牢里出来，内心也着实把这帮当官的恨透了，所以并不觉得马如龙的行为有什么不当，甚至认为这帮人平时端着个臭架子，在适当的时候也该给他们出些难题。

桑春荣的一张老脸涨得如猪肝一般，黑里透红，眼里不乏怒气："那你要如何？"

"我要你给我正名。"马如龙道，"我要朝廷的敕令，给我一个正式的身份。"

潘铎终于憋不住了，说道："现在连只苍蝇都飞不出去，如何给你一个名分？"

"是吗？"马如龙铁青着脸，转头朝杨振鹏道："去把城门给我打开！"

"你敢！"潘铎不知是因为紧张害怕还是激动，抖动着白色的胡须，盯着马如龙大喝。

"我不趁着现在出去，莫非等着你们再一次来设计害我吗？"马如龙再次朝杨振鹏大喝："打开城门！"

第十章

全忠义少将受封　　了恩怨春城斗法

看着杨振鹏转过身往城门方向走来，李耀庭的心咚咚直跳。这是他最害怕看到的场面，却还是不可避免地发生了！如果马如龙果然反出城去，那么他该何去何从？

在这一刹那，李耀庭仿佛也找不到自己的位置了。

岑毓英紧张得脸色苍白，他无法想象这个时候城门一开，会是什么样的后果。

王炽看了眼即将走到城门边的杨振鹏，然后回过头来向桑春荣道："你一句话，值一座城。"

桑春荣心头一震，在听到这句话的那一瞬间，他的心头仿佛明朗了，连死都不怕，为何还怕去接纳一个人？

"拿笔墨来！"桑春荣尖着嗓子喊了一声。城门哨所里立时跑出一人，拿了纸笔过来。

桑春荣就着一名士卒的背，匆匆写就，又命那士卒拿去予马如龙看。马如龙拿将过来，瞟了两眼，大意是说，在此战过后由云贵总督桑春荣向朝廷保举马如龙为临元总兵。

按清朝的官职来看，总兵是正二品的官儿，且有兵权，不过节制于巡抚，受巡抚直接领导。

拿着这样一份类似于保证书的东西，马如龙的心情不免有些激动，尽管它不是朝廷的正式任命书，但是以桑春荣现在的身份，且又是在战乱之际，保举一名总兵是没有问题的，退一万步讲，至少现在桑春荣承认了他是朝廷的一员。

这对马如龙来说至关重要。他看完之后，神情略有些激动，脸色微微发红，仔细将它折好，一如对待一件宝贝一样，小心地放入怀里，然后朝王炽看了一眼，说道："我还有一件事。"

桑春荣沉着脸道："什么？"

马如龙道："让济春堂以高于市价十倍的价钱，买下王四的那批药材，并无偿用于这次战事。"

李晓茹一听，顿时就火了："你这是趁火打劫！"

马如龙道："王四并没有抢他们的药材，我也并没有趁火打劫的意思，这是他们平白诬陷他人必须付出的代价。"

王炽听了他这番话，心下一阵感动，他给自己捞了名分，也没有忘记给自己洗冤。

桑春荣的目光朝李春来投了过去。李春来听着那乱军的脚步声越来越近，早已吓得面无人色，点头道："我答应了！"

李晓茹恶狠狠地看着马如龙道："你个浑蛋，你会遭报应的！"

马如龙只看了她一眼，未作理会。

看着马如龙和王炽得到了他们想要得到的东西，站在两股人马中间的岑毓英显得有些尴尬，把桑春荣、潘铎两个大臣像教育儿子一样地训斥了一顿，没得到什么好处不说，还不知是福是祸。

正值岑毓英胡思乱想之时，突然李耀庭一声大喊道："乱军攻城了！"

喊声未了，箭矢挟着劲风"嗖嗖"地射上城头，不一会儿工夫，密箭如雨，布满了昆明城的天空。

当箭落在城内的人群中时，里面顿时便慌乱了起来，百姓往里拥，官兵往城门跑，两厢一挤，乱如散沙，甚至有百姓摔倒后踩踏受伤。

看着这慌乱不堪的情景，马如龙的浓眉动了一动，朝杨振鹏道："集结我部队伍，准备出城。"

杨振鹏周身一震，莫名其妙地看着马如龙道："将军……"

马如龙却没容他说下去，道："休说废话，集合部队，等我命令！"说话间，往城头的方向看了一眼，见桑春荣、潘铎等人已上了城头，便往那边赶去。王炽见他面色有异，似有些不放心，跑上来问道："你要做什么？"

"你以为我只要这个名分吗？"马如龙边跑边看了王炽一眼，脸上若钢铁一般，散发着冰冷坚毅的光，"我马家男儿世代忠良，绝非浪得虚名之辈。"

说话间，已到了城头，由此望将下去，杜文秀的三万余众正在全力攻城，势头十分凶猛，似乎想趁昆明乱内之际，一举攻克城池。

有经验的将领一眼就能看得出来，只有挡住这最猛烈的第一次攻击，挫了对方的锐气，或许才能凭借坚固的城墙，逃过这一劫。

潘铎眯着一双眼，像一只失去了昔日雄风的老虎，狡黠地看着城下的敌人。他心里也明白，只要抵挡住了这一次攻击，昆明就有救了。问题是现在城内只有万余兵马，如何才能挡得住这一次的攻击呢？

就在潘铎犯难的时候，马如龙走到了他的身后，悄声道："放我出城。"

潘铎闻言，霍地回过身去，白须在风中飞舞，一如冬日里枯萎的草，给他的脸平添了分苍凉之意。马如龙道："我不会白要总兵之职，你给我多少，我便报答你多少。"

潘铎脸上的皱纹缓缓地蠕动着，慢慢地舒展开来："你要想清楚，这城门一开，你便如羊入狼群，凶多吉少。"

马如龙郑重地点了点头，脸上的坚毅之色在阳光的涂抹下，散发着铁一般坚硬的光。

"保重！"潘铎伸出手拍了拍马如龙的肩膀，眼神之中多了一种如战友般温和的光芒。马如龙刚毅的脸上泛着红潮，看了潘铎一眼，转身下了城头，朝杨振鹏大喊了一声："走！"

杨振鹏起先还不知道马如龙的意图，见他跟潘铎交涉后，潘铎同意了让他出城，这才知道他们是要出城去血拼，心中便再无顾忌，狭长的眉毛一扬，挥了下手，率军随着马如龙跑向城门。

李晓茹站在李春来的旁边，看到这一幕的时候，芳心不由自主地突突剧跳起来，许是过度紧张的关系，脸色白得若透明一般，弹指欲破。

在城门打开的一刹那，一波惊天动地的声浪率先奔袭而来，吓得李晓茹的娇躯倏地抖了一抖，随即她看到，马如龙一马当先，义无反顾地扑向如蚁般的乱军。在那一刻，她仿佛突然明白了，什么才是真正有血性的男人，什么才是有情有义的英雄，他可能有些粗鲁，甚至有些傲慢不讲道理，但在这血与火交织的战场上，他绝对是最勇敢的人。

在马如龙的那五六千人冲出去后，城门轰然关闭，声浪小了，惨烈厮杀的情景不见了，好像那就是一道连接人间与地狱的门户。李晓茹依然留在人间，而马如龙走向了地狱，不知为何，她的芳心一下子被抽空了，愣愣地站着，不知所措。

杜文秀的大军正在全力攻城，在他们的意识里，这道城门是决计不可能自动打开的。所以当城门突然开启，并从里面冲出一支生龙活虎般的军队时，反而愣了一下。而当他们看清楚冲出来的人是马如龙时，就更加震惊了。

这支起义军大部分都认识马如龙，而且还有一些人曾与他一起并肩战斗过，他们一时间不清楚他究竟是从城里反出来的，还是来攻打他们的，所以有那么一瞬间，谁也没有向马如龙动手。

马如龙要的就是这种效果，破口大喊道："我要见杜元帅！"这一声喊使得正在迟疑的起义军更加坚信，马如龙是从城内反出来的。因此当马如龙往前冲过去时，他们不约而同地给他让出了一条道。

杜文秀既然得知了城内的情况，自然也知道马如龙被桑春荣设计陷害一事，更知道马如龙的性子是受不得气的，一旦有人给他气受，天王老子他也照打不误。然而杜文秀的眼里是揉不进沙子的，即便是亲眼见到的事情，他也不会立马去相信，在马如龙即将抵达中军大营时，他将其拦了下来。

这时候才将他拦下来，已然晚了。马如龙虎目一瞪，喊一声"杀"，那五六千人如若羊群里的狼，突地杀向杜文秀所在的中军大营。

在前面一拨一拨攻城的将士，突地听到后面乱了，且所乱之处是在中军大营，心里便是一慌。虽说没接到停止进攻的命令，但前军将士已没了继续攻城的信心。

就在这时，城头上飞矢如雨，滚木礌石不断砸将下来，惨叫之声大起，顷刻便倒下了数百人。

攻城的前军慌了，就在他们慌乱之际，更令他们吃惊的事情发生了。城门带着沉重的声响再一次开启，李耀庭、岑毓英带着城内的将士杀了出来。

所谓兵败如山倒，起义军的兵力虽三倍于清兵，但大乱之时，几乎毫无战斗力，惶惶如受了惊吓的羔羊，四散乱窜，任由清兵驱赶杀戮。

亏得马如龙的那些人无法冲破中军大营前的防线，被逼了回来，与李耀庭部会合后，情知起义军前锋虽乱，中军却是未损，不能恋战，一通厮杀后，便纵马退入城里去了。

这一番厮杀后，杜文秀折损上千，且阵形被彻底打乱，士气全无，只得暂时鸣金收兵，退出一里地，驻扎下来。

马如龙回到城内时，全身浴血，下马时，衣衫上的血兀自往下滴。但这一身血衣丝毫没使他显得狼狈，反而看起来越发英勇神武，透着男人特有的野性和血性。

桑春荣带着众人走下城时，朝马如龙抱拳道："老夫代一城百姓，多谢将军！"

马如龙看了他一眼，这时候他的眼里已没有了鄙夷和敌意，相反他这次的致谢是极其真诚的。马如龙笑了，笑得很是爽朗。桑春荣很固执，也很死板，他恨你是真的，他谢你时也是真挚的，掺不得半点儿假。马如龙恭身抱拳，向桑春荣行了一礼，道："为国效忠，马如龙在所不辞！"

李晓茹的眼神一直盯着马如龙看，眼里放着光，似乎想走过去与他说两句话，许是出于少女的矜持，抑或刚刚有过冲突，迟疑着没有过去。李春来看在眼里，似乎看明白了女儿的心思，便趁着首战告捷的时机，在向阳庄设宴，邀请马如龙及一干相关人等。

李春来是生意人，生意人只计较得失，虽然马如龙留在他腿上的伤还在作痛，但这并不重要，重要的是马如龙智勇兼备，且有胆有识，颇有血性，这样的性子若是换在太平盛世，估计没什么大出息，而且也不会有什么好下场，可在这乱世，前途不可限量。李春来认为，不管他是否跟李晓茹有缘，反正跟这样的人攀交是不会吃亏的。为了女儿，也为了自己的切身利益，李春来把眼前的恩怨放下了，走到桑春荣跟前耳语了几句。桑春荣闻言，瞟了眼马如龙，轻轻地点了下头。

　　李春来把向阳庄包了下来，几乎请遍了昆明城内大大小小的官员，摆了十余桌。主桌上面除了代理云贵总督桑春荣、云南巡抚潘铎外，便是立了大功的马如龙，依次则是东道主李春来、李晓茹，以及昆明的各级重要官员，李耀庭、岑毓英、王炽则被安排在了其他位置。

　　如此酒过三巡，菜过五味，彼此间你来我往、互敬了一圈后，李晓茹起身，端起杯子，略有些腼腆地朝马如龙道："马将军，我敬你一杯！"

　　马如龙不晓得少女的心思，以为自己曾与她有过冲突，又把她父亲的腿砍伤了，她该是恨自己入骨才对，谁晓得她竟然敬起了酒，不由得愣了一下，眼睛向她脸上一瞟，清纯中带着股腼腆，许是喝了几杯酒的缘故，脸庞白里透红，分外撩人，先前那冰冷霸气的神情荡然无存。马如龙这才相信她是真心诚意地向自己敬酒，便也起了身，道："多谢！"

　　所谓当局者迷，旁观者清，马如龙不知道佳人有意，旁人却是看出来了，纷纷在一旁起哄，说是该连喝三杯才是。李晓茹羞得娇颜绯红，马如龙却丝毫没有非分之想，他甚至对眼前的这个女人没有一丝好感，只不过因了日后要在昆明共事，抬头不见低头见，再者人家都没把先前的冲突放在心上，你要是当着这么多人不给她些面子，也说不过去，便又道："三杯就三杯，在下喝了便是！"说话间，杯到酒干，连喝了三杯。

　　李晓茹见这个在战场上生龙活虎般的少年将军，在生活中却是虎头虎脑的憨态可掬，心下越发欢喜。

　　如此闹了一番，桑春荣、潘铎在东道主李春来、李晓茹的随同下，来各桌敬酒。轮到王炽、李耀庭等这一桌时，大家都站起来端起酒杯相敬，唯有王炽一人静静地坐着没动，甚至连眼皮都没抬一下。

　　桑春荣的脸色沉了下来，大家也都将目光聚焦在了王炽的身上。

　　李晓茹冷冷地看了他一眼，哼了一声，道："好大的架子啊，总督大人敬酒，居然也不给面子！"

王炽抬起头，目光朝旁边的人身上一一扫过，霍地站起来，道："在下没心情与诸位庆祝喝酒，告辞！"言语间，转身就往外走。

场内顿时静了下来，旁边桌子上的人甚至你看看我、我看看你，不知道发生了什么事。

李晓茹把杯子在桌上一放，娇喝道："站住！"

王炽回过身，看着她道："大小姐有何吩咐？"

李晓茹道："你可以走，谁也不拦着你。可至少得给大家一个交代。"

王炽"嘿嘿"冷笑道："杜文秀大军尚在城外，大敌当前，你要我给你们一个交代，谁给昆明百姓一个交代？哪个给埋葬在城郊的那些英灵一个交代？"

这一番话说将出来，哪个还有心情喝酒？桑春荣、潘铎等人的脸上也是青一阵红一阵，不知如何下台。事实上，王炽并非冲动之辈，他甚至可以说是比较圆滑的，他恼怒的原因是看不惯这些表面上客客气气的敬酒，却在背后捅刀之人。虎头山席茂之那一伙人如今估计已经给他们剿灭了，这是官商勾结、惨杀无辜的铁证，而那些人恰恰是因为他王炽而被剿的，这让他如何与这些人把酒言欢？只不过他不能拿官府剿匪这事来做文章，于是便借着杜文秀大军尚在城外一事，将心里的火气发泄了出来。

正当所有人都认为，王炽这回冲撞了昆明的大官和权贵之后，必然吃不了兜着走之时，马如龙却跳了出来，朝王炽道："我跟你一起走！"

如果说王炽离席是出于个人情绪的话，那么马如龙随即跟着起哄，就是大大的不应该了。毕竟王炽在这场酒席上只是个陪衬，说穿了他在与不在哪个都不会在意，而马如龙却是今日当之无愧的主角，李春来安排这场宴席就是奔着马如龙去的，他这话一出口，几乎所有人的脸色都变了。特别是李晓茹，她不可思议地看着马如龙起身离席，走向王炽，眼神之中透露出来的满是失望，今日设宴为哪般，当着那么多人敬酒又是为哪般？想起这些，少女的心顿时就乱了。

马如龙并不知道李晓茹的心，也没有去在意过她。他只知道王炽的那番话是有道理的，大敌当前，那么多人为这座城池而丧命，如今满城皆是血腥味，而这里却是酒气冲天、欢声笑语，合适吗？难道你忘了辛作田是怎么死的，辛小妹是怎么死的了吗？想起辛小妹那娇俏可爱的模样，无辜地死在昆明城下，他的心倏地一阵刺痛。

王炽的话不仅刺激到了马如龙，且令他感到无地自容，汗颜不已。说到底，他有什么功？这些年南征北战，给杜文秀打天下，给这个风雨飘零的国家添了多少乱？如今刚刚走上正途，只是小胜了一场，有什么值得庆祝的？他抱拳行了个四方礼，道："在下没有针对任何人，只是觉得王兄弟说得在理，这次的酒确实不该喝，请恕在下无礼，告辞！"言落间，拉了王炽的手大步往外走去。

好好的一场宴席不欢而散，也伤了一颗少女的心。如果说之前李晓茹与王炽只是在生意上有些摩擦的话，那么在此时此刻，李晓茹着实是把王炽恨到了骨子里。她暗暗告诉自己，一定要给那不知天高地厚的小子一些颜色看看。

出了向阳庄的门，王炽伸手搭着马如龙的肩头，叹息道："兄弟，你不该随我出来。"

马如龙哈哈一笑："为何你能出来，我却不能？"

王炽真诚地道："这次的危机过去后，你便是总兵了，该圆滑些。在官场上尖锐不群者，必然吃亏。"

马如龙眼里精光一闪："还有呢？"

王炽道："其实我没你想象中的那么好，刚才的一番慷慨陈词，也不是因为强敌当前而愤愤不平，只是为了虎头山那帮因我遭难的兄弟而已。"

马如龙叹息一声："我们找个安静的地方喝酒去吧。"

他们去的这个安静的地方，便是昆明城郊辛家兄妹的墓前。再一次来到这里，两人都是感慨万千，因了各怀心事，均有些借酒浇愁之意，没过多久，所带来的两壶酒就没了。

王炽意犹未尽地把酒瓶一扔，随后仰着身倒在地上，望着蓝蓝的天重重地吐了口气，转头向马如龙道："我不在乎自己所受的这些苦，可虎头山那么多号人不应该遭此劫难。"

马如龙也仰身躺下，侧着头问道："你要报复？"

王炽点了点头。马如龙扬了扬浓眉，道："李春来虽只是个商人，但根基很深，很难动得了他。"

王炽移动着身子，靠近马如龙，在他耳畔如此这般说了一番，马如龙听罢，眼里精光一闪，道："此计好是好，你吃得准吗？"

王炽又把眼睛望向天空，说道："该是八九不离十。"

两日后，城外的乱军并没有任何动作，却也没有撤军的意向，显然是想围困昆明，要将军民困死在里面。

杜文秀如此做自然有他的道理。起义军虽说人多势众，可兵多将却不广。相反昆明方面兵少而良将众多，马如龙、岑毓英、李耀庭等都是一等一的将才，真要是硬拼的话，谁能笑到最后还真是不好说。与其冒险猛攻，倒不如利用人多的优势围困昆明，一个月后就算他们没饿死，也是半死不活了。

巡抚府内，马如龙毕恭毕敬地站在堂下，潘铎则蹙着白眉沉思着。隔了许久，他说道："购买军粮可以，但城内的粮食都给官府买了，老百姓怎么办？"

马如龙道："乱军之兵力倍于我军，如果杜文秀铁了心要将我们困死在城内，以我们的兵力，只怕真是只有死路一条。末将有两条计策，请大人决断。"

潘铎虽对马如龙没什么好感，但现下正是用人之际，自然也就无心去计较那些，便说道："说来听听。"

马如龙道："昆明城内乡绅富商不少，可让他们出资组织乡勇，交由李耀庭、岑毓英训练，增加我军的实力，必要时可出城反击，以解围城之危。"

潘铎闻言，满意地点了点头，道："此计甚好，可着即实施。"

"乡勇招募上来后，需要一段时间的训练，日后即便是可以投入战斗了，这场仗也未必能在几日内结束，因此，我们须做好打持久战的准备。"马如龙话头一顿，朝潘铎看了一眼，又道，"城内一旦缺粮，老百姓就会慌乱，强敌就在城下，倘若城内再出现混乱，后果不堪设想。末将以为，要是果真出现了那样的局面，还得让乡绅富商出面来解决。"

潘铎的脸皮一动，眼中射出道精光："让他们来出粮？"

马如龙点头道："乡绅富商都有自己的粮仓，特别是像李春来这样的商业巨头，其存粮绝对不会少于官府，百姓如果没粮可吃，只有让他们来出。"

潘铎沉默了。马如龙的说法并非没有道理，按眼下的局势来看，这绝对是一场旷日持久的战争，城内肯定也会出现粮荒，百姓一旦饿慌了，什么样的情况都有可能发生。问题在于，既让富商出资组织乡勇，又让他们出粮解决百姓的粮食问题，这样的压力是不是太大了？

潘铎细细想了一想，觉得马如龙这提议表面上听起来完美无瑕，实际上是有问题的。先是官府收粮，以充军需，上万军队十数日的用粮收上来后，城内粮店的粮食也就所剩无几了，百姓很快就会出现粮荒，然后就是官府向富商强硬分派任务，让他们开仓放粮……这实际上是一个局，一个你明知有问题却不得不走的局。

潘铎瞄了眼马如龙，心里如明镜一般。在昆明的商人之中，李春来是无可争议的首富，一旦按着马如龙的计策实施，李春来虽不至于倾家荡产，却也得脱层皮。

马如龙见他一直沉着脸没有说话，心里不安起来。这计策是两日前王炽出的，马如龙听了之后有些担心，出资出粮又出力，哪个肯干？王炽却说，只要杜文秀围在城外不走，潘铎就只能走这一步。现在看着潘铎沉默不语，马如龙的心跳不由得开始加快。

"老百姓的粮不能去动，值此非常时期，一动就会乱。倒可以让富绅出军粮。"潘铎沉默片刻后，问道，"让哪个去负责收粮？"

马如龙道："可让王炽负责。"

潘铎两眼一眯，脸上带着抹若隐若现的冷笑："为何？"

马如龙道："其一，他是商人，精于此道；其二，凡有头有脸的商人，在官府里都有些关系，若他们托关系来说情，在收粮事宜上放些水，届时无法保证军粮，是要出大事的。所以这事不能让官府的人去做，全权交给外人更为适合。"

潘铎"嘿嘿"怪笑道："好计！"

这的确是个好计，而且有个专用词语，叫作以其人之道还治其人之身。当日李春来借助官府，将王炽打入大牢，且剿灭了虎头山的一干山匪，现在他也要借助官府，给李春来一个沉重的打击。

潘铎在宦海游走了一生，自然知道这是一个大坑，但一来此计没有任何办法去破解，二来确实对守城是有利的，从那些商人身上敲出些钱粮来，也无可厚非。因此明知是个局，也只能由着王炽牵着往下跳。

现在最让潘铎担心的是，宣布了这几道命令后，那些商人会有什么样的反应？

次日早上，城内的富商都被请到了巡抚衙门，加上马如龙、李耀庭、岑毓英、王炽相关人等，满满地坐了一屋。

桑春荣作为这里的最高长官，率先开口了："眼下乱军盘踞城外，想要困死我们，本官让人去盘点了一下，城内的粮食只够一个月，那么一个月后怎么办呢，等死吗？"

桑春荣面无表情地看着在座人等，话头一顿后，又道："我们必须想办法自救，不然的话一个月后大家都得死。至于怎么救，如何才能活下去，我们先听听潘大人的看法。"

潘铎依然是一副面无表情的样子，然而此时此刻，从表面上看他貌似波澜不惊，实则内心是波涛汹涌的，他不知道说了下面的话后，在场的这些人会是什么样的反应。他扫了眼诸人后，只觉心头突突直跳。

潘铎嗯的一声，清了清嗓子，强自让自己的心平复下来，而后沉着声音道："方才桑大人说了，我们只有一个月的余粮，而且这一个月的粮食得分成两部分：一部分是老百姓食用，另一半则是军粮。换句话说，军民的活命粮只有半个月。"

潘铎说到这里，已有精明的商人听出了弦外之音，问道："潘大人的意思是要征军粮？"

潘铎看了提问的人一眼，点了点头："军粮必须保证，不然的话破城只是顷刻的事。昆明要是没了，我想大家都不会好过。"

大堂之内一时响起了一片嘈杂的讨论之声，而后便是沉默，令人窒息般的沉默。

如果说城内的粮食只够百姓半月生活，那么半月后怎么办？届时大敌未去，城内先乱起来，又怎么办？

潘铎的目光向李春来投射过去，只见他低着头，脸上木无表情。

在死一般的静谧中，潘铎的声音再一次响起："值此生死攸关的当口，本官想了一想，分两步走。这第一步便是招募乡勇，调动起百姓守城的积极性，全民御敌。"

潘铎这一席话落时，众人又纷纷点头称是，当潘铎继续往后讲时，众人的眼睛就变得如死鱼一般，目瞪口呆。"招募乡勇自然是需要银子的，招上来以后还需要配备兵器，以及每日所需的食物等。兵器由官府来出，招募所需的银子以及粮食，则由在座的各位商户来负责，每户至少招满两百人，上不封顶。今日共来了三十位商界的精英，可收编一支至少六千人的部队，这些人招上来之后交由李耀庭、岑毓英统一训练。各位可有意见？"

精明的人早就在潘铎说话期间算了一笔账，乡勇招上来后是需要去战场拼命的，若是所出的银子少了，没人来应征，那就无法完成该项硬性指标。按照最少每人十两银子来计算，两百人就是两千两银子，再加上训练期间的开销，以及战死之后的抚恤，在这期间，没五千两银子绝对拿不下来。换句话说，潘铎今日嘴皮子一动，就要求昆明商界拿出十五万两银子。

当此家国危难之时，商人出资捐助本无可厚非，甚至是天经地义的，可这件事的关键在于，乡勇招上来后，要训练多久才能上战场，上了战场后有多少胜算？

人活于世，其实不过只为了两个字，那就是希望。凡去做一件事时，都是因了希望才去做的。如今城内只有半个月的粮，如果说乡勇征上来后，光训练就得一个月，拉出去上了战场后，也不知道打多久才会有个结果，那剩下来的日子你让人家怎么活？

李春来是昆明商界的领袖，他知道潘铎既然把话说到了这份儿上，自己不得不开口表态了，于是直了直腰，说道："昆明是我等安身立命之所，我等自当不遗余力助官府守城，因此大人怎么说，我等就怎么做，完全没有问题。问题在于乡勇招上来后，要训练多久才能与乱军一战？"

潘铎看了李耀庭一眼，意思是让他来回答。李耀庭在入昆明之前，一直组织乡勇抗敌，因此对这一块他极为清楚，于是不假思索地道："至少半月。"

李春来眉头一沉，道："刚才潘大人说了，城内的总粮是一个月，但有一半需征做军粮，百姓只有半月的活命粮。如果说乡勇训练就需半月的话，仗还没打城内就先乱了，到时那局面该如何收拾？"

王炽有意无意地看了李春来一眼，他知道潘铎接下来要说的话才是重点，也是让李春来吐血的时候。只听潘铎道："李大掌柜说得好，正如你所言，昆明乃大家的安身立命之所，若是城没了，谈何安身呢？既然李大掌柜说会不遗余力支持官府，那么下面的话本官就好说了。"

众人以为潘铎要说出什么妙计来，均将目光聚焦在其身上，静等着其往下说。谁也猜想不到，按照王炽的谋划，上面提到的招募乡勇之费用，只是个打底的数目，接下来才是让他们吃惊的时候。

此时，潘铎的脸色虽说依然保持着冷静，但在看着这些人的目光时，心情是极其紧张且复杂的。他伸手拿起杯子喝了口水，以此来掩饰其内心的慌乱，待把水咽下去后才说道："按照本官与桑大人的部署，城内必须保证一个月的粮，如果说城内的余粮只能保证百姓一个月的生活所需，那么这一个月的军粮就得仰仗诸位慷慨解囊了。"

此番话出口，端的如惊雷一般在众商人之中轰然炸响。上万军队，一个月的粮意味着什么？按照一日两餐，每人每日四两粮食计算，城内一万五千余人的军队，一日便是六千斤，一月至少是十八万斤粮食！

粮食的市价在各个时期都有浮动，即便是按照市场的均价，每石四两来换算的话，事实上十八万斤粮食也花不了多少银子。可在特殊时期，粮食是活命的根本，完全不能用银子去衡量。眼下昆明被围，连只狗都出不去，就算你家里的银子堆积如山，又有何用，莫非饿了时还能生吃银子充饥不成？所以在这个时候让他们拿出十八万斤粮食，简直就是个天文数字，是足以要了他们老命的。

听完潘铎的这番话后，李春来的脸色顿时就变了，比被人打了一巴掌还要难看。

李春来露出这副脸色，完全在潘铎的意料之中，他迅速地扫了眼其他人，这些人个个如坐针毡，其神情比李春来还要难看。但是话既然说到了这个份儿上，已然没有退路了，而且越是在这种时候，越需要用官威去压他们。潘铎是官场老手，此时他的心反而镇定了下来，沉声道："征粮的事由王炽负责，在半月内将粮食征收入库。"

潘铎的这句话相当于直接下达了命令，不管你有没有难处，十八万斤军粮必须到位。同时传递了一个信号，此事让王炽这个外人负责，相当于关闭了后门，之前无论与官府的关系有多密切，到了这里就起不到任何作用了。

场内静得落针可闻，大家都黑着脸，谁也没有说话，倒不是没意见不想说，而是不能说。桑春荣、潘铎两人谁也不敢得罪，因此大家都在等李春来开口。

在令人窒息般的静谧中，李春来终于坐不住了，他站了起来，朝桑春荣、潘铎道："两位大人，不是我们不拥护，更不是不想守城，而是这么多粮食实在凑不齐啊！"

凑不齐就是不想交军粮，不交军粮就是不支持守城，桑春荣的脸色冷得像块铁，他冷冷地将目光投向李春来，道："偌大一个昆明城，连一个月的粮食都拿不出来吗？"

李春来道："若换在平时，漫说是一个月的粮，就算一年的粮，只要大人您开口，李某定然二话不说，把粮拉到仓库。可如今乱军围城，谁也出不去，往哪里去调粮？"

李春来所言未必就不是实话，不能出去筹粮，即便是身缠万贯，也只有干着急的份儿。可眼下乱军把整个城围死了，不管是老百姓的活命粮，还是军队的军粮，都必须保证。再者会也开了，话也说出口了，桑春荣也是骑虎难下，于是他将目光瞄向潘铎，示意现在这个场面该怎么收场。

潘铎微低着头，没去看桑春荣，却将目光瞄向马如龙，意思是说，这主意是你出的，现在大家都被逼得没台阶下，你看着办吧。

马如龙虽然也预料到了李春来会有抵触，有抵触是正常的，大家可以商量着来，但没想到他会把问题抛给桑春荣，如此一来就把桑春荣架了上去，且下不了台了。马如龙领军打仗可以，这样的场面着实是破天荒第一遭遇上，脸一热，将目光投向王炽。毕竟这个局是王炽设的，归根结底眼下的困局还是得由他来打破。

王炽却是一副波澜不惊的样子，施施然站起来，朝李春来道："李大掌柜说的是实话，这么多粮食你确实拿不出来。"

李春来以为他是站出来调解的，脸色微微一缓，道："粮食一时拿不出来，大家也是可以坐下来商量商量其他办法的。"

"所谓兵马未动，粮草先行。粮草是军中最为基本的保障，也是一场战争能否取胜的关键，这个可商量不得。"王炽目中精光一闪，不紧不慢地道。

李春来眉头一沉，冷笑道："那要怎么办，将我等杀了去充当军粮不成？"

"李掌柜说笑了。"王炽道，"你手里没粮，别人未必也没有。在下去查访了一下，昆明城至少有五家粮行，李掌柜只要有银子，还怕买不到吗？"

李春来对这个王炽无一丝好感，寒声道："潘大人方才说了，要保证老百姓的生活用粮，要是李某将那些粮买了过来，到时候老百姓无粮可买，乱了起来，你负得起责吗？"

王炽设下此局，本就是要对付李春来，他此时的态度自然早就在王炽的预料之中，这样的话或可唬得住别人，在王炽面前却是起不到丝毫作用："李大掌柜可欺我，也大可把在下当作傻子，但欺在座的两位大人，把他们当小孩子耍，实在是大不该啊！"

这句话分量极重，直把李春来听得身子一颤，他把两眼一眯，目中精光乱射："此话怎讲？"

王炽道："咱们都是生意人，明人面前不说暗话。现如今时局动乱，粮价年年走高，这是众所周知的事，有些经济头脑的生意人都会在适当的时候成批购入，囤积居奇，莫非李大掌柜不知道这个道理吗？所谓让老百姓购买的粮食，那都是明面上的东西，我相信每个粮行暗地里囤积的粮食绝对不在少数。"

潘铎突然哼了一声，没有说话。然而这一声哼的意思却十分明显，你李春来要是还不肯老老实实地与官府合作，那也休怪官府日后不给你情面了。

王炽笑了一笑，趁着潘铎这一声哼，向李春来发难了："李大掌柜是昆明城首富，更是当地商界的领袖，极具威望。如果大掌柜能身先士卒，率先捐助出六万斤粮食，那么剩下的十二万斤分摊到三十位商户身上，每位也就四千斤，这事还有什么难的？"

李春来的脸色青一阵红一阵，十分难堪，但既然给逼到了这份儿上，再不应承，恐怕就说不过去了。他恶狠狠地看了眼王炽，然后朝桑、潘两人拱手道：

"李某定当竭尽全力筹集粮食，不负两位大人所望。"

桑春荣一听，老脸终于松弛了下来，笑道："如此本院代昆明百姓感谢各位了！"

崇仁街是昆明最繁华的大街之一，济春堂便是在这条街的西端，占了四个临街门面，前后共有三进。从药铺往里走，中间的那进是个四合院，也是济春堂加工药材所在。收购上来的药材在这里加工后，才会拿去前面的药铺卖，或包装后销往各地。

四合院的前后左右均有回廊相通，工人们在这个院落的各个房子里进进出出，各自忙碌着自己的事情。在石板铺就的天井对面是面照壁，上书"悬壶济世"四个烫金的大字。绕过照壁，另有洞天，是一个大大的院子，右侧修有假山流水，左边是幽幽之修篁，中间一条鹅卵石小径直通对面的房子，这里便是李春来办公及居住所在。

在大堂的客厅内，李春来正黑着张脸坐在上首，那神情兀自如刚刚让人打了一拳似的，十分难看。

李晓茹站在其父的左侧，清纯的脸上泛着寒光，犹如冰山上的雪莲一般，清新怡人，却也孤傲冰冷。她紧紧地蹙着对蛾眉，看了父亲一眼，说道："阿爸，这件事透着古怪，显然是王四在公报私仇。"

李春来盯着门外的修竹发愣，并未搭言。李晓茹似乎越想越来气，又道："说到底他不过是一个外来的小贩，我们还怕他不成，此事让我去处理吧！"

李春来微微抬了抬眼皮，道："有钱的敬畏有权的，千古使然。现在他被委任征集军粮，动他不得，等尹友芳来了再说吧。"

话落间，从外面的鹅卵石小径上匆匆跑来一个伙计，入内后禀报说，尹掌柜说府上来了贵客，稍候再来。

李春来脸色一沉，问道："可知是何人？"

那伙计道："说是滇南王四。"

李晓茹柳眉一竖："阿爸，我去走一趟。"

李春来想了一想，没有发话，算是默认了。李晓茹疾步走出了大堂。

良友粮行是昆明最大的一家粮店，其大掌柜叫尹友芳，跟李春来年纪相仿，也是五十来岁的样子。在商界有句老话说，同行如仇敌。尹友芳与李春来虽然做的不是同一种生意，但两人素来不和，明争暗斗已有十来年了。

在当时，除了鸦片之外，最好做的生意就是粮油、药材、茶叶等。晋商在被洋人搞垮之前，在云贵川一带就是靠经营茶叶维持生计，后来俄国人入滇，跟晋商争抢茶叶生意，可见茶叶获利颇丰。这是后话，姑且按下不表。

却说良友粮行是昆明首屈一指的大粮行，其粮食储备量堪比官府的官仓。毫无疑问，其大掌柜尹友芳也是昆明城数一数二的富商。那么问题就来了，同样是数一数二的富商，同样也是规模巨大的商行，为什么你李春来能做昆明商界的领袖，尹友芳为何就不能？

今日早上巡抚府的会议尹友芳也在场，按说涉及粮食问题，尹友芳最有发言权，但他自始至终没说一句话，就是要给李春来出难题。你不是商界领导人吗？出了事自然得你顶着，但是到最后你还得来求我。

果不其然，散会后尹友芳回到屋里不久，李春来就遣人来了，说是有重要的事相商。尹友芳本来就不想去，心想，现在是你有事求我，反倒让我去你府上，这是什么道理？恰好这时候王炽到了，便趁机找了个借口，给李春来摆了道谱。

王炽落座后，笑吟吟地道："现在正是李春来发愁的时候，尹掌柜晾一晾他是对的。"

尹友芳的外形十分符合粮行老板的形象，一身肥膘，笑起来时两眼都快陷到肉里去了。他一边请王炽喝茶，一边呵呵笑道："我让他上门来求我！"

王炽呷了口茶，边放茶杯边摇头道："即便是他上门来求你，你也得给他出出难题。"

尹友芳没明白他的意思，问道："姓李的毕竟是商界领袖，若是真撕破了脸，怕是不太好吧？"

"生意是生意，私情是私情，两者并无关系。"王炽道，"莫非尹掌柜不想发笔小财吗？"

尹友芳一听，似乎听出了些玄机，道："你的意思是敲他一杠子？"

王炽笑道："有句话叫作奇货可居，李春来要负责六万斤军粮，他一个卖药材的如何能拿得出这么多粮食？若是向其他粮行购买，他们本身就肩负着四千斤的粮食任务，还要留出一部分供应百姓所需，怕是无此能力，那么他只能向你购买，如此一来，你手里所握的粮食岂非就是奇货？在特殊时期，粮食是特殊商品，就昆明眼下的局势来看，它就是无价的，你即便是漫天要价，也是情由之中，有什么打紧？"

尹友芳闻言，笑逐颜开，眼睛又陷到肉里去了："王兄弟果然是生意人，让尹某佩服。不过尹某也不是不开窍之人，王兄弟既然指出了这条财路，想必也会给尹某撑腰，这笔生意的利润，咱们五五开如何？"

王炽微微一笑，随即端起了杯子喝茶，算是默认了。

这倒并非王炽贪图这些小财，上面将征收军粮一事全权交给了他，也就意味着他现在手中有一定的权力，如果不收尹友芳的好处，他反倒会认为王炽不给他撑腰，万一到时候给李春来一吓唬，这胖子的腰软了，那么报复李春来也就成了空谈。

这就是交际的微妙之处，虽说送礼和收礼都不过是受利益驱动，但是这"利益"二字中间所牵涉的关系，却是千丝万缕，千变万化，十分之玄妙，所以这些好处费王炽必须收，收了双方才好继续合作，各得各的利好。

议定了正事，两人正自闲谈，突有人来报说济春堂的大小姐来了。尹友芳没想到那边这么快就找上门来了，向王炽看了一眼，尚没开口说话，就看到李晓茹竖着眉闯了进来，两三人根本没法拦得住她。

尹友芳见状，挥了挥手，示意下人退下。

李晓茹看了王炽和尹友芳两人一眼，哼了一声，冷笑道："看来今日算是见识什么叫狼狈为奸了！"

尹友芳闻言，脸色一沉，站了起来，道："大小姐这话是什么意思？"

李晓茹瞟了眼王炽："跟这种人在一起，能有什么好事吗？"

"这可就奇了！"王炽把杯子重重地在桌子上一放，霍地起身道，"上次你无缘无故地下药害我，又勾结官府将我打入牢狱，我还没向你兴师问罪呢！你倒是先叫嚣起来，看这架势反像是你占了理似的？"

李晓茹徐徐地走到王炽的身旁，侧过身在其刚才所坐的位子上大摇大摆地坐了下来，这位置一变，双方的形势就真的变了。

人与人之交的交往，谁强谁弱讲究的是气势。现在王炽与尹友芳站着，李晓茹独坐在上首，在气场上就处于弱势了，一时间竟使两个大男人手足无措。

李晓茹伸手揭开王炽喝过的那杯子闻了闻，然后好整以暇地抬头问道："怎么，莫非是你占了理？"

王炽瞪眼看着她，她的脸依然清纯无瑕，眼睛水汪汪的好似十分无辜，嘴唇微微往上翘着，一副我就不跟你讲理的态势。面对这样一个女人，王炽跟她吵也不是，不跟她吵也不是，脸逼得通红，却是一句话也说不出来。

倒是尹友芳先缓过了劲儿来，问道："你来做什么？"

李晓茹把捏着的杯盖一放，"叮"的一声，正好落在杯子上，冷笑道："我来看看你们商量得怎么样了。"

尹友芳又问："商量什么？"

"商量如何坐地起价的事啊。"李晓茹奇怪地看着王炽道，"莫非你们还没商量好？"

王炽虽然点子多，但毕竟还是个二十几岁的少年人，被一个姑娘家当场戳穿了所谋之事，不由得脸上一热，站在李晓茹的面前，当真好像是个做错了事的孩子，手都不知道往哪儿放好。当下他轻咳了一声，说道："我与尹掌柜在商量征粮之事，不知李大小姐说的坐地起价，所谓何事。"

"果然如此，那是最好的了。"李晓茹将目光瞟向尹友芳，"我阿爸说，要向尹掌柜购买六万斤粮食，以作军粮。值此昆明危难之际，李掌柜应该不会跟我为难吧？"

王炽一怔，这才省悟过来，刚才一番对话，他和尹友芳都让这小妮子带到沟里去了。

尹友芳斗不过李春来，很大的一个原因是胆子小，在处事上少了些魄力，这时候被李晓茹一说，心里又有些打鼓了，毕竟征的是军粮，万一价格抬太高了，李晓茹往官府一报，弄不好就得吃不了兜着走，一时不知道该如何回答，眼睛不由自主地往王炽身上瞟去。

王炽转身往右侧的座位上一坐，虽然说李晓茹坐在上首，他依然处于下方，但坐下来后心态就不一样了，心绪也稳定了下来，说道："我只负责征粮，至于你们之间如何交易我管不着。但是交情归交情、生意归生意，非常时期，粮食价格偏高也是正常的，尹大掌柜也无须为难。"

李晓茹的嘴角微微一斜，乜斜了王炽一眼，却没说话，只等尹友芳开价。

尹友芳见王炽肯给他撑腰，胆气一壮，讪然笑道："既如此，尹某也就不客气了。实不相瞒，一次性拿出六万斤粮食，尹某压力不小，但既然大小姐开口了，尹某也不好推托，每石十五两银子，可好？"

李晓茹闻言，如水般的眼里精芒一闪，也没说好还是不好，却转首朝王炽道："我朝粮食的价钱一般也就三至四两银子每石，最高的时候也不过五两一石，李掌柜说每石十五两，你觉得合适吗？"

王炽"嘿嘿"笑道："在生意场上没合不合适之说，但要一个愿打一个愿挨，那就可以成交。"

"好！"李晓茹起了身，说道，"非常时期非常价格，十五两一石我接受了。麻烦李掌柜差人把这批粮食直接送到军队。"

尹友芳没想到这么顺利就谈了下来，笑道："好好好，我马上就去安排。"

李晓茹把头转向王炽道："你跟我去趟济春堂拿银子吧。"

此话一落，不仅王炽惊诧不已，尹友芳也是莫名其妙。这趟生意是良友粮行跟济春堂的交易，让王炽去拿银子却是怎么回事？

李晓茹看了眼王炽的脸色，冷笑道："怎么，心虚了不敢去？"

王炽只觉越来越看不透这位姑娘的心了，从她扮乞丐博取其同情，到下蒙汗药药翻他的马帮，再到现在叫他单独去济春堂取款，其种种行为讳莫如深、诡异难测，且往往出人意料，他不知道这一次去济春堂到底是福是祸。看着她清纯的外貌，突然有一种森然之感。

可转念一想，他堂堂男子汉，莫非还怕去取一趟货款不成？当下哈哈一笑，起身道："我心虚什么？请吧！"

不想李晓茹鄙夷地看了他一眼，道："我不想与你这等人同行，待我走后，你随后跟来便是。"不待王炽说话，便已大步走了出去。

第十一章
报私仇军前施威　走西北兄弟入川

王炽走到济春堂的门口时，驻足看了会儿，似乎是在欣赏这庄重大气的门庭，实际上在他平静的外表下，内心是十分忐忑的。他倒并不是怕李晓茹会把他怎么样，但是那小妮子刁钻古怪，一肚子的鬼主意，要是进去之后平白受些惊吓，或者皮肉之苦，那也是划不来的。

如此思来想去，在门口转悠了几圈，直至药行内的伙计注意到他时，王炽这才举步入内，说是受李大小姐之邀而来，让伙计去禀报一声。

那伙计听是王炽，便说道："大小姐有吩咐，现在她还有些琐事要处理，让你先在这里等候。"

王炽应声好，便在药行角落的一处椅子上坐下来。谁知左等右等，直至太阳西沉，还没看到李晓茹的身影。王炽不由得急了，心想莫不是那小妮子收了粮食要赖账吧？现在那六万斤粮食估计已送去了军营，她要是在这时候赖账，并反咬一口向尹友芳说银子已经交给王四了，现在身边又没证人，那真就浑身是嘴也说不清了。

想到这里，王炽的心不免慌了起来，按照那小妮子的性子，估计这种事她真的做得出来！

正自胡思乱想间，突然有人出来说，大小姐有请。王炽急忙叫那人带路，往里走去。

李晓茹坐在大堂上首的位置，看到王炽进去，连眼睛都没去看他一眼，只冷冷地说了声坐吧。

王炽真是怕她赖账，就直入主题道："眼见天色将黑，坐就不坐了，在下是来拿货款的，拿了便走。"

李晓茹抬起头，奇怪地道："我说过要今日给你银子了吗？"

王炽冷笑道："莫非大小姐要赖账？"

李晓茹呵的一声："济春堂在昆明好歹也是数一数二的大商行，岂会赖你这么点儿银子。"

王炽问道："既如此，大小姐刚才的话是什么意思？"

"货款我会照付，只当是让恶狗咬了一口，花钱医治了。"李晓茹倨傲地道，"但我不会认栽，我会让那只咬我的狗吃些苦头，叫他从此以后看到我就夹着尾巴逃跑。"

王炽闻言，脸色顿时就沉了下来："你这话未免欺人太甚！"

"我欺你了吗？"李晓茹"嘿嘿"笑道，"若是你非要承认是那条恶狗，我也没法子。"

"你到底想怎么样？"

"我要你留下来，在这里住上几天。"李晓茹狡黠地笑道，"你要是敢走，我就跟尹友芳说，你独吞了那笔货款。"

话说到这份上，王炽已基本猜到她要做什么了，便转身在椅子上坐了下来，道："大小姐盛情相邀，在下却之不恭，在这里住上几天，陪大小姐说说话、解解闷儿，也是好的。"

李晓茹看他并无慌乱之色，讶然道："你怎么不问问我留你下来做什么？"

王炽眼里精光一闪："我是负责征集军粮的，现如今军粮未全部收缴完成，人却不见了，官府一定着急，一着急就会派人出来寻找，找到这里后，大小姐就会向官府告上一状，说我利用职务之便，公报私仇，敲诈勒索，可对？"

"正是，没想到你并不笨！"李晓茹一脸灿烂的笑意，"你马上就又要去蹲大狱了，为何不担心？"

"请大小姐原谅则个，让您失望了。在下不但不会担心，还可以再给您出个更狠的主意。"王炽好整以暇地道，"依在下之见，大小姐现在就可以把我押送去官府法办了，这样的话更加直接省事。"

"这个你却是不懂了。"李晓茹摇了摇头，笑吟吟地道，"主动送官和让官兵找上门来性质不同。你想想，要是现在把你送去官府，人便在他们手里了，你小子浑身都是歪主意，且在官府也吃得开，万一你小子嘴巴一张，他们法外开恩，岂不就便宜了你小子？而人在我手上，主动权就在我这里，我要是想让你游街，他们绝不敢把你收监。"

"高明！"王炽浅浅一笑，还竖了根大拇指。

李晓茹看王炽兀自是一副悠然的样子，反而有些蒙了："莫非你不担心在阴沟里翻船，而且这次一翻之后，就永远也不得翻身了？"

王炽知道跟李晓茹这种人斗，要比她更加镇定，更加处变不惊，她反而会心虚，便装作讳莫如深的样子，微哂着摇了摇头："不担心。"

李晓茹果然有些按捺不住了，问道："可否说说缘由？"

"大小姐既然想听，在下就说来给大小姐解解闷儿。"王炽朝桌子上看了一眼，道，"茶楼上说书的尚且有一杯清茶候着，你把我请到你屋里来解闷儿，如何连一杯茶都没有？"

李晓茹给了他个白眼，让人上了茶。王炽端起来呷一口，咂了咂嘴，道："上等普洱，好茶！"

李晓茹竖着蛾眉，不耐烦地道："现在可以说了吗？"

王炽又好整以暇地呷了一口，这才说道："大小姐该知道在下在昆明的处境，先是进购药材，得罪了济春堂，后又逃狱得罪了官府，里外不是人。若非正值乱军攻城，在下在昆明无立锥之地。"

李晓茹轻哼了一声："倒是有自知之明！"

王炽眼里精芒一闪，看着李晓茹道："不知道大小姐想过没有，一个上下里外不是人的人，他还有什么可顾忌的？"

李晓茹的容颜微微一变："你想怎么样？"

王炽倏地沉着脸道："我不想怎么样，只想要一个公道！"

李晓茹冷笑道："我明白了，你还在为入狱一事耿耿于怀。"

"非也。"王炽道，"人活于世，要讲信义，信为立世之根本，义为待人。孔孝纲救我于危难，却因此使山寨几百号人死于非命，此仇不报，在下寝食难安。"

李晓茹暗吸了口凉气："你要怎么报？"

王炽道："不妨与你说了吧，募乡勇、征军粮都是在下出的主意，眼下昆明被围得铁桶一般，潘铎不得不走这一步。这仅仅是个开头，精彩的还在后面。"

李晓茹听了这一番话后，不免紧张了起来，瞄了他一眼，将信将疑地道："你如今人在我手里，想走出这道门去都难，却如此大言不惭，就不怕闪了舌头？"

王炽反问道："大小姐不信？"

李晓茹摇摇头，表示不相信。王炽端起杯子又呷了口茶，道："欲知后事如何，且听下回分解。"言语间，"啪"的把茶杯往桌上一放，就再也不说话了。

李晓茹自然知道王炽不会睁眼说瞎话，而且看他那副泰然自若的神情，也不像是说谎诓人的样子。但她也不敢尽信，毕竟王炽人在她手里，要想从济春堂逃出去，除非凭空生出双翅膀来。既然人出不去，所谓的报仇也就无从谈起。

李晓茹想了半天，还是觉得不放心，便让人好生看管着王炽后，出来找李春来。

李春来有个好习惯，在晚饭后到入睡前的这段时间，若没什么特别紧要的事，必先看会儿书。这会儿他正在书房里浏览书籍，听完李晓茹的叙述后，眉头一沉，思索了起来，半晌后说道："他在昆明还有没有其他朋友？"

李晓茹道："除了马如龙、李耀庭、岑毓英这几个人，怕是没有别人了。"

李春来道："李耀庭为人沉稳，当日他占领了城头，完全可以反出城去，然在其看到乱军之后，还是留下来全力守城，可见他是忠于朝廷的，断然不会做出格的事；那马如龙虽道是血气方刚，行事有些率性，可他现在得到了他想要的名分，也不可能再做不义之事啊，这可真是让人有些想不明白了。"

李晓茹陷入了沉思，按照王炽所言，他所谓的报仇，不只是想要找济春堂出气，还要找潘铎的晦气，退一万步讲，就算是马如龙、李耀庭肯帮他的忙，公然与朝廷作对，总也要找个适当的时机，伺机而动，可眼下他的时机在哪儿？如果说募乡勇、征军粮只是个开端，那接下去会发生什么？

李晓茹觉得最有可能跟王炽合作的是马如龙，这个人与李耀庭、岑毓英之辈都不一样，他有胆识、有血性，是个真英雄，却是个如项羽一般的英雄，头脑一热什么事都干得出来。如果真是马如龙与王炽串通了，她觉得要在适合的时候拉他一把。

少女都崇拜英雄，一如少男都想当英雄一样，谈不上什么爱，只是一种痴迷抑或幻想。李晓茹对马如龙的感觉也是如此，一想到他那伟岸的身子、英武的脸，心头便如小鹿乱撞，突突直跳。

次日一早，李晓茹就去了军营，看到马如龙的时候，就笑着迎了上去，不想迎接她的是一张冰冷的脸。

马如龙并不喜欢她，自然也不知道她对自己有意，甚至有些痛恨这个冷如冰霜、诡计多端的女人。如果不是因为她设计陷害王炽，也就不会发生他大闹总督府一事，更不会危及虎头山一干人等，所以在看到她的时候，马如龙的内心是比较排斥的。

李晓茹从小娇生惯养，及至成人后又负责打理济春堂，即便是在整个昆明城，也算是个有头有脸的人物，哪个人敢当着她的面给她脸色看？现在看到马如龙的那张冷脸，心下暗暗生气："马将军似乎不想看到我？"

马如龙冷冷地道："李大小姐来军营，所为何事？"

李晓茹盯着他的脸，道："如果我说为你而来，你信吗？"

马如龙一怔："我一介武夫，有什么事值得李大小姐上心？"

"王四就在济春堂。"李晓茹边说边留意着他的神色变化，"他说他要报仇，替那虎头山的上百号兄弟报仇。"

马如龙浓眉一扬，道："那又如何？"

李晓茹道："自古民与官斗，都不会有好下场，我劝你不要跟他混在一起，免得毁了自己的前程。"

马如龙虽然倨傲，有时甚至有些目中无人，可他不傻，听得出是在向他套话，冷笑道："李大小姐怎么会认为我与王四穿一条裤子？"

李晓茹问道："如若不然，当日在酒席上为何会与他一同离开？"

马如龙道："当日他的话犹如一盆冷水泼醒了我，人不能无知，更不能得意忘形。我们只不过是小胜了一场，乱军尚在城外，有什么值得庆祝的？况且这几场大战下来，死了那么多人，强敌当前，我们有什么脸庆祝？"

李晓茹看着他一脸的愤然，开始怀疑起了自己的判断。这个刚正不阿的骄傲男人，一心只想要摘掉乱军的身份，怎么会跟王炽同流合污，去干那不法之事？

李晓茹淡淡地道："果若没有便好，你好自为之吧。"说完就从军营里走了出来。

接下来的几天，尹友芳天天都去济春堂，开始时只是说好话，有什么话大家坐下来谈，把王炽软禁了算怎么回事？李春来父女则避而不见，有时只让下人传话，说这是他们跟王炽之间的事，与你无关，你的货款到时自然会结，绝不会赖账。后来见说情无果，尹友芳就恼怒了，他如今与王炽有着利益关系，王炽的事不解决，他心里也没底，就在济春堂威胁说，要是还不将王炽放出来，他就去报官。

李晓茹巴不得他去报官，所以依然没出去见他。

直至第六日早上，李晓茹刚洗漱完，正在用早膳，便见得一名伙计急步走进来，说道："大小姐，良友粮行的尹友芳又来了，说是出事了，今日务必要见到王四。"

李晓茹放下饭碗，问道："可曾说是什么事？"

那伙计道："说是那批军粮出了问题，具体没说怎么回事。"

李晓茹心头一震，预感到可能有大事要发生，便吩咐人去把王炽叫出来。

须臾，王炽走了进来，他也是刚刚用过早膳，精神大好，见了李晓茹后唱了个喏，道："这些天多谢大小姐款待，让在下这个山民野夫也过了把锦衣玉食的瘾儿。"

李晓茹却没心情与他抬杠，问道："尹友芳说军粮出了问题，到底是怎么回事？"

"军粮出事了？"王炽惊了一惊，然后奇怪地看着她道，"在下天天在这里过着少爷一般的生活，从不曾出门，如何知道是怎么回事？大小姐要是想知道，把尹掌柜叫过来问一声便是。"

李晓茹无奈，往那伙计使了个眼色，伙计会意，回身走了出去。不消多时，尹友芳抖动着一身的肥肉，小跑着进来，看到王、李两人时，眉头一皱，哭丧着脸叫道："两位祖宗，你们要是再不见我，我这脖子上这颗吃饭的家伙就难保了！"

李晓茹笑道："尹掌柜这颗吃饭的家伙大得紧，哪个摘得动？"

尹友芳急道："大小姐莫说笑了，我捐上去的那批四千斤军粮，说是长了米象[1]，那东西像虱子一样到处乱爬。马将军知道后大发雷霆之怒，说我用陈米以次充好，糊弄官府。我估摸着潘大人知道此事后，定要将我带去巡抚衙门。"

李晓茹转头看了眼王炽，见他依然是一副波澜不惊的样子，暗想这种事如果不是王四指使，以尹友芳的为人借他十个胆也不敢做，现在出事了，看你如何收场。不想王炽道："尹掌柜莫慌，潘铎要是找你，你就说这事是我指使的，让他只管来找我便是。"

李晓茹没想到他会一力承担下来，着实十分意外。尹友芳诧异地道："军粮的事非同儿戏，搞不好是要掉脑袋的，要是如此说的话，潘大人岂能轻易饶你？"

王炽微微一哂，道："无妨，你只管如此说了便是。"

是日下午，官兵果然到了，不由分说就把王炽抓了起来。李晓茹见这等情景，心下暗喜，你指使尹友芳以次充好，把发了霉的粮食拿去缴军粮，要是我再去告你一状，说你趁火打劫，敲诈勒索，你要是还不死，那才是咄咄怪事！

思忖间，她便对李春来道："阿爸，这厮拿着鸡毛当令箭，胡作非为，我

---

[1] 米象：俗称蝉子，是谷物中的主要害虫。

也跟着去趟巡抚衙门。"李春来知道她要做什么，便轻轻地点了点头。

王炽怪笑道："大小姐这是要去落井下石吗？"

李晓茹冷哼道："你这种人便如米象一般，人人得而诛之！"

王炽脸色一黑："在下劝你还是不要去的好。"

李晓茹的脸上分明露着幸灾乐祸的神色："怕我看到你出丑的样子吗？"

"非也。"王炽正色道，"怕你去了会后悔。"

李晓茹暗暗一震，想起了多日前他说过的话，不由得向李春来看了一眼。事情发展到现在，李春来也是越来越看不明白了，到了这种地步，王炽好比是砧板上的肉，只差那一刀了，还如何能掀起风浪来？

"好啊！"李晓茹把头一仰，道，"我倒要看看你如何让我后悔！"

在任何一个时代，粮食都是管理的重中之重，特别是在特殊时期，放在老百姓身上，那就是保命用的，放在军中，便是胜负之关键，断然出不得差错，更不容许掺水。要是谁敢在这种节骨眼儿上弄虚作假，那无疑是在跟自己的性命过不去。

昆明军营的粮草储备仓库内，潘铎的脸色阴森得像块黑铁，冷冰得令人生畏。他旁边站着马如龙、岑毓英、李耀庭，一个个也是神情肃穆。尹友芳则站在这些人的下首，一脸惨白，额头满是冷汗。

王炽被带进去后，潘铎阴沉沉地道："说吧！"

王炽瞟了眼面无人色的尹友芳，说道："此事是我指使的，没我的许可，他不敢这么做。"

潘铎怒笑道："你得了多少好处？"

"你以为别人也像你这么脏吗？"王炽铁青着脸喝道，"我且问你，剿匪一事你又收了多少好处？"

潘铎拍案而起，大怒道："你好大的胆子，与山匪勾结在一起，本官本已不想追究，没想到你还反过来质问本官，莫非本官剿匪还错了不成？"

"剿匪本身没错，可你在这时候去剿却是错了。"王炽道，"何为匪？值此大乱之世，上上下下贪得无厌，大官大贪，小官小贪，老百姓活不下去了，才上山为匪，说到底那都是大清的百姓。朝廷要去管本身没错，可你与济春堂勾结，将我打入大狱，出兵攻打虎头山，你敢说你仅仅是为了剿匪吗？你跟桑春荣、李春来一起联起手来，是要将我等一竿子打死吧？"

潘铎气得抖着白胡子，一句话也说不出来。王炽却兀自红着脸，神情激动地道："我本不想跟桑春荣过不去，可你们却处处与我为难。我虽是一介平民，可并非泥人，生死任由你们左右。辛小妹死后，你们非但无丝毫悔过之意，还变本加厉为难于我。知道她是谁吗，是我喜欢的女人，你老婆让人杀了，却还让人陷害，被置于上下左右都不是人的境地，你会如何？"

站在王炽旁边的李晓茹闻言，心头一怔，这才明白原来这小子身上背负着此等深仇大恨。再看潘铎时，只见他气得脸色发白："你个不知天高地厚的东西，不取你性命，军威何在。来人，将他拿下，拉出去斩了！"

就在后面的士卒冲上来时，王炽身子一动，突然把旁边的李晓茹一把拉过来，用手臂扣住了她的脖子。李晓茹虽也练了些身手，但王炽自小走南闯北，臂力颇大，被他如此一扣，竟是动弹不得。只听王炽大喝道："谁敢动！"

士卒见状，都停了脚步。李晓茹大惊失色，道："你要做什么？"

"我说过，跟着来你会后悔的。"王炽抬头喝道，"取火把来！"

众人闻言，不知道他是做什么，俱皆失色。马如龙则向杨振鹏使了个眼色，杨振鹏会意，出去拿了只火把进来。

王炽拿了火把在手，带着李晓茹退至粮食旁边，看着潘铎道："我现在只需把手一放，这里的粮食就会化作灰烬，只要军粮一烧，昆明必破。届时就算杜文秀不杀你，朝廷也不会留你于世，你也就走到头了！"

潘铎慌了，再怎么恨王炽，他也不敢拿一座城池和自己的身家性命去赌："你要如何？"

王炽道："去把桑春荣、李春来叫来，今日我们便把恩怨了了。"

如果说潘铎慌了神儿，那么李晓茹则是怕了，她不知道王炽会做出什么事来，说道："你究竟要做什么？"

王炽却没去理会她，径直朝潘铎叫道："快去叫他们来！"

潘铎的脸上青一阵红一阵，恨不得将王炽一刀剁了，怎奈他一手握着人质，一手拿着火把，只得由着他差人去请桑、李两人。

不出多久，桑春荣、李春来赶了过来，见到这里的场景，脸上均是一变。

王炽环视了周围的人一番，大声道："你等现在没有选择，下面我说的事必须一件一件做到，不然的话，咱们同归于尽。待了了恩怨，我再送一计，解昆明之危。"

桑春荣沉着张老脸道："说吧！"

王炽看着桑春荣，神情显得有些激动，红着眼道："你向着辛小妹坟墓的方向跪下，磕三个响头。"

此话一落，在场众人都是吃惊非小。要知道桑春荣目前虽只是代理云贵总督，可好歹行使着总督的职权，是当朝之重臣，堂堂的封疆大吏，让他向一个民女下跪磕头，是亘古未有、闻所未闻之事！

桑春荣为人固执，说一不二，虽然辛小妹只是个单纯的姑娘，可他的哥哥却是乱军的头领，要让他向一个乱军头领的家属磕头下跪，真比杀了他还难受得多。只听他沉声道："你要辱我，不妨杀我。"

"我无意辱你。"王炽毅然道，"人死为大，一个如花般的少女，无辜被你所害，一条活生生的生命，莫非还不及你的三个响头吗？"见桑春荣兀自迟疑着，王炽把手里的火把一抖，喝道："到底跪是不跪！"

桑春荣周身一震，双膝一屈，"扑通"跪倒在地，"咚咚咚"磕了三个响头。

见此情景，在场每个人的心头都别有一番滋味。马如龙自是暗中大呼痛快，恨不得上去再在他头上敲他几下。而李耀庭、岑毓英思想较为传统，虽然并不认为王炽做得不对，但看着桑春荣这位朝廷大员，公然下跪磕头，依然十分震惊，皱起眉头，大声叹息。

李春来父女倒是对王炽刮目相看，这个不起眼的小子行事居然如此决绝，丝毫不给自己留条退路！

潘铎则转过头去，不忍卒睹。然而就在他刚刚转过头去时，又听王炽大声道："潘铎、李春来，向着虎头山方向跪下，也磕三个响头！"

李春来倒没觉得什么，连桑春荣都跪了，他还有什么可放不下的，两腿一屈就跪在了地上。可潘铎却受不了这等奇耻大辱，如果说桑春荣是给一位无辜死去的姑娘落跪，尚在情由之中，那么他给土匪下跪却是无论如何也无法接受的。他瞪着王炽喝道："你不要欺人太甚！"

"上百条人命，换你一跪，是我欺人太甚了吗？你连尊严尚且难以放下，可知那些死难者家属更无法放下他们的丈夫和父亲！"王炽眦裂盛怒道，"今日不管你愿是不愿，非跪不可！"

潘铎蓦地仰头一声大笑："今日被你这小人挟持，本官无话可说，但让本官给山匪下跪，却是想也休想。来人，牵马来！"

王炽横眉道："你要做甚？"

潘铎道："本官戎马一生，宁战死沙场，亦不愿受这奇耻大辱！"话落间，已有人牵了马进来。潘铎翻身上马，纵马奔出营地去。

"潘大人……"李耀庭似乎想去阻拦，但是已然晚了。潘铎骑着匹快马，一骑绝尘，很快就已跑出了军营去。李耀庭回过身来朝王炽道："王四，你做得有些出格了，该收手了！"

王炽"嘿嘿"笑道："李将军，晚了，你认为我现在还有退路吗？"

李耀庭痛叹一声，低头不语。片刻后，有人来报，潘大人让杜文秀射杀了！众人闻言，皆是喟然长叹。潘铎虽然固执，甚至心胸有些狭窄，可人并不坏，对一个国家来说，值此国难当头之际，少了这样的人才，委实可惜至极。

王炽扔了火把，扣着李晓茹往前走了两步，道："今日我与你等恩怨已了，从此再无瓜葛。入夜后送我出城，我去讨救兵来，解昆明之危。"

马如龙眉头一蹙，看着王炽努了努嘴，似乎想说什么，却终究没有说出来。事情做到这个份儿上，他知道王炽已无法再在昆明待下去了，眼见分别在即，他突然有些后悔伙同王炽做下这些事了。

从向潘铎建议募乡勇、征军粮，到今日发生的这些事情，都是王炽与马如龙两人商量好的。尽管马如龙并没有直接参与，只是暗中做一些诸如让尹友芳的劣质粮食运进来，故意举报触怒潘铎等事，可是这些日子以来，他与王炽站在同一条阵线上，同进共退，已结下了深厚的友谊，突要分离，且这一去不知何时才能再见面，不免黯然神伤。

就在这时，只听李耀庭道："我与你一道去吧。一来官场上我好歹熟悉一些，好讨救兵；二来路上也有个照应。"

如果说此话出自马如龙之口，谁也不会意外，以他的性子做出这等事来并不为奇。但李耀庭以沉稳著称，心思也是十分细腻，这时候说要跟王炽一起出去，意味着什么？会联想的人一定以为这个局是他跟王炽一起设计的，即便是从眼下的情况来看，王炽大闹军营，逼死云南巡抚，无论哪一条都是死罪，这时候你跟着他走，不就是同流合污吗，前途不就全葬送了吗？

实际上在李耀庭的心里，在昆明经历了这些事后，对官场已然心灰意懒了。他是将领，但他更是书生，书生有书生的意气，有书生的节操，当他看清楚了官场这摊浑水，宁愿将来露宿街头，亦不愿与之同流合污。再者报国并非只有做官一途，身在乱世，只要不为非作歹，哪行哪业不能为国出力？

王炽看着他的眼睛，似乎已明白了这位少年儒将的心思，便朝他点了点头。

是日晚，马如龙、岑毓英以给潘铎收尸为由，带兵出城去，让王、李二人混在军中，待收了潘铎的尸体后，趁黑送走了两人。

虽说混出了城来，但是时城外已让杜文秀军围住，要想继续往外走，唯有穿过起义军的军营。好在马如龙带兵出来时，引起了对方的注意，也派了一支人马出来查探。王、李二人趁乱出来后，便混在了这支起义军里，随他们去了军营。

起义军穿的都是平民服装，虽有特殊的标志可分辨，但在这夜色之中，也无人特别去留意，如此让两人安然混到了军营里面。

王炽往四处看了看，敢情是起义军料准了官兵不会来偷袭，因此军营里十分平静，巡逻的人也不是很多，不由得心下暗喜，朝李耀庭道："一会儿趁人不注意时，我们就逃出去。"

李耀庭边往四处留意着往前走，边点头称好。及至将近军营北边的外围时，走在前面的王炽突然停了下来，李耀庭心头一震，问道："怎么了？"

王炽没有回答，只侧着耳朵仔细听着，听了会儿，回过头来道："你且在这里候着，我去去就回。"身在他人军中，李耀庭不免有些心虚，正要相问去做什么时，王炽已迅速地走开了。

王炽走到一处营帐外，竖着耳朵听里面之人的说话声，越听越是吃惊，终是没忍住，将营帐的门帘一掀，走了进去。

李耀庭见状，这一惊端的是非同小可，心想，我们身处险境，你这样进去不要命了吗？思忖间，他忙不迭也赶了过去。

不想刚到帐外，就看到门帘一掀，见王炽带了三人出来。李耀庭借着帐内射出来的火光一看，那三人一个是紫糖脸的大汉，一个是瘦瘦高高的马脸汉子，另一个则是又矮又胖的圆脸中年人。此三人李耀庭均不曾见过，心想，王四这小子不要命了吗，居然还引了三个乱军出来！

王炽看上去异常兴奋，也不说话，只招呼了李耀庭一声，便往军营外走。及至出了军营，见周围并无异状，王炽突然跪倒在地，向那三人磕起头来。

李耀庭讶然地看着他的举动，见那三人去扶他时，他却是死活不肯起来，以额伏地，说道："王四该死，害得虎头山一干兄弟死于非命，只求一死，望三位大哥成全！"

李耀庭一听，这才明白过来，原来这三人便是虎头山的三位头领。

席茂之俯身扶着王炽的双手，道："此事也怪你不得，你且起来说话。"

李耀庭道："现在潘铎已死，也算是给兄弟们报了仇了，此非久留之地，如此僵持着恐有不测。"

孔孝纲闻言，问道："来剿我们山头的那狗官死了吗？"

李耀庭点点头，将日间昆明城内发生的事简略地描述了一遍。三人闻言，大感王炽忠义，生拉硬扯着把王炽扶了起来。

王炽起身后，便问虎头山的情形，他们又是如何到了起义军的军营里来的？

席茂之叹息一声，道："当日一支上千人的官兵杀上山来。我等几百兄弟非其敌手，尽数被杀。我兄弟三人被生擒活捉，说是要带回昆明发落。谁知到了这边后，恰逢乱军围城。那些官兵躲之不及，让乱军发现，悉数被杀。他们见我三人不是清兵，就押了我等去见杜文秀。那杜文秀听说我等是山里的土匪，就撺掇我等入军。我想山寨被灭，左右没容身处，就留了下来。"

王炽听完，唏嘘不已，说道："从今往后，只要我王四还有一口饭吃，定然不忘了三位大哥。若大哥不嫌弃，与王四一道在这乱世之中，去闯他一番事业，可好？"

席茂之抬手捏着他那浓密的黑须，笑道："承蒙王兄弟看得起，我等兄弟也没什么好说的！"

王炽哈哈一笑，拉着众人的手，一同往西北方向走去。五条大汉，五颗沸腾着热血的心相交相融，走向浓浓的夜色。

也许在此时此刻，连他们自己也想不到，许多年后，他们凭着自己的智慧，开创了一个无可匹敌的商业帝国，控制了整个云南的经济命脉！

第十二章

祥和号小金县罹难　桂老西绵州府入狱

千里岷山，自甘肃一路蜿蜒而来，巍峨壮丽，气象万千，宛如巨龙一般直入四川盆地，使得这一带群山连绵，江河纵横，成就了这一方独一无二的好山好水。

在这群山峻岭之中，有一个不起眼儿的小县城，名唤小金县。在这小金县的东面，有一座远近闻名的山脉，叫作四姑娘山。由四座挺拔峭立的山峰组成，每一座山峰均高达五千米以上，因其特殊的地理位置，山头终年被冰雪覆盖，而山麓则是满目绿茵的草原，一白一绿，相映成趣，恍如四位俏生生的姑娘，头披白纱巾，身着绿衣裳，亭亭玉立，眺望着这一片大好河山。

是时，已入九月，山巅的冰雪依旧，山下的青草却已失去了嫩绿的色彩，一如人进入了中年，此时看去绿得有些沉重。

草地上行走着一支马帮，计有三十余人。前面的那马锅头是个五十几岁的中年人，一脸的风霜，虽说须发已然见白，但看上去却是精悍得很，正是川中祥和号的老伙计桂老西。

许是行走在自己的地盘上，桂老西的神色很是轻松，时不时地望望山顶的皓然白雪，然后噘起嘴吹两声口哨，颇为惬意。

悠扬的口哨声穿越草地，随着泥土和青草味在轻风里幽幽地飞扬出去，飘入远处的树林里，倏忽不见。

在距桂老西一里外的一座小山上，趴着十来个人。他们不是山匪，也不是乱军，这些人并不觊觎桂老西的那批货，却足以给他致命的一击。

领头的是绵州总兵杜元珪，此人只有三十二岁，刚过而立之年，他的一身武艺却是远近闻名，打起仗来十分拼命，浑然如一只嗜血的野兽，睁着铜铃样大的眼睛，手擎一把九环刀，深入敌阵，取人首级，便如探囊取物，因此在四川一带的太平军给他起了个外号，叫作杜无常。

九环刀跟一般的刀并没有大的不同，只是其刀背上挂了九个铁环，再因其刀身厚，只要一晃动，刀身在空中荡起劲风的同时，铁环撞击刀身，就会响起丁零当啷的声响，直如无常催命一般。这时候，杜元珪看着桂老西的马帮，看着他朝小金县的方向走去，脸上霍地凶光一现，那背上所负的九环刀似乎受到其杀气的感应，轻轻地晃了一晃，发出一声轻微的丁零声。

位于杜元珪右侧的是位瘦小的中年人，脸色发黄，颧骨高高耸起，乍一看俨然是个痨病鬼。唯独他那双眼睛，目光犀利而有力，便如一柄上古的好剑，有一种令人不敢逼视的气势，恰恰也是他的眼睛，使他身上透露出来的恹然之气淡了许多。

便是在杜元珪的脸上露出凶光之时，这位瘦小中年人的眼里也闪出一抹精光，皮包骨的脸上漾起一抹笑意，嘴角上扬的同时，额头上立时出现了一条一条的纹路，像是被风肆虐过的荒漠上的风痕一般，森然可怖，没有人知道那平静的沙漠下隐藏了什么。

杜元珪似乎看懂了他的笑意，转过头去时，也是咧嘴一笑："百里遥，恭喜你了，他们这批货果然是运往小金县的！"

"该恭喜杜大人。"百里遥眼里闪过一道狡黠的光，"这事你要是往唐将军那里一报，岂不是大功一件？"

杜元珪咧咧嘴，又是轻轻一声笑。

在杜元珪所埋伏的这座山头正对面，同样也窝着五人。

这五人所在的山头比杜元珪的位置要高，因此从这里望将下去，不仅能看到桂老西的马帮，连杜元珪等人的举动都一目了然。然而他们的目的与杜元珪不同，所以在看到这一幕的时候，其神色与杜元珪等一干人也是迥然有异。起先是迷茫，搞不清楚山头上的那一小撮清兵盯着桂老西的马帮有什么动机。可是当桂老西的马帮队伍逐渐向小金县接近的时候，五人的脸色便变了，仿佛大白天见了鬼一般，面无人色。

从此处举目远眺，小金县的情景一览无遗。

事实上，小金县只是一座普通的县城，是时正是午时，城内炊烟袅袅，街道上人来人往，甚至还能隐隐听到从街上传来的商贩的吆喝声，以及老百姓说话的声音，一派祥和安宁的景象。

城内并无奇特之处，可如果往城池上看，却能看出一番异状。

城头上所挂的是一面黄绸旗子，四方形，镶蓝边，约有八尺宽，因距离较远，看不清旗帜上的红字写了什么；再看城头上的守卒，一溜儿的蓝边黄背心，且后脑勺没见编有发辫，绝大部分人都是披头散发，有些则束了条黄丝巾。

那不是清兵，也不是普通的起义军。明眼人一看便知，那是太平军，且从他们的旗帜颜色上分辨，应该是翼王石达开旗下的某支部队！

太平天国是清朝历史上规模最大的一起农民起义军，其势力遍及十多个省、六百余座城池，占据了半壁江山，与清廷分庭抗礼。

对清廷来说，提起太平天国的起义军，不仅仅是可恨，甚至还有些可怕。所谓卧榻之侧，岂容他人酣睡，清廷即便是在梦里，也想铲除这颗深植在体内的毒瘤。

四川虽也有一部分城池为太平天国所攻占，可毕竟还是在清廷统治之下，祥和号这时候跟他们做生意，无疑是冒着天大的风险。

山上的那五人看清楚了形势之后，端的是吃惊非小。特别是前面的那青年人，浓密的眉头紧紧地打了个结，方方正正的国字脸因了紧张而显得有些苍白。他向旁边的那人看了一眼，说道："李将军，桂大哥怕是有危险！"

那被称作李将军的也是位青年人，坚毅的脸上带了些儒雅之气，秀长的眉毛一扬，道："岂止是有危险，只要他一踏入小金县，性命休矣！"

那方正脸的青年人突地起了身："下去拦住他们！"

话音未了，一阵蹄声陡然传来，再往下看时，只见小金县方向一支骑兵奔出城门，挟着大片的尘土，朝桂老西方向而去。那李将军见状，手掌一拍地面，慨叹道："太平军出来迎接了！"

那方正脸的青年人怔怔地站着，神色惨白，半晌没有出声。

"祥和号的魏掌柜与我颇有些交情，无论如何也要救他一救！"那李将军转首朝那方正脸的青年人道，"王四，你平时计谋多，可有良策？"

原来这五人正是从云南赶过来的王炽、李耀庭、席茂之、俞献建、孔孝纲。昆明被围，他们马不停蹄地赶来四川，为的便是搬救兵，支援昆明。不承想到了四姑娘山时，望见了桂老西的马帮队伍，让他们撞上了这等事。

王炽跟桂老西虽没多大的交情，不过是在马如龙攻打十八寨时，有过一面之缘罢了。但人与人之间相交，讲的是缘分，当日见面时便觉十分投缘，且王炽为人讲义气，今日既然让他遇上了，自然是能帮则帮。听了李耀庭的话后，他问道："对面的清兵是哪个的部下，你可认识？"

李耀庭眯着眼仔细看了会儿，摇头道："距离太远，看不太真切。不过看那些人的身形，应是不曾会过面。"

王炽低头想了一想，道："一会儿他们走的时候，便暗中跟着他们，先摸清楚是哪方面的人。到了地头后再去知会祥和号的魏掌柜，一起想办法吧。"

李耀庭也没有更好的办法，只得点头道："也只有如此了。"

祥和号是重庆一带实力最强的商号之一，其生意以粮食、茶叶、土烟为主，同时在布料、日杂等其他方面亦有涉及。在四川省内开了八家分店，只要是在川蜀地区，提起魏伯昌几乎是无人不知、无人不晓，就算是官场里的人，见了魏老爷子也要敬他三分。

有句话叫作财大气粗，人只要手里有银子，其气场、胆识都会变大，别人不敢做的事，他却敢去尝试。

而与太平天国的交易，便是魏伯昌的一步险棋。

时下太平天国已然逐渐式微，其规模和势力远不如前些年大了，明眼人一看就知道，这太平天国虽建了国立了号，但早晚都得失败，他们灭亡之后，所积攒下的财产自然是要充公给朝廷的。生意人牟利无可厚非，因此从魏伯昌的角度来讲，他们的银子不赚白不赚。

魏伯昌已快六十岁了，做了一辈子生意，他自然知道这生意是有风险的。然而正是因为他做了一辈子的生意，重庆官场上上下下的官员基本都识得，有些甚至还称兄道弟，只要小心一点儿，他觉得不会出什么事，即便是出了点儿事，他也有把握去将其摆平。

如今的这个乱世，不管是普通的百姓，还是上层的官员，他们的心里都没有底，谁也不知道在内忧外患的时局下，当今的朝廷究竟会走向一个什么样的境地。所以老百姓各扫门前雪，过一日是一日，那些朝中的官员则个个中饱私囊，给自己积攒些资产，以防不测。

魏伯昌认为，只要是银子能摆平的事，都不叫事儿。

可这一次却不一样了。当魏伯昌听闻桂老西的马帮在绵州府被人扣下了后，他就觉得此番可能真的要出事了！

要知道祥和号的总部在重庆，那批货也是从重庆运出去的，为什么在绵州出事了呢？如果是在那批货运到绵州时，让官府给扣了下来，尚且情由有原，可返程的路上，马帮已经没有货了，反而让他们扣下了，这事就蹊跷得很了。

魏伯昌正自沉思，突然从里屋蹿出个人来，"啪"地一掌拍在桌子上，把魏伯昌吓得惊了一惊。

在重庆这块地盘上，敢当着魏伯昌的面拍桌子的，唯有一人，那便是他的结发妻子郑氏。

郑氏与魏伯昌的年龄相仿，也已年近六旬，她的脾气却始终未改，依然若年轻时候一般，是个火辣的性子，冲着魏伯昌便是一通好骂："我当初就说这事有风险，你龟儿就是不听劝，非要搞那锤锤，现在要怎么办嘛！"

魏伯昌站了起来，花白的眉毛扬了一扬，苦着脸道："我的婆娘，你也别紧着说了，我这就出去想法子。"

魏伯昌说完便要往外走，郑氏在后面喊道："你要去找哪个？"

"王择誉！"魏伯昌边走边喊了一句。

王择誉是重庆知府，也是魏伯昌的至交，两人平时称兄道弟，关系甚密。魏伯昌觉得，这事只要王择誉肯出手，那么问题就不大了。

没想到的是，到知府衙门后，魏伯昌吃了个闭门羹。管家只说王大人这几日外出公干去了，问他去了何处、几时回，那管家却是支支吾吾地说不出个所以然来。

魏伯昌做了一辈子生意，什么样的场面没见过？一看这架势便知道，那王择誉是故意避而不见。

站在知府衙门的门口，望着门前那对威武的石狮，魏伯昌猛地从心里升起股森然的寒意，忍不住打了个寒噤。

王择誉为何要避而不见？是他与太平军交易的事情已然败露了吗？

魏伯昌倒吸了口凉气，如果真是如此，这事要是按正常的程序来办，捅到四川总督那里，那就是大罪，他魏伯昌死十次都毫不为过！

问题的关键就在这里，这事是怎么败露的？

魏伯昌越想越觉得害怕，急步回了家，差人去把他的两个儿子叫来议事。

魏伯昌的大儿子魏元，已过不惑之年，为人甚是沉稳，现总理祥和号的各门店事务；其二儿子魏坤则负责对外业务，跟太平军的交易就是他挑的头，因此在听到事情败露后，他最为吃惊，说道："此事是绝密，除了我们几人以及桂老西外，祥和号上下无人知晓。他个先人板板，这事是怎么泄露出去的？"

魏元看了眼他的父亲，说道："从绵州方面官兵的行为上来看，他们定然已有证据在手，或者说他们跟踪了桂老西，这才敢在桂老西返程途中，将其扣押。"

魏伯昌沉着眉道："官府怎么会想到去跟踪桂老西呢？"

一旁的郑氏横了魏伯昌一眼："你个死脑壳，除了你的死对头，哪个还能做出这么缺德的事来！"

魏元点点头道："娘说得在理，孩儿以为这事跟刘劲升脱不了干系。"

刘劲升是晋商四川总会的会长，也是在川的最大的山西商人，其经营的茶叶生意几乎垄断了川、湘、滇等省份。所谓一山难容二虎，这些年来，刘劲升跟魏伯昌之间经常会有些交集，甚至是摩擦，明争暗斗了有十来年。

魏伯昌清癯的脸凝重了起来，如果说这起件事真是源于生意场上的纷争，那刘劲升做得也太绝了！

众人正自沉默间，有府丁进来禀报说，俄国领事署的叶夫根尼先生差人来说，有要事跟大掌柜的商量，务必过去一趟。

魏伯昌问道："可有说啥子事？"

那府丁道："没具体说，只说是事关祥和号存亡。"

众人闻言，脸色均是一变，心想，莫非这事还跟洋人有关？

王炽等五人随着杜元珪进入绵州城的时候，发现这里的布防十分严密。城门处有重兵把守，来往客商都要经过盘查，一路走将过去，十步一哨，五步一岗，如临大敌。

孔孝纲道："是太平军要来攻城了吗，为何气氛如此紧张？"

李耀庭道："不好说，许是真有战事要发生。"

王炽眉头一动，道："果若如此的话，桂大哥在这个节骨眼儿上跟太平军接触，端的是撞在枪口上了。"

说话间，只见杜元珪等人拐入了一个胡同，转角处便是一幢官衙，上书"绵州府署"四字。待杜元珪进去之后，王炽等人站在衙门口，面面相觑，不知如何是好。桂老西那一帮人被关入了绵州府的大牢后，无异于入了鬼门关，若非有通天的本事，等闲人如何能把与太平军有瓜葛的人救出来？

过了两日，李耀庭实在没了法子，便想先打听清楚现任绵州知府为何人，而后再想办法托人去求情。当得知知府姓唐名炯时，李耀庭心下一喜，道："这便好了！"

王炽见状，问道："你与那唐炯相熟吗？"

"有过数面之缘。"李耀庭喜道，"这位唐炯大人原是贵州遵义人，也是因时局动乱，招募乡勇出身，后任四川南溪知县，不想现在是绵州知府了！"

孔孝纲笑道："那还有什么好说的，快去知府衙门，让他把人放出来吧！"

李耀庭虽也没把握这就能把人救出来，但好歹尚有指望，当下不敢懈怠，领着王炽等人去了衙门。到门口时，朝衙役报上名讳，要其通禀。那衙役入内禀报后，须臾出来说，唐大人在府内恭候。

李耀庭等人急步入内，及至大堂时，见一位七尺高的壮汉迎将出来，见了李耀庭，仰头哈哈大笑道："李兄弟，一别三年，别来无恙乎？"

李耀庭快步走上前去，与其相拥着抱了一抱，也笑道："三年不见，不想唐兄已是绵州知府，要不是向人问起，还不知道唐兄在此高就了！"

唐炯谦逊了几句，请大家入座，奉上香茗后，唐炯便问起李耀庭的近况。李耀庭于是趁机将昆明的情况说了一遍，同时介绍了王炽等人。

唐炯闻言，起身向李耀庭作揖道："李兄弟不为名不为利，一腔报国之热忱依然不输当年，令人敬佩！"

王炽在一边看着那唐炯的举动，心想，这唐炯看上去人高马大的，长相也有些粗野，却不失为一个真性情的汉子！

李耀庭回了礼后，又道："我等千里而来，便是为了搬救兵，解昆明之围，不知兄台可有良策？"

唐炯沉眉想了一想，说道："李兄弟应该知道，眼下我朝国库空虚，调兵远征，极其困难。不过眼下出了档事，反倒是可解军饷紧缺之局面。我向四川总督骆大人请求发兵支援昆明的话，他该是会同意的。"

李耀庭心思细腻，一听这话，便听出了端倪，却故作好奇地问道："是什么好事，居然可解军饷紧缺之局？"

"说道起来，其实也并不是什么好事。"唐炯苦笑道，"前些日子有人举报说，祥和号与太平军有生意往来，我便派人去查，果有其事。那太平军乱我大清已有十余年了，可谓是我朝的死敌，与之交易岂非就是通敌卖国？"

李耀庭脸色微微一变，道："兄弟的意思，祥和号可能会被抄家？"

唐炯道："通敌卖国，那便是抄家灭族之罪。"

王炽闻言，顿时就坐不住了，起身朝唐炯拱手道："实不瞒大人，我等路过小金县之时，恰巧遇上了桂老西的马帮。到贵府来，一是望大人高抬贵手，解昆明之围；二来是想给这桂老西说说情。"

唐炯闻言，脸上的笑意便没了，朝李耀庭看了一眼，似乎在说，你等果然是为此事而来？

唐炯的神色变化，尽落在李耀庭的眼里，他心里也十分清楚，如果这事真要按通敌叛国罪来论处的话，那么别说是唐炯，就是四川总督也担不了这责任，该怎么处理就得怎么处理，谁也不敢跟通敌叛国之人沾上一点儿边。可是任何一件事往往都有很多个面，所谓横看成岭侧为峰，不同的角度能决定事件不同的性质。李耀庭虽然无意于官场，但官场的这一套他是知道的，便也起身说道："不瞒兄台，祥和号的魏老伯与我有些交情，当年也曾出资助我招募乡勇，才有李某今日。然而通敌卖国是弥天大罪，果若如此的话，谁也担不起这个责任，更漫说是求情了，我只就事论事，说一番愚见，不知可否？"

唐炯好整以暇地端起杯子喝了口茶，而后抬了抬手道："自然是可以的，且请坐下来说话。"

李耀庭落座后道："在下以为生意是生意、国事是国事，两者是独立的，不能混为一谈。当下有许多人与洋人做生意，也没人说那便是通敌卖国了。"

唐炯微微一晒，道："李兄弟的这一番书生意气，本官敬佩，也极为尊重，然而这一次你错了。说到底洋人眼下还没有入侵我们的国土，亦未曾发生过大规模的战事。太平军却不同，他们与朝廷打了十余年的仗了，而且如今正是剿灭太平军的关键时刻，在这种时候卖粮食给他们，意味着什么？明为交易，实际上是支援了他们的军粮，是教他们有实力与我们对抗，这还不是通敌卖国吗？"

李耀庭、王炽互望了一眼，均是无言以对。再者此事已成定局，跟唐炯辩论也是无济于事，万一把他惹恼了，不去昆明解围，更是得不偿失。当下便在征得唐炯的同意之下，去牢里探望桂老西。

桂老西看到王炽、李耀庭的时候，端的是感慨万分，说云南一别，竟是在这等地方相见！

王炽痛叹道："桂大哥，你好糊涂啊，如何会去跟太平军做交易！"

桂老西摇头苦笑道："我们的老掌柜说，太平军折腾不了几日了，他们的银子不赚白不赚。从生意人的立场来讲，老掌柜的话并非没有道理，只要这事做得好，不被泄露出去，原是不会出问题的，偏生是有人眼红，暗中作梗。"

王炽忙问道："桂大哥可知是何人从中作梗？"

"多半是山西会馆的刘劲升做的好事。"桂老西道，"此人与我们的老掌柜明争暗斗有些年了。"

王炽朝李耀庭看了一眼，随后对桂老西道："桂大哥先不要担心，如果此事真的只是生意场上的摩擦，我想一定会有办法解决的。"

安抚了桂老西几句后，一行人从牢里出来。到了外面，王炽道："李将军，你留在绵州督促唐炯支援昆明之事，我想走一趟重庆，去看看祥和号那边有什么动静。"

李耀庭想了一想，道："如此也好，有事的话随时书信联络。"

王炽称好，便带了席茂之三兄弟，当日就动身去重庆。

鸦片战争爆发后，洋人不断入侵，在中国开展各种贸易。清政府虽然厌恶那些洋人赚中国人的钱，却对他们一点儿办法也没有，只得听之任之。其次是在咸丰年间，清政府对在川设立的所谓的外国领事署，也没有公开承认，亦如他们在中国做生意一样，是听之任之，反正你要设立领事署，我暂时管不了，但也不认可。

俄国人的领事署设在枇杷山一带，这块区域在长江和嘉陵江的交汇处，同时也是经济、文化和商贸的交汇中心，其位置可谓是真正的黄金宝地。

洋人进入中国后，对中国的影响和剥夺不仅仅是经济，更体现在文化上。他们除了大肆地开发矿业、贩卖鸦片之外，还在中国古老传统的建筑群里，营建教堂等各种西洋风格的建筑物。

俄国领事署便是一座典型的洋建筑。它看起来虽然跟周围的建筑物格格不入，但这种奇形怪状的房子，在中国老百姓的眼里，自有其一番肃穆和威严。因为他是洋人的，代表的是强权，以及不可侵犯性。

魏伯昌站到这座建筑物跟前的时候，也不由得对它肃然起敬，同时心中亦忐忑了起来。他不知道那个黄头发、绿眼睛的家伙传唤他来，究竟有什么企图和动机，祥和号的这次劫难与洋人究竟有多大的干系。

魏伯昌灰白的眉毛动了一动，深吸了口气，打起精神向大门处走了过去。

俄国领事署的负责人叶夫根尼是个五十多岁的老头，其外貌也是一副典型的外国老头模样，凸额高鼻，黄头发蓝眼睛，大蓬的胡须几乎将整个嘴都盖住了，体形高大，长臂阔肩，坐在椅子上，跟《西游记》里水帘洞中的那只长臂猿一般无二。

魏伯昌进去的时候，叶夫根尼正在抽雪茄，那吞云吐雾的样子似乎比吸食鸦片还要过瘾。他看到魏伯昌进来，哈哈一笑，起身过来与其握手。

　　魏伯昌已经不是头一次跟洋人打交道了，自然是熟悉这种握手礼的，便佯装亲切地与其握了握手。但是他心里清楚得很，跟洋人打交道基本没什么好处，换句话说，到了洋人的领事署来了，多半是惹上了棘手的事。

　　叶夫根尼翻译为中文是高尚的意思，事实上，这个到中国来的洋人并不是高尚的，更不是什么救世主。

　　叶夫根尼请魏伯昌入座后，用生硬的汉语道："我这里没有中国人喜欢喝的茶，咖啡要吗？"

　　魏伯昌道："那东西苦得与中药一般，老夫着实不习惯。我们也算是老相识了，叶先生有事请直说吧。"

　　叶夫根尼很不习惯有人叫他叶先生，因为他根本不姓叶。但他是个中国通，明白中国人习惯将人名的第一个字当作姓氏，只得无奈地摇了摇头，返回到自己的座位上，然后朝魏伯昌道："我知道魏大掌柜遇上了麻烦，而且是大麻烦。你知道的，我们相识有两三年了，算是老朋友了，我不能眼睁睁地看着你不管。"

　　魏伯昌平静地笑了一声，他的一生经历了许多大风大浪，虽然眼下祥和号的形势并不乐观，但再怎么艰难，他也不会在洋人面前露出慌张的神色，更不可能因了洋人的这句假惺惺的言语，而做出谄媚之状。他看着叶夫根尼的眼睛，反问道："叶先生是如何知道祥和号出事了？"

　　叶夫根尼不是傻子，他自然听得出魏伯昌的话里是带着敌意的，笑容一敛，说道："不瞒魏大掌柜，你跟太平军做生意，并不是天衣无缝，有人一直在盯着你。"

　　魏伯昌早就猜到了是有人暗中作梗，因此并不讶异，他看着叶夫根尼又问道："莫非叶先生知道是谁在盯着老夫？"

　　叶夫根尼吸了口雪茄，将剩下的烟头掐灭了，而后说道："是刘劲升。"

　　"我猜也是他。"魏伯昌眼睛一眯，射出一道精光，"刘劲升暗中作祟，叶先生是怎么知道的？"

叶夫根尼不去理会他的敌意，因为这场较量刚刚开始，他也想看看魏伯昌到底能镇定到什么时候，所以他笑了一声，道："祥和号和山西会馆是重庆府实力最强的两家商号，在重庆做生意，怎么能不关注你们的举动呢？"

魏伯昌道："叶先生有心了。"

"在中国，跟太平军做生意，那是死罪，按照大清朝的律法，是要抄家灭族的，我说得没错吧？"叶夫根尼语气一顿，道，"我也不跟你打哑谜了，实话跟你说了吧，整个重庆只有我能救你，我就是你的救世主。"

魏伯昌等的就是他这句话，但他并不为此感到惊喜，跟洋人交易是需要付出代价的，而且这代价可能十分巨大。他没有说话，只看着叶夫根尼等他往下说。

叶夫根尼用食指敲了两下桌子，说道："刘劲升也不是干净的，他跟捻军[1]也有生意来往。"

魏伯昌闻言，暗吸了口凉气。他看着这个黄头发、蓝眼睛的洋人，只觉后脊梁骨阵阵发凉，原来重庆商人的一举一动尽在此人的掌握之中！

叶夫根尼留意着魏伯昌，见他终于沉不住气了，辗然一笑，不紧不慢地道："我只要把刘劲升揭发了，你就有救了。"

魏伯昌诧异地道："与反军交易，都是死罪，为何揭发了刘劲升，我便得救了呢？"

叶夫根尼也奇怪地看着魏伯昌道："魏大掌柜是真的不懂吗？"

魏伯昌拱手道："望叶先生指教。"

叶夫根尼道："山西会馆经营的是票号和茶叶生意，你做的是粮食、土烟和日杂生意。你们两家几乎垄断了重庆的市场，灭你一家，朝廷尚可接受，可如果两家都抄了，重庆的经济怎么办？官府每年的税款找哪个去填补？两大经济支柱集体灭亡，重庆的官员会不会受到牵连，他们要怎么向你们的皇上交代？所以灭了你一家，官府会毫不手软，但如果把山西会馆也拉下水，大家就都可以平安无事了。中国有句话叫作和稀泥，魏大掌柜不会不懂吧？"

---

[1]　捻军：与太平天国同时期的反清农民武装势力。

听到这番言论，魏伯昌不得不佩服叶夫根尼，不管是对当下的局势，还是如今的官场，他都看得比别人要深、要远、要透。魏伯昌起身拱手道："叶先生一席话，令老夫茅塞顿开！不过你如此帮我，可有什么条件？"

叶夫根尼哈哈笑道："魏大掌柜是生意人，定是知道生意讲的是公平交易，你看我已经毫无保留地和盘托出了，魏大掌柜自然也是要拿出些诚意的。我要的并不多，只要魏老板答应一个条件就可以了。"

魏伯昌重又落座，道："叶先生请说。"

"茶叶不是祥和号的主要业务，如果放弃这块业务，相信对祥和号也造成不了什么大的损失。"叶夫根尼道，"我就只要你茶叶的采购和销售渠道，这个条件不算过分吧？"

魏伯昌愣了一愣，旋即明白了他的用意。

茶叶是什么？在洋人眼里，茶叶就是银子，甚至比银子还要贵重，是一种可以在世界范围内通行的货币，也是从经济上霸占中国的一个重要手段。

十八世纪中叶，在西伯利亚人的眼里，茶砖比银子还要重要，他们在交易的时候宁愿接受茶砖，也不要银子。这不仅仅因为茶叶是俄国人的生活必需品，它更是一种身份和地位的象征。

据俄罗斯的史料记载，1658年，俄国遣使出使中国，双方互赠礼物。清廷赠送给他们的除了皮毛、银子外，还有几磅干树叶。这些礼物被带回莫斯科的时候，沙皇正在闹肚子，听说这些干树叶可以泡水喝后，沙皇好奇之下，泡了几杯来喝，第二天肚子莫名其妙地就不疼了！

自那以后，茶叶被俄国皇室奉为神奇的药物，且因其是外来品，打内心产生了一种敬畏和崇拜，因此逐渐成为皇家贵族送礼会客的奢侈品。普通老百姓漫说是喝一口，一般连见都见不到。

不管是洋人还是中国人，人心都是一样的，越是得不到的东西，越会觉得神奇，越神奇的东西，就越想得到。不论它好喝还是不好喝，更不用去讨论它对身体的功效是不是像传说中的那么神奇，得到了就是一种身份的象征。

到了十七世纪的时候，中国的茶叶开始在俄国的城市里流传，因其价格不菲，当时只作为上层人士的专属饮用品。随着《恰克图条约》的订立，中俄边境贸易进一步扩大，中国的茶叶才大量出口，深入俄国普通人的生活当中。

光从这一点来看，哪个掌握了中国的茶叶贸易，哪个就控制了这一地区的经济。然而，茶叶的重要性还远不仅这些。当英国工业革命兴起之后，尽管推动了他们的现代化工业以及经济，但也给他们的环境造成了极大的破坏，老百姓天天生活在雾霾之中，伦敦成了雾都，重工业集中的地方，各种流行病大规模出现，死亡率逐年递增。

怎么办？除了整治环境外，就是跟中国人一样煮开水泡茶。当时几乎百分之百的英国人都喝茶，对茶叶的需求比俄国人还疯狂。此外，英国人这种疯狂的饮茶风潮，还被移植到了北美的殖民地。

这就是茶叶市场，控制了它，就主导了经济。更为重要的是，俄国在中国的北部，在蒙古国还是中国领土的时代，他紧邻着中国。如果俄国人控制了中国的茶叶，那么西方国家要想从中国进口茶叶，就得通过俄国人的手，相当于成了中国茶叶的一级代理商。

这是一个伟大的构想，俄国人在向着这个构想一步一步迈进。

魏伯昌是生意人，他一眼就能看出这个洋鬼子的意图，甚至还能看到这个洋鬼子在他这里得到茶叶的经营权后，继而跟山西会馆的刘劲升谈判的情景。如果刘劲升为了保命，也拿出茶叶的经营权作为交易的话，那么整个重庆的茶叶贸易就会彻底地落入俄国人的手里！

这对一个国家来说，是极其可怕的。而对魏伯昌而言，是一次生与死的抉择，他站在这个十字路口面前，沉默了。如果说跟太平军交易，只是一笔单纯的生意的话，那么跟洋人的这种条件互换，才是真正的通敌卖国。

"如果你不答应我的条件，祥和号和你的家人，都会死亡。"叶夫根尼强调了下事态的严重性后，就再也没有说话。他点了根雪茄，一边抽着，一边静静地看着魏伯昌，等着他的决定。

王炽带着席茂之、俞献建和孔孝纲等人，离开绵州城的时候，在半路上遇到了个人。

有路的地方就有行人，在路上遇到个人本身并不奇怪，然而那人的样子引起了王炽的注意。

此人脸色蜡黄，颧骨高高耸起，虽说是刚刚步入中年，正是大好年华，可因了他身子瘦小，看上去又是一副皮包着骨头的样子，浑似鸦片鬼一般，使其看上去比同龄人老了好几岁。唯独他那双眼睛，有如鹰隼，犀利而有力，让人产生一种望而生畏之感。

此人便是跟杜元珪一起埋伏在四姑娘山上的百里遥。王炽虽然不知道他的名字，但能从外形上分辨得出来，他就是当日在山上监视桂老西的其中一人。

现在此人与王炽等人走的是同一条路，莫非他也要去重庆不成？席茂之老成持重，不由得起了疑心，道："他应该是绵州府唐炯手底下的人，去重庆做什么？"

俞献建道："如果他真是去重庆，肯定是为桂老西的事。"

百里遥并不认识王炽，因此起先并没去注意他们，只是走了一路，后面那四人却一直不紧不慢地跟着，不免警惕起来，偷偷地留意了下他们的样子，心想，莫非让劫匪给盯上了不成？思忖间，他拍马加快了速度，存心要试试这伙人是不是有意跟着来的。

席茂之见他加快了速度，更是疑窦丛生，说道："王兄弟，此人定有蹊跷。"

王炽没有言语，但认同了席茂之的话，点了点头。

孔孝纲却被他们说得有些糊涂了，问道："官府的人出门办差，能有什么可疑的。难不成桂老西被抓这事，里面还有猫腻？"

孔孝纲只是随口这么一说，但这话听在王炽耳里，震动却是不小，心里"咯噔"一下，道："远远地跟着他。"

百里遥回头一看，见这些人果然紧跟着来了，便认定了这伙人是来找碴儿的。他朝官道上看了一眼，虽说这时候过往行人并不多，可好歹也有些人偶尔经过，心想，莫非你们还能在光天化日之下公然抢劫不成？待要到了重庆，看我如何收拾你们！

为了在半路上不出意外，百里遥不停地挥鞭催马，除了在驿站换马外，中途也不歇脚，于次日早上，赶到了重庆城下。直跑得脚下的马口吐白沫，不停地喘着粗气。

到了重庆城外时，百里遥这才暗松了口气，回头看时，见后面那四人依然跟着，心下不免犯了嘀咕。若说是劫匪，他们该在昨晚的路上下手才是，可若不是劫匪，又是哪方面的人？寻思间他心中一动，又想，莫非是祥和号的人？

如此一想，百里遥心头也不由得吃紧了，望了眼守城的人，喊了一名士卒过来道："去把你们守城的大人叫来，我有话说。"

那士卒并不认识百里遥，可见他说话的气势并不像是普通人，当下也不敢盘问，便入内禀报了。

孔孝纲见他与守城的人交谈，又时不时地往这边望来，说道："他不会是将我们当作劫匪了吧？"

席茂之冷笑道："莫非你不是劫匪吗？"

孔孝纲这才想到自己的确曾是占山为王的匪寇，脸上一红，讪笑道："可咱现在不是跟着王兄弟从良了嘛！"

说话间，只见有士卒朝他们走了过来。王炽脸色微微一变："不好，果然有麻烦了！"

倒是席茂之比较镇定，说道："不怕，只说是唐大人的朋友，他们定然不敢为难。"

那士卒走到近前，问道："你们是什么人，鬼鬼祟祟的在此做甚？"

王炽下了马，拱手道："在下等人是唐炯唐大人的朋友，从绵州而来。"

士卒闻言，倨傲之气果然就没了，道："既然是唐大人的朋友，为何要一路跟着他？"说话间，手指了指城门边上的百里遥。

王炽笑道："从绵州到此，只有一条官道，巧合罢了！"

士卒不再盘问，回身过去跟那百里遥说了几句。百里遥讶异地回头看了王炽等人一眼，牵马进了城去。

王炽一路尾随而来，到了这里自然更加不会放弃，便也进了城，兀自跟着百里遥而去。

百里遥到了重庆城内后，胆气明显壮了许多，也不怕他们跟着，只管缓缓而行。不消多时，来到一座大宅之前。门口放着一对大大的石狮子，大门的上面挂了一块牌匾，上书"山西会馆"四字。

王炽乍看到这块牌匾，心头怦怦直跳。在绵州时，桂老西曾说过，若非有人暗中作梗，他们与太平军交易的事情断然不会泄露，最有可能做这事的便是山西会馆的刘劲升。如果说此事真是刘劲升告发的，那么百里遥日夜兼程地赶来山西会馆做什么？

百里遥踏入山西会馆的大门后，脚步在院里一停，转身过来，突然寒声道："各位一路陪伴在下，着实辛苦了，可愿进来喝一杯茶？"

如此一来，越发地让王炽捉摸不透了。要知道，如果桂老西被抓一事，是官府跟山西会馆联手所为的话，那么此事的性质就是官商联合，打压对手，是一桩彻彻底底的利用权力干涉商业的行为。百里遥作为唐炯的人，即便是要来跟刘劲升接头，也该做得隐秘些才是，何以还敢公然邀他们进去？是什么让他有如此这般自信？

王炽看着他那张蜡黄的脸，以及若鹰隼般犀利的眼睛，心中陡然升起一股寒意，觉得此人实在太可怕了！

此时，在山西会馆里面，刘劲升正在招待重庆知府王择誉。

刘劲升是个非常在意养生的人，他滴酒不沾，只喝茶，每天早上起床后的头一件事就是打一套太极拳，吃了早点后，便会命人点上香炉，泡上一壶武夷山的绿茶，在袅袅的香烟里，品味茶香。所以他虽然五十有余，但看上去也不过是四十岁的样子，且身子结实，犹如壮汉一般。

在酒席上招待王择誉时，刘劲升只劝对方多喝酒，他自己则是以茶代酒。

王择誉刚满四十岁，看上去却要比刘劲升还老一些，再加上蓄了一蓬浓密的胡须，越发使之显得又老又瘦。

酒过三巡，许是心里有事的缘故，王择誉已微有些酒意，放下酒杯后，深叹了一声，道："在重庆不管是你还是魏伯昌，都是业界的支柱，现在他一出事，本府心里也不好受。"

刘劲升"嘿嘿"笑道："王大人这是在怪我吗？"

王择誉摇摇头，皱着眉头道："非也，只是这世道不太平，人心不古。"

刘劲升一听这话，面子上有些挂不住，笑容顿时就没了。这王择誉就像块茅坑里的石头——又臭又硬，几乎是软硬不吃。

在一些当官的人眼里，奉命抄家是件美差，特别是抄像魏伯昌这种富商的家，能捞许多好处。可王择誉不贪财，说起要去抄魏伯昌的家时，直比要抄他自己的家似乎还难受。刘劲升又道："王大人，绵州那边已经把桂老西扣押下来了。你再不动手，难免瓜田李下，惹人猜疑。"

"刘兄这话在理啊！"王择誉伸手拍了拍刘劲升的肩膀，"今日多谢款待，本府告辞了，待下午晚些时候，便带人去把魏伯昌的事办了，拖久了无益。"

刘劲升连忙起身，笑道："王大人此话甚是！"

刘劲升正要送王择誉走，突见有人来报说，百里遥回来了。

刘劲升看了眼王择誉，问道："人在何处？"

那人回道："便在门口。好像是在来的路上让四个人盯上了，现正在门口对峙着。"

王择誉闻言，醉眼一亮，笑道："这事倒是有趣，让他们都进来吧。本府倒想看看哪个如此胆大，敢跟刘大掌柜的人作对。"

这本是山西会馆的事，刘劲升并不想让他人插足进来，可王择誉既然如此说了，只能顺着他的话道："把他们都叫进来吧！"

须臾，只见百里遥在前，王炽等四人在后，徐徐走入客堂里来。

刘劲升仔细打量了番王炽等人，只觉陌生得很，吃不准是哪方面的人，便问道："你等是什么人？"

王炽瞟了他一眼，反问道："你就是山西会馆的大掌柜刘劲升吗？"

"正是老夫。"

王炽抱拳道："在下也是做生意的，您是前辈，我本该敬重于您，可有些事你做得不太地道。"

刘劲升引了王择誉返身回到座位上坐下，冷冷地道："看来，你今日是来教训老夫的！"

"教训不敢，但今日既然误打误撞到了这里，便与刘大掌柜理论理论。"王炽一脸肃然，亢声道，"在下滇南王四，只是个不起眼儿的小贩，本无资格跟刘大掌柜说三道四，但桂老西是在下的朋友，在来此之前，刚刚在牢里见了桂大哥。敢问刘大掌柜，他背后这一刀可是你捅的？"

刘劲升回头朝王择誉看了一眼，王择誉哼了一声，没有说话，但他似乎对此事颇有些兴趣，目光炯炯地看着王炽。刘劲升见王择誉没有吱声，反而摆出了一副看好戏的姿态，他自然也不便在王择誉面前睁眼说瞎话，只得硬着头皮道："与太平军交易，乃通敌叛国之罪、大逆不道之举，莫非我揭露他出来错了吗？"

"揭露不义之事，自然是没有错的。"王炽道，"敢问刘大掌柜何为义，你敢说此举没有私心吗？"

刘劲升眼里精光一闪："你倒是说说我有何私心？"

王炽道："每个圈子都有争斗，所谓'人不为己，天诛地灭'，这无可厚非。生意场上也是如此，同行之间相互挤压本属平常，可咱们行事得有底线，把人家往死里打，打得人家抄家灭族，这事就做得过火了。说到底咱们只是生意人，是普通的老百姓，一个政权跟另一个政权的战事，轮得着我们去管吗？而且你在此事上插一杠子，真是为了大清王朝的江山社稷着想吗？如果祥和号这次是在跟洋人交易，出卖同胞的利益，刘大掌柜把这丑事揭露出来了，我王四佩服，还会替中国老百姓在此给你磕上三个响头，感谢你的大义之举。可现在祥和号与太平军只是一笔简单的交易，你却害得人家家破人亡，我打心里看不起你！"

刘劲升铁青着脸，眼里凶光一闪，正要发作，只听得王择誉道："那么依你之见，此事该如何处理？"

刘劲升听得此话，心头不由得一震，转过头去看王择誉，想看看他到底是什么意思。然而王择誉是时微有醉态，黑瘦的脸上带着抹红晕，自然也看不出其心里在想什么。

因王择誉此时穿的是便服，王炽不知其身份，问道："敢问阁下是哪位？"

"我叫王择誉，重庆知府。"

王炽拱手一拜，道："原来是知府大人，在下有眼不识泰山，冒犯了！在下到了重庆后，一路走来，看到此地水陆交通便利，商贸繁荣，是个名副其实的商业大都市。可商业发达了，难免泥沙俱下，各色人等混在其间取利，其中亦不乏洋人。祥和号此举固然有错，可一旦将如此一个大商号取缔了，市场会在短时间内留出一块空白，倘若让洋人趁机占据了这块空白，其后果不堪设想。因此在下以为，取缔祥和号弊大于利。"

正说话间，有人进来禀报说，俄国领事署叶夫根尼邀刘掌柜前去议事。

王择誉闻言，脸色一沉，抬头看了眼王炽，似笑非笑地道："看来好戏刚刚开始！"

刘劲升厌恶地瞪了眼王炽，朝王择誉道："请大人不要多心，重庆的主要商贸业务，老夫断然不会轻易让洋人夺了去。"

"有些话，这个王四说得还是有些道理的。"王择誉蹙着眉头道，"你觉得洋人在这种时候邀你过去，会是什么事？"

"老夫尚猜不出来。"

"你且去吧，须防洋人插足，从中取利。"王择誉回头朝王炽道，"你这青年人，年纪虽轻，却是不简单，且随本府来。"

从俄国领事署出来后，魏伯昌的心情低落到了极点。他眼下虽是祥和号的大掌柜，是重庆数一数二的富商，可到了洋人面前，他觉得自己连条狗都不如。

魏伯昌抬头望了望天空，天空依旧是蔚蓝的，尽管即将入冬，可在阳光的照耀下，从远处吹来的风依然带着丝丝的暖意。他边走边望着街道两边的临街门面，然后再看看脚下这一块一块青石板铺就的路……这里的一切是那么熟悉，那么亲切。这里是他的家，也是他的天下，他曾可以在这片土地上呼风唤雨。可这一切的一切，在今天似乎都变了，变得是那样陌生，而他自己则像条流浪狗一样，不知道该去哪里。

也许这繁华的世界，从今往后将与我无缘了！魏伯昌长长地吐了一口气。面对叶夫根尼的步步紧逼，他并没有马上答应他的条件，只说要回去好生思量一番。可此时此刻，他的心里比谁都清楚，如此拖延着，只不过像是鸵鸟一般，在受到惊吓时，把头埋入了沙堆里，刻意去无视这个世界。不管你如何去躲避，该发生的事依然照样会发生，可能今天下午官府就会来抄他的家。

想到这里，魏伯昌心乱如麻。家财没了倒不重要，凭他魏伯昌的能力完全能再卷土重来，可怕的是他的家人都会为此株连，然后他苦心经营的贸易会如数落入洋人的手里……

魏伯昌的心里一凛，死灰一般的脸突然惊恐起来。他似乎在瞬间明白了什么，发足往前跑出去，一口气跑到了知府衙门口。那几个守门的士卒见到他再次出现，似乎有些不耐烦，没待魏伯昌开口，便说道："魏大掌柜，我们大人不在府上，你来了也没用。"

魏伯昌并没去理会那些士卒，兀自提了一口气，大喊道："王大人，重庆的天就要变了，你要是再不出来，这里将变成洋人的天下，想后悔都来不及了！"

士卒见他状若疯狂的样子，心想，王大人有吩咐，不见魏伯昌。他如此闹将下去，王大人要是责怪起来，谁也吃罪不起，于是三四个人推推搡搡地想把魏伯昌撵走。魏伯昌心想，我都要被你们抄家灭族了，还怕再闹上一闹吗，便大叫着不肯走开。

正在争执推搡的时候，知府衙门的师爷走了出来，说让魏伯昌进去，王大人就在里面候着。

魏伯昌大喜，三步并作两步走了进去。

实际上，王择誉并不是那种无情无义之人，相反他是相当重情重义的，在得知魏伯昌要大祸临头的时候，他一度觉得十分悲伤。但他同时也是一个胆小之人，通敌叛国那是要抄家灭族的，是朝廷的一级重犯，这种时候谁跟他走得近，谁就保准倒霉。

可是在见到王炽之后，王择誉的心态似乎发生了微妙的变化。他觉得这个青年人的话是有道理的，取缔了祥和号后，谁才是既得利益者？是洋人。那帮黄毛鬼子就像狼一样，一天到晚盯着肥肉，强势得连朝廷都拿他们没办法。祥和号消失了之后，这一块市场空出来，他们立马就会扑上来，将祥和号所经营的业务吞噬得干干净净。

正如王炽所言，魏伯昌的行为并不是没有错，相反他的确是犯了大错。可在特殊时期就要特殊对待事情，说到底中国人自相残杀，高兴的是洋人。

王择誉把王炽请到府上，原本只是因为王炽有些见识，再加上眼下的局面，叫他有些手足无措，不知怎生处理，有时候与陌生人交谈，反而能受到启发。与他进行了一番交谈后，王择誉更是觉得，在这个群魔乱舞的年代，保护自己的商业以及从事商业的人，实际上就是保护了大清王朝的尊严。

就在这个时候，魏伯昌进来了，他甫入内就"扑通"跪在地上，口呼请王大人为民请命，保重庆一方平安！

王择誉见状，大吃一惊，连忙走过去将其扶起来，问道："魏大掌柜何故如此啊！"

魏伯昌大呼道："王大人，这是一场阴谋！"

王炽惊道："什么阴谋？"

第十三章

唐炯出重拳反受其害　王炽谋计策抢占商机

魏伯昌许是激动的缘故，脸涨成了猪肝色，连眼睛亦开始充血，瞳孔里呈现着一根又一根的血丝，干瘦的身子轻微地抖动着："这件事表面上看起来，是刘劲升举报了我，其实不是，那刘劲升也不过是被人利用的一颗棋子而已。"

王择誉一听这话，脸色也不由得变了。他的脸本来就如皮包骨一般，此时眉头一皱，整张脸的脸皮似乎都起了层褶皱，转头向王炽看了一眼，心里突地冒出一股子寒意。

王炽似乎也从魏伯昌的话里听出了些端倪，心头一沉，面色亦凝重了起来。

魏伯昌道："王大人且仔细想一下，我与太平军交易一事极为严密，连我们祥和号都没几人知道，刘劲升是如何察觉的？"

王择誉不解地问道："既然刘劲升察觉不出来，又是哪个告诉他的呢？"

魏伯昌道："是俄国人。"

王炽诧异地道："你与太平军的交易连同行都不知道，俄国人又如何会觉察到？"

"是捻军！"魏伯昌斩钉截铁地道，"那捻军原本是打家劫舍的流寇，几乎是无利不图。后来逐渐壮大，见太平军起义的势头越来越大，朝廷无暇顾及，便也攻城略地。然而他们与太平军有着根本的区别，太平军虽也反抗朝廷，但决计不跟洋人同流合污，甚至对洋人侵略中国的行为切齿痛恨。可捻军不同，他们既不反清也不反洋，所要保障的是自己的既得利益，所以他们与洋人有着扯不清的关系，在夹缝中求得一席之地。王大人应该知道，洋人曾与太平军有过几次谈判，要太平军联合他们推翻朝廷，却被太平军给拒绝了。"

王择誉点了点头，突然两眼一亮，道："本府明白了。洋人痛恨太平军，因此通过捻军，一直在关注太平军那边的动静，这才让他们发现了你跟太平军的交易。"

王炽眉头一蹙，道："如此说来，是洋人撺掇刘劲升去举报的，可为什么刘劲升没在重庆举报，却去了绵州？"

"这才是这件事真正的可怕之处。"魏伯昌道，"绵州知府唐炯虽是文职，但他是四川总督骆秉章大人的亲信，且又是武将出身，手里有兵。这件事一旦让唐炯插手，无异于捅到了四川总督那里，重庆府想要压都压不下来，便如生米煮成了熟饭，我魏伯昌现在就是洋人手里的那碗饭，他随时都可以将我一口吃掉。"

王择誉痛叹道："刘劲升糊涂啊！"

"不，刘劲升其实不糊涂，他也是有把柄落在了叶夫根尼的手上。"魏伯昌道，"他暗中跟捻军也有生意往来。"

"他个先人板板，龟儿子够狠啊！"王择誉急得团团乱转，走到桌前时，沉重地在桌上一拍，忍不住骂了句粗话，"这下倒好，重庆的两大巨商都让俄国人捏在手里了，从此之后这里岂非要成为他们的天下？"

"俄国人向我开出的条件是，让出茶叶市场。"魏伯昌道，"我想他们对刘劲升也会提出同样的条件。这样一来，重庆的整个茶市就都落在俄国人手里了。"

王炽没想到这事后面隐藏着如此大的阴谋，着实是吃惊不小。他忧心忡忡地看了眼王择誉，低头思索起来。

王炽天生便有一种自觉维护乡民的意识，在云南时就不遗余力地保护弥勒乡、十八寨，到了四川，虽然说这事与他无关，可站在国家的角度，他同样对洋人切齿痛恨。片晌之后，他抬头道："这事不能在四川总督那里压下来吗？"

王择誉叹道："如果传到了骆大人那里，自然也会传到其他官员的耳朵里，且此事十分之敏感，谁也不敢去碰，自然也没人敢去压。"

"那就答应洋人的条件。"王炽扬了扬眉，道，"留得青山在，不怕没柴烧。这事现在只有洋人能担得下来，不如让洋人出面去自圆其说。"

王择誉略作沉吟，然后看着魏伯昌道："眼下只有如此了，先把命保下来要紧。"

数日之后，由于俄国领事署出面斡旋，祥和号与太平军交易的事平息了下来。事实上在列强环伺之下，官府也不愿意杀自己人，特别是像魏伯昌那样的商业领袖，现在有洋人出面调停，官府也乐得找个台阶下。即便是将来朝廷追查下来，也有洋人担着，无须担心被降罪。

这是当时官场的一种普遍心理，只要不用担罪，大家都乐得撒手。然而也有个别不服气的，此人便是唐炯。

当唐炯接到释放桂老西、不再追究祥和号责任的命令后，一股火气"噌"的就蹿了上来，倒不是说他一定要跟魏伯昌过不去，而是觉得他的尊严受到了挑衅。这件事从接手到跟踪，再到把桂老西一帮人打入大牢，他花了好几天时间，亦费了不少心思，如今你两片嘴皮子一动，说平息就平息了，让别人情何以堪，他这个绵州知府的面子往哪儿搁？

再者说，从事情性质上来讲，祥和号确确实实是犯了大过错，按律当斩。洋人一出面，就当什么事都没发生过一样，咱们中国人自己的事，为什么要买洋人这么大的一个面子？

唐炯心里越想越气，于是把杜元珪叫来过商量。杜元珪本就是个狠角色，恨不得天天去战场上杀人，说这事多半是在四川总督骆大人那边给压下来了。骆大人迫于洋人的势力，无奈之下这才应承。咱们索性就把这事闹大了，让朝廷知道这事，看看皇上怎么处理。

唐炯一听，觉得很有道理，如此一者可出了心里的这口闷气；二来也能驳了洋人的面子，且道理在自己这边，就算闹大了皇上也不能怪罪他。但是这里面有个难题，数日之前，他将支援昆明一事及祥和号案件一同上报骆秉章，如今支援昆明一事未见批复，却把祥和号一案直接平息了，这足以说明骆秉章要急于稳定重庆，若这时去重庆生事，无疑是公然与骆秉章作对。

杜元珪跟了他多年，见他蹙着眉头不说话，就已料知其心事，说道："大人无须顾虑，只要把事情做得巧妙些，便可避开与骆总督之间的冲突。"

唐炯便问道："你说说如何行事？"

杜元珪道："有两个法子，一是佯装不知重庆之事已平息，咱们把桂老西及那些马帮的人一刀砍了，此人是祥和号的元老，此人一死，祥和号定然不依；二是借口洋人嚣张跋扈，带兵去重庆，把祥和号给抄了。"

唐炯心想，这事小打小闹可能掀不起什么风浪，万一闹得不温不火的，让四川总督骆秉章大骂一通，便划不来了，要闹就闹他个大的，直接带兵去重庆。

杜元珪两眼一亮，大声应诺，便出去集合了一支五百人的队伍，随后就在唐炯的带领下出发了。

李耀庭并不知道唐炯的举动，唐炯自然也不会知会与他，等他知道的时候，唐炯早就已经走了。

绵州府的人带兵去重庆府闹事，此事性质的严重性，可能仅次于祥和号跟太平军做生意。每个地方都有地方官，出了事自然有当地的地方官来处理，现在绵州官府直接带兵去抄重庆的商号，你当重庆官员是吃干饭的吗？这相当于把重庆府一干官员的脸面踩在了脚下，一旦闹出动静来，后果不堪设想。李耀庭越想越不对劲儿，这唐炯要是有个三长两短，短时间内找谁去支援昆明？

正自急切间，突见一名士卒急步而来，说是四川总督急函，要面呈唐大人。李耀庭闻言，走上去道："在下正要去见唐大人，不妨让在下带去转交大人，可好？"府内当差之人识得李耀庭，自是放心，当下便将急函交到他手里，并给他备了匹马。李耀庭谢过之后，急往重庆方向而去。

及至李耀庭抵达重庆的时候，唐炯已经到那边了，正在跟守城的官兵交涉。李耀庭走上前去，一把将唐炯拉了出来，说道："唐兄，非是小弟要干涉你的事情，你带兵到重庆来，这事不妥。"

唐炯冷笑道："你不懂，此事断然不能善罢甘休。"

李耀庭不解地问道："为何？"

唐炯道："其一，祥和号与太平军交易，本是死罪，若是轻描淡写地一笔勾销，容易让一些投机取巧的商人以为，跟太平军有贸易往来，也没什么大不了的，此风气一开，国家将更乱；其二，祥和号事件是洋人插手摆平的，洋人一出面，天大的事都可以平息，这说明什么，又意味着什么？意味着我们这个国家的商场和官场已逐渐让洋人侵蚀，长此以往，我们所站的这片土地就会是他们的天下。你懂吗？"

李耀庭闻言，似乎懂了他的意思。他并不是要跟祥和号过不去，他是为了尊严，为了他自己和这个国家的尊严。

李耀庭沉默了，他看着这个高大的汉子，似乎看到了他身体内流淌的热血，以及从体内散发出来的血性。当他便不再说什么，将随身带来的那道急函给了唐炯。

唐炯拆开一看，心下暗喜。李耀庭见状，问是何事？唐炯不曾说话，却把急函给了李耀庭看。

李耀庭细阅一番，方知骆秉章批准出兵，且已调一万五千兵力去了昆明。末了又交代唐炯，重庆之事错综复杂，若非万不得已，不得滋事。

李耀庭见昆明之危将解，心头终算是落下了块石头，颇有深意地朝唐炯笑了一笑，道："骆总督命你不得滋事，你还要进城吗？"

唐炯亦笑了一笑，道："总督大人也说了，'若非万不得已，不得滋事'于我而言，眼下重庆之事，事态严重，须有个说法！"

守城的官兵听说是绵州府来公干的，领头的又是绵州知府，不敢阻拦，下令放行。

李耀庭跟了他们一起入城，至祥和号门前时，唐炯大喝一声，令杜元珪将宅子围起来，任何闲杂人等均不得进出。

魏伯昌答应了叶夫根尼的条件，让出在重庆的茶叶经营权后，以为这件事算是过去了，听得府外让官兵包围的消息时，着实又是吃惊又是意外，问那通报之人道："是哪方面的人？"

那人说道："来人说是绵州府的唐大人。"

郑氏闻言，把眼一瞪，道："这里是重庆，干劳什子的绵州府啥子事？"

"这事是他经办的，他啥子好处都没捞着，怕是心有不甘。"魏伯昌吩咐账房准备一万两银票，便要出去跟唐炯交涉。

郑氏听是要拿出一万两银子，眼珠子都快掉出来了："他个先人板板的，走一趟就给他一万两，打劫啊！我们这事是四川总督府下令平息的，按我说一两也不给，看他能把我们咋样！"

魏伯昌蹙着眉头道："婆娘啊，民不与官斗。我们做生意靠的就是官场上的交情，只要他肯收了这银子，便是咱们的福气了！"

郑氏嘴上虽这么说，心里却也明白这个道理，便由着魏伯昌去了。

魏伯昌到了前厅，见了唐炯时，连忙迎将上去："祥和号魏伯昌叩见唐大人！"

唐炯冷冷地看着他："你知罪吗？"

"草民知罪！"魏伯昌毫不掩饰地道，"草民所犯之罪行足以抄家，幸得四川总督府法外开恩，给了草民一条生路，从此之后，定当洗心革面，决不再犯！"说话间，也不等唐炯说话，从袖口内拿出那一万两的银票，呈了上去。

唐炯伸手接过，瞄了一眼，冷笑道："你的身家性命只值这一万两吗？"

魏伯昌没想到他敢当众讨价还价，微微一愣，笑道："不知唐大人要多少？"

"十万两。"

此话一出，站在旁边的杜元珪和李耀庭都吃惊了，甚至有些莫名其妙，不是说要来抄祥和号的吗，如何跟人要起了银子？

魏伯昌几乎想也没想，便说道："唐大人只要开口，草民断然不敢不从。"当下又命人去取了九万两银票出来。

然而这一次唐炯没有去接，把头转向李耀庭道："李兄弟，去把银票收下。"

李耀庭惊得合不拢嘴，怔怔地看着唐炯，这事跟他八竿子打不着关系，为何要让他去收这银票？

唐炯似笑非笑地看着他道："昆明的百姓，你不想救了吗？"

李耀庭这才回过神来，走上去把银票拿在手里。唐炯道："这些银票你拿去充作军饷，事不宜迟，你速赶去昆明吧。"

唐炯的这个举动大大超出了李耀庭的意料，连忙纳头便拜："李某替昆明百姓叩谢大人！”

唐炯微微一哂：“你且去吧，后会有期！”

“后会有期！”李耀庭拱手道，“大人见到王四时，望知会他一声。”

“我理会得。”唐炯目送李耀庭出门后，回过头去朝魏伯昌道：“用你的这十万两银子去救昆明，算是抵你之过了，但这事还没完。”

在魏伯昌的眼里看来，不管他把这十万两银子用在何处，好歹他收了银子，只要他收了银子那么下面就没什么大事了，因此说道：“大人只管吩咐就是了。”

唐炯说道：“收了你的银子，可饶过你的性命，但你这祥和号本府还是要抄。”

魏伯昌脸色倏地一变，心想，这唐炯不按常理出牌，到底是什么意思？唐炯冷冷一笑，道：“你想不明白本府为何要如此做是吗？”

魏伯昌道：“请大人指教。”

“你跟太平军交易的事，洋人出面替你摆平了，你给了他们多少好处？”唐炯目不转睛地盯着魏伯昌，见他的脸色越来越难看，沉声道，“实说了吧，无须隐瞒。”

魏伯昌猜不透其意图，只得如实答道：“交出了祥和号的茶叶经营权。”

唐炯听了这话，脸上陡然掠上一抹红潮，眼神之中闪现着凶光，那样子似乎恨不得将魏伯昌一口吞了：“你知道你错在何处吗？我能容忍你跟太平军交易，却万万无法忍受洋人插足干涉我朝之事！你把重庆的茶叶经营权交出去了，可知意味着什么？意味着重庆的商场将会让洋人主导，你这才是真正的通敌叛国！”

这一番话听得魏伯昌冷汗直冒，战战兢兢地道：“草民也不想交啊，大人你是知道官场的，这事情要是压不住，一级一级捅上去，祥和号就完蛋了。再者这种事情谁也不敢担责任，只有洋人出头，朝廷才不会追究，你让我这个小小的商人有什么法子？”

“是这个道理。”唐炯蹙着眉道，“上至朝廷，下到平民百姓，人人都畏惧洋人，哪个都不敢去动他，可咱们中国人总不能老是让洋人骑在头上耀武扬威，总得有人跳出来去对付那些洋鬼子。今天我倒要看看他们是不是长了三头六臂！杜总兵，马上查封祥和号，关停其所有业务。我要让那帮黄发鬼知道，中国的事他洋人管不了！"

王择誉得知消息的时候，祥和号已经被唐炯查封了。他亲自去祥和号门前看了一下，到处都贴了封条，祥和号相关人员全部被赶到了街上。

王择誉看到这个情景后，脸色若死灰一般，异常难看。他倒不是怨恨唐炯越权做了此事，以他的性子估计也不会跟唐炯去争这个，他隐隐预感到要出大事了。

祥和号跟太平军交易，原本没几个人知道，唐炯如此一做，无疑就是把这事向天下人公布了，即日起此事将成为重庆街头巷尾议论的话题，这样的局面将如何收拾？此外，俄国人刚刚拿到祥和号的茶叶经营业务，现在也一起被封了，洋人会怎么出手，会不会来压迫官府？

王择誉越想越怕，正想要离开时，只见魏伯昌的夫人郑氏走了上来，她一见王择誉眼泪便下来了，边哭边喊："王大人啊，这事明明已经平息了，他龟儿非要来找麻烦，收了我们十万两银子，还把我们给封了，你说他要搞啥锤子嘛！"

"你先不要担心，事情总是会解决的。"王择誉哪有心思跟她交谈，安慰了其几句后问道，"魏大掌柜今在何处？"

郑氏哭道："让那龟儿抓去了！"

王择誉说我来想办法，随后便匆匆走了。实际上，他一点儿办法也没有，因为他怕那个唐炯，一想到他那张铁一般冰冷、带着杀气的脸，他就有些畏惧。再者说祥和号这件事是四川总督亲自下令平息的，唐炯连总督的面子都不给，岂能理会他这个小小的重庆知府？所以王择誉并不想去找唐炯，而是到了府上后，写了封信差人送去给骆秉章，让他来处理。

信送出去之后，王择誉又闷头想了一会儿，依然觉得有些不踏实，便又差人去找王四。他觉得这个青年人头脑灵敏，想法多，说不定会有更好的点子。

这几日王四一直住在客栈里，带着席茂之等三兄弟四处逛了逛，见重庆这地方水陆交通发达，商业气息浓厚，便与席茂之商量，要在这里重新开始做生意。

席茂之虽是占山为王的匪寇，但他祖上都是读书之人，因此打小也读了不少书，跟一般的山匪迥然不同，听了王炽的话后，点头道："这是个经商的好地方，关键是我们做什么。"

王炽道："先从小本买卖做起，组一支马帮，在云南和四川之间来往采购贩卖。待有了本钱，我们再在这里租个临街的铺子，边购边销。"

孔孝纲笑道："这还有什么好说的，听王兄弟的就是了！"

几人一路上边走边说，回到客栈时，听人在议论说祥和号被查封了。王炽闻言暗吃了一惊，上去一打听，才知道是唐炯所为，心想，如此一来，这事就闹大了，这里面牵涉商场、官场、洋人等各方面的利益，且现在已然公开化了。查封容易解封难，官府要是硬逼着唐炯解封，就会显得朝令夕改，行事草率，让官府脸面扫地；要是不解封，洋人那边定然不依，双方都找不到台阶下，各种势力相互较量之下，重庆非出大乱子不可。

正寻思间，一个官差走了进来，见到王炽时，连忙过来道："王大人有请。"

孔孝纲笑道："王兄弟，那王大人敢情把你当师爷使了。"

席茂之拉了王炽一把，走到一个没人处，轻声道："王兄弟，这是摊浑水，依哥哥之见，还是不要介入进去为好。"

王炽点了点头道："席大哥放心，我理会得。但咱们要想在重庆安顿下来，也须适当地迎合官场中人。你们先回客栈吧，我去去就来。"说话间，与席茂之等三人告别，去了重庆知府衙门。

王择誉一见到王炽，就迫不及待地把事情说了一遍，然后问道："小兄弟可有良策？"

王炽道："唐大人收了魏大掌柜的十万两银子，当作军饷去支援昆明，这说明他的行动并不是在针对祥和号，而是在向洋人发难。"

王择誉又问道："那你觉得洋人会作何反应？"

王炽想了一想，道："祥和号被查封后，洋人虽然失去了祥和号的茶叶经营权，但毕竟祥和号经营的那一块业务空出来了，他完全可以另起炉灶，重新建立起经销业务。至于具体会如何做，在下也不得而知。"

王择誉眉头一沉，干瘦的脸露出一股忧郁之色："如果说洋人能够重新建立起自己的经销线，那么就可以完全不依靠祥和号。换句话说，他们也完全可以不需要山西会馆的茶叶经营权。"

王炽一听，身体倏地一震。正在这时，有人急匆匆地进来禀报说，唐炯带人去查封山西会馆了！

王择誉闻言，腾地站起身来，面无人色地朝王炽道："这下闯大祸了！"

王炽也站了起来："唐大人只怕是给架到火炉上在烤了。"

王择誉问道："此话怎讲？"

王炽道："大人试想，祥和号的事已经公开化了，他得知山西会馆跟捻军有交易后，查是不查？"

王择誉神色一震："唐大人卷入这股洪流之中，已然身不由己了！"

"唐大人如果被动的话，洋人就掌控主动权了。"王炽前前后后地把事情想了一遍，道，"唐大人现在骑虎难下，恐怕谁也阻止不了他去查封山西会馆，索性就让他去吧，我们去唐大人的落脚处等他。"

王择誉一时没明白过来，道："去他落脚处做什么？"

王炽眉头一动，道："这事既然已经闹大了，那就再添他一把火！"

唐炯临时住在一处公馆内，这是重庆官府建造的一座别院，专门用于接待外来的官员。

王择誉和王炽两人便在公馆的大厅里坐着，一老一少的脸色都不太好看。特别是王择誉，他的脸本就显得清癯，皮包着骨头，许是着急的缘故，脸上还露着青筋，在他颌下那部又密又黑的胡须衬托下，看起来让人觉得有些怪异。

唐炯走进去的时候，脸色也是十分沉重，两条乌黑如刀般的眉毛紧蹙着，神情阴沉得如夏天雷雨前的天气，阴郁而又凝重。他看到王择誉和王炽两人时，先是露出讶然之色，而后便苦笑一声，道："王大人，你终于现身了！"

王择誉生性胆小，他看到唐炯的脸色后，不由自主地站了起来，便如下属一般，颇有些小心翼翼地道："唐大人搅动了重庆的天，我如何还坐得住啊！"

唐炯眉头一扬，看着王择誉道："山西会馆跟捻军有来往，为何事前不知会于我？"

"这种事情自然是越保密越好，谁愿意与人言？"王择誉苦着脸道，"我也是前两天才知道。"

唐炳沮丧地在椅子上坐下，道："妈了个巴子，我本是想跟洋人赌一口气，现在反而入了套了，生生把我推到了风口浪尖上！"说话间看了王炽一眼，似想起了什么，又道："李将军托我带话给你，他已去了昆明。"

"多谢唐大人，王四在此代昆明百姓拜谢大人救援之恩！"王炽恭恭敬敬地行了个礼后，又道："大人，事已至此，恰如覆水难收，已无法挽回了。现如今祥和号与山西会馆被查封，两家所有的业务中断，洋人一定会有动作，开辟自己的贸易渠道，重新布局业务。你索性再添他一把火，让洋人也没办法做生意。"

唐炳眼睛一亮，顿时来了精神："如何再添一把火？"

王炽道："把俄国人的制茶工厂一并查封了。"

此话一落，胆子本就不大的王择誉吓得身子抖了一抖，不可思议地看了眼王炽，然后把目光转向唐炳。

唐炳以胆色著称，敢说敢为，可听了王炽的话后，他的脸色也不由得变了一变。

自从西方工业革命后，其快速增长的经济、研究和制造出来的现代化工业产品，令闭关锁国的清政府以及大清百姓啧啧称奇，继而产生一种崇拜和敬畏的心理。这种心理虽谈不上崇洋媚外，但在潜意识里每个人都会仰望强者。

唐炳也不例外。他可以毫不犹豫地查封祥和号和山西会馆，跟洋人在暗中较劲儿，却从不曾想过去动他们的产业。

王炽看着两位地方长官那吃惊的脸，不由得笑了："两位大人，天下之人，生而平等。不管我们是大清的老百姓，还是那黄头发、蓝眼睛的洋人，都是爹娘所生，只长了两条胳膊两条腿，为何你敢封祥和号、山西会馆，一说要去动洋人却露出这等神情？"

唐炳没有说话，蹙着刀眉沉默着。王择誉战战兢兢地道："可我们凭什么去动洋人？"

"凭你查封了祥和号和山西会馆。"王炽看着唐炯道，"在下只是一个普通的百姓，从在下的角度来看，官府查除贪腐、犯罪，百姓自然是支持的。可如果你拔掉了毒瘤，却给了外国人可乘之机，让他们来占领中国的市场，究竟是利是弊？更何况眼下西方列强对我国虎视眈眈，祥和号、山西会馆在重庆消失，洋人一定会占领这块市场，真到了那时候，老百姓就会痛恨你们，甚至会骂你们这些当官的才是真正的卖国求荣。在下这话是说得重了些，可都是实理，眼下你已走到了风口浪尖上，不得不走这一步。"

唐炯站了起来，突然朝着王炽鞠了一躬："你比我想得深、想得远，唐某拜谢！"

王炽被他这突如其来的鞠躬搞得有些手足无措，这世上只有民向官磕头的份儿，官向民施礼却是极其少见。他没想到唐炯居然如此直率，连忙拱手朝唐炯亦施了一礼。

王择誉似乎有些坐不住了，不由自主地站了起来，怔怔地看着唐炯。而唐炯行了一礼后，却似什么事都没发生过一般，认认真真地道："王兄弟索性帮人帮到底，再帮我等谋划一下，该以何由头查封洋人的制茶工厂，查封之后又当如何善后？"

王炽道："欲加之罪，何患无辞。在下以为，不妨以威胁祥和号等商户、巧取豪夺为由，控告其参与不正当竞争。至于善后事宜，大人无须担心，到时洋人会出手，朝廷定也会派专员出面。只要洋人的工厂解封，你也就可以找个台阶下，解封了祥和号和山西会馆。"

王择誉笑道："妙计啊！"

唐炯想了一想，道："洋人强势，且有洋枪队护着，若是发生冲突，就大大的不妙了，须有重兵方能压得住他们。王大人，可有办法调用重庆的兵力？"

清朝的知府并无兵权，王择誉自然也调不动军队，可这事情发生在他管辖的地区，却是不好推托，只得应承道："我找团练长商量去，调用一千乡勇应无问题。"

王炽道："如此便好了，在下祝唐大人马到功成！"

从公馆出来后，王炽便与王择誉告别，一路上往客栈赶，边闷头走路，边在心里盘算着。

从眼下的局势来看，各方势力纷纷出手，一旦洋人的制茶工厂被查封，这场较量就会愈演愈烈，重庆必然会乱，且乱的时间不会很短。最为重要的是，在祥和号、山西会馆和洋人的贸易终止的期间，重庆的市场几乎是空白的，这是一个巨大的商机，无论投多少资本下去，估计一时半会儿都填不满。

机会就在眼前，甚至可以说是百年不遇，可王炽却犯愁了。他从昆明出来后，除去这段时间的花销，现在身上只剩八百两银子，这些银子若是在平时，做些小本买卖足够了，而现在他面对的是一片海，区区八百两砸下去，恐怕连涟漪都看不到。要如何筹集一笔银子，来做这一票大生意呢？王炽一路走一路想，一直走到了客栈，也没想出办法来，因与席茂之等三兄弟商量对策。

席茂之问道："这的确是个千载难逢的好机会，需要多少本金？"

王炽道："最少也要有一万两。"

席茂之眉头一蹙，沉默了。一万两银子对一个普通人来说，简直就是个天文数字。

孔孝纲一听是这么大的一桩生意，眼睛都绿了，又圆又大的脸上泛起抹红潮，道："那还有什么好说的，咱们兄弟再出去干几票，这银子兴许就有了！"

俞献建拉长着个马脸，狠狠地瞪了孔孝纲一眼，然后道："银子可以让魏伯昌来出。"

席茂之知道他这位兄弟平时不轻易说话，可一说话就有好主意，便问道："漫说是魏伯昌现在给唐炯关押了起来，就算他是自由身，也未必肯出这么大的一笔银子。"

"就是因为他给关了起来，才会心甘情愿出资。"俞献建不紧不慢地道，"祥和号被查封，他魏伯昌就算有天大的本事，也施展不出来，而且那么大的商号关门歇业，其每天的损失无法估量。这时候我们愿意跟他合作，如果再分他一半的利润，他没理由不答应。"

王炽闻言，眼睛一亮，拍了下大腿，笑道："俞二哥妙计！祥和号虽然被查封了，可唐炯并没有冻结其存在票号里的财产，只要他还能调得动银子，就断然不会放过这个机会！"

是日薄暮时分，王炽提了壶酒，带了两个地道的重庆小菜，去了魏伯昌所在处。

魏伯昌就被关在重庆公馆内，因里面没设牢房，便被临时安置在了柴房。

因了王炽日间给唐炯出谋划策，也算是对其有恩，所以在王炽提出要见见魏伯昌时，唐炯并没阻拦，还差人带了王炽前去。

魏伯昌见到王炽的时候，露出一脸的讶异之色。他并不是吃惊王炽来看他，而是这小子不但可以在重庆知府出入自由，居然还能进出公馆。他看着这个方头大耳的小子，突然觉得此人不简单，不由得对他产生了些许的兴趣。待王炽将酒菜摆好，两人在一张低矮的桌子前坐下，魏伯昌微微一笑，说道："小兄弟好本事！"

王炽正要端起杯子敬酒，听了这一句夸奖，不解地问道："魏大掌柜指的是什么？"

魏伯昌道："你一介平民，既没财也没势，却能在重庆的官邸进出无阻，这不是本事吗？"

王炽朝魏伯昌敬了杯酒，哈哈笑道："魏大掌柜谬赞了！无论是官还是民，家家都有一本难念的经，只要你能跟他们交朋友，帮他们解决困难，抑或投其所好，曲意逢迎，出入官邸岂是难事。"

魏伯昌看了王炽一会儿，道："那么你跟官员交的是朋友，还是曲意逢迎？"

王炽听得出他是在试探，不答反问道："那么魏大掌柜以为，在下来探望你，是交朋友还是逢迎呢？"

"老夫明白了。"魏伯昌道，"不是交朋友，也不是逢迎，只是交际。"

王炽笑而不答，聪明人与聪明人之间的交谈，往往是点到为止。话说到这个份儿上，魏伯昌基本明白了他的来意，便又说道："你要跟我谈什么生意？"

王炽微微一笑："在下先给魏大掌柜透露个消息，明天唐大人就要去查封俄国人的制茶工厂了。"

魏伯昌闻言，眼睛里射出一道精光："如此看来，重庆市场的源头将被切断，一切都要推倒了重新洗牌。"

"不错。几家大商号被关后，重庆的货源就成了问题。"王炽道，"眼下各方面势力暗中较劲，都想吞下重庆的这一块市场。然而事极必反，在各种力量交错之时，反而使重庆的市场形成了短暂的空白，魏大掌柜难道不眼红吗？"

魏伯昌举杯将杯中酒一口饮尽，哈哈笑道："生意人看到商机，便如狗看见了肥肉一般，岂有不眼红之理？老夫奇怪的是，如此千载难逢的好机会，你不好生去把握，却跑来这里道与老夫听，却是为何？"

王炽正色道："魏大掌柜刚才也说了，在下即没财也没势，如此大的一笔生意，叫在下如何撑得起来？"

魏伯昌闻言，清癯的脸上漾起一抹笑意："你这是要空手套白狼啊！"

王炽没去理会他的揶揄之词，兀自一本正经地道："即便是空手套白狼，那也需要有套狼的本事。这笔生意我们五五分成，如何？"

魏伯昌摇了摇头。王炽以为他是嫌分成低了，正要说话，魏伯昌却举起手阻止了他："年轻人有眼光，老夫很是欣赏，但未免有些急躁了。"

王炽不解地道："请魏大掌柜指教。"

"眼下的商机才刚刚露出了冰山之一角，以老夫的经验来看，不出十天，有一个更大的机会。"魏伯昌说到此处时，许是激动的缘故，脸上出现了抹红潮，"你想一下，我祥和号和山西会馆相继被封，明天唐炯还要去查封俄国人的制茶工厂，这意味着什么？如果将市场比作一潭水，现在水源将被截流，那么老百姓喝什么？"

王炽听了这一番话，身子微微一震。不管是祥和号、山西会馆还是俄国人的制茶工厂，他们都是重庆地区最大的供销商，负担着这里各商铺的货源。尽管被查封后，他们仓库里的囤货依然可以流通一段时间，可是在只出不进的情况下，不出十天，库房必空，紧接着商铺就会断货，那么接下来老百姓就算有银子也会买不到商品，如此一来，重庆就会大乱。此乱象一现，最急的是谁？

是官府。

那些当官的人一定会想方设法筹集商品，供应市场需求。如果在这个时候，事先囤积好大量商品，在适当的时候向官府抛售出去，那些当官的为了稳定民心，保住自己头上的顶戴花翎，价钱略高一点儿他们也肯接受。这样一来就由填补市场转变成了官方所需，性质变了，而利润却高了。

市场空间再大也抵不过官方所需，这是几千年来不变的经商法则。

王炽越想越是吃惊，他看着魏伯昌那清癯的脸，仿佛额头上那一道道纹路都闪烁着智慧，不由得对其由衷地佩服起来："魏大掌柜不愧是纵横商场几十年的巨商，在下佩服！不过这么大的一块肥肉，我们想到了，其他人未必就想不到。"

"不错！年轻人举一反三，的确是块做生意的好料！"魏伯昌似乎对王炽很是满意，"那刘劲升虽也像老夫一样，被扣押于此，可那百里遥也不是个省油的灯。此人表面上看起来若痨病鬼一般，实际上是个厉害人物，此番能捞到多少油水，就要看你能否斗得过他了。"

王炽的眼前不由得浮现出那面色蜡黄、眼神若鹰隼般的中年人，惊道："原来他是山西会馆的人！"

"此人是刘劲升的左膀右臂，你回去之后想想如何应付他吧。"魏伯昌"嘿嘿"冷笑一声，从腰际扯下块玉佩，交到王炽手上，说道："明日你拿着这块玉佩去见老夫的长子魏元，让他从票号里取三万两白银给你。此外，替老夫带话给魏元，这笔生意只能由你来出面，祥和号任何人不得干涉。"

王炽起身朝魏伯昌鞠了一躬，道："在下理会得，请魏大掌柜放心就是了！"

离开重庆公馆，回到客栈后，王炽会同席茂之等三兄弟，连夜拟了一份要采购的商品清单，足足写了十页纸。除了粮食、盐、土烟、茶叶等这些必需品外，王炽几乎将日杂百货都计算了在内，他要趁此机会在重庆大干一场。

拟毕清单，王炽便吩咐席茂之等三人道："明日一早，我去拿了银子后，我们就去找两百名工人。明天晚上由你们带着这两百人，分批出城，不可叫人发觉。"

孔孝纲道："采购这么多货，不需要买马车吗？"

王炽道："马车去外地买。"

席茂之拂须沉思了片晌，道："如此做虽然隐秘，但采购回来后，如何进城？那么多的货难免让人察觉。"

王炽胸有成竹地道："采购回来后，先不要进城，找一处村子先安顿下来。至于何时进城，我另行通知你等。"

"好计！"孔孝纲笑道，"如此神不知鬼不觉地运货回来，不发他一笔横财，天理不容啊！"

"要小心同行竞争，此番祥和号与山西会馆便是最为恶劣的一个例子。"俞献建郑重地对王炽道，"我们原以为那半死不活的百里遥是唐炯府上的，没想到他竟然是山西会馆的人，要小心他再出狠招。"

王炽面色凝重地点了点头，道："我会小心在意的，你们出去采购，也要谨慎一些，小心山匪。"

孔孝纲却道："我等本就是山匪出身，怕他作甚，你只管放心就是了！"

翌日，在唐炯气势汹汹地带着一千多人去洋人的制茶工厂时，百里遥摇摇晃晃地走进了俄国领事署。

叶夫根尼叼着根雪茄，面无表情地看着百里遥，没有拒绝也没有表示欢迎。

百里遥没有去在意他的表情，像到了自己的家一样，找了个地方坐下来，而后抬头看向叶夫根尼，眼里精光熠熠："叶夫根尼先生，你行事的风格我喜欢，够狠，够绝！"

叶夫根尼吐出一口烟雾，冷笑道："你指的是哪件事？"

百里遥道："在唐炯查封了祥和号后，你马上差人把山西会馆也举报了，把唐炯生生架到了火上去烤。"

"你一大早过来，就是为了夸奖我的吗？"叶夫根尼的脸上终于有了笑意，似乎享受着百里遥的夸奖，弹了弹雪茄上的烟灰，"不妨告诉你，这本来就是我计划里的一步棋。"

"哦？"百里遥蜡黄的脸微微一怔，目光一转，似乎想明白了其中的关窍，"嘿嘿"一笑，道，"原来如此，你把祥和号的事捅到绵州去，不只是因为唐炯手里有兵权，还想借唐炯的手搅浑重庆的水！"

"不错。"叶夫根尼得意地笑了一笑，"唐炯很耿直，他的眼里容不下沙子，所以当重庆这边想要把祥和号的事压下来时，唐炯一定不会善罢甘休。"

"叶夫根尼先生看人之准，令我佩服！"

"要成事就一定要学会看人。"叶夫根尼把烟头摁灭在烟缸里，抬头道，"我说他耿直，那是抬举他，其实那个人很傻，做人做事岂能用是非对错去判断？"

"傻人固然会做傻事，但他更会将一件事做到底。"百里遥冷笑道，"在我来这里的路上，他已经出发去查封你的工厂了。"

叶夫根尼站了起来，慢慢地走到百里遥的对面坐下，似笑非笑地看着他问道："你觉得这是好事还是坏事？"

百里遥眼里精光一闪，脸上露出讶异之色："莫非你觉得这是好事吗？"

叶夫根尼换了个坐姿，将身体靠在椅背上："我明白了，你今天是来看我的笑话的。"

"你错了。"百里遥道，"我是来找你合作的。"

叶夫根尼蓝色的眼睛一闪，似乎对这话题并没多大的兴趣："生意人都知道现在商机来了，可你们山西会馆被封，似乎已出局了。"

百里遥脸色微微一变："叶夫根尼先生，请你不要忘了唐炯也会马上查封你的工厂。"

"我不怕。"叶夫根尼笑着摇了摇头，然后把两手一摊，做出一副无所谓的样子，"如果说唐炯现在是被架到火上烤了，那么只要他去动了我的工厂，我就让他在火上像火鸡一样彻彻底底地烤熟。"

百里遥的脸上又是一变，蜡黄的脸变得苍白起来。叶夫根尼好整以暇地看着百里遥道："他想封就让他去封，我不出手，也不跟任何人去交涉，我看他们怎么办。"

百里遥惊道："工厂停产，损失巨大，我不信你一点儿压力也没有。"

叶夫根尼哈哈笑道："我自然有压力，可官府的压力会更大。至于损失，从长远来看，今天这些小小的损失算不了什么，不久后我会双倍讨要回来。"

百里遥的脸色越来越难看："看来你已经有打算了，并且想要将山西会馆彻底踢开，是吗？"

"我本来就没有与你们合作过，何谓踢开？"叶夫根尼取出一根雪茄，悠悠然地点了火，微眯着眼吸了起来。

百里遥霍地起身，眼里闪过一抹凶光："你会后悔的！"

叶夫根尼吐出一口烟雾，摊摊手做了个无所谓的动作。百里遥咬了咬牙，拂袖而去。

百里遥出去后，正门对面一个小房间的门一开，出来一位鬈发高鼻的瘦高中年人，此人是英国驻重庆领事艾布特。他看了眼百里遥消失的方向，然后朝叶夫根尼微微一笑："看来中国人都很蠢，被人踢出局了却不自知，还跑来说要与你合作！"

"不，不，不！"叶夫根尼摇头道，"这个人不蠢，他只是慌了、急躁了。"

艾布特看上去很和善，他并不去计较这个话题，转而问道："你打算什么时候动手？"

叶夫根尼道："等重庆乱了，再出手不迟。"

"中国有句古话，叫作螳螂捕蝉，黄雀在后。"艾布特优雅地笑着道，"你不怕让人捷足先登了吗？"

叶夫根尼"噗"地吐出一口烟："祥和号、山西会馆两大商业巨头相继被查封，你觉得现在还有人跟我们来争吗？放心吧，老伙计，这一次我们一定会大赚一笔的！"

王炽匆匆忙忙地吃了早点后，就去了知府衙门。见到王择誉的时候，他正无精打采地半靠在一张软椅上。

从昨天晚上开始，王择誉就开始担心，他不知道今天会发生什么样的状况。如果唐炯跟洋人发生冲突，到时那场面该怎么收拾？一想到这些，王择誉的整个头都大了。

王炽见他一副萎靡不振的样子，情知他在担心什么，上前去参了一礼，微眯道："大人过于担心了，这事虽发生在你的管辖范围内，可毕竟是唐炯在执行，就算出了事，也该由唐炯担着，到时朝廷就算要怪罪，也轮不到大人您。在下以为，眼下大人最该操心的是重庆的百姓。"

王择誉惊了一惊："百姓怎么了？"

王炽道："大人且想一想，几家大商号陆续被封了，不出多久重庆各商铺及老百姓就会购不到商品，到时不就要乱了吗？"

王择誉闻言，猛地直起了身子，心想，是啊，柴米油盐是百姓生存之根本，若是这些物资断了，百姓不跟你来拼命才怪！思忖间，他抬头看着王炽，许是惊恐的关系，颌下那部黑须轻微地抖动着："小兄弟，你这一句提醒无异于救了我一命，我这就差人去采购。"

"去不得！"

王择誉一愣："为何？"

王炽看着他着急，心里便有底了，不慌不忙地道："一则你现在大规模地去采购，百姓一看那阵仗，就料到了会有大事发生，本来还没乱，看到官府的动静后，就真的乱了；二则唐大人查封了重庆的两家大商号，此事全城皆知，大人且想一下，商号刚刚被封，官府就大规模地采购商品，老百姓会怎么想，朝廷又会怎么看待大人？要是有人在这上面做文章，甚至去皇上面前参大人一本，大人您就危险了。"

王择誉仔细听着，边听边点着头，那块市场虽然空了，却也成了敏感区，特别是在朝为官之人，谁进去谁就会死无葬身之地！

王择誉艰难地咽了口唾沫，道："现在想动动不得，不动的话重庆又会出乱子，如何是好啊？"

王炽要的就是他这句话，便微微一哂，道："大人莫慌，您现在什么都不用做，只要说句话，在下替你去解决那些事。"

王择誉胆子虽小，可他并不傻，是时他看着王炽的神色，终于反应过来了，王炽这是在跟他谈生意，是跟他讨要官方的授权来了："王四，你果然是个优秀的生意人！"

"在下本来就是个生意人！"王炽笑道，"这笔生意要是成了，对你我都有好处。"

王择誉明白，唐炯封了商户，若是由官府出面去采购货物，不免落人话柄，甚至会有些贼喊捉贼的意味，这个时候也只有能避则避了。"你说吧，需要我如何合作。"

王炽道："我会把所有日常所需的商品准备好，保证重庆百姓可正常生活，到时只需要您发一句话，那些商品就会及时出现在重庆。"

王择誉动了动眉头，他有一种让人牵着鼻子走的感觉，这样的感觉叫他觉得十分不好，甚至让他感到厌恶。可如今连唐炯都让局势牵着鼻子走了，他又能怎么办呢？

王择誉点了点头，道："本府依你便是，只望到时千万别出差错。"

王炽毅然道："大人只管放心，在下绝不敢拿重庆的安危开玩笑！"

王炽从知府衙门出来的时候，决计想不到有一个人悄悄地盯上了他。

此人便是百里遥。他从俄国领事署出来的时候，带着一肚子怒火，想来找知府王择誉商量，一起想办法抵制洋人。

作为山西会馆的核心人物，同时也作为一名经验丰富的商人，百里遥同样敏锐地嗅出了即将来临的巨大商机。按照他原先的设想，叶夫根尼既然跟山西会馆合作，举报了祥和号，那么就应该是一条船上的人，让他没想到的是，山西会馆在洋人的眼里只是一枚棋子，利用完了便随之丢弃。

百里遥本来并不痛恨洋人，在生意人的眼里，有共同的利益便是合作伙伴，更何况你以举报山西会馆为阶梯，造成了重庆市场的空白，那么山西会馆理所当然应该在这场巨大的商机里分一杯羹。可你如今过河拆桥、卸磨杀驴，完全摒弃生意人该有的诚信，这是何等无耻、何等卑鄙！

百里遥决定联合官府，给洋人些颜色看看。

可还没走到知府衙门，百里遥就远远地看到有一个人从门内走出来，看到这个人的时候，他浑身一震，停下了脚步。同样在他原先的设想中，重庆的这块市场，只能由重庆方面有影响力的人物来操控，他完全没有想到这个不起眼儿的小人物，居然也站到了这场即将到来的风暴中心。

在短短的时间内，百里遥的预想不断地被打破，甚至颠覆，这叫他不得不去怀疑自己的经验和判断了。莫非局势在变，那亘古不变的规则也要发生巨大的变化了吗？

晨风带着微凉的气息吹在百里遥身上，他忍不住打了个寒战。这个毫不起眼儿的小子，在知府衙门里究竟说了什么、做了什么？

百里遥目不转睛地看着王炽，突地咬了咬牙，决定跟着他去看一看，看看这小子究竟要做什么。

王炽虽然思绪敏捷，捕捉商机的能力可以说是与生俱来的，可他毕竟不是练家子，因此不会察觉到有人在背后偷偷地盯着。他跟魏元见面，在魏元那里拿了银票，而后去客栈跟席茂之等三人会合，一同去了朝天门码头招工人。这一系列的举动尽都落在了百里遥的眼里，使得百里遥进一步确信，王炽这小子已经跟知府商量好了，要抢占市场的先机。

朝天门码头是重庆最大的码头，这里紧挨着嘉陵江和长江，是两江的交汇之处，过往客商络绎不绝，从天南地北而来的商品亦在此聚集转运。重庆商业的繁荣有一大半功劳就是依靠这个码头，同时也是重庆平民赖以生存的黄金地段。

这里不仅聚集了众多的船只和临街的商铺，还是以出卖劳力为生的工人的聚集地。为了保密起见，王炽等没大张旗鼓地招人，而是像找人一样，一个一个地问，因了这里工人众多，两百人不消多时就招满了。当下由四个人带着分批离开码头，去了城郊的一个荒庙落脚，只等入夜后出城。

看到这一切后，百里遥陷入了沉思。他突然觉得山西会馆像被遗弃了，一股落难的悲凉感突地袭上心头。他抬头看了眼城郊这秋后的荒野，春去秋来，天地似乎转换了一种色彩，带着股浓烈的沧桑，此刻，他仿如诗人一般，犀利的眼里带着一抹忧郁的光芒。

百里遥怔怔地站了会，长长地吐了一口气，天可以变，但重庆的商场格局不能变，山西会馆在重庆商界的地位更不能变！

百里遥咬着牙根，大步朝城内走去。他要去见见刘劲升，把心里的想法说出来，然后给那些想要在重庆浑水摸鱼的人，来一个迎头痛击。

刘劲升与魏伯昌一样，虽然被关押了起来，但唐炯并没有把他们视作重犯，允许相关人员随时探望，所以别看他们的行动受了限制，却能及时掌握信息。

刘劲升看到百里遥进来的时候，就知道他要说什么了，因此直截了当地问道："你想要怎么干？"

百里遥的眼里闪过一道精芒，沉声道："我想要他们知道，敢在重庆捣乱的，必会后悔终生。"

刘劲升白皙的脸沉了一沉，他虽然十分注意养生，但岁月留下的痕迹依然十分明显，特别是此时此刻，他凝重的脸上透着浓浓的沧桑。

百里遥见大掌柜没有开口，便将他刚刚跟踪探到的消息说了一遍，最后下结论道："洋人和官府显然抛弃了我们，但我们自己不能抛弃自己，否则的话，等这次事件过去之后，重庆商界便没有我们的立足之地了。"

刘劲升显然同意他的观点，道："你继续说吧。"

百里遥终于说出了他的想法，这个想法令刘劲升亦禁不住变了脸色。与此同时，刘劲升也清楚，百里遥的这个办法是眼下唯一能使山西会馆起死回生的计策。他没有选择，也无从选择，于是重重地点了下头，同意了。

第十四章
百姓争利益衙前示威　商人抢生意重庆生乱

　　洋人的制茶工厂被查封的消息一经传开，便如一枚重磅炸弹，在重庆城的中心轰然炸响了，其威力所及，令所有听到这声响的人都震惊不已。

　　在这中间，有叫好的，说官府这回是动真格的了，连洋人都敢惹，还有谁能逃得了，看来重庆商界真是要洗牌了；还有人揣测说，大战即将来临了。太平军持续向四川增兵，官府这时候来查跟他们有联系的商人，分明是想在决战之前肃清不法商人，以保证无后顾之忧……

　　一时间街头巷尾各种议论之声不绝于耳，就没人意识到一场空前的危机已悄然笼罩在上空。

　　唐炯制造了这场危机，却尚未嗅出危机的来临，他只是觉得有些不太对劲儿。如果说查封山西会馆和祥和号，魏伯昌、刘劲升没做出反应是因为他们怕与官斗的话，那么洋人呢？

　　眼前的这一切太静了，静得让唐炯感到有些不安。就在这时，骆秉章突然来到了重庆，并召集重庆的官兵议事。

　　听到这个消息，唐炯的心里"咯噔"一下，意识到麻烦来了！他曾是骆秉章的手下，因此对这位总督大人的脾气非常清楚，眼下太平军在四川地区十分猖獗，若非有重要的事，总督大人绝不可能来重庆。

　　唐炯的心头"咚咚"地剧跳起来，他基本可以断定，骆秉章这时候来重庆，一定是为商号被查封之事。

骆秉章会对重庆所发生的事做出怎样的判断，又会做出什么样的决定？

唐炯默默地站了会儿，随后独自出了门。杜元珪见状，急忙跟了出去。不想唐炯回过头来，看了眼杜元珪道："你不用去了，如果我被革了职，剩下的事就由你来处理。"

杜元珪愣了一愣，然待他回过神来时，唐炯已经走出门去了。看着他那高大的、略显得孤单的背影，杜元珪的心头突然一阵发酸，他曾跟着唐炯在战场上出生入死，那时候军中就是他们的家，可以随性而为，不需要有任何顾忌。后因战功卓著，唐炯升迁为南溪知县后，这一路走过来，直到任绵州知府，总觉得做什么都束手束脚，有几次他曾劝过唐炯，这文官不是武将所能胜任的，让骆总督想想办法，依然调到军中去就是了。

杜元珪提出这样的想法，是怕唐炯出事，他的性格根本就不适合在官场混。果不其然，现在真的出事了！

看着他出走的背影，杜元珪暗自咬着牙，替他感到不平。不管是查封祥和号、山西会馆，还是查封洋人的制茶工厂，他都没有做错，甚至是件大快人心的事，错的也许是这乱世。

唐炯走到重庆知府衙门的时候，当地大大小小的官员几乎都到了。骆秉章似乎不想惊动百姓，将官员都叫到了后衙。唐炯进去时，后衙议事之处满满坐了一屋，他环视了眼在座的人，最后把目光落在骆秉章身上，呼吸不由得急促起来。

骆秉章字籥门，号儒斋，广东花县人，道光十二年进士，今已七十多岁了。他从庶吉士做起，曾任江南道、四川道监察御史，因办事公正严明，深得朝廷信任。后外放为官，任湖北、云南潘司，后又在湖南当了十年巡抚，入湘十载，治军平乱，功勋卓著，于咸丰十年调任四川总督，与曾国藩、左宗棠、李鸿章等人齐名，并称为当时大清朝的八大名臣。

面对这样一位威名赫赫的上司，每个人都会紧张。唐炯虽以勇猛著称，敢作敢为，可站在骆秉章面前时，依然不免手足无措。

"你坐下吧。"骆秉章冷冰冰的毫无表情，自然也无从得知他是喜是怒。

唐炯应了一声，找了个位置落座。

"你的事我现在不想追究，只问你一个问题。"骆秉章的目光如电一般，落向唐炯，声音虽轻，却极具震慑力，"俄国人的工厂让你封了，此事已过去三天，为何他们毫无动静，好像查封的不是他们的工厂一般？"

听了此话，唐炯的心略微松懈了些，直了直腰身，说道："这几日卑职也在思量此事，百思不得其解。"

"百思不得其解？"骆秉章哼了一声，清瘦的脸上涌现出一股怒气，"你做事之前没想过后果吗？"

骆秉章的语气一加重，在场的官员个个都屏气敛息，如坐针毡。唐炯想说这是被逼无奈，然而在这种时候，任何分辩都显得无力，只得忍了忍，低下头去。

"你不知道，就让我来说给你听听。"骆秉章把目光从唐炯身上收回来，望向在座的众人，"洋人是在示威，他想看看我们将这烫手的山芋拿在手里了，如何抛出去。"

唐炯闻言，似乎依然没想明白这中间的意思，抬起头来看向骆秉章。骆秉章似乎是有意讲解给他听的，看着他道："洋人的山芋谁敢吃？朝廷不敢，地方官府更加不敢，而拿在手里又觉得烫，烫得你坐立不安，像猴子那样红着脸在那里跳，看你怎么办。现在整个重庆的人都在看着我们如何处理这件事。"

听到这里，唐炯似乎有些明白了，同时也激起了他心里的愤怒。他当初查封祥和号，便是为了向洋人挑战，现在既然公开和他们对立了，那还有什么可怕的？当下她起身发话道："既然他认为我们不敢吃，索性就吃给他看看！"

"你要怎么吃，吞进嘴里后你咽得下去吗？"骆秉章脸色又是一沉，声音亦是低沉而有力，"如果洋人向朝廷告上一状，你怎么办？查封商号，搅乱四川经济，这是天大的事，到时候你身上的这身顶戴就没了！"

"我不怕被革职。"唐炯鼓起勇气面对骆秉章阴沉的脸，似乎下了极大的决心，大声道，"我来重庆，就是要给洋人些脸色看看，让他们知道这是在大清，不是他们想做什么便能做什么。今天我既然做下了这些事，就不怕承担后果。"

"放肆！"骆秉章把手往桌上一拍，厉喝道，"你把重庆搅烂了，可想过此事带来的后果，可想过让你搅和过的地方百姓，该何去何从？王大人，你跟他说说接下来重庆会发生什么事吧！"

王择誉清了清嗓子，把王炽同他讲的那番理论说了出来："两大商号相继被封，恰如上流水源被堵截，不出半月，本地的商铺和老百姓就会买不到东西，一旦缺少生活必需的物资，那就要出大乱子了。而这事难就难在官府不便插手去调动物资，否则就不免有瓜田李下之嫌，会让人家以为这是官府想从商人嘴里抢食，是一起权力野蛮干涉市场的恶劣事件，更是一宗大大的腐败行为，如此一来，我们就被动了。既然我们不能动，如果有实力强大的商人参与进来，解决这次危机，那也是好的。偏偏重庆实力最强的两大商号被我们封了，那么有能力调控市场的就只剩下洋人了。"

王择誉故意把洋人搬出来，目的是想在骆秉章面前给唐炯施点儿压，让他以后不要在重庆乱搞了，再这样下去，重庆的每一个官员都会寝食难安。

在座的官员包括唐炯在内，听了这番话后，都是振聋发聩，字字惊心，这才纷纷意识到，一场巨大的危机即将降临。

骆秉章的脸依然是木无表情，眼神往在座的诸人身上一一扫过："事关百姓的安危，谁也担不起责，真要是出了大乱子，那是要掉脑袋的。王大人，你身为重庆知府，眼下可有应对之策？"

王择誉迟疑了一下，道："有，但在下不便亲口说。"

骆秉章闻言，脸上略微缓了些："可是为了避嫌？"

"大人明鉴！"

"速让方便说的人进来吧！"

王择誉应是，差人去叫王炽来。

王炽等在外面已有些时间了，听了召唤，便走了进去，从容地向在座的官员行了一礼，道了名讳后说道："所有所需的物资在下已派人去筹备了，预计十日后可陆续抵达重庆。由于情况特殊，到时候区区在下怕是应付不了那场面，需要各位大人帮忙，替在下出面。"

骆秉章道："你的意思是说，物资运到后，由官府给你搭建平台，将商品分配到街上的各个商铺？"

王炽道："总督大人所言甚是，如此方能让老百姓尽快买到商品，有利于平息百姓慌乱的心理。"

骆秉章唔了一声："如此一来，你便与官商无异，可谓是一本万利啊！"

这句话的语气听上去不太友善，甚至有些摆官威的意思，胆小的人内心估计会震上一震。可王炽毕竟是见过大世面的，对此并不上心，甚至吃定了官府不敢在这种时候胡来，便打了个哈哈，道："图利者，只要无愧于心，图得心安理得就是了，至于能图多少利，那便要看造化了。"

此话说得不卑不亢，又带了些年轻人的骄狂，意思是说，我做的是正当生意，并没有要依附官府，相反是官府需要依靠于我，至于能赚到多少利润，那就看形势吧。骆秉章自然听得出来话外之音，"嘿嘿"一声冷笑，道："小伙子有魄力是好事，可兹事体大，关系到一城百姓之祸福，万一办砸了，你可想过后果？"

王炽道："如若没这般魄力，便不会接手这样的生意。在下既然接了，自然是有成竹在胸，若到时候真办砸了，在下愿在全城百姓面前，以死谢罪！"

这样的话一般人不敢说，王炽心里也知道这句话的分量有多重，连你这样一个名不见经传的小贩都能嗅出的商机，其他商家自然也能察觉得出来，这其中便包括洋人以及山西会馆在暗中操作。可以毫不夸张地说，这是一场没有硝烟的战争，而王炽则是在拿性命做这笔买卖。

"好！"骆秉章道，"只要能保证重庆不乱，官府一定会全力支持。"

王炽告了声谢，行了一礼，转身退了出去。骆秉章的眼神往唐炯身上一扫，道："在这段时间内，你不可再轻举妄动，若是有惊无险地度过这次危机便罢，要是出了乱子，就等着朝廷制裁吧！"

唐炯早就有了这个心理准备，只是没想到，他的命运竟与一个小小的商贩紧紧地绑在了一起。

十二天后，重庆的各个商铺陆续断货，由于祥和号、山西会馆被封，当地商家失去了进货的源头。从外地去调货吧，一来商铺没有那么大的实力；二来兵荒马乱的也不敢长途跋涉去运货，万一给山匪劫了，就会赔个血本无归，这对小本买卖的商家而言，其打击是毁灭性的。因此他们在意识到短期内进不到货时，便趁机抬高了商品的价格，以此来维持生存。

商品紧缺，价格走高，对老百姓来说简直就是个噩梦，特别是打零工、卖苦力的穷苦百姓，柴米油盐一天一个价，持续升高，他们根本没有那个能力去接受。市场的紊乱可直接导致人心思乱，不出三日，他们便走上街头，走到知府衙门，要求官府出来给个说法。

这股示威游行的风潮一起，便如燎原的星火，一发不可收拾，加入的人越来越多，形势愈演愈烈。紧接着便是商铺关闭、工厂罢工，以此来向官府施加压力。

短短五天之内，偌大的一座城池便陷入了瘫痪的境地，这一股巨大的风暴终于降临了！

这样的场景王择誉已经预想过无数次，可当它真正来临的时候，依然慌得手足无措。他把自己关在房里，一步也不敢出去。

现在王择誉唯一能指望的就是王炽，他殷切地盼望着那小子能带来好消息，如此他才可以大步流星地走出去，理直气壮地跟围在官府前的百姓大声说，你们生活所需的物资马上就能输送到各个商铺，哪个商铺要是还敢哄抬价格，本府绝不轻饶！

王择誉做梦都在想着这个时刻的到来，可有时候事情越急，偏偏越是等不来消息。那王炽像是消失了一般，始终没传来任何消息。

莫非那小子果然出事了？想到这个问题，王择誉再也无法镇定了，他差了一人，让其换一身老百姓的衣裳，偷偷地从后门出去找王炽，不论是什么情况，今日必须叫王炽给出一个答复。

约一个时辰后，去找王炽的那人来回复说，王炽不见了！

这个消息如同一记惊雷，劈在王择誉的头顶，直击得他脑袋嗡嗡作响，面无人色，半晌没回过神来。

王炽是拿性命在骆秉章面前做了保证的，按照正常的逻辑推理，他断然不会突然撒手，撒下一城百姓的安危扬长而去。

这里面一定有问题，或者说王炽出事了。

王择誉怔怔地愣了许久，说道："差十几人出去找，若没有找到王炽，你们也都不用回来了！"

事实上，王炽这时候也急得如热锅上的蚂蚁，明明说好是十天之内就可以运到的第一批物资，如今差不多半月了，却不见任何动静。席茂之等人就像凭空消失了一般，未见踪影。

究竟是哪个环节出了差错？

石板坡是王炽跟席茂之约好的落脚之处，所有的货运到这里以后，会暂时囤积于此，根据城内的情况，分批运送，因此王炽还向这里的一家农户租用了间房子，作为临时的仓库。他在这里足足等了三天，却连他们的影子都没看到。

这三天来王炽几乎没合过眼，一听到响动就跑出去观望，看看是不是马帮到了，然而每次都是失望而归。如果席茂之再不到的话，他就要崩溃了。

城里的百姓闹了起来，工厂、街市罢工，事态愈演愈烈，几乎已经到了刻不容缓的地步。要是这个时候真的出了差错，他王炽将死无葬身之地！

可是会出什么差错呢？王炽急得在屋子里转圈，同时脑海里也在不停地转着，从他招收工人，到连夜让他们分批出城，这一切都做得神不知鬼不觉，没有人会察觉；其次，两百人的一支马帮，一般的山匪根本没胆敢来抢劫，更何况带头的是席茂之三兄弟，他们本来就是山匪出身，就算是半道上有人发难，花些银子也是可以打发的……那么，究竟是在哪里出了问题？

王炽抬头望了眼外面的日头，已过晌午了，如果再不回城去，官府就会掘地三尺搜寻他，他不能再等了，必须得回去给官府一个交代。

问题是如何向官府交代呢？

王炽皱着眉头走出屋子，失魂落魄地往前面走。

也不知过了多久，一阵轻微的脚步声打断了王炽的思绪。他抬头往左侧望去，只见不远处有一群人正疾速地往前赶，他们所去的方向，分明也是重庆城。

王炽暗自一怔，不由得留起了心。那群人约有三百余众，都穿着平民的衣服，有男有女，有老有少，无论从哪方面看，都像是普通的老百姓。可仔细留意他们走路的样子，却与普通的民众又有些不一样。他们走得很齐整，像是约好了一道去某个地方看戏一般，步履有些急促，又像是去赶集，生怕去晚了好货物都会让人抢光了似的。

王炽的眉头动了一动，如果是在寻常的日子，几百人相约着往城里赶，并不稀奇，可现在重庆已乱成一锅粥了，这时候赶集似的去城里做什么？思忖间，他放慢了脚步，特意让他们走在前面，待拉开了一定的距离后，装作漫不经心的样子，不紧不慢地尾随而去。

重庆的城门依然是开放的，尽管里面业已乱作了一团，但在城门口依然看不出什么异样。进进出出的人络绎不绝，更无拥挤现象，城门的守卒有条不紊地维护着秩序，一切都与往常并无区别。

也许这就是大城的气魄，商贸辐辏之都在无形之中所表现出来的胸怀。

王炽远远地望着，只见那三百余人即将抵达城门时，有意无意地分散开来，三三两两地分批入城。这显然是为了掩人耳目，王炽的眉头一动，他现在基本可以断定，这些人不是普通的百姓，他们来此是有其他目的的。

待那些人全部入城后，王炽这才跟着进去。到了城内之后，那些人就好像突然都变了，一个个神情激动，加入了游行示威的人潮之中，一路高喊着往知府衙门的方向而去。

看到这个情景，王炽不由得倒吸了口凉气，原来这场轰轰烈烈的示威风波，是有人在暗中策动，他们煽动着老百姓的情绪，想把重庆彻底陷入混乱，使整座城池瘫痪！

是谁在背后操纵，为什么要这么做？王炽浓眉一蹙，看着前方拥挤的人群，怔怔出神。

突然，有人在他背后拍了一下。王炽惊了一惊，回头去看时，见是几个平民打扮的汉子，正要发问，只听其中一人道："王大人正在到处找你，快随我等回府吧！"

王炽这才知道他们是王择誉派来的人，不敢耽搁，紧随着他们去了衙门。

王炽被引着从后门入内，及至见到王择誉时，见他神色慌张，脸色在那部浓密的黑胡须映衬下，白得有些吓人。看到王炽后，他眼睛一亮："你终于现身了！货可到了？"

"可能出事了。"王炽看着王择誉，艰涩地道。

王择誉大吃一惊，连呼吸都变得急促起来，瞪眼看着王炽道："出什么事了？"

王炽便将一路上来所见到的事情说了一遍，道："有人在暗中作祟，想要把重庆的秩序彻底打搞乱，我想我的货肯定也被劫了。"

王择誉倒吸了口凉气，只觉后脊梁骨阵阵发寒，惊恐地看着王炽道："谁会这么做？"

"谁想争利？"王炽同样看着王择誉，神情略有些紧张地反问道。

王择誉眼珠一转，道："山西会馆？洋人？祥和号？"

"我这次生意的本金是魏掌柜出的，所以不可能是祥和号。"王炽道，"但山西会馆和洋人都有可能，或者是他们联合起来做的。"

王择誉本来就心乱如麻，这时越发的惶恐："现在怎么办？这两天如果货还不到，我们恐怕都得掉脑袋！"

正说话间，见唐炯大步走了进来，劈头盖脸地就说道："出事了！"

王择誉和王炽恰如惊弓之鸟一般，被唐炯如此一喊，都是周身一震，脸色惨白地望向唐炯。

重庆公馆里面，四川总督骆秉章正在接待英、俄两国的领事。叶夫根尼叼着根雪茄，跷着二郎腿，身子半靠在椅子上，神态倨傲。艾布特依然显得颇为优雅，穿着身黑色的西服，双手平放在腿上，微扬着嘴角，似笑非笑地看着骆秉章。

骆秉章沉着张老脸，没有任何表情。是时双方都没有说话，场面显得有些紧张。门外的阳光斜射进来，照亮了客厅，可还是叫人感觉不到丝毫暖意。客厅上首屏风前的一口落地钟嘀嗒嘀嗒响着，这响声在此时听来，却有种让人窒息般的压抑感。

"两位这是在威胁本院吗？"骆秉章嘴唇一启，终于开口了。

艾布特微微一笑，道："不不，总督大人说错了，我们这是在帮你。"

叶夫根尼吐出口烟雾，道："重庆现在乱成什么样子，你也看到了，物资再不到的话，你还能撑几天？现在我们有货，而且是现成的货。只要你向我们购买，重庆之乱马上就可以平息，何乐而不为呢？"

骆秉章"嘿嘿"笑道: "可你们出的价,高于市价两倍,这与勒索何异?"

"这是生意,我的总督大人!"叶夫根尼高声道,"你为了政绩,我们为了银子,公平得很。"

"不,这不公平。"骆秉章沉声道,"明人面前不说暗话,两位仅仅是为了生意吗?"

艾布特奇怪地问道: "总督大人认为除了生意外,我们还有什么目的?"

"为了进一步向我大清勒索。"骆秉章眼里精光一闪,道,"道光东南之役后,你们的国家从我国沿海步步入侵,逐渐将手伸向长江中下游地区,四川、云南一直是你们想要侵吞的重点省份。可怕的是,你们不仅想在大清捞银子,还想要在西南地区建立起像沿海那样的租界,抢夺这里的地盘。此次你们名义上是帮重庆平乱,可捞足了银子后,你们就会向朝廷提出,官府强制查封了你们的工厂,其损失无法估量,要求朝廷赔偿,从而进一步提出更加苛刻的条件。这就是你们的阴谋,可是?"

叶夫根尼笑道: "事实上你们无法管理好这个国家,你看看现在的重庆,我们不出手相助,局面将不可收拾,只有共同管理,才能将它治理得更好。"

"我们自己的国家,如何治理,轮不到外邦来指手画脚!"骆秉章将手里的茶杯重重地放在桌上,发出"当"的一声重响,清瘦的脸冷得像块铁。

"问题是你们治理得好吗?"艾布特冷冷一笑,不紧不慢地道,"不妨告诉你,眼下的示威仅仅是一个开始,捻军在前几天就已混入城里了,重庆将会发生一场大规模的暴动。"

骆秉章两眼一眯,"嘿嘿"冷笑道: "这算是威胁吗?"

"不,我是在替你担心。"艾布特道,"除了捻军外,太平军也开始蠢蠢欲动,重庆的乱象一生,这些力量必然要趁机起兵。敢问总督大人,对于这些形势,你们事先预估到了吗?不是我要吓唬你,你不让我们插手,就是坐视重庆沦陷,就是要将重庆的百姓推向水深火热之中,这是你最大的失职你们的皇帝要是知道了,岂还能容你在四川指手画脚?"

听到这些话后,骆秉章冰冷的脸微微变了一变。实事求是地讲,如果艾布特所说属实,他对眼下的形势的确是低估了,而且其所说的要是真的成了现实,他这个四川总督也的确是做到头了。

骆秉章看着这两个洋人，眼里精光暴射，此时此刻他虽然还在强自装作镇定，内心却是波涛汹涌的，细细想来，他之前也在诧异这股示威的风潮为何会蔓延得如此之快，原来是有不法之徒在暗中指挥策动！还有，那些在城内虎视眈眈的捻军和太平军，是单纯的作乱，还是其背后另有靠山？

骆秉章道："多谢艾布特先生告知这个消息。本院奇怪的是，如此重要的消息，连本院都未曾知悉，你们又是如何知道的？"

"商场就像是战场，特别是在你们中国做生意，不得不时时关注各方面的动向。"艾布特道，"比如祥和号与山西会馆跟太平军、捻军交易这事，同样也是我们事先得知的。"

"果然如此吗？"骆秉章沉声道，"如果让本院得知是你们指使的，决不轻饶！"

叶夫根尼粗鲁地将烟头掷在地上，大声道："请总督大人看清楚现在的形势，也请你用脑子好好想想，重庆这场大乱的起因是什么？是生意。谁想要在这场大生意中分一杯羹？我们现在光明正大地跟你来谈了，那么除了我们之外，还会有谁？"

艾布特道："说到底，这是你们自己互相打压造成的结果，如今只有我们才能帮你力挽狂澜，你还有什么可犹豫的呢？"

骆秉章没有说话，但他内心基本相信他们说的是真的，这场乱子就是重庆的那帮生意人相互打压夺利造成的结果。在太平军、捻军等各方面势力的涌动之下，洋人也怕一旦重庆沦陷，失去他们的利益，所以他们急着要跟官府合作，这固然有吞下眼前这块市场的因素，更深层的原因只怕还是想在重庆维护他们的地位，主导这里的市场和政治。

想到此处，骆秉章的内心是复杂的，甚至有些苦涩。国内商人争名夺利，闹得不可开交，这才给了洋人吞噬的机会。值此大乱之际，如果我们的商人能团结一心、众志成城，哪还有洋人坐在这里指手画脚的份儿？

"多谢两位提供这些信息。"骆秉章灰白的眉头动了动，道，"不过本院还是坚持，自己的事由我们自己来解决，不需要外人操心。"

叶夫根尼坐不住了，他完全没想到骆秉章竟是块油盐不进的顽石，说了半天居然是白费口舌。他站起身来气呼呼地道："看来你真不怕死。"

"本院自然怕死。"骆秉章道，"可即便死了，本院也希望死得无愧于心，不至于让后人唾骂。"

正自说话间，唐炯带着王炽走了进来。骆秉章看到王炽，眉头一皱，趁机下了逐客令："本院还有要事，两位请便吧！"

叶夫根尼、艾布特看了唐炯和王炽一眼，带着一身怒气走了出去。待他们离开后，唐炯便迫不及待地道："大人，捻军……"

"我知道了。"骆秉章打断了唐炯的话头，直接问道："可查出是谁在背后指使？"

唐炯没想到他已经知道了此事，愣了一愣，道："尚不清楚。"

骆秉章转向王炽问道："货呢？"

王炽神色凝重地道："只怕是让人给劫了。从目前的情况来看，应该就是捻军所为。"

骆秉章似乎对这个消息并不感到意外，又问道："本院并不怀疑你的能力，但以你现在的身份，决计拿不出这么多本金来支撑这笔生意，是哪个在背后支持的？"

王炽毫不讳言地道："大人所言不差，支持在下的是祥和号的魏伯昌。"

骆秉章面色一沉，朝唐炯道："你去把刘劲升提出来，悬挂于城头之上，且放出话去，三日之内问斩。"

"大人……"唐炯吃惊地看着骆秉章，几乎不敢相信自己的耳朵。继而一想，他似乎意识到了什么，"莫非捻军入城，是刘劲升在背后支持？"

"八九不离十。"骆秉章紧紧地皱着眉头，痛心疾首地道，"为了争名逐利，弃家国安危于不顾，简直就是禽兽不如！眼下的重庆，风起云涌，已到了生死攸关的境地。方才洋人就是来威胁的，让本院把眼下的市场让出来，给他们去做，以平息动乱。"

王炽听到这里，心头不由得"咚咚"剧跳起来，紧张地看着骆秉章，等着他说下去。骆秉章目光一转，落在王炽身上，似乎这一番话是有意对他说的：

"但我们不能让，今天这一让，今后重庆就是洋人的天下了，人需要尊严，这个国家更加需要尊严，绝不能让洋人参与进来，干涉我们的事！"

王炽闻言，顿时热血沸腾、心潮澎湃，把浓眉一扬，大声道："在下如今虽还不知道货物在何处被劫，但有信心将其重新讨要回来。请大人派遣一支军队，与在下一同出去，在下一定将货物安然无恙地送到重庆来！"

"不！"骆秉章道，"重庆的事件牵涉捻军，甚至太平军也会闻风而动，事关一城百姓之安危，本院无法给予你军事上的支持。你既然答应了做这件事，且在本院面前以性命做担保，此事还需要你自己去想办法解决。"

唐炯一怔，道："大人，那批货物有可能也关系到捻军，我们不予支持的话，以他一人之力，怕是很难完成。"

"如若太平军和捻军里应外合，大举来袭，你有把握保重庆无恙吗？"骆秉章加重了语气，道，"内忧外患，风雨飘摇，我们所做的每件事都有风险，甚至会将自己的身家性命赔进去。但事情到了这个地步，我们还有选择吗？大家都放手去搏一次吧，无论如何绝不能退让一步，让洋人在我们的国家危难之际，进来撒一把盐。"

骆秉章沉默了会儿，开始下令："着令王择誉去临近县乡紧急调取一批物资来，作为临时救急之用；王四去外地采办的货物，最晚在十日内必须运达，否则你提头来见吧！"

是日薄暮时分，刘劲升被吊在了重庆的城头。

秋风里，他的身体像秋千一样，在晚霞中来回晃荡着。

老百姓在结束了一天的示威游行后，听到山西会馆的大掌柜被挂在城头的消息，纷纷跑过来观看。不消多时，城门前人头攒动，拥挤不堪。

城门口的墙上贴了一张大大的告示，大意是说刘劲升勾结捻军，组织煽动百姓，示威游行，为祸重庆，将于三日后问斩。

一位秀才模样的人读完告示的内容后，聚集在城门的百姓顿时炸开了锅似的议论了起来。

在众多的议论声中，绝大部分百姓直呼上贼人的当了，傻乎乎地让人给利用了，却兀自蒙在鼓里。也有一部分人认为，这是官府的不作为造成的后果。

是时，城楼之上，骆秉章在唐炯、王择誉的陪同下，静静地坐着，仔细地听着百姓的议论。隔了许久，骆秉章将头转向唐炯，道："他们说得都有道理，而且掐中了问题的要害。这件事从头到尾就是一个局，重庆上至官员下至百姓，集体被人利用了，这才导致了今天的这个局面。如果说我们有能力去应对这样的局面也就罢了，可悲的是我们竟然都束手无策，这的确是官府不作为啊！"

骆秉章说完这番话后，站了起来，又道："随我出去吧，该是我们去面对的时候了。"

唐炯霍地起身，紧跟着骆秉章出去了。王择誉则迟疑了一下，随即想到，作为重庆地区的最高长官，在危急时刻，自己还有什么可畏惧的，还有什么理由不敢去面对？当下他长长地舒了口气，抬起头挺了挺胸，大步走将出去。

骆秉章在城头一站，迎着晚风深深地吸了一口气，随即便听到在他这瘦削的身体里，发出了高亢的、掷地有声的声音："重庆的父老，我是四川总督骆秉章，给大家赔不是来了！"话头一落，他往后退了一步，面朝城下，向老百姓深鞠了一躬。

一省之总督，在大清朝便是掌握了大权的封疆大吏，骆秉章这突如其来的一鞠躬，把所有人都震慑住了。他们决计没有想到，这么大的一位官员，竟然向老百姓赔礼道歉来了！

身后站着的唐炯，看着白发苍苍的老上司，突然心头传来一股愧疚之感，这些祸是他闯下的，却让他的老上司来承担了责任，向百姓鞠躬致歉！

骆秉章的语头一顿，又道："重庆乱成这个样子，我有责任，重庆的官府更有责任，是我们没有看清形势，把大家一起卷入到了这场旋涡之中。什么叫作骑虎难下？现在的局面便是，我们让人牵着鼻子一路走到了今天这个境地。刚才大家议论得没错，这是我们官府不作为。但是，请大家相信，我们现在清醒了、省悟了，正在全力想办法调集物资，尽量满足大家的生活所需。之前我们还有些顾忌，甚至是有些畏惧，怕大家说我们查封了两大商号后，自己运货进来，攫取民财，中饱私囊。人言可畏啊，请原谅我们也难以免俗。可是到了今天，我们不怕了，生死关头，存亡之际、还有什么可顾忌的？重庆知府王择誉大人在来此之前，已差人去邻近县乡调集物资，两日之后，会补充到各个商铺，供大家购买。十日之内，将会有大批货物抵达重庆，让所有人都能如往常一样买到商品！"

此番话落时，城下有人问道："你敢保证在十日内能像往常一样买到商品吗？"

骆秉章花白的眉头一扬，清瘦的脸蓦然涌上一股红潮："十日后如果没有到货，我骆秉章还是站在这里，当众脱去这一身顶戴，辞去四川总督之职，站到大家的中间，与你们一起共渡难关！"

唐炯和王择誉闻言，身子不由得震了一震，到时候如果骆秉章辞职谢罪，他们还有什么脸面穿着这一身官服？现如今，不光一城百姓的命运掌握在了王炽的手里，连重庆所有官员的前途亦落在了王炽的身上。

骆秉章这一番真诚至极的言辞，终于得到了百姓的信任，他暗暗地舒了口气，然后把目光落在吊着的刘劲升身上，又道："眼下最关键的是须防止乱匪生事，届时不管城内发生什么事，希望大家都能与我们站在同一阵线上，守城御敌，我骆秉章在此先谢过各位了！"言落时，又是鞠了一躬。

在离开城头去往城楼的路上，王择誉看着骆秉章瘦弱的身子，由衷地敬佩起来，心想，这才是大官的大胸怀、大智慧，适才城头上的这一席话，就得到了百姓的信任，平息了这两天来愈演愈烈的游行，可见有时候能拿得起放得下也是为官之道。

思忖间，已回到了城楼内，只听骆秉章问道："如今城内可组织多少兵力？"

王择誉马上答道："有乡勇一万八千。"

骆秉章道："连夜集中起来，谨防今夜有变。"

王择誉应道："卑职这就去准备。"

待王择誉走后，骆秉章朝唐炯道："让杜元珪带上十人，连夜出城，在附近十里之内，侦察乱匪之动向，一有情况，随时来报。"

唐炯领命，转身出去了。骆秉章却没有回去的意思，让人泡了杯茶，细细地品了起来。

骆秉章是文职出身，读了很多书，其中便包括了兵书。咸丰元年，他到湖南长沙的时候，尚未有任何临敌经验。那时太平军攻下了道州，他料到不出多久，太平军一定会来袭击长沙，便命令修筑巩固城池。不出三月，城池修好之时，太平军的西王萧朝贵果然率军来攻。

当时朝廷的援兵未到，长沙城只有八千乡勇，而太平军却有两万余众，几乎所有人都以为，这八千乡勇加上一个没有任何作战经验的文官，长沙城必破无疑。

然而，骆秉章的举动让所有人都大吃了一惊。他带着这八千人足足守了两个月，且未失寸土，直至朝廷的援兵到来，解了长沙之围。

那两个月的时间，在骆秉章的记忆里是黑色的，其情况比之现在的重庆更为危险、更为困难。然而那段时间在骆秉章的生命里，也是极为重要的。这世界上没有任何一本兵书会比实战更有效，长沙一战不仅锻炼了他的身心，更使他成熟起来，让他相信只要坚定信念，便没有打不败的敌人。

此后主政湖南，力促曾国藩组建湘军，稳定了湖南的局势。然而在湖南的那十年，也几乎耗尽了他毕生的心血，身体状况越来越差，常常感到力不从心。多年的征战劳累，更让他的眼疾越来越重，迎风便流泪，视线亦是日趋模糊。为此，他曾向朝廷请辞，告老还乡，而朝廷则以其老成硕望、调度有方为由，拒绝了他的辞呈。

骆秉章缓缓地拿起杯子，浅品了口茶，两眼微微一眯，抬头望向窗外的天空。是时天色已黑，万籁俱寂，唯有秋虫不时传来唧唧的鸣叫声，显得十分宁静。

在这乱世之中，宁静是美好且令人身心愉悦的，骆秉章听着秋虫的鸣叫，暗想既然已经在四川上任，那么就有责任保这一方土地的平安。心里如此想着，他慢慢地站起身来，走向窗口，深吸了口外面略有些清冷的空气，也许此时的宁静，只是暴风雨来临前的一种假象，它很快就会被打破，陷入一场战争。

骆秉章认为，今晚捻军一定会来攻城，与其联合的山西会馆的人也会出现。但是他这一次猜错了，直至当天晚上亥时，城门平静如常，没有任何异象，反而是城内率先出事了。据士卒来报说，朝天门码头发生了抢货事件。

骆秉章灰白的眉头动了一动，抢货？抢谁的货？谁在抢？思忖间，他眼里射出一道精光，脸上慢慢地浮出一抹让人不易察觉的浅笑。

王炽只身骑着匹马出城的时候，心情几乎是绝望的，自他做生意至今，从没有过像今天这样大的压力。

毫不夸张地讲，几乎所有人都低估了重庆的形势。商界的争斗扰乱了整个重庆地区的局面，捻军浑水摸鱼，太平军亦蠢蠢欲动，各方面力量的运动之下，形成了一股巨大的风暴，疾速地压向这座城池。而他王炽虽然在重庆的时间不长，却被卷到了风暴的中心，跟着这座城池一起，到了生死关头。

天渐渐黑了下来，王炽一人一骑茫然地行走在空旷的荒野上，望着这夜幕笼罩下的秋色，内心掠上一抹荒凉感。凭良心讲，他并不贪财，这所做的一切，只是为了心中的梦想，做一个像陶朱公那样有良心、慈悲心的伟大商人，在适合的时候去取，亦懂得在合适的时机去舍，于取舍之间，纵横商海，潇洒地游走人间。作为一个从山寨里出来的穷小子，他也曾想过，要想实现这个梦想是极其困难的，需要付出极大代价。可不知道为什么，走到今天这一步，他有些迷茫了。

从云南到四川，这一步步走过来，他在乱中取利，然而为了那些所谓的利，他付出了惨痛的代价，甚至有些与他相关的人因此死去，为什么？是太过刻意去追逐名利了吗？

恰如此番的重庆之难，如果他能够去说服王择誉，让其提前预备货物，如果不是自己太想去钻那市场的空子，是不是就不会有今天的祸乱，他自己也就不会有性命之忧？还有至今仍生死未卜的席茂之三兄弟……

想到席茂之等人，王炽的心越发乱了。这三人因了自己被剿了山头，如今跟着自己行商，如果因为这次的生意丢了性命，他将如何去面对今后的人生？

王炽思绪翻飞，边拍马奔跑着，边留意着四周，然而行走了半夜，未曾发现任何有关于席茂之等一干人的迹象。

及至后半夜时，王炽已经到了川湘边境上，因跑了上百里的路，人马俱疲，再加上到了山区，崇山峻岭，山陵起伏不绝，参天的树木遮住了星光，使得这一段路伸手难辨五指。王炽便下了马，打算先找处山洞，安顿下来，待天亮了再走。

因怕山中多山虫野兽，王炽拴了马后，想去附近拾些干柴，打算在洞里生堆火，好歹壮壮胆。是时，他的眼睛已经适应了这树林里黑暗的环境，借着微弱的光线往前望了望，隐约见前方不远处有个平坦的山地，便深一脚浅一脚地走了过去。

　　行至那山地的边缘时，脚下好似踩到了什么东西，他便弯起腰身往下去看，不看还不打紧，一看之下，顿时魂飞魄散，全身的冷汗一下子就冒了出来。

　　王炽踩到的是一具尸体，而且那张惨白的脸正面对着他，死鱼一般毫无神气的眼睛圆睁着，依稀可见眼里充满了血丝，红得十分可怖。

　　王炽吓得险些惊叫出声，忙不迭一跳跳将开去，与此同时，惊恐地往前面望了一眼，脸色又是一变。

　　在王炽所处的这一片平坦的山地上，横七竖八地躺满了尸体。由于正值后半夜，乃黎明前最为黑暗的一段光阴，再加上山林里树多草杂，如非仔细看，委实很难发现地上的尸体。

　　看着密林中这诡异的一幕，王炽只觉脊梁骨阵阵发凉，为什么这里会有这么多尸体？愣怔间，他浑身打了个激灵，心想，莫不是席茂之的马帮遭到了袭击？这一念头一起，他顿时忘记了恐惧，忙不迭走上前去，点着个火把，一具尸体一具尸体地辨认。因了这些人死亡时间未超过三五日，再加上秋季天气转凉，尚不曾腐烂，易于辨认，王炽将那一百多具尸体一一看了一遍，并未发现席茂之等人，不由得松了口气。

　　返回到山洞后，想着刚才那些的尸体，开始沉思起来。从他们的衣着上来看，应该都是平民，但从头饰来看，至少有一部分是起义军，他们未结发辫，披头散发，倒与太平军有几分相似。唯一不同的是他们手臂上都绑有块白丝绢，并不像是太平军的打扮。

　　莫非是捻军？王炽浓眉一动，随即想到，捻军大规模的起义，很大程度上是受了太平天国的影响，因此他们的制度亦有模仿太平天国的意思，分为黄、白、蓝、黑、红五旗，每一个旗的旗主相当于太平天国的王，拥有兵权。

　　捻军虽与太平天国一样，属于农民起义，但他们跟太平天国有本质的区别。捻军比较分散，每一旗之间互不相干，各自为战，形同散沙，这也是他们成不了气候的原因所在。以此来推测，适才那些手臂上绑了白丝绢的尸体，极有可能是捻军的白旗军。

如果说有一部分人是捻军，那么另一部分是什么人？

王炽觉得，现下已有捻军混入了重庆城，很明显他们是受人指使，出来搅局的，那么他那批货物的丢失、席茂之等人音信全无，十有八九跟捻军有关。所以查清楚那些人是怎么死的，可能就是找到席茂之等人的关键所在。

想到此处，王炽又恢复了信心，这一带虽是山区，可是上百人的打斗必然会有山民看到，天亮后只要找到这一带的山民，跟他们一打听，这事就有眉目了！

正自思忖间，突听到洞外传来一阵细微的沙沙声响，像是微风吹过野草丛时草叶的摩擦声，又像是有一群野兽正匍匐着缓慢地前行，总之那声响在黑暗的森林里听来十分古怪。王炽的神经倏地就绷紧了，他霍然起身，猫着身子极其小心地朝洞口摸了过去。

第十五章

毛坝盖山两虎相争　重庆城外双强恶斗

王炽摸黑往洞口潜行过去，探出半个头朝外张望，只见不远处的山下有一群黑影正往这边徐徐移动过来，估摸着这群人的数量最少也有三四百人。他不由得暗吃了一惊，心想，这些人深更半夜地跑到这山上来做什么？而且看他们那小心谨慎的样子，莫非这山上还有其他的人马驻扎着，他们是来偷袭的？

想到此处，他禁不住心头剧跳起来，从山地上的那些尸体来看，如果说有一部分死的是捻军的话，那么另一部人可能是山匪，根据捻军的举动来推断，这股山匪的力量不容小觑。

王炽转头看了眼拴在洞口的马，寻思着这里肯定又会发生一场争斗，为免遭池鱼之殃，须找个地方躲起来，静观其变。他边想着边悄悄地走出去，伸手抚了抚马背，希望它不要发出声来。他解了缰绳后，迅速地审视了番周围的地形，拉了马往一处山丘走去，直至在丘陵背后隐藏了起来，这才稍微安了些心。

是时，那伙人已慢慢地往这边移动过来，走得近时，隐约可见他们的手臂上同样绑着白丝绢，个个手持武器，及至王炽刚才所在的那处山洞位置时，带头的那人举手示意停下来，差了两人去洞里探个虚实，以防埋伏。

王炽见状，暗自庆幸从山洞里撤了出来，不然的话非被他们逮个正着不可。那些人探得洞中没有异样后，继续往山上走。

然而，就在这个时候，意外发生了，王炽身边的马突然嘶鸣了一声。

这一声嘶鸣在寂静的山里倏地响起，无异于惊雷一般，且会随着空旷的山林遥遥传将出去，对于身处在十分静谧的环境里的人而言，足以把人惊得跳将起来。

果然，正当王炽被吓得脸色苍白之时，那三四百人亦停下了脚步，纷纷往声源处望来。可马的这一声惊嘶之效果还远不仅于此，就在山下的这伙人惊慌之时，山上也有了动静。随着叫喊之声响起，山头的火把亦多了起来，一只一只的若鬼火般渐次亮起，然后便是人影幢幢，在密林之间穿梭起来。

王炽怨恨地看了眼身旁的这匹马，心说你早不叫晚不叫，偏偏在最关键的时候叫了这一声，这是要把我往死路上引吗？奈何藏身之处已然暴露，只得站了起来，现身出去。

事实上也怪不得那匹马，因为马的视力较差，它虽能判断远近的物体，但在马看到的世界里，基本没有立体感，特别是在黑暗中，它分不清是人还是什么动物在移动，偏偏它的听力极好，比人的耳光灵敏多了，看到那么大的一片黑影在移动，沙沙直响，又分不清是什么东西，它不惊叫出声那才是怪事。

且说那三四百人本来想要偷袭的，被这一声马叫搅黄了，怒气往上涌，带头的那人喝道："什么人？"

王炽挪挪身子，站了起来，朝那伙人抱拳道："诸位切莫误会，在下只是路人而已。"

深更半夜的在山里出现，又在关键时刻及时示警，鬼也不会相信是路人，只听带头那人又喝道："抓起来！"

话音甫落，便有三四个人朝这边扑过来。王炽心头一慌，迅速地环顾了下四周，此处树多林密、黑灯瞎火的，想跑也跑不了，好在他天生便有一种临危不乱的能力，心里虽慌，却未乱了方寸，在这千钧一发的当口儿，灵机一动，决定赌一把，陡然喊道："你们可是想要抢那批货？"

领头的那人听他这语气，好像真的不是山上的人，便问道："你到底是谁？"

这时候那三四人已抢到了王炽身边，不由分说，将他带了过去。王炽望了眼带头的那人，见是个三十开外的中年汉子，长得又高又大，一脸的横肉，再配上他那满嘴如戟的胡子，便知道这是个要钱不要命的主儿，当下苦笑一声，道："如果我说我就是那批货的主人，将军信吗？"

那满嘴胡子的中年人闻言，愣了一愣，上上下下地打量了他一番："那批货少说也得上万两银子，你小子有这实力？"

王炽闻言，心里顿时就有了底，原来这伙人斗得你死我活，果然是为了我的那批货，如此看来，席大哥三人必是在山上。当下他又是一声苦笑，道："这位大哥好眼力，在下确无那实力，这批货是在下借了巨款购入的，可以说是冒着身家性命做的生意。在下等了十余日，不见马帮到来，这才连夜赶路，到这一带来打探消息。"

那满嘴胡子的中年人咧嘴一笑，道："看来你的性命注定要赔在这笔生意上了。"

"不然。"

那满嘴胡子的中年人讶然道："莫非你还能凭一人之力将其夺回去？"

"莫非大哥现在能据为己有吗？"王炽笑吟吟地看着他，眼里冒着精光。

那满嘴胡子的中年人望了山头一眼，是时山上的人马已然集结完毕，拉开了阵势，这时候如果强攻上去，必是一场硬战，胜负难料。他回头朝王炽道："莫非你有办法？"

"现在我的货在山上，我的身家性命也押在那批货上，而你为了那批货，付出了巨大的代价。"王炽道，"我们之间表面上看似乎有些利益冲突，实际上是一条线上的蚂蚱，大哥以为我说的可是实话？"

那满嘴胡子的中年人没有接话，似乎是默认了。

王炽继续道："既然是一条道上的人，那么便有共同的利益，我们不妨做一场交易。"

那满嘴胡子的中年人似乎被勾起了兴趣，道："如何交易？"

王炽抱拳道："在下滇南王四，敢问大哥如何称呼？"

那满嘴胡子的中年人道："我是捻军旗下的一个小旗主，叫我杨大嘴就是了。"

捻军大多由贫苦农民组成，对于这个称呼王炽并未感到意外，道："杨大哥，我的马帮有两百人，现在这两百人都被扣在了山上。如果你信得过我，把我放了。我上山去，想方设法让他们把我的人放了，然后咱们里应外合，拿下

274

这座山头，如何？"

杨大嘴疑惑地道："你知道山头上的人是哪个吗？"

王炽摇了摇头。

杨大嘴道："是曾幺巴，川湘一带最大的山匪头子，山上有六七百人，还有一门红夷大炮，这一带没人敢去惹他。此人心狠手辣，出了名的凶狠，你却把他当成了傻子。"

"他当然不是傻子。"王炽摆出一副成竹在胸的样子，笑吟吟地道，"但这批货的性质相信杨大哥再清楚不过了，它不仅牵涉在下的性命，更关系到一城百姓的命运。如果我诓他说官兵不日即到，你说他会做出怎样的选择？"

杨大嘴愣了一愣："莫非他还能把货原封不动地还给你？"

王炽摇头道："当然不会。但如果能给他些好处，为了山寨的安危，他应该是会放手的。只要我的人被他放出来，咱们便里应外合，一举剿灭了他们。"

杨大嘴看上去虽然大大咧咧的，但他并不傻，道："到时候万一你跟他们联起手来，把老子一举剿灭了，我岂非成了大傻子？"

王炽笑道："在下是走茶马道的行商之人，杨大哥想想我最怕什么？"

杨大嘴道："打劫。"

"不错。"王炽道，"如果能与杨大哥联手，一举将他除了，一劳永逸，何乐不为？"

杨大嘴哈哈笑道："你可知道我要这批货的目的何在？"

"知道。"王炽目中精光一闪，"你是跟山西会馆合作，想把重庆彻底搅乱了，好从中取利，或者说你们有心借此机会，趁机拿下重庆。"

王炽的这番说辞只是猜测，现下不管是重庆官府，还是王炽本人，都没有拿到捻军与山西会馆合作的证据，因此说完之后，他紧盯着杨大嘴的神情，心头咚咚直跳。

杨大嘴眉头一动，道："看来阁下果然不是寻常人物！没错，这正是我们要拿下这批货的目的。明人面前咱不说暗话，你是官商，我是义军，水火不容，共同的利益何在？"

王炽眉头一扬，分析道："现在这批货在曾幺巴手里，如果不合作，咱们谁也得不到。你损兵折将空手而回，难免挨军规处置，而我花巨资购入的货一件没拿回来，赔得血本无归不说，更无法跟官府交代，说到底咱们之间都是因了这批货，徘徊在生死边缘。攻下这座山头后，我自然可一劳永逸，日后行走在这条道上不必再提心吊胆，为此我甘愿拿出一半的货物送给大哥。如此大哥不但可以向上面交代了，而且还能拿下这座山头，说出去脸上也能沾光，这不就是共同的利益吗？"

杨大嘴沉吟了许久，似乎迟疑着下不了决断。是时，山上又有了动静，那些山匪仗着人多势众，开始朝山下逼来。杨大嘴心里清楚得很，如果跟这帮山匪硬碰硬，多半是要吃亏的，当下把钢牙一咬，道："罢了，我就在你身上押一次宝，你去吧！"

王炽心下一喜，道："多谢杨大哥信任，请做好攻山的准备，随时等我消息。"说话间，他回身去拉了马，往山头走了上去。

事实上，王炽的心里一点儿把握也没有，一边朝山上走着，一边心头狂跳，害怕至极，毕竟如此贸然上了山去，让对方一刀砍了也是有可能的。奈何事情到了这个地步，恰如刀架在脖子上，不想走这一步都不行，只有拼命了。

如此牵着马忐忑地往上走，走了些路时，王炽回头望了眼杨大嘴，见他微微张开着嘴，微弱的火光下，脸上带着股企盼之情。王炽的心里猛地一沉，不知为何，掠上一道悲凉。

从王炽的角度来看待此事，毫无疑问，捻军是眼下最大的劲敌，这伙人跟山西会馆合作，劫了他的货不说，还要使重庆陷入巨大的危机之中，他们不除，重庆何安，百姓何安，他王炽的良心何安？

然而，此时此刻，王炽看着杨大嘴的那张脸，依然不免产生了一种愧疚感。人活于世，诚信是金，可他却骗了杨大嘴，事实上他与杨大嘴说的那番话，只是权宜之计。如果事情顺利的话，杨大嘴这伙人就危险了。

他边走边想着，突听山上有人喝道："什么人？"

王炽周身一震，抬头喊道："在下滇南王四，有要事与曾寨主商量！"

话音落时，只听山上传来一声大笑，声如洪钟，道："滇南王四是哪个龟儿，格老子的到爷爷的毛坝盖山来做什么？"

王炽听了这声音，心下暗暗吃惊，虽未见到那曾幺巴，但光听这声音便能料到必是个粗蛮凶狠之辈。思忖间，他强镇了下心神，提了口气道："不瞒曾寨主，在下……"

王炽的话头未落，突听得上面有人嘶喊一声："让他上来！"

这一声喊令山上山下的人俱是诧异莫名，何人有如此大的胆子，可代那曾幺巴发号施令？王炽听到这声喊时，心头却微微一怔，那声音他是熟悉的，一时却没想起来是谁，正自沉思间，又听那洪钟般的声音响起："你个龟儿，搞啥子锤子？"

山头沉默了会儿，估计是在低声商量。须臾，只听那高亢的声音道："你个龟儿，上来吧！"

王炽没想到如此顺利就答应他上山去了，反而感到有些不踏实。心想，那个熟悉的声音到底是谁，为何曾幺巴会轻易让我上山？

估计是天快亮了，山里拂过一道晨风，带着股清冽的寒意。王炽不由得打了个寒噤，他往上望了一眼，总觉得此事透着古怪，心底甚至升起股不祥的预感。

夜色里的朝天门码头，本应是它最安静的时候，结束了千帆竞发、商船往来不绝以及码头工人搬运、装货的热闹场景，进入了浪打水岸的宁静。然而，今天晚上与往常不一样，岸边停了两艘鸟船，码头工人正穿梭着卸货。

鸟船是中国古代比较著名的一种船只，曾被誉为是中国四大古船之一。原是浙江沿海一带的渔民出海捕鱼所用，因其船头尖尖的，像是鸟嘴故名。

清政府对汉人一直采取了防范心理，怕反清复明的团伙在海外壮大，长期限制民用船只的发展，这也是清廷在鸦片战争之前，闭关锁国的重要原因之一。因此清朝的船只制造技术远不如明朝发达，船型也没有前朝大。这种鸟船长十余丈、宽二丈，在当时来说，属于大型船只了，且一度被改造成战船，拉到海上去防御敌人使用，商人或者民间的百姓根本不敢用这种船只去运货。

当然，洋人除外。

这两条船上装载的便是洋人运来重庆的货物，英、俄两国在被骆秉章拒绝后，强行将货运入了重庆，大有不将官府放在眼里，誓要占领重庆市场的霸道和野心。

然而，让英俄两国的洋人没想到的是，就在他们卸货的时候，突然从暗处冲出一大批人，不分青红皂白，上来就抢。那些人驱赶了码头工人后，登上鸟船，把船给开走了。

连官府都不敢动他们的船，有人却在他们的眼皮子底下，将船抢走了，这让洋人在瞠目结舌的同时，有点猝不及防，是谁如此大胆，敢在老虎嘴里拔牙？

叶夫根尼在听到这消息的时候，气得连胡子都翘了起来，边抽着烟边在屋子里打转。艾布特一如往常地淡定，灯光照在他棕色的须发上，散发着淡雅的光。他看了眼叶夫根尼，然后好整以暇地道："这应该是捻军干的。那百里遥让我们拒之门外，一怒之下这才抢了我们的货。眼下重庆官府也巴不得我们的货丢了，所以我们得靠自己来解决这件事。"

"怎么解决？"叶夫根尼气愤地道，"捅到清政府的皇帝那里去吗？来不及啊！"

"不不不。今晚注定了是一个不平凡的夜晚。"艾布特笑吟吟地道，"刘劲升还被挂在城头呢，百里遥不可能无动于衷。如果我猜得没错的话，他们应该会里应外合，跟城里的官兵为敌。届时我们就以维护重庆治安为由，把我们的洋枪队派出去，帮官兵打杀捻军，一旦百里遥撑不住，就会来跟我们谈判。"

叶夫根尼想了一想，抬头问道："骆秉章那老头跟犟驴一般，他会让我们参与吗？"

艾布特笑道："我们的货在众目睽睽之下让人给抢了，出兵维护是正当防卫，他没有理由来阻止我们。"

叶夫根尼闻言，脸上露出了抹笑意："就这么办！"

已到后半夜了，这是黎明前最为黑暗的一段时光。对重庆的官员来说，恐怕也是最难熬的时候。

骆秉章依然待在城楼之上，没有回去休息。唐炯和王择誉自然也不敢回去睡大觉，办完各自的事后，就一直在这里陪着他。

泼墨般的夜色中，一匹快马踏破浓得化不开的宁静，往城门这边疾速而来。

及至城门外时，喊了一声："战报，速开城门！"

坐在城楼里的骆秉章等人身子微微震了一震，起身走了出去，及至城楼外时，禀报之人已然上来了。唐炯瞥了一眼，认得是跟杜元珏一道出去侦察之人，便问道："快些说来！"

那人显然是跑了许多路，喘了几口粗气后道："捻军白旗军已至三里之外，约有两万余众，转瞬即至。另外我们在途中接到乐山传来的消息，太平军石达开部在大渡河集结，只怕是要强渡大渡河，但其渡河之后是要取成都还是重庆，目前尚不明确。"

骆秉章摇了摇手，让那人下去继续打探，转头朝唐炯看了一眼，似想听听他的想法。唐炯想了一想，道："卑职以为，太平军这个时候在大渡河集结，可能跟重庆的局势有关，估计是想跟捻军配合，趁乱拿下重庆。"

骆秉章的脸色本就不好看，是时一夜未眠，白里透着淡淡的褐色，若梅雨时节天上的铅云一般，十分难看。他沉思了会儿，喃喃地道："捻子白旗军总旗主龚得树，粗通文墨，勇悍有余，谋略不足；太平军翼王石达开，十九岁统军，二十岁封王，三败曾国藩，当世无匹之豪杰，他若趁此机会袭击重庆，我等危矣！"

一旁的王择誉吓得浑身打了个哆嗦，他听说过龚得树，更知道石达开，无论是哪一位，都是搅得天下时局纷乱不堪的主儿。不管是哪一位到重庆来，都是件令人寝食难安的大事。如果两个一起来，再加上眼下乱糟糟的局面，到时如何收拾？王择誉惊恐地望了眼骆秉章，道："怎么办？"

"我不能再在此坐视了。"骆秉章没去理会王择誉，把目光落在唐炯身上，"我得去江西找曾国藩，让他领湘军与我协同作战，重庆防务就交给你了。"

唐炯一怔，旋即心下暗喜，在危急时刻，总督大人显然还是信任他的，督师防守重庆，责任重大，却也是一名武将大显身手的时候。他忙不迭单膝跪地，大声道："卑职誓死捍卫重庆，只要卑职还有一口气在，定不教重庆丢失一寸土地！"

"我从未怀疑你的能力，只是太鲁莽。切记凡事都要谨慎，要知道你肩负的是一城百姓之安危。"骆秉章交代完后，又朝王择誉道："你要好生配合唐炯，合二人之力死守重庆。"

王择誉情知自己作战不行，缺乏胆略，对此安排也无异议，恭身领命道："下官谨记。"

交代完毕，骆秉章叫人备了马车，带了二十余兵勇保护，连夜出城去了。唐炯放心不下，亲自领兵送出了三里地，这才放心回来。

及至回城时，唐炯发现王择誉的脸色有些不对劲，城里的乡勇也都被调到了城头，一副临战的状态。他问道："捻军来了吗？"

"不足一里。"王择誉估计是恐慌的缘故，说话都有些不自然，"不知道你是否能及时赶回来，我就把部队先调上城了。"

唐炯点了点头，道："提前做好战斗准备是好的，但不能把咱们的这些兵力全放在这里，城里已有捻军混了进来，万一他们来个里应外合，如何是好？遣团练使领一百人，到城里去巡查，以防他们在城内作乱。"

王择誉称是，忙叫了团练使过来，叫他领一百人去了。

不消多时，如墨般的夜色里，一大片黑影迅速地往这边移来，沉重而整齐的脚步声混合着阵阵的马蹄声，若暴风雨前夕的闷雷，一阵一阵传将过来，给人以一种压迫感。

"来了！"王择誉脸色大变，脱口惊呼了一声。

唐炯如刀般的眉头一沉，慢慢地走到城墙前，仔细朝前观望。不一会儿，只见他眼里精光一闪，道："奇怪，龚得树并没随军而来！"

王择誉壮着胆站在城墙前，也眯着眼往前看，是时双方的距离近了，火光下已略能看清敌军前头那几人的面貌。他边观察边道："确实没在，倒是看到百里遥了。"

唐炯回过头去，疑惑地看着王择誉道："重庆攻城之战，并非一般的战役，白旗总旗主去了何处？"

王择誉胆子虽小，可脑子并不笨，眼珠滴溜溜一转，突地惊道："莫非朝天门码头的货，是龚得树率人劫的？"

唐炯闻言，着实被他这话吓得惊了一惊。如果说捻军白旗的总旗主已经进了城，那么今晚这一战之变数就大了，届时那龚得树在城内一声召令，两厢夹攻之下，后果着实不堪设想！

思忖间，捻军的大军已到了距城门十余丈开外，只见百里遥举起手往后一摆，大军的脚步戛然而止。随即只见他那若痨病鬼般蜡黄的脸皮一动，眼里射出道锐利的光芒，向吊在城头上的刘劲升望了一眼，开口大声道："城上的人听着，速将刘大掌柜放下来，不然的话，我便要攻城了！"

到了这个时候，唐炯也顾不上许多了，回应道："百里遥，你也给我听好了！今晚之举动，是兴兵造反的大逆之罪，这是一条不归路，你跨出这一步，不但会毁了你自己的一生，连同山西会馆也将株连，劝你在动手之前好生想清楚了！"

百里遥仰天一声大笑，脸上凶光暴露："这是我要反吗？官逼民反，民不得不反，这是你逼的！"

唐炯嘿嘿冷笑道："如此说来，你今晚领兵攻城，其罪在我了？"

百里遥寒声道："莫非不是吗？你且仔细回想一下，今晚大军围城的结果，完全由当日我举报祥和号与太平军交易而起，其后你带兵相继查封了祥和号和山西会馆，才导致重庆物资紧缺的困局，这一点你不能否认吧？我承认你痛恨洋人，是个有血性的将领，因不满让洋人来左右重庆的时局，才愤而查封两大商号，在这件事上我佩服你。可是当你意识到查封了两大商号，重庆的货源也被截断了后，依然瞻前顾后，不曾采取果断措施，就是混账行为了。为什么明知道重庆断货后会乱，你们还是不肯采取措施？究其原因不过是为了面子，官府衙门的面子，怕承认了错误后担责任。于是你们一错再错，把王四当作了救命稻草。可你们想过没有，你们为了维护面子，却大大伤害了重庆商号的感情，你们将其视若无物，不顾他们的利益，将他们残忍地踩在了脚下！今晚之结果，就是你们任意胡为所致。我再告诉你，如今洋人的货在我们手上，王四的那批货也在我们手上，你要是不知好歹，不但城池不保，连城里的百姓都要被你害死！"

王择誉闻言，惊得眼珠子都快掉出来了。如果那两批货真的都在他们手里，那么他们手里所握的就不仅仅是货物那么简单了，无疑是掐中了眼下重庆的命脉。

"放肆！"唐炯的脸色沉了下去，他知道重庆闹成如今这个样子，他有不可推卸的责任，但在两军阵前，他不甘示弱。"与洋人勾结，跟捻军串谋，还敢到本府面前叫嚣！你且听好了，本府眼里决计容不下沙子，不管你是跟洋人勾结，还是与乱军合谋，想要侵占重庆，祸乱这一方土地，休想！"

话落间，"呛"的一声响，唐炯抽出腰际的佩刀，刀光一闪，指向吊在城头的刘劲升："本府先杀了他，再与你决一生死！"

王择誉见状，脸色大变，心想，你这一刀下去，端的就没后路可退了！

就在唐炯扬起刀时，突地"嗖"的一声利箭破空之声响起。那箭不偏不倚恰好射在绳子上，绳子一断，刘劲升便掉下城去。底下的捻军士兵早有准备，抢步过去将其接迎了回去。

唐炯没想到他们会来这一招，脸色不由得变了一变。

王炽走到山头的时候，看到了一个人，一个他熟悉的人。他又惊又喜，加快了脚步走过去，叫道："曾胡子！"

曾胡子虽说长得五大三粗、体形粗壮，但为人并不凶狠，相反是极重义气的。若非姜庚将其带上了山匪的路，他本该是一位老实本分的农户。然而老实的人一般也是忠诚的，要么不相信一个人，相信了他便会忠心不二。

曾胡子对姜庚的感情便是如此，当日姜庚被一箭射杀后，哭得最为伤心的便是曾胡子。从那一日起，他就发誓要为他的姜兄弟报仇，不管有多大的困难，也不管要付出多少心血，他都要王四血债血偿。

"站住！"曾胡子脸色一沉，眉宇间隐隐透着股杀气。

王炽看着他的样子，发现他变了，那老实巴交的样子淡了，浑身上下透着股凶悍之气，倒与这山寨里的人十分相融。王炽怔怔地看着他，心底传来一股痛楚，这个从小一起光着屁股长大的伙伴，变得让他有些不认识了。他停了脚步，与其对视着。

是时，只听有人一声大笑："格老子的，要打就打，要杀就杀，像情人一样对视着，你们搞啥子嘛！"

王炽转头一看，只见不远处的一块岩石上面站了个大汉，大眼浓眉，一脸的横肉，一手叉着腰，一手拿着把鬼头刀。刀头处雕了只骷髅，刀背厚刀面宽，与其凶狠若屠夫般的样子相互映衬，端的是威风凛然，叫人生畏。王炽料想此人定然是曾幺巴无疑了，正要开口说话，突听得一声断喝，再回头过去时，曾胡子已然朝他扑了过来。

王炽这一惊非同小可，边忙着退开去，边喊道："曾胡子，你要做什么？"

"杀了你，给姜兄弟报仇！"曾胡子一声大喝，把手里的刀一扬，劈头盖脸地往王炽身上落去。

王炽不是他的对手，也不敢跟他在这种地方恶斗，心念电转间，喊道："住手！先让我与曾寨主把事情结了，再与你了结私怨，可好？"

曾胡子却是不听，举着刀只管往王炽身上招呼。那曾幺巴闻言，神色一动，扬了扬手道："你且住手，让那龟儿说说有啥子事跟爷爷了结。"

曾胡子无奈，只得停了手。王炽呼呼地喘了两口气，朝曾幺巴抱了抱拳，说道："在下此行，是专为那批货来的。不瞒曾寨主，落在你手里的这批货是在下的。"

曾幺巴浓黑的眉毛扬了一扬，诧异地道："你的意思是说，要爷爷把这批货龟儿的还给你？"

"不敢！"

曾幺巴大声道："既然不敢，你还上山来搞啥子锤子？"

"这批货是官府的……"未待王炽继续往下说，曾幺巴已迫不及待地打断他的话，道"天王老子的货爷爷也照劫不误，官府的又咋的，爷爷还怕他不成？"

面对这种油盐不进、天不怕地不怕的主儿，王炽颇有点儿无奈，只得详细跟他分析现在的处境："在下知道你不怕下面的那些捻军，正面强攻的话那些人根本攻不上来，也知晓你不怕官府。可曾寨主必须想清楚，这批货是官府的，现下重庆大乱，急待这批货去救急。寨主要是把官府惹急了，就不怕他们派重兵来剿？"

曾幺巴仰头一声大笑，道："你在吓唬爷爷吗？他们只要敢来，爷爷只管拿洋炮轰死他龟儿的！"

"那重庆的百姓呢，你想让他们都落草为寇吗？"左说右劝无效，王炽着实有些急了，朝着曾幺巴大声道，"重庆已乱成一锅粥了，这批货要是再不到，那里将生灵涂炭。你可以打劫，在这乱世之中，占山为王也是一种生存的方式，没人会责怪你。可盗亦有道，你不能拿全城百姓的性命做赌注，来获取这批货。"

曾幺巴脸色一沉，圆目一睁，铜铃似的眼瞪着王炽，道："说得好像你是个救苦救难的菩萨似的，难不成这里面你无利可图吗？"

王炽毫不掩饰地道："所谓无利不成生意，在下一介贩夫，走这一趟买卖，自然是要图利的，但不管是行商还是为人，咱们不能不讲道义，不能为了利益置他人性命于不顾。而且如果这批货不能及时运到，洋人也会从中作梗，我们自个儿窝里斗，却让洋人得渔人之利，那就得不偿失了。"

这番话出口后，曾幺巴眉头一沉，沉默了。他虽然粗鲁，更不知道什么叫作民族大义，也没什么爱国报国的念头，但最起码的良知未曾泯灭。他看着王炽，眼里不断地闪着精光，显然正在权衡着利害。

正在此时，突听一个娇滴滴的声音传来："哥哥！"

话音落时，从寨子的门里走出来一位少女，十八九岁的模样儿，在火光的映射下，只见她肌肤赛雪，目光犹如此时挂在天心的一轮明月，清澈明亮。她着一件低领蓝衣衫，穿一条奶黄色鱼鳞百褶裙，裙摆及膝，莲步轻移间，裙摆随之轻轻地来回摆动，甚是动人。

及至走到曾幺巴跟前，她用那清澈的眼神望着他，略带着丝幽怨，这使她看起来十分楚楚可怜，让人觉得向她大声说话都是种罪过。果然，粗鲁的曾幺巴看到这位少女时，脸上的凶狠之色不见了，露出抹难得的柔情："幺妹儿，你出来干啥子？"

那少女幽幽地道："哥哥，把这批货还给他。"

曾幺巴一愣，道："幺妹儿，这批货龟儿的价值上万两银子啊！"

那少女蛾眉微微一蹙，道："哥哥，你可以去抢天王老子的，也可以去抢官府的，唯独不能要百姓的东西。我们都是穷苦人家出身，那种忍饥挨饿的日子都曾经受过，现如今我们不缺吃的、喝的，何必将这些痛苦强加到他人的头上？"

王炽怔怔地看着她，静静地听着她说话，一时间不由得魂飞天外，不知今时是何时。

这位少女的容貌举止并不像辛小妹，两者的性格也迥然不同，可是此时此景，叫他油然想起了初见小妹时的情形。

那个时候他被人带去了广西州的统领府，辛作田刻意为难他，想让他多交些税银，也正是在他无可奈何的时候，辛小妹出现了，帮他解了围。

如今眼前的场景，与当时何其相似！

夜风习习，吹起了王炽往日的柔情以及那一段不堪回首的往事。

曾幺巴听了那少女的话后，脸上便已没了先前的蛮横和坚决。曾幺巴回过头去看王炽时，见他的眼睛眨也不眨地看着少女的脸，火气又"噌"地蹿了起来，喝道："你个先人板板的，再看，爷爷把你的眼睛挖了！"

那少女听得这一句话，才意识到王炽一直在盯着她看，不由得俏脸绯红，低了头去。她的脸不红还不打紧，这一红之下，端是柔美无限，道不尽的温柔。

王炽虽不是好色之徒，可见她娇羞地低了头去时，亦不由得心头一阵荡漾，忙把眼睛从她身上移开，朝曾幺巴道："曾寨主误会了，令妹让在下想起了一个人，因此一时出神，得罪了！"

曾幺巴从那块石头上跳下来，朝王炽走了几步，道："幺妹儿说，让爷爷把货还了，算你龟儿运气，今天爷爷就发发善心，把货还给你。可有件事爷爷须向你问个明白。"

王炽道："曾寨主请说。"

曾幺巴望了眼山下的那批捻军，问道："你应承了什么条件，让那帮龟儿放了你上来？"

"此事即便是曾寨主不问，在下也要与你商量。"王炽道，"那帮人抢在下的货，是想要挟制重庆官府，搅乱重庆，趁机攻进城去。如若他们的诡计当真得逞，城内将生灵涂炭，人人不得安生。因此在上来之前，在下诓骗他们说要跟他们里应外合，攻占山寨，事成之后就分他们一半的货。"

曾幺巴哈哈笑道："龟儿倒是机灵。"

"此乃权宜之计，不得已而为之。"王炽苦笑道，"曾寨主你看如此可好，在下也不能让山寨的弟兄们白忙活，愿拿出三百两银子送予山寨，好给弟兄们买些酒食。但寨主须帮在下把那帮人剿灭了，拿下那个叫杨大嘴的领头人，让在下押解去重庆。"

曾幺巴回头看了眼那少女，本是想看看她同不同意收下三百两银子，却看到她秀长的眉头蹙了一下，转头朝王炽道："为何要杀了他们？"

王炽看她虽身处山寨之中，却如出泥而不染的莲花一般，不受尘世的沾染，芳心之中满是悲天悯人之情怀，便将重庆的形势简略地说了一遍。那少女听完，幽幽地叹息一声，转身走入寨子去了。

王炽呆呆地看着她消失的方向，不明白她这是什么意思。曾幺巴笑道："幺妹儿心软，平日里连只蚂蚁都不忍伤害，她进屋是不想看到残杀的场面。"

王炽闻言，这才释然，心想这姑娘着实心善。曾幺巴又道："爷爷好人做到底，送佛送到西，帮你把那帮龟儿剿了后，再把你这批救命的货送到重庆去吧。"

王炽大喜，连忙拜谢。旁边的曾胡子见他们相谈甚欢，皱了皱眉头道："寨主……"

"寨你龟儿的锤子！"曾幺巴未待他说将下去，轻喝道，"要以大事为重，你这些鸡毛蒜皮的事算什么？不准再提了。"

王炽看了眼曾胡子那怨恨的脸，道："曾兄弟，你我的恩怨，此事过后，王四定给你一个交代。"

曾幺巴却催着道："漫说这些鸟事了，格老子的说说怎么打吧。"

王炽称是，走到曾幺巴跟前，与其轻声说了几句。曾幺巴点头道："就这么办！"回头吩咐人去把席茂之等人放出来。

不消多时，席茂之、俞献建、孔孝纲和那两百名马帮工人一同走了出来，两厢相见，自是十分欢喜。王炽问候了番众人后，把方才跟曾幺巴商量的事又与众人说了一遍。众人会意，喝一声杀啊，佯装跟山寨里的人打斗起来。

山下的杨大嘴见状，喜道："那小子倒是真有办法，现在山上已经乱了，随我冲上去。"话落间，领着众人便往上跑。

待杨大嘴的这些人到了山头，王炽和曾幺巴把枪头一转，一起杀向捻军。杨大嘴见状，吓得面无人色，大喊道："王四小儿，你给老子玩阴的！"

曾幺巴哈哈笑道："爷爷这就送你们龟儿的去阴间！"

捻军一来在人数上不及对方，二来大乱之下全无斗志，不消多时，这三四百人就被杀得一干二净。杨大嘴则被活捉了，绑了起来。

杨大嘴兀自骂骂咧咧，王炽走上去道："捻军起义乃为民请命，你却在此杀人越货，不怕辱没了贵军的名声吗？若在下猜得没错的话，举报祥和号之事，也是你们白旗军干的勾当吧？重庆有今日之乱，白旗军脱不了干系，你嘴上若再不消停，在下便让那曾幺巴将你杀了！"

杨大嘴闻言，神色一变，看了眼那曾幺巴，果然住了嘴。

曾幺巴抹了把额头的汗，道："格老子的，今天倒是杀得痛快！"他命人收拾了打斗过的地方后，亲自选了三百人，帮王炽送货去重庆。

临下山时，那少女又从寨子里面出来送行，嘱咐曾幺巴路上要小心谨慎。待他们兄妹说完后，王炽作揖道："适才让姑娘受惊了，在下该死！"

那少女眉头微微一动，淡淡地道："乱世为人，无愧于心便是了，或许是我太刻意了，愿你的这批货能够拯救那一城的百姓。"

王炽辞别了那少女，与曾幺巴等人下得山来，路上在曾幺巴口中才得知，原来那少女名唤曾小雪。听了这名字，他心里不由暗想，那姑娘端的如雪花一般纯洁无瑕。

刘劲升被吊了一天，亏的是他平时勤于锻炼身体，体质较好，喝了几口水后，便有了些力气。是时，抬头望向城楼上的唐炯时，只见唐炯的脸涨得通红，眼里似要喷出火来，似乎想要将其一口吞了。

刘劲升却是平静地看着他，由人搀扶着往前走了几步，开口道："你还想要杀我吗？"

唐炯愤怒地道："莫非本府还杀不得你吗？"

"杀不得，这场仗也打不得。"刘劲升轻轻地摇了摇头，"真要打起来，你我就都没有退路了。于我来讲，此战端一开，山西会馆就无法在重庆立足。而于你们来说，且不论能不能守得住城，即便是守住了，也会有三个难题摆在面前。一则是我们的人盘踞于此，就算王四那小子把货运到了，如何进城？二则是这里的战事一起，太平军便会闻风而动，朝这里杀过来，到时候你还能守得住吗？三则是我们在这里自相残杀，洋人会做出什么样的举动？如果让他们浑水摸鱼，趁机得了便宜，我想那样的局面每一个中国人都不想看到。鉴于此三点，老夫奉劝唐大人克制。"

唐炯怒笑道："你既然不想打，何以要集结人马与我对峙？"

"这都是形势所逼，无奈为之。"刘劲升叹息一声，道，"大人可知做生意讲究什么？老夫不妨也与你说三个讲究之处：一则是声誉，做生意如做人，无信而不立，你们默许那王四与祥和号合作，购货入重庆，此事传将出去，对我山西会馆意味着什么？意味着失信于官府、失信于民，就像是一个孩子让父母抛弃了，日后如何立足？二则是时机，王大人知道我与魏伯昌是重庆地区两家最大的商号，他魏伯昌投机取巧，利用王四暗中运作，而我依然让你们扣押着，在原地不动，所谓不进则退，日后我要想再与魏伯昌并驾齐驱怕就难了；三则是市场，魏伯昌虽也被扣押着，可他依然在运作市场，不需要多久，他的市场份额占有率会越来越大，这就意味着我的市场在丧失，甚至会被挤出这个市场。声誉、时机、市场这三样东西一旦失去，对商人来说是致命的，你让我怎么办？此番与捻军联合，并不是想与官府对抗，只是想跟你谈判，条件是解封山西会馆。"

开战是最后的一步棋，谁也不想把重庆拖入不可收拾的局面，刘劲升把话说到这份儿上，显然是带着诚意的。唐炯虽是武将出身，但他显然也听明白了其中的道理，更清楚这里面的利害。唯一让他为难的是，先前大张旗鼓地查封两大商号，如今却在他们的逼迫之下下令解封，官府的脸面何在？

王择誉看着唐炯的脸色变化，似乎猜到了他的心思，伸手把他拉到一边，小声道："大人，骆大人都说了，事到如今，还有什么是不可以放下的？答应了他的条件，少去一场兵燹之灾，不亏。"

唐炯浓眉一蹙，突地想到了骆秉章向百姓赔礼致歉的情景。是啊，在生命面前，面子几可不论，还有什么是不可以放下的？思忖间，他朝王择誉看了一眼，转身走，向城头，说道："如果解封了山西会馆，城内城外的捻军便会全都撤走，是吗？"

刘劲升知道唐炯已同意了他的条件，精神为之一振，道："我虽无权指挥捻军，但愿不惜代价，让捻军全部撤走。"

捻军起义并无重大的政治目的，他们攻城略地只为求财，或者说求生存。唐炯深信刘劲升有此能力，便道："本府答应你了！"

刘劲升大大地舒了口气，微哂着看了百里遥一眼。百里遥的脸上虽依然冷如冰霜，但目光之中透露出一丝欣慰之色。他此番如此大费周章，总算有惊无险地助山西会馆渡过了危机。

是时，天色微亮，东方露出了鱼肚白。在所有人都认为重庆的黎明即将到来，美好而轻松的一天马上就会来临时，突的一声枪响，打破了清晨的宁静，亦使得重庆城头刚刚松弛下来的氛围，陡然又紧张起来。

唐炯回头朝城内看去，只见一支两百多人的洋枪队，正驱赶着一批人往这边拥过来！

秋天的凌晨有一点点的凉意，而对王炽来说，这个凌晨足以令他血脉偾张。这是他生命中的第一笔大生意，尽管其间经历了些波折，但不管怎样，他现在即将抵达重庆，一旦这批货入城，他不仅能够拯救那座城池，还可以赚到很大的一笔利润。

想到这些，王炽浑身的热血都沸腾起来，他看着东方那一片微微发亮的天空，眼里闪闪发光。这只是首批货物，在此后的几天，他将把货源源不断地输送到城内，从此之后，他便会在重庆立足并发展，这是何等令人兴奋！

正在王炽想象着未来蓝图的时候，突然"乒"的一声响，划破了凌晨的宁静，惊醒了栖息的鸟儿，亦震惊了一路行走的人。似乎随着这一声枪响，整个世界都被惊醒了，亦预示着这一天将不会平静。

曾幺巴瞪着眼愣了会儿，惊道："格老子的，这是鸟枪啊！"

王炽也是吃惊不小，让大家先停下来，带着曾幺巴和席茂之两人跑到前面去查看。只见城前大军压城，城头之上，除了官兵之外，还有一支洋枪队，一边把枪口对着下面的捻军，一边有人跟城头上的唐炯和王择誉交涉。看他们的样子，似乎颇有些分歧。

曾幺巴道："龟儿的洋人也来了！"

王炽凝视了会儿，道："洋人把枪口对着捻军，分明是要挑起战争，但唐炯似乎在阻止他们。看来官府与捻军已达成了协议，并不想开战。"

"这就简单了！"曾幺巴道，"杀了那些狗日的洋人便是。"

席茂之苦笑道："怕是动不了他们。这些洋人连朝廷都敬畏三分，要是把他们杀了，洋人就会以国家的名义向朝廷提出抗议，到时候被撤职杀头的还是我们自己人。"

"他娘的先人板板，朝廷龟儿的怎么想的？"曾幺巴捏着双铁拳，愤然道，"杀又杀不得，跟他们讲理，那无疑是跟狗讲为人的道理，没他龟儿的用。"

说话间，陡然听得"乒乒乒"地一阵枪响，城上的洋枪队开枪了。站在城下的捻军之中，几十个人应声倒地。

城上城下一阵哗然，与此同时，战争的阴云再一次笼罩在重庆的上空。

（第一部完）

《大清钱王 2：时局即生意》剧情预告

　　洋人枪杀捻军，引发重庆危机。王炽为不使重庆经济命脉落入洋人之手，倒卖军粮筹集资金，却被告发入狱。一番较量后不得不离开重庆，北上买卖城，在途经天津时又卷入了第二次鸦片战争。在战乱之中的天津，王炽将如何把握商机，又将遭遇哪些危机？敬请期待《大清钱王 2：时局即生意》，且看王炽在天津商界继续搅弄风云。

图书在版编目（CIP）数据

大清钱王. 1，草根的进阶 / 萧盛著. -- 北京 : 北京联合出版公司，2018.2

ISBN 978-7-5596-1048-5

Ⅰ. ①大… Ⅱ. ①萧… Ⅲ. ①长篇历史小说－中国－当代 Ⅳ. ①I247.5

中国版本图书馆CIP数据核字(2017)第248428号

大清钱王. 1，草根的进阶

作　　者：萧　盛
出版统筹：新华先锋
责任编辑：李艳芬
特约监制：林　丽
策划编辑：刘　钊
ＩＰ运营：覃诗斯
封面设计：王　鑫
版式设计：徐　倩
营销统筹：章艳芬

北京联合出版公司出版
（北京市西城区德外大街83号楼9层　100088）
北京雁林吉兆印刷有限公司印刷　新华书店经销
字数211千字　787毫米×1092毫米　1/16　19印张
2018年2月第1版　2018年2月第1次印刷
ISBN 978-7-5596-1048-5
定价：46.00元